DAS GEHEIMNIS DER ORDENSSCHWESTERN

GLASS AND STEELE 5

C.J. ARCHER

Übersetzt von
SIMONE HELLER

WWW.CJARCHER.COM

Das Geheimnis der Ordensschwestern, Glass & Steele 5

Originaltitel: The Convent's Secret © 2018 C.J. Archer

Copyright für die deutsche Übersetzung: Das Geheimnis der Ordensschwestern, Glass & Steele 5 © 2021 Simone Heller

Lektorat: Nadine Manz

Deutsche Erstausgabe

Alle Rechte vorbehalten. Kein Teil dieses Buches darf ohne Zustimmung der Autorin nachgedruckt oder anderweitig verwendet werden, ausgenommen kurze Ausschnitte als Zitate zur Verwendung in Kritiken und Rezensionen.

KAPITEL 1

LONDON, FRÜHJAHR 1890

Matt war zu Fuß zu Lady Bucklands Haus gegangen, weshalb keine Kutschräder rumpelten, um seine Rückkehr in die Park Street Nr. 16 kundzutun, lediglich das leise Klicken, mit dem die Eingangstür aufgesperrt wurde, war zu vernehmen. Das Geräusch zerrte an meinen malträtierten Nerven und hallte durch die tiefe Stille der späten Nacht.

Er war zu Hause, Gott sei es gedankt.

Ich raffte meinen Schal um meine Schultern und erhob mich von dem Sofa, auf dem ich es schon vor einer Stunde aufgegeben hatte, zu lesen. Ich kam nicht weiter als ein paar Schritte, ehe seine Gestalt den Eingang füllte. Das Lampenlicht legte ein weiches Glühen auf sein Gesicht, betonte seine ausgeprägten Kiefer-und Wangenknochen, verbarg die Spuren der Erschöpfung. Er hätte sich ausruhen sollen, nicht in die Häuser höhergestellter Damen einbrechen.

„Ich habe das Licht gesehen", sagte er, während er in den Salon pirschte. Es schien, als wäre die Verstohlenheit, die für den Einbruch an diesem Abend nötig gewesen war, noch nicht ganz verflogen. Er stahl sich an mich heran, ohne ein Geräusch zu machen oder auch nur ein Haar auf seinem Kopf in Unordnung zu bringen. Die dunklen Gruben seiner Augen drohten mich ganz und gar zu verschlingen. Es ließ sich nicht sagen, ob sein

Ausflug erfolgreich gewesen war, doch sein Verlangen konnte ich sehen. Oder es vielleicht sogar spüren.

Oder vielleicht wollte ich einfach, dass es da war.

Wollte es, und wollte es doch zur gleichen Zeit nicht. *Wagte* es nicht.

Plötzlich sorgte die Tatsache, dass ich mit ihm allein war, für größere Nervosität als die ganze Zeit davor, in der ich auf seine sichere Rückkehr gewartet hatte. „Nun?" Ein Flüstern war alles, was ich hervorbrachte, während mich Panik überfiel. Ich hätte wirklich ins Bett gehen sollen. Das Schicksal auf diese Art herauszufordern war ein Fehler.

„Nun", sagte er, seine sonore Stimme glitt genauso eingehend über mich hinweg sein Blick. „Du bist aufgeblieben."

„Ich habe mir Sorgen gemacht."

„Das war unnötig. Ich bin schon Dutzende Male durch Häuser geschlichen, während die Bewohner schliefen. Meistens waren die Bewohner bewaffnete Gesetzlose, keine alten Damen." Er trat näher, bis wir kaum mehr einen Meter voneinander entfernt waren. Er beugte sich leicht vor, und ein schwaches, schiefes Lächeln legte sich auf seine ansehnlichen Züge. „Aber mir gefällt, dass du dich um mich gesorgt hast."

Ich raffte meinen Schal noch fester um mich und spürte, wie mein Herz flatterte. Es war definitiv ein Fehler gewesen, aufzubleiben, wo es doch niemand sonst getan hatte. „Aber ihre Diener ..."

„Haben in ihren Betten geschlafen. Niemand hat sich geregt."

„Das hätte aber passieren können. Oder ihr Hund hätte dich hören können."

„Der Hund ist daran gewöhnt, dass Diener kommen und gehen. Außerdem hatte ich etwas zur Bestechung dabei." Er zog eine Papiertüte aus seiner Tasche seines Gehrocks. Ich roch den Speck, noch ehe er mir den Inhalt zeigte.

Ich lachte und schüttelte die restlichen Sorgen ab, die mich bedrückt hatten, seit er mir erzählt hatte, dass er in Lady Bucklands Haus einbrechen würde.

„Die anderen haben sich zurückgezogen?", fragte er, während er zwei Kognaks am Buffet einschenkte.

„Sie haben sich keine allzu großen Sorgen gemacht." Duke

und Cyclops waren bis ein Uhr aufgeblieben. Willie war eine halbe Stunde später von ihren eigenen nächtlichen Abenteuern zurückgekehrt und prompt ins Bett gegangen.

„Sie kennen mich besser." Er reichte mir ein Glas und stieß mit seinem daran. „Diese Seite von mir zumindest. Du kennst nur den respektablen Gentleman, nicht den Gesetzlosen."

„Ich habe dich schon in Augenblicken erlebt, in denen du deine glänzende Fassade abwirfst." Wie das eine Mal, als er meine Angreifer niedergerungen hatte oder als er Eddie Hardacre und Mr. Abercrombie bedroht hatte, und das eine Mal, als er meine Korsettschnürung geöffnet hatte.

Er musterte mich über den Rand seines Glases hinweg, als würde er einschätzen wollen, welche Augenblicke ich meinte. „Und haben dir diese Augenblicke gefallen?"

Ich antwortete ihm nicht. Dieser Weg führte in gefährliche Gewässer. Ich setzte mich auf das Sofa und nippte. Der Kognak stärkte meine Nerven so weit, dass ich das Gefühl hatte, ich könne ihn wieder anschauen, ohne in den Tiefen seiner Augen zu versinken. „Ich kenne dich gut genug, um zu wissen, dass du gute Laune hast. Du warst erfolgreich?"

Auch er setzte sich, und die Spannung, die uns seit seinem Eintritt umfangen hatte, löste sich. Ich seufzte, war aber nicht sicher, ob ich das aus Erleichterung oder Enttäuschung tat.

„War ich", sagte er, in seiner Stimme lag ein Hauch Triumph. „Versteckt in einem Geheimfach ihres Sekretärs lag ein Dokument von Mutter Alfreda von den Schwestern vom Heiligsten Herzens in Chelsea, auf dem stand, dass Lady Buckland einverstanden ist, ihr Kind in die Obhut des Ordens zu übergeben, bis zu der Zeit, wenn es einer guten Christenfamilie zum Aufziehen übergeben werden kann."

Ich schloss die Augen und holte tief Luft. Wir hatten ein weiteres Teil des Puzzles für Matts magische Taschenuhr. Ich hatte so viel Angst gehabt, dass unsere Ermittlungen nichts zu Tage fördern würden. Wir hatten in letzter Zeit bei vielen Menschen alte Wunden aufgerissen und schmerzliche Erinnerungen wachgerufen, unter anderem bei mir, aber ich tröstete mich mit dem Gedanken, dass wir Fortschritte machten. Und das taten wir. Mein Großvater, Chronos, hatte mir den Zauber beigebracht, den man mit dem eines anderen Magiers vereinen musste, um dessen Magie zu verlängern, und wir hatten auch den Zauber des Arztmagiers. Er stand in Dr. Millroys Tagebuch geschrieben, das wir inzwischen in unserem Besitz hatten, nachdem wir herausgefunden hatten, wer ihn vor siebenundzwanzig Jahren ermordet hatte. Aber das letzte Puzzlestück hatte uns gefehlt – ein Arztmagier, um den Spruch zu sprechen. Wir kannten nur einen möglichen Kandidaten: den unehelichen Sohn von Dr. Millroy, der vor all den Jahren von seiner Mutter weggegeben worden war.

Nun hatten wir einen Ort, an dem wir mit unserer Suche nach ihm beginnen konnten. Wir standen so kurz davor, dass ich die Hoffnung auf der Zungenspitze schmecken konnte, spüren konnte, wie sie durch meine Adern pochte. Wir würden ihn bald finden und unsere Magie in Matts Uhr vereinen, um sie zu reparieren.

Ich wagte es nicht, daran zu denken, was wir tun würden, falls wir ihn fanden, nur um dann festzustellen, dass er das magische Talent seines Vaters nicht geerbt hatte.

„Hast du sonst etwas über den Jungen herausgefunden?", fragte ich.

„Nein." Er leerte den Inhalt seines Glases. Einen Moment lang fürchtete ich, er würde sich noch eins einschenken. Vor Jahren hatte er oft zu viel getrunken, doch er hatte seine Exzesse eingeschränkt, mit der Ausnahme eines winzigen Rückfalls letzte Woche, als er mit meinem Großvater in genau diesem Zimmer gewesen war.

Matt blieb sitzen, das Glas locker in den Fingerspitzen über der Armlehne seines Sessels. Er beobachtete mich unter schweren Lidern.

„Suchen wir den Konvent gleich morgen Vormittag auf?", fragte ich.

„Ja." Zumindest verbesserte er mich nicht, als ich *wir* sagte. Obwohl keine Notwendigkeit bestand, dass ich ihn begleitete, waren wir in das Muster verfallen, gemeinsam zu ermitteln. Wir arbeiteten gut zusammen, unsere Stärken glichen die Schwächen des jeweils anderen aus. Das sagte ich mir zumindest. Es konnte sein, dass er auch einfach nur meine Gesellschaft wünschte.

„Dann sollten wir etwas Schlaf bekommen." Ich warf einen Blick auf die Uhr über dem Kaminsims, aber es war zu düster, um das Ziffernblatt zu sehen. Ich schätzte, dass es schon fast drei Uhr war.

Er fasste mich am Arm, als ich vorüberging. Seine Finger streiften leicht über meine bloße Haut, und sein Blick hielt meinen fest. „India", schnurrte er. „Bleib. Sprich mit mir. Erzähl mir …"

„Nein", sagte ich, ehe er mich bitten konnte, ihm zu erzählen, weshalb ich sein Angebot, ihn zu heiraten, ausgeschlagen hatte. Erst vorgestern hatte er mir versichert, dass er es herausfinden würde. Ich war nicht darauf vorbereitet, über dieses Thema zu sprechen und meine Entscheidung zu verteidigen. „Nicht jetzt."

„Wenn das vorbei ist, also. Wenn meine Uhr repariert ist, und ich eine Zukunft habe, auf die ich mich freuen kann."

Ich nickte.

„Außer, ich kann es dir schon vorher entlocken." Wieder schenkte er mir jenes schiefe Lächeln, bei dem ich mich ständig dabei erwischte, dass ich es fangen und nur für mich behalten wollte.

Er ließ mich los, und ich ging in mein Zimmer, das Herz schlug mir dabei bis zum Halse.

∗ ∗ ∗

„Ich muss jetzt mit Matt ausgehen", sagte ich am Vormittag zu Miss Glass. Sie saß in einem rechteckigen Flecken Sonnenlicht im Wohnzimmer, wo sie ihre Korrespondenz las. Sie sah gut aus, ihre Augen waren klar, doch in letzter Zeit wirkte ihre Gestalt kleiner, zerbrechlicher. Sie nahm sehr wenig zu sich, und ich stellte fest, dass ich sie ermutigen musste, ihre Mahlzeiten aufzuessen. „Ich habe heute Nachmittag frei, wollen wir dann spazieren gehen? Es sieht nach einem angenehmen Tag aus."

„Vielleicht", sagte sie. „Ich muss Briefe schreiben, und die letzten Ausgaben von *Die Welt der Mode* und *Die Queen* sind heute Vormittag eingetroffen. Ich erwäge, mir für die Hochzeit eine neue Garderobe schneidern zu lassen, wenn noch Zeit dafür ist."

Das galt nur, falls die Hochzeit zwischen ihrer Nichte, Patience Glass, und Lord Cox auch stattfand. Bisher war das Wissen um Patience' Liebschaft mit einem Betrüger unter den Teppich gekehrt worden, damit ihr Wert als Ehefrau in der hohen Gesellschaft erhalten blieb; ein Gentlemen wie Lord Cox schätzte die Tugend bei einer Frau mehr als alles andere. Dieses Wissen war jedoch kürzlich in die Hände von Sheriff Payne gefallen, jenes Mannes, der auf jede erdenkliche Art Matts Fall herbeiführen wollte. Sein letzter Angriff hatte in der Erpressung der jüngsten Glass-Schwester Hope bestanden, damit sie Matts magische Taschenuhr stahl. Dass sie gescheitert war, bedeutete, dass Patience' Geheimnis jeden Tag an die Öffentlichkeit gelangen konnte. Lord Cox würde sie dann wahrscheinlich nicht mehr heiraten wollen.

„Ah, Matthew, da bist du ja." Miss Glass hielt ihrem Neffen eine Hand hin, als er in das Zimmer marschierte. Er nahm sie und küsste sie auf die Wange. „Wohin seid ihr beiden denn heute Vormittag unterwegs?"

„Zu einem Konvent", erwiderte er.

Miss Glass senkte ihren Brief auf den Schoß und betrachtete ihren Neffen, als wäre er wahnsinnig. „Weshalb willst du zu einem Konvent?"

„Es gibt da eine Angelegenheit, die ich mit der Mutter Oberin besprechen muss."

„Du lieber Gott. Du bist doch nicht ..." Sie fächelte sich mit dem Brief Luft zu. „Du bist doch nicht ..."

„Nicht was, Tante?"

„*Katholisch.*" Das Wort brach aus ihr hervor wie ein heftiges Niesen.

Matt schmunzelte. „Nein, bin ich nicht."

Ihr Blick glitt zu mir.

„Genauso wenig ich", erklärte ich. „Wir hoffen, einige Antworten wegen Matts Uhr zu finden."

Sie wusste, dass Matts magische Taschenuhr ihn am Leben hielt, aber sie wusste nicht, in welchem Maße sie versagte. Wir konnten nicht einschätzen, wie viel Zeit ihm noch blieb, deshalb hielten wir es für das Beste, sie in dieser Sache im Dunkeln zu lassen. Sie war allerdings schlauer, als sie wirkte, und erriet es womöglich.

„Das ist eine Erleichterung", sagte sie. „Aber passt bloß auf. Sie werden jeden erdenklichen Trick einsetzen, um euch zum Konvertieren zu bringen."

Matt wirkte, als wollte er in dieser Sache widersprechen, doch ich nahm ihn schnell am Arm und drückte fest zu. Es war am besten, wenn man Miss Glass nicht die Gelegenheit gab, über ihre Vorurteile zu schwadronieren. Durch mein Einschreiten stand ich näher bei ihm, was mir von Miss Glass einen Blick durch zusammengekniffene Augen einhandelte. Ich ließ ihn los.

„Matthew", sagte sie, „ich würde gern etwas mit dir besprechen, wenn du zurückkehrst."

„Natürlich", sagte er. „Darf ich erfahren, worum es geht, nur für den Fall, dass ich eine Verteidigung vorbereiten muss?"

Seine Leichtfertigkeit führte lediglich zu noch fester zusammengekniffenen Augen. „Das Interesse an deiner zukünftigen Heirat vor der Hochzeit sicherzustellen."

„Tante", sagte er mit einem schweren Seufzen. „Nicht jetzt."

Sie hob einen Finger. „Die Hochzeit mag ja noch ein paar Wochen entfernt sein, aber wir müssen zumindest ein paar brauchbare Perspektiven vorzeigen können, bis es soweit ist, um sie als Munition gegen deine Tante Beatrice und Hope einzusetzen."

„Du vergleichst die Ehe mit einem Krieg, Tante. Sagt das nicht etwas über die Art aus, wie du dich der Sache näherst?"

„Es kann ein Kampf sein, die *richtige* Frau zu finden, gewiss. Zum Glück bist du dafür besser gerüstet als die meisten Männer. Du hast ein Vermögen *und* bist der Erbe eines Titels und Anwesens. Das ist genug, um über deine amerikanische Mutter hinwegzusehen."

Sein Rückgrat versteifte sich. „Ich bin genauso stolz auf meine amerikanische Mutter wie auf meinen englischen Vater. Nun", sagte er, als sie den Mund öffnete, um zu widersprechen, „keine Gespräche mehr über die Ehe, bis meine Uhr repariert ist, und dann wird es zu *meinen* Bedingungen geschehen, denn ich habe bereits eine Frau im Sinn."

Ihre Lippen öffneten sich, als sie nach Luft schnappte. Dann, als es ihr dämmerte, glitt ihr Blick zu mir.

Ich wollte weglaufen, aber ich spielte stattdessen Unwissenheit vor.

„Sie muss einfach nur zustimmen", schloss Matt. „India?"

„Nein!", rief ich.

Er nickte zu seiner ausgestreckten Hand hin, die zur Tür deutete. Seine Augen funkelten, verdammt sollte er sein. „Ich wollte dich doch einfach nur fragen, ob du mit mir aufbrichst", sagte er.

Ich marschierte nach draußen, hielt aber oben an den Stufen an. Cyclops und Duke lehnten locker an der Balustrade, doch Willie hatte ein düsteres Gesicht aufgesetzt, die Arme verschränkt. Sie wandte ihren finsteren Blick zu Matt.

„Du siehst müde aus." Sie stemmte die Hände in die Hüften. Die Bewegung schob ihre nicht zugeknöpfte Jacke nach hinten, sodass die Pistole sichtbar wurde, die sie sich in den Hosenbund gesteckt hatte. „Du solltest bleiben und dich ausruhen."

„Willst du uns erschießen?", fragte Matt, seine Laune immer noch ungetrübt, trotz der Diskussion mit seiner Tante und nun dieser Verzögerung.

„Sei kein verdammter Narr."

„Willie hat recht", sagte Duke, der sich von der Balustrade wegschob. „Bei dir wurde es gestern Nacht spät, und du könntest etwas mehr Schlaf vertragen. Bleib hier, und wir gehen mit India zum Konvent."

„Und lasst Willie in einem Haus voller höchster Prinzipien und stiller Besinnung los?" Matt tätschelte sie unter dem vorgereckten Kinn. „Das wäre, als würde man einen Wirbelsturm bitten, sich nicht zu drehen."

„Schon eher, als würde man ein eingeklemmtes Schwein bitten, nicht zu quieken." Duke kicherte, musste sich aber rasch ducken, um Willies Faust zu entgehen.

Matt ging an ihnen vorbei. „Mir geht es gut. Wir werden nicht lange brauchen, und ich habe die Uhr, falls es nötig ist. India wird mich auch im Auge behalten."

„Mir gefällt das nicht", sagte Willie, „aber ich werde dich nicht aufhalten. Kümmert euch nur darum, dass ihr etwas herausbekommt. Nonnen sind ein verschwiegener Haufen, und du kannst sie nicht einfach vermöbeln wie einen Cowboy, um Antworten zu erhalten."

Ich drückte die Lippen fest aufeinander, platzte aber trotz meiner Bemühungen mit einem Lachen heraus. Matt schloss sich mir an, was uns einen funkelnden Blick von Willie einbrachte.

„Ich fahre euch", sagte Duke, der zur Seite trat, um uns durchzulassen.

Cyclops legte Duke eine Hand auf die Schulter und schüttelte den Kopf. „Lass den neuen Kutscher diese Aufgabe übernehmen, und lass Matt zum Konvent gehen. Er braucht keine Krankenschwester."

„Danke, Cyclops", sagte Matt.

„Außerdem müssen wir weiter nach Payne suchen."

„Wir finden ihn nie", murmelte Duke. „Diese Stadt ist zu groß."

„Und er ist schlüpfrig wie eine Schlange", schloss Willie. „Aber wir müssen es probieren. Wir nutzen niemandem, wenn wir hier nur rumsitzen und nähen und lesen."

„Du kommst mit?", fragte Duke und klang überrascht. „Musst du nicht jemanden im Krankenhaus besuchen?"

Willie schwebte nach unten, ohne zu antworten, ein Lächeln spielte um ihre Lippen. Duke stapfte die Stufen hinab. Er war unglücklich, dass sie ihm nicht verraten wollte, weshalb sie an den meisten Abenden das London Hospital aufsuchte. Eigentlich wollte sie uns allen nicht einmal erzählen, ob das wirklich der Ort war, an den sie ständig ging, oder ob das eine Mal, dass wir sie dort gesehen hatten, eine Ausnahme gewesen war. Ich vermutete, dass sie eine Liebelei mit einem Arzt oder Pfleger hatte und nicht wollte, dass Duke davon erfuhr. Anfangs hatte ich mir Sorgen gemacht, denn Duke mochte sie sehr, und ich wollte nicht miterleben, wie ihm das Herz gebrochen wurde. Aber je länger ich darüber nachdachte, desto mehr vermutete ich, dass sie es ihm nicht sagen wollte, weil ihr die Liebelei nichts bedeutete und nur vorübergehend spannend war. Wenn es das war, hatte er immer noch eine Chance.

Nicht, dass er es so gesehen hätte. Die Neugier fraß ihn auf, den Armen, und Willie war keine Hilfe, denn sie schwieg weiterhin.

„Glaubst du, die Mutter Oberin wird ohne Termin mit uns sprechen?", fragte ich Matt, während wir uns in die Kutsche setzten.

„Ich hoffe es", sagte er. „Es wäre jedoch besser, wenn wir ein Empfehlungsschreiben vom Polizei-Commissioner hätten. Sie würde uns viel wahrscheinlicher Informationen geben, wenn sie weiß, dass es um eine offizielle Ermittlung geht."

Unsere Ermittlung war nicht offiziell, und sie stand noch nicht einmal mit einem Verbrechen in Zusammenhang. Tatsächlich, je länger ich darüber nachdachte, desto weniger wahrscheinlich erschien es mir, dass uns die Mutter Oberin etwas erzählen würde. Wir würden sie bitten, uns höchst sensible Informationen zu überlassen – und das würde sie ganz gewiss nicht tun. Selbst der Polizei würde es schwerfallen, sie zu zwingen. Wenn es eine Institution gab, die glaubte, über dem Gesetz zu stehen, dann war es die Kirche – ob katholisch oder protestantisch.

„Ich kann nicht lügen", erklärte ich ihm. „Nicht gegenüber einer Nonne."

„Weshalb solltest du lügen?"

„Ist das nicht dein Plan? Ihr vielleicht zu erzählen, dass der Säugling, der als Phineas Millroy bekannt war, dein letzter lebender Verwandter ist und du ihn finden musst, um deine Familie zu komplettieren?" Es war eine Geschichte, die wir schon früher benutzt hatten, um an die Informationen zu gelangen, die uns an diesen Punkt geführt hatten. Matt war sehr gut darin, verschiedene Rollen zu spielen, und ich wurde immer besser. Doch jetzt fühlte es sich nicht richtig an, nicht im Inneren heiliger Mauern. „Wenn du diesen Weg einschlagen willst, werde ich dich unterstützen, indem ich nichts sage."

„Ich werde diese Geschichte nicht benutzen", sagte er. „Ich bleibe bei der Wahrheit, wobei ich die Teile über Magie, meine Taschenuhr und die Tatsache, dass der Junge ein Magier ist, weglassen will."

Ich fand nicht, dass noch viel Geschichte übrig blieb, nachdem man diese Teile herausnahm.

„Ich werde dem Konvent auch eine erkleckliche Spende anbieten, die sie auf jede Art einsetzen können, die sie für angemessen halten." Er zwinkerte. „Ich habe noch nie erlebt, dass eine Kirche Geld abweist."

Das beruhigte meine Gedanken ein wenig. „Ich bin sicher, sie werden dankbar sein. Katholiken sind hier in England dünn gesät, und das gilt wohl auch für Spenden an sie."

Es war nachvollziehbar, dass Lady Buckland ihren Sohn in einen weitestgehend von der Mittelschicht bewohnten Teil von Chelsea gebracht hatte. Das war weit genug entfernt von ihrem Haus in Mayfair, sodass sie ziemlich sicher niemanden treffen würde, den sie kannte, doch trotzdem noch respektabel genug, dass ihr Sohn wahrscheinlich in eine Familie vor Ort mit ausreichend Mitteln und Aussichten gegeben werden würde.

Der Konvent, der den Schwestern vom Heiligsten Herzen gehörte, war genau so, wie ich ihn in meiner Vorstellung heraufbeschworen hatte. Das Haupthaus war ein perfekt symmetrisches Anwesen aus rußverschmierten roten Ziegeln mit schmalen Bogenfenstern. Ein Giebeldach ging über drei Stockwerke, und die Tür wirkte, als wäre sie aus uraltem Eichenholz gehauen und von Feinden in Mitleidenschaft gezogen worden, die den Konvent schon dereinst während der Reformation belagert hatten. Das Gebäude selbst war nicht alt, aber mir gefiel die Vorstellung, dass seine geschwärzte, abgewetzte Tür nach Jahrhunderten im Exil in ein weniger feindseliges Land zurückkehrte.

Matt zog an der Glockenschnur neben der Tür, und nach einem Augenblick glitt ein Brett zur Seite, und das Gesicht einer Frau erschien. Sie blinzelte uns an, sagte aber nichts. Wir hatten nicht nachgesehen, ob dieser Schwesternorden ein Schweigegelübde abgelegt hatte. Immerhin war es kein Orden, der sich in Abgeschiedenheit zurückzog. Schweigen war schon schwer genug, aber der Zugang zu einem Orden, der Außenseitern den Zutritt verwehrte, wäre so gut wie unmöglich gewesen.

„Mein Name ist Matthew Glass", sagte Matt mit leutseliger Stimme, „und das ist meine Freundin Miss Steele. Wir würden gern mit der Mutter Oberin über eine Spende sprechen."

Die haselnussbraunen Augen wurden groß, dann

verschwanden sie ganz. Das Brett wurde zurückgeschoben, und die Tür schwang auf. Die Angeln quietschten.

„Willkommen im Order der Schwestern vom Heiligsten Herzen", sagte die Nonne. Es war schwierig, ihr Alter zu bestimmen, da die Kopfbinde ihre Stirn und Haare bedeckte, aber ich schätzte, sie war eine Mitdreißigerin. „Kommen Sie mit mir."

Sie führte uns zur Rückseite des Hauses, wobei wir an einer jungen Nonne vorüberkamen, die einen Eimer und einen Wischmopp trug. Sie keuchte, als sie uns sah, und wurde auffallend rot, als Matt lächelte, ehe sie mit gebeugtem Kopf weitereilte. Unsere Führerin ließ uns in einem karg eingerichteten Wohnzimmer zurück, wo ein Porträt des Papstes von seinem erhöhten Platz über dem Kamin auf uns herabschaute. Ein großes Holzkreuz mit einem gekreuzigten Christus hing an der Wand, und ein Wandbehang, der ihn zeigte, wie er zu einer Schar Zuhörer predigte, nahm an der gegenüberliegenden Wand eine zentrale Stellung ein. Wir setzten uns auf Sessel mit steifen Rückenlehnen, die sich um einen Tisch drängten, in dessen Mitte eine ledergebundene Bibel lag. Der Holzboden war nackt, und die Vorhänge wirkten nicht sonderlich dick. Im Winter war dieses Zimmer sicher kalt.

Ich verschob mein Gewicht auf der harten Sitzfläche, konnte keine gemütliche Lage finden. „Glaubst du, sie halten Kissen für eine Sünde?", flüsterte ich Matt zu. Es war niemand da, der uns belauschen konnte, doch ich hatte das Gefühl, leise sprechen zu müssen.

„Vielleicht", sagte er, seine Aufmerksamkeit auf den Ausblick aus dem großen Erkerfenster gerichtet. Ein einfaches rechteckiges Gebäude war hinten auf einer Seite an das Hauptgebäude des Konvents angeschlossen. Es blickte auf einen Innenhof hinaus, der mit denselben Ziegeln wie das Haus gepflastert war. Die knotigen Wurzeln einer großen Linde waren zwischen den Pflastersteinen an die Oberfläche gekommen und wirkten, als würden sie nicht in dieses ordentliche, nüchterne Umfeld passen.

Eine Glocke erklang, und ein paar Sekunden später strömten Mädchen in einfachen grauen Kleidern durch die Türen, die zu dem Anbau führten, heraus auf den Innenhof. Sie kicherten und plauderten und hüpften im Sonnenschein, bis zwei Nonnen sie zur Ruhe mahnten. Die Mädchen wurden leise, unterhielten sich aber weiter angeregt, als hätten sie eine Ewigkeit darauf gewartet, das zu tun.

„Unsere Schülerinnen", sagte eine Nonne, die im Eingang zum Wohnzimmer stand. Ich hatte nicht gehört, wie sie eintrat, obwohl es keinen Teppich gab. Sie bewegte sich so verstohlen wie Matt. „Sie kommen alle aus armen Häusern und brauchen unbedingt eine schulische Grundausbildung, um zu wertvollen Mitgliedern der Gesellschaft zu werden, und nicht zu einer Bedrohung."

Wir erhoben uns beide, und Matt stellte uns vor. Die Nonne stellte sich als Schwester Clare vor, die Assistentin der Mutter Oberin. Den Falten auf ihrem Gesicht und ihren herabhängenden Wangen nach zu urteilen, schätzte ich sie auf ungefähr sechzig. Sie hatte freundliche Augen, die lächelten, selbst wenn ihr Mund es nicht tat.

„Ich hoffe, das ist kein unpassender Zeitpunkt", sagte Matt. „Ich bin sicher, Sie sind sehr beschäftigt."

Sie zog von der Arbeit schwielige Hände aus den weiten Ärmeln ihrer Habit und verschränkte sie vor sich. „Wir beten zu Mittag die Sext, also ist jetzt der beste Zeitpunkt. Die Schwestern sind alle bei der Arbeit, erledigen entweder ihre Aufgaben drinnen oder draußen im Garten oder unterrichten in der Schule." Sie warf einen Blick durch das Fenster. „Die Schülerinnen haben im Augenblick eine kurze Pause zur morgendlichen Ertüchtigung."

Die Mädchen hatten sich in Reihen aufgestellt und schwangen dann die Arme vor und zurück, während zwei Nonnen sie anleiteten.

„Wohnen die Schülerinnen hier?", fragte ich.

„Nein, wir sind eine Tagesschule", erwiderte Schwester Clare. „Die Schule hat erst vor fünf Jahren eröffnet. Vielleicht werden wir eines Tages Schülerinnen ohne Heim aufnehmen, aber im Augenblick haben wir einfach nicht den Platz dafür."

Sie führte uns eine Treppe mit knarzenden Stufen empor, durch einen Gang und eine Schreibstube mit einer Wandtäfelung aus dunklem Holz, die einem das Gefühl gab, die Wände würden ganz nahe rücken. Die Tür zum daran angeschlossenen Bureau stand offen, und die Nonne hinter dem Schreibtisch blickte auf, als Schwester Clare leise klopfte.

„Ehrwürdige Mutter, das sind Mr. Glass und Miss Steele." Schwester Clare lächelte, als sie uns vorstellte.

Die Mutter Oberin erwiderte es nicht. Sie wies uns an, uns hinzusetzen, und verschränkte die Hände vor sich auf dem Schreibtisch. Sie war in einem ähnlichen Alter wie ihre Assistentin, aber dort endeten die Ähnlichkeiten. Ihr Gesicht war ausgezehrt, als wären ihre Backen zwischen den Wangen- und den Kieferknochen aufgesogen worden, und ihre Augen waren tief in die Höhlen gesunken. Sie hatte nicht einmal den Ansatz eines Doppelkinns, und in ihren Augen lag kein Glanz. Sie waren so grau wie der Himmel in London mitten im Winter.

Ihr Bureau war genauso unfreundlich. Ein aufwendig geschnitztes Holzkreuz hing über einem Buchregal, aber ansonsten waren die Wände leer. In dem Buchregal standen einige alte Bücher, und das war zusammen mit dem Schreibtisch auch schon der gesamte Inhalt des Bureaus der Mutter Oberin. Die Aktenschränke und eine große Kommode mit Dutzenden kleinen Schubladen befanden sich alle im Vorraum.

Ein einfaches Kreuz, das um den Hals der Mutter Oberin hing, fiel auf den Schreibtisch, als sie sich vorbeugte und Matt in Augenschein nahm. „Sie möchten eine Spende erbringen."

„Und zwar eine erkleckliche Summe für die fortwährende Bildung der bedürftigen Mädchen vor Ort", sagte Matt.

„Weshalb?"

Hinter mir gab Schwester Clare ein leises Protestgeräusch von sich.

„Eine Bekannte hat vor einigen Jahren Ihrer Hilfe bedurft", sagte Matt. „Als ich von ihrer Not erfahren habe, und davon, wie dieser Konvent sie unterstützt hat, wollte ich sehen, ob es etwas gibt, das ich tun könnte, um meine Wertschätzung zu zeigen."

„Ohhh", ließ sich Schwester Clares leise Stimme vernehmen.

„Schwester Clare, du hast zu arbeiten", fuhr die ehrwürdige Mutter sie an. „Schließ die Tür auf dem Weg nach draußen." Sie wartete, bis ihre Assistentin gegangen war, ehe sie zu Matt sagte: „Was bedeutet Ihnen diese Frau? Sind Sie verwandt?"

„Bekannt." Matt ließ sich von der Schroffheit der Mutter Oberin nicht aus dem Takt bringen, obwohl er seinen Charme auch nicht in vollem Maße einsetzte. Er argwöhnte wohl, dass das bei ihr nicht funktionieren würde. „Aber der kleine Sohn, den sie Ihnen zur Obhut überließ, ist mir sehr wichtig."

Die Knöchel der Mutter Oberin wurden weiß. „Ich verstehe. Und Sie wollen wissen, was mit ihm geschehen ist, nachdem er uns übergeben wurde, im Austausch für Ihre Spende."

„Sie sind sehr scharfsinnig, ehrwürdige Mutter. Das ist genau, was ich möchte."

„Dann kann ich Ihnen nicht helfen. Die Information über die Kinder, die durch diesen Konvent gehen, ist vertraulich. Da Sie ein Gentleman sind, bin ich mir sicher, dass Sie das verstehen, Mr. Glass."

„Es liegt im Interesse des Jungen, dass ich ihn ausfindig mache", sagte Matt. „Und im besten Interesse mindestens einer weiteren gottesfürchtigen Person."

„Dann wird Gott ihn zu dieser Person führen." Zum ersten Mal, seit wir eingetreten waren, leuchteten ihre Augen auf. Ihr gefiel dieser verbale Schlagabtausch.

„Manchmal braucht Gott eine helfende Hand zu seiner irdischen Wirkung."

„Es entspricht nicht unseren Regeln, persönliche Informationen weiterzugeben, Mr. Glass." Sie wandte den Blick nicht von ihm ab, und auch er schaute nicht weg. Matt sah auch nicht enttäuscht aus. Er hatte diesen Gegenwind erwartet, und er hatte sich darauf vorbereitet. „Der Konvent vom Heiligsten Herzen bietet sowohl den Müttern, die ihre Kinder aufgeben, als auch den Paaren, die sie aufnehmen wollen, eine vertrauliche Dienstleistung an", fuhr die ehrwürdige Mutter fort. „Wir können dieses Vertrauen nicht missbrauchen."

„Was für eine Summe könnte ich spenden, um Sie zu überzeugen, dass es in Ihrem besten Interesse ist, mir diese Einzelheiten zu verraten?", beharrte Matt.

Die ehrwürdige Mutter schüttelte einfach den Kopf.

„Fünftausend Pfund?", fragte er.

Ich hielt die Luft an. Das war eine ziemlich enorme Summe.

Sie erhob sich. „Nein, Mr. Glass."

„Zwanzigtausend?"

Zwanzigtausend Pfund!

Die ehrwürdige Mutter löste ihre Hände voneinander und legte sie flach auf den Tisch. Sie starrte Matt an, schien aber durch ihn hindurch zu schauen. Vielleicht rechnete sie sich all die Verbesserungen aus, die man mit einer Spende von zwanzigtausend Pfund im Konvent und der Schule vornehmen könnte.

Nach einem Augenblick schüttelte sie den Kopf. „Ich fürchte, das ist nicht möglich."

„Niemand müsste es erfahren", sagte ich. „Wir werden seiner Mutter oder ihm nicht erzählen, dass wir durch Sie von seinem Aufenthaltsort erfahren haben."

„Gott würde es wissen, Miss Steele."

Ich packte meinen Pompadour fester. „Weshalb nehmen *Sie* denn nicht an unserer statt mit ihm Kontakt auf, ehrwürdige Mutter? Er ist inzwischen erwachsen und sollte die Möglichkeit erhalten, eigene Entscheidungen zu treffen."

Sie antwortete nicht; sie ging einfach zur Tür und öffnete sie. Sie bewegte sich so leise, dass sie Schwester Clare auf der anderen Seite beim Lauschen erwischte. Schwester Clare huschte rasch zurück an ihren Schreibtisch, wo sie so tat, als würde sie ein Dokument lesen.

„Es geht bei dieser Sache um Leben und Tod!", rief ich.

Schwester Clare senkte das Dokument und starrte uns mit offenem Mund an.

„Guten Tag, Mr. Glass, Miss Steele", sagte die Mutter Oberin nicht unfreundlich. Sie schien uns gegenüber durchaus mitfühlend und nicht mehr ganz so streng zu sein. Vielleicht kamen meine Bitten bei ihr an. „Ich hoffe, Sie verstehen, dass die armen Mütter geschützt werden müssen, und die Kinder ebenso."

„Bitte", bettelte ich und wollte sie an der Hand nehmen, war aber nicht sicher, ob es gestattet war, eine Nonne zu berühren. „Die Mutter war nicht arm, und wie ich schon sagte, ihr Kind ist inzwischen erwachsen. Tatsächlich war seine Mutter eine Adlige, und Phineas Millroy wäre inzwischen ein Mann von siebenundzwanzig Jahren."

Schwester Clares Keuchen hallte durch das nüchterne Vorzimmer. Das Gesicht der ehrwürdigen Mutter wurde blass.

„Vor siebenundzwanzig Jahren", flüsterte Schwester Clare. „Das war, als ..."

„Schwester Clare!", fuhr die Mutter Oberin sie an.

Die Assistentin schloss die Lippen fest und drückte sich die Finger darauf.

Die Mutter Oberin holte tief und bebend Luft. „Schwester Clare, bring unsere Gäste hinaus." Sie zog sich in ihr Bureau zurück und schloss die Tür.

Schwester Clare bedeutete uns, dass wir ihr vorausgehen sollten. Ihre ausgestreckte Hand zitterte.

Ich wartete, bis wir an der Vordertür angekommen waren, ehe ich stehen blieb und mich zu ihr umdrehte. „Sie erinnern sich an ihn, oder nicht? Sie erinnern sich an Phineas Millroy?"

Schwester Clare warf einen sehnsüchtigen Blick zur Tür. „Bitte, Miss Steele. Ich sollte Ihre Fragen nicht beantworten."

Sollte nicht wahr besser als *konnte nicht*. „Das müssen Sie! Das Leben eines sehr guten Freundes hängt davon ab, dass wir ihn finden."

„Wie? Ich verstehe nicht, was Sie meinen."

„India", warnte mich Matt. „Gehen wir."

„Aber Matt ..."

„Wir werden hier heute keine Antworten bekommen. Das ist schon in Ordnung."

Es war nicht in Ordnung. Es war überhaupt nicht in Ordnung. Wenn wir keine Antworten bekamen, indem wir eine ordentliche Spende boten oder an das Gewissen der Nonnen appellierten, wie sollten wir sie dann bekommen? Abgesehen von einem Einbruch, bei dem man des Nachts durch ihre Aufzeichnungen wühlte, wollte mir keine andere Möglichkeit einfallen.

Vielleicht war Matt so verzweifelt, dass er einbrechen würde, obwohl ich vermutete, dass er sich anschließend dafür verabscheuen würde.

„Bitte, Schwester Clare", sagte ich. „Der Säugling, der als Phineas Millroy bekannt war, der vor siebenundzwanzig Jahren herkam, sagen Sie uns, wo wir ihn finden."

„Das ist doch das ganze Problem", fügte Schwester Clare mit einem verschwörerischen Flüstern hinzu, „ich weiß nicht, wo er ist. Hören Sie. Vor siebenundzwanzig Jahren ist etwas passiert, das mich bis zum heutigen Tag umtreibt. Doch das Kind mag darin verwickelt sein oder auch nicht."

„Fahren Sie fort", sagte Matt.

Sie warf einen Blick über die Schulter und beugte sich dann näher heran. „Wir sind hier eine sehr verschwiegene Gemeinschaft. Wir sind kein Orden, zu dem der Zutritt verwehrt ist, aber wir bleiben unter uns. Wir gehen selten hinaus in die Welt. Es ist schlicht nicht nötig, da unser Garten den Großteil unserer Nahrung liefert, und wir in einer großen Küche unser eigenes Brot backen. Wir haben ein kleines Geschäft, das an die Schule angeschlossen ist, und dort verkaufen wir Sachen, die wir herstellen, um Geld zu verdienen, mit dem wir kaufen, was wir nicht selbst produzieren können. Wenn also etwas Ungewöhnliches passiert, behalten wir es üblicherweise für uns und bitten nicht um Hilfe von außen." Sie schaute sich noch einmal um, und ich hatte Angst, dass sie es sich anders überlegen und schweigen würde.

„Schwester Clare, bitten Sie *uns* um Hilfe?", fragte ich. „Wir sind gut darin, Rätsel zu lösen, falls Sie das benötigen. Und wir sind sehr diskret."

„Extrem diskret", versicherte ihr Matt. „Nehmen Sie diese Last von Ihrem Gewissen, Schwester Clare, und gestatten Sie uns, zu helfen, falls wir können. Was ist vor siebenundzwanzig Jahren geschehen, das Ihnen noch solche Sorgen bereitet?"

Eine Nonne ging an uns vorüber, einen zugedeckten Korb im Arm. Schwester Clare nickte ihr zu, dann drängte sie uns nach draußen in den Vorbau und tat so, als würde sie uns wegschicken. „Die Polizei hat ermittelt, aber aus deren Ermittlungen ging nichts hervor."

Jetzt war ich interessiert. „Ist hier ein Verbrechen vorgefallen?", drängte ich.

„Ich bin nicht ganz sicher. Es hat mich all die Jahre lang belastet, und ich weiß, wir sollten unser klösterliches Leben für uns behalten, doch ... das ist etwas anderes. Das *könnte* eine irdische Angelegenheit sein, keine spirituelle." Sie holte tief Luft und nickte fest, als hätte sie sich schließlich dazu durchgerungen, von einer hohen Mauer zu springen. „Die vorige Mutter

Oberin, Mutter Alfreda, verschwand vor siebenundzwanzig Jahren. An einem Tag war sie da und am nächsten weg, ohne jemandem zu sagen, wohin sie ging."

„Hat sie irgendwelche eigenen Besitztümer mitgenommen?", fragte Matt.

„Wir haben keine Besitztümer, Mr. Glass. Wir geben sämtliche weltliche Besitztümer auf, wenn wir unsere immerwährenden Gelübde ablegen. Sie ging mit nichts als der Tracht am Leib, die sie getragen hat."

„Ist irgendetwas Ungewöhnliches ungefähr zur selben Zeit vorgefallen?", fragte ich. „Irgendwelche Einbrüche? Hatte sie mit jemandem eine Unstimmigkeit?"

Sie ging langsam mit uns die Stufen hinab zu unserer Kutsche, warf Blicke nach links und rechts. „Zu jener Zeit ist etwas passiert, aber ich habe die beiden Mysterien erst später miteinander in Verbindung gebracht. Und nun sind Sie hier und fragen nach all den Jahren nach diesem Baby. Ich habe seinen Namen noch so deutlich in Erinnerung, weil es eines der Kinder war, die ungefähr zum selben Zeitpunkt verschwanden wie Mutter Alfreda."

KAPITEL 2

„Verschwanden!", rief ich.

Schwester Clare ermahnte mich, leise zu sein, und warf einen Blick zurück zur offenen Tür des Konvents. „Es scheint ein zu großer Zufall zu sein, dass zwei Babys verschwinden und dann die Mutter Oberin ohne ein Wort geht. Finden Sie nicht auch?"

„Sie wissen noch, dass eines der Babys Phineas Millroy hieß?", fragte Matt. „Das war vor sehr langer Zeit."

„Ich habe ein hervorragendes Gedächtnis. Ich führe die Aufzeichnungen über alle hier abgegebenen Kinder und die Orte, an die sie gehen, wenn sie uns verlassen. Ich habe die Akten für diese beiden Babys angelegt, als sie eintrafen, und dann, nachdem sie verschwunden waren, wollte ich sie auf den neuesten Stand bringen, konnte sie aber nicht finden."

„Die Aufzeichnungen verschwanden ebenfalls?", fragte ich.

Sie nickte. „Ich fragte Mutter Alfreda – unsere vorherige Vorsteherin, diejenige, die verschwand –, und sie sagte, eines von ihnen wäre in der Nacht verstorben, aber ... Das schien unwahrscheinlich. Er war ein gesundes Baby, und, nun ja, ihre Antworten waren ausweichend."

„Sie glauben, sie hat die Kinder mitgenommen?"

„Ich weiß es nicht. Es ist nur so, kurz nach dem

Verschwinden des zweiten Babys verschwand auch sie, und Schwester Frances wurde unsere neue Mutter Oberin."

Zwei Nonnen bogen um das hintere Gebäudeende, die Köpfe zu einem leisen Gespräch zusammengesteckt, ihr Gang schlendernd. Schwester Clare biss sich auf die Unterlippe, während sie sie näherkommen sah. „Ich bin sicher, ich mache mir wegen nichts Sorgen. Es ist nur so, dass die Erinnerung plötzlich wiederkam, als ich den Namen eines der vermissten Kinder hörte. Ich habe mich all die Jahre über gewundert. Ich dachte, vielleicht …" Sie schüttelte den Kopf, dann steckte sie sich die Hände in die Ärmel. „Ach, es ist nichts. Es war vor langer Zeit, wie Sie sagen. Guten Tag." Sie drehte sich um und eilte zurück nach drinnen.

Die beiden näherkommenden Nonnen schauten auf und hielten inne, als sie uns sahen. Sie wirkten alt genug, um vor siebenundzwanzig Jahren hier gewesen zu sein. Matt hatte wohl den gleichen Gedanken, denn er machte keinen Schritt auf unsere Kutsche zu.

Beide Nonnen hatten freundliche Gesichter und ein warmes Lächeln. Eine trug eine Holzkiste an einem Griff, und die andere einen Korb voller Nähnadeln, Stecknadeln, Stoff und Garnspulen.

„Guten Morgen", rief ich fröhlich. „Ein schöner Tag für einen Spaziergang."

„Das ist wahr", sagte diejenige, die die Holzkiste trug, mit starkem irischen Akzent. „Sind Sie hier, um die ehrwürdige Mutter zu besuchen? Können wir sie Ihnen holen?"

„Von der kommen wir gerade." Matt verbeugte sich leicht vor ihnen. „Mein Name ist Mr. Glass, und das ist Miss Steele. Wir haben der ehrwürdigen Mutter eine Spende angeboten."

„Oh, wie wunderbar", sagte diejenige mit dem Korb. „Die Schule braucht jede Zuwendung, die sie bekommen kann. Wir benötigen unbedingt mehr Materialien, damit die Mädchen die häuslichen Tätigkeiten üben können." Sie hob den Kopf. „Es ist schwierig, ihnen beizubringen, wie man näht, wenn wir nicht genug Faden haben."

„Ganz zu schweigen davon, dass dieses alte Haus Liebe und Aufmerksamkeit gebrauchen könnte", sagte die irische

Schwester mit der Kiste. „Die Fensterrahmen verfaulen in den oberen Stockwerken, und das Dach ist undicht. Ich bin inzwischen zu alt, um über Dächer zu klettern, aber wir können es uns nicht leisten, jemanden zu bezahlen, der sich darum kümmert."

„Unser kleiner Laden wirft nicht genug ab, um eine so große Ausgabe zu decken", ergänzte die Nonne mit dem Korb.

„Ich sehe mir das Dach an, ohne etwas dafür zu verlangen", sagte Matt. „Vielleicht ist es nur eine lockere Schindel."

„Das würden Sie tun?" Die irische Nonne mit der Kiste strahlte. „Ich bin Schwester Bernadette, und das ist Schwester Margaret. Ich habe die Aufgabe, mich darum zu kümmern, dass der Konvent und die Schule in Schuss bleiben, aber mit begrenzten Mitteln ist das schwierig."

„Ganz zu schweigen von deinem Alter", neckte Schwester Margaret.

„Du bist genauso alt wie ich", sagte Schwester Bernadette. „Das bringt uns näher zu Gott, so ist das." Sie zwinkerte uns zu, und ich konnte nicht verhindern, dass ich lächelte.

„Ihre Spende wird große Wertschätzung erfahren", sagte Schwester Margaret zu Matt.

„Sie wurde nicht angenommen", erklärte er ihnen. „Ihrer Mutter Oberin gefiel meine Bedingung nicht."

Ich hielt die Luft an, während den Nonnen das Lächeln verging.

Schwester Bernadette schwang die Kiste nach vorne und legte beide Hände auf den Griff. Es war eine Werkzeugkiste, auch wenn ich nicht sehen konnte, welche Werkzeuge darin lagen, weil der Deckel geschlossen war. „Und weshalb?"

„Wir haben neugierige Fragen über ein Kind gestellt, das vor siebenundzwanzig Jahren verschwunden ist. Das hat ihr nicht gefallen", sagte Matt.

Die beiden Nonnen wechselten einen Blick.

„Waren Sie beide vor siebenundzwanzig Jahren schon hier?", fuhr er fort.

„Ja", sagte Schwester Margaret, ihr Blick löste sich von dem von Matt.

„Aber wir wissen nichts über verschwundene Babys", ergänzte Schwester Bernadette, und ihr Akzent klang sogar noch stärker durch. „Wenn Sie uns jetzt entschuldigen, wir haben zu arbeiten." Sie bewegte sich, als würde sie gern weggehen wollen.

Matt schaute hoffnungsvoll zu Schwester Margaret. „Der Junge, nach dem wir suchen, und ein weiterer, verschwanden ungefähr zur selben Zeit aus der Obhut des Konvents, als die Mutter Oberin ohne ein Wort ging. Daran erinnern Sie sich, oder nicht, Schwester?"

„Natürlich. An unserem Leben hier ändert sich sehr wenig. Diese paar Wochen waren … ein großer Aufruhr." Sie hob den Korb in ihre Arme und hielt ihn sich vor die Brust. „Es war eine aufwühlende Zeit, da auch noch Schwester Francesca ging. Sie verschwand nicht, sondern entschied sich einfach, dass das Leben im Konvent nichts für sie war. Sie nahm ihre Gelübde zurück und ging, um draußen in der Welt zu leben." Sie schüttelte den Kopf, als wäre dieses Ereignis sehr viel ernster zu nehmen als die verschwundenen Personen. „Sie war ein dummes Ding, aber sie war mir eine nette Freundin, als wir zusammen Postulantinnen und Novizinnen waren."

„Schwester Margaret", zischte die irische Nonne. „Dass sie gegangen ist, geht niemanden etwas an."

Schwester Margaret neigte rasch den Kopf und eilte der anderen Nonne hinterher.

„Soll ich heute Nachmittag wiederkommen und mir das Dach ansehen?", rief ihnen Matt nach.

„Das soll die Mutter Oberin entscheiden", sagte Schwester Bernadette.

Wir sahen ihnen nach, wie sie in Richtung Schule verschwanden, und stiegen in unsere Kutsche. „Es tut mir leid, dass wir keine Antworten erhalten haben", sagte ich, während wir abfuhren. „Es scheint, als wären wir in einer weiteren Sackgasse angekommen."

„Überhaupt nicht. Wo ist nur dein Optimismus, India? Wir haben mehr erfahren, als ich erwartet habe, und noch besser, wir haben herausgebracht, dass Phineas Millroys Aufzeichnungen nicht dort sind, wo sie sein sollten."

„Ich sehe nicht, wie uns das zum Vorteil gereichen sollte. Wir wissen trotzdem nicht, wo seine Aufzeichnungen sind, oder noch wichtiger, wo er ist." Ich bedauerte es, unser Versagen so klar dargelegt zu haben, sobald mir die Worte über die Lippen kamen. Matt wirkte begeistert, nicht enttäuscht, und ich mochte ihn so lieber.

„Ich habe nicht erwartet, dass uns die Information zu seinem Aufenthaltsort heute einfach so ausgehändigt wird", sagte er. „Zumindest weiß ich jetzt, dass es sinnlos wäre, einzubrechen und die Aktenschränke zu durchsuchen."

Also hatte er doch einen Einbruch geplant. Ich schluckte mein überraschtes Keuchen hinunter.

„Du siehst entsetzt aus", sagte er, und sein schiefes Lächeln war wieder da.

„Bin ich so leicht zu durchschauen?"

„Für mich schon." Sein Lächeln schwand. „Ich hätte niemandem Schaden zugefügt."

„Das weiß ich."

„Und, falls das hilft, ich hätte mich deswegen schuldig gefühlt."

„Das weiß ich auch. Wie schade, dass du nicht katholisch bist, dann hättest du beichten und deine Schuld danach mit ein paar Gegrüßet-seist-du-Marias tilgen können."

Er lachte leise, aber das legte sich rasch. Er sprang plötzlich vor und schob mich zur Seite, um durch das Rückfenster zu starren. „Halt!" Er klopfte an das Dach. „Halten Sie die Kutsche an!"

Die Kutsche fuhr schlingernd an den Bordstein, und Matt sprang hinaus, noch bevor sie ganz zum Stillstand gekommen war. Er rannte auf dem Weg zurück, den wir gekommen waren, wich Fußgängern und Fahrzeugen aus und verschwand um die Ecke. Ich wartete drei Minuten, ehe auch ich ausstieg – noch länger, und meine Nerven wären völlig ruiniert gewesen. Er kam jedoch um die Ecke, ehe ich ihm nacheilen konnte, und lief zu mir zurück.

„Was war das?", fragte ich ihn, während ich wieder einstieg.

„Ich glaube, jemand ist uns in einem Zweispänner gefolgt, aber ich bin mir nicht sicher." Er stieg auch ein und klopfte auf das Dach, damit der Kutscher weiterfuhr.

„Also was machen wir jetzt?"

Matt hielt seinen Blick auf das Rückfenster gerichtet, während er antwortete. „Wir sehen, was wir über das

Verschwinden der Mutter Oberin vor siebenundzwanzig Jahren herausfinden können. Ich glaube, es steht mit dem Verschwinden von Phineas Millroy in Verbindung. Der zeitliche Ablauf passt zu gut zusammen, als dass es ein Zufall sein könnte."

„Glaubst du, sie ging, um ihn und das andere Kind aufzuziehen?"

Er zuckte nur mit den Schultern.

„Und was ist mit der Nonne, die ihre Gelübde zurückgenommen hat?", fragte ich. „Schwester Francesca. Ich frage mich, ob sie etwas weiß."

„Es lohnt sich, sie zu befragen. Ich schätze, sie wird eher bereit sein, mit uns zu reden, da sie das Klosterleben und seine Regeln hinter sich gelassen hat."

„Stimmt", sagte ich. „Sie wird nicht mehr von der ausgezehrten Mutter Frances in Grund und Boden gestarrt. Aber wie finden wir sie? Wir kennen nicht einmal ihren Namen."

Matt lächelte. „Eines nach dem anderen."

„Das heißt?"

„Das heißt, wir reparieren das undichte Dach des Konvents."

* * *

DUKE WAR DER ERSTE, der zum Mittagessen nach Hause kam, gefolgt von Cyclops und Willie. Ihren langen Gesichtern entnahm ich, dass sie keinen Erfolg gehabt hatten. Matt fragte nicht einmal, wie ihre Suche nach Payne gelaufen war, stattdessen legte er sofort mit dem los, was er als „unseren Erfolg" beim Konvent bezeichnete, und seinem Plan, ihr Dach zu reparieren.

„Ich will, dass ihr beiden geht", sagte er zu Cyclops und Duke. „Das Dach ist steil, und einer von euch wird das Seil halten müssen, das den anderen sichert."

Ich erwartete, dass Willie Einspruch erheben würde, weil sie außen vor blieb, aber sie sagte nichts.

„Erzählt den Nonnen, dass ich euch schicke", fuhr Matt fort, während er seine langen Beine unter dem Schreibtisch in seinem Bureau ausstreckte. „Sie werden sowieso argwöhnisch sein, weil ihr einen amerikanischen Akzent habt, und weil Schwester Bernadette das Dach erst heute Morgen vor mir erwähnt hat. Es ist sinnlos, so zu tun, als würden wir einander nicht kennen."

„Ich hatte nicht vor zu lügen", sagte Cyclops, der die Arme verschränkte.

„Stellt subtile Fragen", riet ich ihnen. „Nicht zu direkt."

„Die beiden? Subtil?" Willie schnaubte.

Duke verdrehte die Augen in ihre Richtung. „Was machst du denn, während wir arbeiten, Willie? Machst du dich wieder davon zum Krankenhaus?"

„Hängt davon ab, ob Matt mich braucht oder nicht."

„Brauche ich nicht", sagte Matt, der aufstand. „India und ich gehen einkaufen."

„Aha?", fragte ich und erhob mich ebenfalls. „Was kaufen wir denn?"

„Eine neue Uhr."

Eddie Hardacre, auch als Jack Sweet bekannt, hatte Matts Taschenuhr erst vor wenigen Tagen zertreten. Es war eine gewöhnliche Uhr gewesen, nicht seine magische, Gott sei es gedankt. Mein Inneres geriet in Aufruhr, wie jedes Mal, wenn ich an meinen ehemaligen Verlobten dachte und daran, dass er meinen Vater und mich so lange hereingelegt hatte, und dass er versucht hatte, Matt zu töten.

„Also gut, wir besuchen die Masons", sagte ich. „Aber erst, nachdem du dich ausgeruht hast."

„Natürlich."

Duke, Willie und Cyclops folgten mir hinaus in den Gang. „Hast du irgendwelche Nachrichten, die India Miss Mason über-bringen soll?", fragte Duke Cyclops mit hinterlistigem Lächeln.

„Willst du vielleicht verhauen werden?", schoss Cyclops zurück.

Duke kicherte, was ihm einen Knuff in die rechte Schulter einbrachte. Willie, auf Dukes anderer Seite, stieß ihn in die linke Schulter. „Au!"

„Lass Cyclops in Ruhe", sagte sie.

„Bist du sicher, dass du das willst? Wenn ich ihn in Ruhe lasse, dann stelle ich vielleicht einfach dir einige unangenehme

Fragen über deine Romanze. Willst du, dass ich das mache, Willemina Johnson?"

Willie stemmte die Hände in die Hüften. „Du suchst nach Ärger, Duke."

„Auf jeden Fall", sagte Cyclops, seine Lippen krümmten sich zu einem Lächeln. „Willst du loslegen, Willie, oder soll ich?" Er ließ die Knöchel knacken.

Duke rannte die Stufen hinab, und seine polternden Schritte hallten durch das Haus, noch lange, nachdem er verschwunden war.

Cyclops stieß ein tiefes, rumpelndes Lachen aus. Willie grinste und legte dem großen Mann einen Arm um die Taille. „Wir müssen ihm auch eine Frau besorgen, ehe er uns mit seinem Piesacken völlig kirre macht", sagte sie.

* * *

ALS MRS. MASON uns im Laden ihrer Familie sah, wie wir eine neue Taschenuhr kauften, bestand sie darauf, dass wir zum Tee blieben. Ich war gleich einverstanden, dankbar um die Gelegenheit, mit alten Familienfreunden in Verbindung zu bleiben. Unsere Beziehung hatte sich etwas verkompliziert, seit sie von meinen magischen Fähigkeiten erfahren hatten. Ich machte es ihnen nicht zum Vorwurf, dass sie sich von mir distanzieren wollten – oder versuchen wollten, Catherine von mir fernzuhalten. Sie hatten Angst, dass die Gilde der Uhrmacher die Freundschaft missbilligen und Mr. Mason auf irgendeine Weise bestrafen würde. Nun, da die Gilde und ihr Meister, Mr. Abercrombie, eingestanden, von meiner Magie zu wissen, war die Bedrohung nicht mehr so stichhaltig. Natürlich half es auch, dass ich erklärt hatte, kein Interesse daran zu haben, ein Geschäft zu eröffnen.

Das hatte ich zumindest gedacht.

„Was wird nun aus dem Geschäft, nachdem Hardacre sich als Hochstapler erwiesen hat?", fragte Mr. Mason, nachdem wir ein paar Höflichkeitsfloskeln ausgetauscht hatten und der Tee eingeschenkt war.

„Papa", zischte Catherine. „Lass India und Matt doch ihren

Tee genießen." Meine Freundin hatte sich zusammen mit ihren Eltern zu uns gesellt, ihre Brüder hatten sie im Geschäft zurückgelassen.

„Ist schon gut", sagte ich. „Mir macht die Frage nichts aus. Ich weiß, dass Sie sich Sorgen machen, Mr. Mason, darum lassen Sie mich versichern, dass ich nicht die Absicht habe, Uhren zu reparieren oder zu verkaufen, selbst wenn der Laden zu meiner Familie zurückkommt."

„Der Besitz des Grundstücks ist sowieso noch nicht auf India übergegangen", fügte Matt an. „Das Ganze wird erst vor Gericht entschieden werden müssen, um herauszufinden, wem es gehört."

„Es wäre eine Ungerechtigkeit, wenn Eddie alles behält", stieß Catherine hervor. „Oder wie auch immer er wirklich heißt. Ich kann immer noch nicht glauben, wie weit er gegangen ist, um Rache an Chronos zu nehmen, und dass wir alle auf seine Lügen hereingefallen sind."

„Das kann ich auch nicht", murmelte ich.

„Er war sehr gut", sagte Matt sanft. „Jeder ist auf ihn hereingefallen."

„Aber es ist nicht nur seine Doppelzüngigkeit, die zu deinen Gunsten wirkt, oder?", sagte Mr. Mason. „Sondern die Tatsache, dass das Testament deines Vaters ungültig ist, weil er vor deinem Großvater starb, der durchaus noch lebendig ist." Er schaute mich an, als wäre das mir vorzuwerfen, wo ich doch auch erst kürzlich von Chronos erfahren hatte.

„Papa!" Catherine stellte ihre Tasse mit einem Klirren auf die Untertasse und funkelte ihren Vater an. Mir gefiel, dass sie, was ihre Eltern betraf, ein Rückgrat entwickelt hatte, obwohl es mich nicht hätte überraschen sollen. Sie hatte mich des Öfteren ohne ihr Wissen besucht. Sie war in den letzten Wochen mutiger und klüger geworden.

„Mr. Mason", fuhr ihn seine Frau an. „Musst du denn vom Tod sprechen? India und Mr. Glass sind unsere Gäste."

„Es wirkt tatsächlich zu meinen Gunsten", erklärte ich Mr. Mason. „Chronos schrieb ein neues Testament, während er da war, in dem er das Geschäft mir überließ, darum gibt es auch das, falls er versterben sollte. Der Fall liegt nun bei den Anwälten, deshalb können wir nur auf einen Richterspruch warten."

„Aber dein Großvater ist nicht tot", sagte Mr. Mason. „Darum besitzt er es rechtmäßig noch, was bedeutet, dass *du* es verwalten musst, India."

„Er hat mir gesagt, ich kann damit machen, was ich will. Ich werde den Laden vermutlich vermieten", sagte ich, weil ich ihm versichern wollte, dass ich das Geschäft seiner Familie nicht bedrohte. Ich war immerhin die einzige bekannte Uhrmagierin der Stadt, darum lag es schon nahe, dass er eine Bestätigung hören wollte. „Vielleicht nicht einmal an jemanden, der Uhren verkauft. Falls es so kommt, würde ich Ihnen gern das Erstkaufrecht für jegliche Waren zu einem gesenkten Preis anbieten, da wir gute Freunde sind."

„Ich ... ich ..." Mr. Mason blinzelte mich an, dann wandte er sich an Matt.

„Schauen Sie nicht mich an, Sir", sagte Matt. „Jegliche geschäftliche Verhandlungen, die Indias Besitz betreffen, müssen über sie laufen. Sie kann natürlich auf meinen Anwalt zurückgreifen, falls sie das wünscht."

„Gut", erklärte Mrs. Mason. „Dann ist das ja geregelt. India, kannst du mir einen Augenblick in der Küche helfen? Du bleibst, Catherine", fügte sie an, als ihre Tochter sich erhob.

Ich folgte Mrs. Mason in die Küche, wo ihre Bedienstete Karotten für das Abendessen schnitt. Mrs. Mason bat sie, nach der Wäsche im Waschkessel hinten im Hof zu schauen. Als sie weg war, wandte sich Mrs. Mason an mich.

„Ich weiß, dass du und Catherine einander in den letzten Wochen getroffen habt", sagte sie, „obwohl wir ausdrücklich gewünscht haben, dass sie dir aus dem Weg geht."

Ich öffnete den Mund, um zu widersprechen, stellte aber fest, dass ich nicht lügen konnte, deshalb schloss ich ihn wieder.

„Das ist unwichtig", fuhr sie fort. „Vielleicht war es nicht gerecht von uns, das von euch beiden zu verlangen. Auf jeden Fall ist das nicht der Grund, weshalb ich mit dir sprechen wollte." Sie warf einen Blick zur Tür und auf den Gang dahinter. „Hat Catherine eine Liebschaft?"

Ihre Frage kam so unerwartet, dass ich einen Augenblick

brauchte, um meine Gedanken wieder zu sammeln. „Nein", sagte ich mit völliger Sicherheit. „Hat sie nicht."

Es war keine Lüge. Obwohl Cyclops und Catherine einander mochten, weigerte sich Cyclops, ihren Gefühlen nachzugehen und herauszufinden, ob sie sich mit der Zeit vertiefen konnten. Es war weniger seine Hautfarbe, die ihm Sorgen bereitete – obwohl sie für ihn vermutlich auch eine Rolle spielte, wenn auch nicht für Catherine –, sondern vielmehr seine Vergangenheit in Amerika. Ein mächtiger und reicher Minenbesitzer jagte ihn, seitdem Cyclops den Behörden verraten hatte, dass sein Arbeitgeber billige Materialien nutzte, wodurch eine Mine eingestürzt war und etliche Bergarbeiter ums Leben gekommen waren. Die Jagd hatte Cyclops ein hartes Leben beschert, er war ständig auf der Flucht und lebte im Verborgenen. Matt und die anderen hatten ihm bis zu einem gewissen Grad geholfen, doch es war immer noch kein Leben, das er einer Frau zumuten wollte. Cyclops beharrte jedoch darauf, dass er zusammen mit Willie, Duke und Matt nach Hause zurückkehren würde.

In meiner Kehle bildete sich ein Kloß bei dem Gedanken, dass sie gehen könnten. Ich würde dabei nicht nur Matt vermissen, sondern sie alle. Sie hatten sich einen Platz in einem Herzen erobert, der schwer wieder zu füllen sein würde, falls sie gingen. Der Platz, den Matt einnahm, war der größte.

„Was bedrückt sie denn dann in letzter Zeit?", fragte Mrs. Mason. „Sie ist so antriebslos, und das seit der Zeit, als sie ihre Beziehung zu Mr. Wilcox beendet hat. Ich wünschte, sie hätte ihn nicht abgewiesen."

„Sie haben nicht zueinander gepasst", sagte ich. „Er war viel zu gesetzt für sie. Catherine ist lebhaft und abenteuerlustig, und sie braucht einen Mann, der sie an andere Orte bringt und nicht an den Schürzenbändern in der Küche festbindet."

Mrs. Mason keuchte auf und drückte sich die eigene Schürze an die Lippen. Ich bedauerte meinen unsensiblen Ausbruch sofort. Mrs. Mason war eine wunderbare Frau und Mutter. Ihr Heim war ihr Allerheiligstes, und ihre Familie bedeutete ihr alles. Sie verstand nicht, weshalb Catherine etwas anderes wollen könnte.

Ich drückte ihren Arm. „Sie haben eine temperamentvolle

junge Frau aufgezogen, die freundlich, talentiert und voller Energie ist. Sie sollten sehr stolz sein, Mrs. Mason. Catherine ist ein wunderbarer Mensch, und zwar durch das gute Beispiel, das Sie und Mr. Mason ihr vorgelebt haben."

Sie tupfte sich mit der Schürze den Augenwinkel. „Doch wird sie mich verlassen. Ich weiß, dass sie das tut. Wenn nicht bald, dann eines Tages."

„Wir müssen doch alle früher oder später unsere Eltern verlassen."

„Du hast das nicht getan. Du hast Eliot nie im Stich gelassen. Du warst eine gute Tochter, India, und du bist immer noch ein gutes Mädchen. Ich wünschte, Catherine wäre mehr wie du, mehr zufrieden mit dem, was ihr das Leben zugespielt hat, anstatt sich immer mehr zu wünschen."

Ich wollte ihr sagen, dass es nicht falsch war, mehr zu wollen, dass wir alle danach streben sollten, uns auf die eine oder andere Art zu verbessern. Aber ich schätzte, dass sie keine weiteren harten Wahrheiten mehr hören wollte. Außerdem ging Catherine in der näheren Zukunft nirgendwohin. Sie mochte ja abenteuerlustig sein, doch ihr fehlten die Mittel und das Wissen, um allein Abenteuer zu erleben. Ihr Leben würde weiterhin behütet sein, bis jemand mit den Mitteln und dem Wissen ihr die Welt zeigen konnte.

Plötzlich fühlte ich mich ihretwegen unermesslich traurig. Es war nicht gerecht, dass sie die Dinge nicht tun konnte, die sie tun wollte, ohne erst einen Ehemann zu gewinnen. Das zeigte doch ganz genau, wie sehr wir Frauen davon abhängig waren, einen Mann zu finden, der zu unseren Einstellungen, Träumen und Werten passte. Wenn wir den nicht hatten, wurde das Leben zu einer endlosen Plackerei.

Ich setzte für Catherine ein Lächeln auf, während sie uns mit ihren Eltern zu unserer Kutsche geleitete, doch sie durchschaute es. „Was wollte meine Mutter?", flüsterte sie, während sie Mrs. Masons Rücken beäugte.

„Dass ich ihr versichere, dich nicht auf einen dunklen, magischen Pfad zu führen", log ich.

Sie verdrehte die Augen. „Ich wünschte, ich hätte magische Fähigkeiten. Das wäre so aufregend."

„Sie vor der Welt zu verstecken und nicht du selbst sein zu können? Ich glaube nicht, dass du das wollen würdest."

„Es ist nicht so anders als das, was ich jetzt tue, oder?" Sie seufzte. „Es wird mit jedem Tag schwerer, meine Gefühle für Nate zu verstecken. Ich erwische mich immer wieder dabei, wie ich an ihn denke."

„Dann musst du etwas anderes finden, mit dem du deine Gedanken beschäftigen kannst. Warum besuchst du kein Museum oder lernst alles, was du kannst, über ein Thema, das dich interessiert?"

Sie lachte. „Manchmal bist du wirklich seltsam, India. Du bist die Einzige, die Museen spannend findet. Nun", fügte sie an, „sag mir, wie geht es Nate?"

„Ihm geht es gut. Wirst du ihn besuchen?"

„Vielleicht." Sie nickte zu Matt hinüber, der mir die Kutschtür aufhielt. „Geht es Matt gut? Er wirkt krank."

„Ist er auch", sagte ich nur.

Ich betrachtete Matt auf dem gesamten Heimweg. Da ich jeden Tag bei ihm war, bedeutete das, dass mir die feinen Veränderungen in seinem Gesicht nicht immer auffielen. Doch jetzt, da Catherine es so offen angesprochen hatte, bemerkte ich die tieferen und zahlreicheren Falten, die von seinen Augen ausgingen, ebenso wie die dunkler werdenden Ringe darunter, und seine bleiche Haut, die bereits einen Grauton hatte. Es war erst zwei Stunden her, seit er seine Uhr zuletzt gebraucht und sich ausgeruht hatte. Mir gefiel es nicht, dass die Zeitspanne immer kürzer wurde. Es gefiel mir überhaupt nicht.

„Weshalb schaust du mich so an?" Seine verschränkten Arme und seine zusammengekniffenen Augen verrieten mir, dass er den Grund bereits kannte und meine Sorgen nicht zu schätzen wusste.

„Wie, ‚so'?", fragte ich in dem Versuch, unschuldig zu klingen.

„Als würdest du mich bemitleiden. Tu das nicht, India."

„Es ist kein Mitleid, es ist Mitgefühl."

„Mach auch das nicht."

Ich verschränkte die Arme ebenfalls und hob die Augenbrauen. „Was soll ich denn tun, Matt? Dich nicht anschauen? Nicht an dich denken? Nun, das kann ich nicht."

Er lächelte schief. „Ich bin froh, dass du es endlich zugegeben hast, aber ich wünschte, es wäre nicht mit einer Portion Mitleid verbunden."

„Mitgefühl, nicht Mitleid. Und dass ich was zugegeben habe?"

„Dass du an mich denkst." Sein Mund verzog sich zu einem ehrlichen Lächeln. „Ich kann sogar diesen mitleidigen Blick ertragen, wenn das bedeutet, von dir zu hören, dass ich also doch deine Gedanken beschäftige. Ich hatte mich allmählich schon gewundert, da du so beharrlich sagst, dass du mich nicht heiraten wirst. Aber jetzt kann ich etwas zuversichtlicher sein, dass du es dir letztlich überlegst."

Mein Gesicht wurde ganz heiß, obwohl ich mich anstrengte, kühlende Gedanken zu denken.

Sein Lächeln wurde breiter. „Du bist sogar noch hübscher, wenn du rot wirst."

„Matthew Glass, das reicht jetzt, danke." Ich drehte mich zum Fenster um, aber es nützte nichts. In der Enge der Kutsche konnte man einander nicht ausweichen.

„Weshalb? Hast du Angst, was du mir sonst noch enthüllen könntest? Vielleicht erzählst du mir ja sogar, was für eine alberne Vorstellung dich davon abhält, meinen Antrag anzunehmen, da du ja behauptest, meine Gesundheit wäre es nicht."

„Wie bin ich bloß in diese Konversation geraten?", murmelte ich meinem Spiegelbild zu.

„Du hast zugegeben, dass du nicht aufhören kannst, mich anzuschauen oder an mich zu denken."

„Ich bin mir ziemlich sicher, dass ich es so nicht gesagt habe."

„Verrat es mir, India." Er beugte sich vor und stützte die Ellbogen auf die Knie. „Verrat mir, was an mir ist, das du an einem Ehemann nicht mögen würdest."

„Da gibt es nichts. Alles. Es ist … kompliziert. Ich will darüber jetzt nicht sprechen."

„Hast du Angst, dass ich dich überrede?" In seiner Stimme mochte ja ein neckender Unterton liegen, doch eigentlich war sie sehr ernst. Er fühlte vor, tastete sich an *mich* heran, ehe er mich zu sehr bedrängte.

Er hatte Angst vor einer Zurückweisung. Matt war genauso verletzlich wie – nun ja, wie ich.

Diese verblüffende Erkenntnis traf mich, als hätte man mich ins Gesicht geschlagen. Ich hätte nicht damit gerechnet, dass die Grundfesten dieses zuversichtlichen, begehrenswerten Mannes wanken konnten oder dass es mir möglich sein sollte, an ihnen zu rütteln. Das hätte mir ein Gefühl der Macht geben sollen, aber so war es nicht. Ich fühlte mich elend.

Nachdem er mich ein paar Augenblicke lang angestarrt hatte, lehnte er sich auf seinem Platz zurück. Die restliche Heimfahrt über sprachen wir nicht mehr.

Die ersten Worte, die er zu mir sagte, riefen mich zurück, als ich gerade die Treppe nach oben unterwegs war. Er war in der Eingangshalle zurückgeblieben, um die Briefe zu lesen, die Bristow ihm gereicht hatte.

„Es ist ein Brief von meinem Anwalt gekommen", sagte Matt, der auf den Stufen auf mich aufholte. „Es geht um dein Häuschen."

Er reichte mir den Brief, und ich las ihn durch. „Es ist vermietet", sagte ich. „Das ging schnell."

„Es bestand kein Grund zum Warten. Also sieht es so aus, als würdest du nun hier festsitzen. Ich hoffe, du kannst es ertragen, im selben Haus wie ich zu leben."

„Bisher bin ich zurechtgekommen."

Er erwischte mich an der Hand. Da ich eine Stufe über ihm stand, waren wir fast auf derselben Höhe, und uns in die Augen zu schauen, und das war Gift für meine Nerven. Ich hatte Schwierigkeiten, Luft zu bekommen.

„Weshalb bist du so grausam?", murmelte er und musterte mein Gesicht.

Mir wollte keine Antwort einfallen, oder wie ich mich aus dieser Situation herausziehen konnte, ohne ihm eine zu geben. Und ich wollte ihm auf keinen Fall eine Antwort geben.

Die Rettung erschien in Form von Miss Glass. „India!", rief sie schnell vom oberen Treppenabsatz aus. „India, ich brauche dich. Komm sofort."

Matt ließ meine Hand los, nur um leicht mit den Fingern über meine zu streifen. Ich hätte mich dem mühelos entziehen können, tat es aber nicht. „Ich werde meine Antwort von dir bekommen, sobald es mir besser geht", sagte er. „Ja?"

Ich nickte. „Werde einfach gesünder, Matt, und ich werde jegliches Gespräch mit dir führen, das du dir wünschst. Werde einfach bitte nur gesünder."

KAPITEL 3

Wir blieben gerade lange genug zuhause, dass Matt seine Taschenuhr gebrauchen und sich erneut ausruhen konnte. Da ich mir keinen Vortrag anhören wollte, ging ich Miss Glass aus dem Weg, indem ich in meinem Zimmer las. Es war schon später Nachmittag, als Matt und ich am New Scotland Yard ankamen – die Schatten, die das herrschaftliche orange-weiße Gebäude warf, erstreckten sich über das Victoria Embankment zur Themse.

Üblicherweise suchten wir im Polizeihauptsitz Commissioner Munro auf, doch diesmal nicht. Matt wollte mit Kriminalinspektor Brockwell sprechen, einem schwerfälligen, doch gründlichen Polizisten, den Matt bewunderte. Obwohl ich seine pedantische Entschlossenheit, die Wahrheit herauszufinden, zu schätzen wusste, machte ich mir Sorgen, dass er in Matt einen Gesetzlosen sah und ihn eines Tages festnehmen würde. Die Polizei hatte ihn schon einmal verhaftet, was ihn beinahe das Leben gekostet hatte, da er in der Gefängniszelle keinen Zugang zu seiner Taschenuhr gehabt hatte. Ich hatte kein Zutrauen, dass sie das nicht wieder tun würden. Da Sheriff Payne dem Commissioner Matts Übeltaten in Amerika ins Ohr flüsterte, waren meine Sorgen gerechtfertigt. Bisher hatte der Commissioner sich entschieden, uns zu glauben, da wir ihm erzählt hatten, dass man Payne nicht vertrauen konnte, doch wie lange noch? Wie oft würde er über unsere Neigung, Schwierigkeiten auf uns zu ziehen, noch hinwegsehen, insbesondere, wenn wir es wegen der Geheimhaltung von Matts magischer Taschenuhr nicht erklären konnten?

„Was kann ich für Sie tun?", fragte Kriminalinspektor Brockwell. Wir saßen in seinem kleinen, fensterlosen Bureau an der Rückseite des Gebäudes. Es war nicht mit Commissioner Munros Bureau im obersten Stock mit der Aussicht über den Fluss zu vergleichen. Wie Brockwell selbst war sein Bureau unordentlich. Papiere lagen auf dem Schreibtisch und Sessel verstreut und fielen schon zu Boden. Ein schiefes Porträt der Queen hing an der Wand, eine Karte von London war darunter festgesteckt. Das Buchregal war größtenteils leer, doch in einer Ecke des Zimmers stapelten sich Bücher.

Matt pflückte die Papiere von einem der Stühle und bot mir einen Platz an. Ich setzte mich, und er legte den Stapel neben meine Füße, da sonst nirgendwo Platz dafür war. Er blieb neben mir stehen.

„India und ich ermitteln im Fall einer verschwunden Nonne vom Konvent vom Heiligsten Herzen in Chelsea", setzte Matt an.

Bei jedem Wort gingen die Augenbrauen des Inspektors weiter nach oben, bis sie beinahe an seinen Haaransatz stießen, als der Konvent erwähnt wurde. „Sie ermitteln in einem Verbrechen? Warum?"

„Eine der Nonnen bat uns, es uns anzusehen. Es belastet sie, und sie wünscht sich nach all den Jahren Aufklärung."

„Vor wie vielen Jahren?"

„Siebenundzwanzig."

„Siebenundzwanzig", wiederholte Brockwell ausdruckslos. „Schon wieder diese Zahl."

„Wie bitte?", fragte ich.

„Sie scheint in letzter Zeit recht häufig aufzukommen. Dr. Millroys Tod war vor siebenundzwanzig Jahren, nachdem er in einen verdächtigen Todesfall verwickelt war, der ebenfalls zu jener Zeit stattfand." Er kratzte sich mit bedächtigen Bewegungen über die Koteletten, und ich war überzeugt, dass er absichtlich langsamer machte, um mich zu ärgern.

Matt schien es nicht zu beeinträchtigen. „Ich bezweifle, dass die braven Nonnen des Ordens vom Heiligsten Herzen mit diesen Verbrechen etwas zu tun haben", sagte er.

Ich presste die Lippen aufeinander und unterdrückte ein Lächeln.

Brockwell hörte auf, sich zu kratzen. „Ich glaube nicht an Zufälle."

Obwohl Brockwell die Einzelheiten zu Dr. Millroys Tod bekannt waren, wusste er nichts von der größeren Geschichte um die magischen Fähigkeiten des Arztes, oder dass sein unehelicher Sohn diese Fähigkeiten womöglich geerbt hatte und vielleicht der einzige Mensch auf Erden war, der Matt retten konnte. Brockwell hatte eindeutig klargestellt, dass er nicht an Magie glaubte. Ein Ungläubiger würde nicht verstehen, wie dringend wir Phineas Millroy finden mussten. Er könnte sich uns sogar bei auf Suche in den Weg stellen, wenn er Matt für schuldig an den Verbrechen hielt, die Sheriff Payne ihm anlastete. Es war am besten, wenn Brockwell soweit wie möglich im Dunkeln blieb.

„Dann sind Sie ein Narr", sagte Matt.

Ich schloss die Augen. Den Inspektor einen Narren zu nennen, wenn wir seine Hilfe brauchten, war keine gute Idee.

„Inwiefern?", fragte der Inspektor.

„Zufälle kann man als eine Untersuchung der Wahrscheinlichkeitstheorie betrachten. Mathematisch gesagt ist es nicht unwahrscheinlich, dass zwei unabhängige Ereignisse sich in denselben Jahren ereignen, wenn man das Alter der Nonnen, Millroys und aller anderen betrachtet, die in beide Fälle verwickelt sind."

Brockwell hob ergeben die Hände. „Kommen Sie zum Punkt, Glass. Was wollen Sie von mir?"

„Ich will, dass Sie in den polizeilichen Archiven nach Berichten über das Verschwinden der Mutter Oberin aus dem Konvent vor siebenundzwanzig Jahren suchen. Laut Schwester Clare entsprach das nicht ihrem Charakter, und sie sagte niemandem, wohin sie ging. Seither hat man sie weder gesehen, noch von ihr gehört."

„Und diese Schwester Clare ist zu Ihnen gekommen und hat Sie gebeten zu ermitteln?"

„Ja."

„Warum?"

„Ich war dort, um eine Spende zu tätigen, und erwähnte dabei zufällig, dass ich ein privater Ermittler bin", sagte Matt ohne zu zögern. „Vielleicht war das die erste Gelegenheit, die sie erhielt, darüber nach all der Zeit mit einem Ermittler zu sprechen."

Brockwell kratzte sich erneut an den Koteletten. „Oder vielleicht hat etwas ihre Erinnerung ausgelöst, während Sie im Konvent waren und eine Spende offeriert haben. War sie beträchtlich?"

„Mir gefällt Ihr Tonfall nicht", sagte Matt düster.

„Werden Sie uns helfen, Inspektor?", fragte ich, ehe er der Wahrheit noch näher kommen konnte. „Sie müssen sich keine Mühe machen, außer einem raschen Blick in die Archive. Es ist unwahrscheinlich, dass es eine polizeiliche Angelegenheit ist."

„Sie glauben, die Mutter Oberin sei aus eigenem Antrieb gegangen?"

„Es wirkt wie das wahrscheinlichste Szenario."

„Sie werden mich in Kenntnis setzen, falls Sie etwas Illegales vermuten." Da Matt keine Antwort gab, fügte Brockwell an: „Miss Steele?"

„Natürlich", sagte ich. „Werden Ihre Archive in diesem Gebäude aufbewahrt?"

„Manche schon, aber das mag vielleicht ein Fall für die örtliche Niederlassung in Chelsea sein."

Als er nicht aufstand, sagte Matt: „Wir können warten, während Sie nachsehen."

„Ich werde Nachricht schicken, sobald ich eine Aufzeichnung der Ermittlungen gefunden habe, falls es eine gibt."

„Bis zum Ende des heutigen Tages?"

Brockwell schaute auf seine Taschenuhr. „Es ist schon fast fünf, Mr. Glass. Ich hoffe, ich habe morgen etwas für Sie."

„Mittags."

Brockwell knurrte, ohne zuzustimmen, dann verließ er mit uns sein Bureau. „Jack Sweet wird bald vor Gericht stehen", sagte er. „Wenn er auf unschuldig plädiert, werden Sie beide als

Zeugen gerufen. Es tut mir leid, wenn das Mühen und Aufregung für Sie bedeutet, Miss Steele."

„Ich sage gerne aus, falls es hilft", erklärte ich. „Ich mache mir keine Sorgen, dass ich gerufen werde, um vor den Geschworenen zu sprechen."

„Sie sind sehr mutig." Plötzlich nahm er meine Hand und tätschelte sie. Die vertraute Geste überraschte mich, genau wie sein Lächeln. Dieser ernste Mann lächelte sonst kaum. „Ich habe noch nie eine Frau mit so stählernen Nerven wie Sie getroffen, das muss wohl am Namen liegen."

Ich erwiderte sein Lächeln. „Vielen Dank, Inspektor. Es muss schon seltsam wirken, dass wir mehr Ärger anziehen als die meisten Leute, aber es ist eine Erleichterung, zu wissen, dass Sie uns nichts Ungesetzliches vorwerfen. Sheriff Payne möchte, dass Sie etwas anderes glauben, aber ihm kann man nicht trauen."

„Wie Sie sagen."

„Guten Tag, Inspektor", verabschiedete sich Matt knapp. Er hielt mir seinen Arm hin, dann führte er mich durch das Gebäude zurück nach draußen. „Der hat ja Nerven!"

Ich schaute ihn mit gerunzelter Stirn an. „Brockwell?"

„Mir hat die Art nicht gefallen, wie er dich angelächelt hat."

„Es war nur ein Lächeln", sagte ich und stieg in die Kutsche.

„Er hat dir die Hand getätschelt. Das macht daraus mehr als nur ein Lächeln."

„Das nennt man Flirten, Matt. Du solltest doch alles darüber wissen, wenn man bedenkt, dass du ein ziemlicher Experte darin bist."

Er ließ sich auf dem Sitz gegenüber nieder. „Bin ich nicht."

„Du bist es, und das weißt du auch."

Er zupfte an seinen Manschetten und starrte aus dem Rückfenster. Ich dachte, die Sache wäre beendet, doch als wir uns Mayfair näherten, sagte er: „Nächstes Mal, wenn wir Scotland Yard besuchen, bleibst du zu Hause."

* * *

DUKE UND CYCLOPS kamen kurz vor dem Essen nach Hause und berichteten im Wohnzimmer, wo ich und Matt bei Miss Glass saßen, von ihren Erfolgen. Sie hatte darauf bestanden, dass wir ihr von unserem Tag erzählten, da sie es satthatte, durch Zeitschriften zu blättern.

„Wir haben das Dach repariert", sagte Duke, der sich die Schulter rieb. „Es gab einige gebrochene Schindeln. Wir haben Ersatz in den Außengebäuden gefunden. Es war nicht allzu schwer, und Schwester Bernadette war wirklich dankbar. Sie wollte da nicht selbst raufklettern."

„Ich bin überrascht, dass sie nicht glaubt, Gott würde verhindern, dass sie herunterfällt", sagte Miss Glass mit einem Schnauben.

„Wie dankbar war sie denn?", fragte Matt. „Habt ihr es geschafft, ihr noch weitere Informationen zu entlocken?"

„Wir wollten nicht zu sehr herumstochern, wie du vorgeschlagen hast", sagte Cyclops. „Aber wir haben etwas erfahren, dass vielleicht nützlich ist. Der Priester, der ihnen die Beichte abnimmt, ist der gleiche wie vor siebenundzwanzig Jahren. Wenn eine der Nonnen etwas weiß oder etwas getan hat, hat sie es vielleicht Pater Antonio unter dem Schutz der Beichte erzählt."

„Es ist unwahrscheinlich, dass er uns etwas sagt, das er im Vertrauen erfahren hat", gab ich zu bedenken. „Das wäre ja sakrosankt."

„Ja, aber Matt ist sehr gut darin, Leute zu durchschauen", sagte Cyclops. Wenn er die richtigen Fragen stellt, könnte er etwas herausfinden."

Ich seufzte. „Das ist besser als nichts."

„Man findet ihn in St. Mary's, in der gleichen Seitenstraße wie den Konvent", sagte Duke.

Matt stützte den Kopf auf die Hand und fuhr sich durch die Haare. Als er sich aufrichtete, strich er sich die Haare nicht wieder glatt. Ich musste mich beherrschen, es nicht für ihn zu tun.

„Du wirkst müde, Matthew", sagte Miss Glass. „Warum ruhst du dich nicht vor dem Abendessen aus?"

„Das brauche ich nicht."

Sie legte den Kopf schief. „Sag du es ihm, India."

„Gib mir die Taschenuhr." Ich hielt ihm die Hand hin. „Lass

mich Chronos' Zauberspruch noch einmal hineinsprechen und sehen, ob ich die Magie erneut verlängern kann."

Er stieß ein Seufzen aus, gab aber nach. Ich strich über die Rückseite des Gehäuses, berührte das glatte Silber mit dem Daumen, während ich den Verlängerungszauber sprach. Es erwärmte sich, und ein schwaches violettes Licht glühte auf, ehe es wieder erlosch. Ich reichte Matt die Uhr zurück.

„Benutze sie in deinem Zimmer, dann leg dich ein wenig hin", sagte ich. „Kein Widerspruch", fügte ich an, als er den Mund öffnete. „Wir brauchen dich hier nicht."

„Tyrannen", murmelte er und warf mir ein müdes Lächeln zu.

Ich sah ihm nach, dann sank ich in den Sessel.

„Es wird schlimmer mit ihm", sagte Cyclops.

Miss Glass drückte sich eine Hand auf die Brust, während sie mit feuchten Augen blinzelte. „Mein armer Junge."

Ich stand auf und ging vor ihr in die Hocke. „Wir sind ganz dicht daran, jemanden zu finden, der ihm helfen kann. Ganz dicht." Ich ließ die Möglichkeit, dass Phineas Millroy vielleicht die Magie seines Vaters nicht geerbt hatte, unerwähnt, genau wie die durchaus naheliegende Möglichkeit, dass er vielleicht tot oder nicht mehr im Land war. Ich ertrug es nicht, diese beiden Szenarien anzusprechen; Miss Glass' zerbrechlicher Verstand mochte sich vielleicht ganz verschließen.

Sie nickte schwach, dann kehrte sie zu der Zeitschrift auf ihrem Schoß zurück.

Cyclops und Duke gingen, um sich vor dem Abendessen zu waschen. Ich lief ihnen nach und holte Cyclops auf den Stufen ein. „Ich habe heute Catherine Mason getroffen", sagte ich. „Sie hat nach dir gefragt."

Sein Schritt wurde langsamer, doch er pflügte weiter voran, ohne mich anzuschauen. „Geht mich nichts an."

„Ich sehe doch, dass dir gefällt, dass sie nach dir gefragt hat, versuch nicht, es zu verbergen. Sie ist unglücklich. Sie fühlt sich zu Hause eingesperrt, und sie kann sehen, wie sich ihr Leben vor ihr ausbreitet, als monotone Abfolge von Haushaltstätigkeiten." Ich tippte ihm auf den Arm. Als er nicht reagierte, bohrte ich.

„Du hast das Zeug dazu, sie glücklich zu machen – und zur selben Zeit auch dich."

„Ich habe dir doch gesagt, warum ich das nicht kann", fuhr er mich an. Cyclops fuhr niemals jemanden an. Ich war auf einen empfindlichen Nerv gestoßen.

„Mir gefällt deine Begründung nicht. Ich stimme nicht zu. Wenn du dir wegen ihrer Sicherheit in Amerika Sorgen machst, dann geh doch nicht zurück."

„Leichter gesagt, als getan."

„Das sehe ich anders. Du hast eine Wahl, Cyclops. Eine der Möglichkeiten ist leicht, und die andere ist schwer, aber nicht unmöglich. Weiche nicht vor der schweren zurück, wenn sie euch beide glücklicher macht."

Er hielt inne und fuhr zu mir herum. Ich verschränkte die Arme und funkelte ihn ebenfalls an. „Mir scheint es, du würdest auch den leichten Weg wählen, India."

Meine Arme fielen nach unten, und ich starrte seinen Rücken an, während er die Stufen hinaufstapfte. Erst als er schon außer Sicht verschwunden war, fiel mir eine Erwiderung ein.

Ich hörte, wie sich die Eingangstür öffnete und Bristow Willie begrüßte. Ich beschloss, mich zu ihr zu gesellen, anstatt auf Cyclops' Worten herumzukauen.

„India", begrüßte sie mich mit einem Lächeln. „Wie war euer Nachmittag?"

„Gut, danke. An deiner guten Laune sehe ich, dass deiner auch gut gelaufen ist."

Sie reichte ihren zerknitterten Cowboyhut Bristow, der ihn ihr zwischen Daumen und Zeigefinger abnahm. „Ja, er war gut, und das ist alles, was ich sagen werde. Versuch nicht, mich auszuhorchen, denn das gelingt dir nicht."

Ich hob die Hände, während ich mich ihr anschloss, dann beugte ich mich näher zu ihr. „Ich muss dich nicht aushorchen, denn ich weiß ja, dass du einen Schatz hast", flüsterte ich.

Ihr Lächeln schwand. „Was weißt du?"

„Dass du in letzter Zeit immer glücklich bist, und dass du jetzt rot wirst."

Sie schlug sich die Hände auf die Wangen. „Werde ich nicht!"

„Und dass du die Haare offen trägst, obwohl du sie bei deinem Aufbruch vorhin hochgesteckt hattest."

Sie berührte ihre Haare an der Schulter. Sie fielen ihr in langen, dicken Strähnen über den Rücken.

„Du siehst aus wie eine Frau, die sich kürzlich mit einem Kerl im Heu gerollt hat. Oder vielleicht in einem Vorratslager im Krankenhaus."

Ihre Wangen wurden wieder etwas blasser, und ihre Schultern entspannten sich. „Woher solltest du das denn wissen? Hast du dich denn jemals mit deinem Schatz im Vorratslager herumgetrieben?"

„Ich hatte niemals einen Schatz", schoss ich zurück, nicht im geringsten besorgt, was sie von mir denken könnte. „Eddie zählt nicht."

„Auf keinen Fall. Der kleine Scheißhaufen hat dich nicht verdient. Er hat keine Frau verdient. Ich schätze, er würde nicht mal wissen, was er anfangen soll, falls er eine in ein Vorratslager kriegt."

„Er würde sie vermutlich auffordern, einen Besen zu holen und den Saustall aufzuwischen, den er in seinem Leben veranstaltet hat."

Wir lachten beide. Dann legte sie einen Arm um mich und zog mich in die Bibliothek.

„Ich brauch was zu trinken. Komm und trink einen mit mir, und schließ die Tür, India. Aber kein Wort mehr über einen Schatz und das Krankenhaus, sonst rufe ich Bristow und sage ihm, dass du schon wieder vor dem Abendessen Alkohol trinkst."

„Bitte, erspare mir seinen Vortrag."

* * *

Matt kam am nächsten Vormittag nicht zur Ruhe, während er auf Nachricht von Brockwell wartete. Er marschierte in sein Zimmer hinein und wieder hinaus, starrte aus den Fenstern vorne auf die Straße und hatte Mühe, sich zu unterhalten. Das machte seiner Tante Kummer, darum bot ich an, zur Ablenkung im Hyde-Park mit ihr spazieren zu gehen. Hoffentlich war zum

Zeitpunkt unserer Rückkehr Brockwells Information oder deren Ausbleiben schon bekannt.

Aber es war nicht Brockwell, den wir bei unserer Rückkehr ins Haus in der Park Street vorfanden. Es waren Lord und Lady Rycroft, die gerade aus ihrer Kutsche stiegen. Während Matts Tante von Zeit zu Zeit mit ihren Töchtern im Schlepptau zu Besuch war, tat das ihr Onkel nur selten. Seine Anwesenheit war kein gutes Zeichen.

„Gehen wir weiter", sagte Miss Glass. „Vielleicht gehen sie wieder, wenn ich nicht zu Hause bin."

„Oder vielleicht ist es Matt, den sie treffen wollen", sagte ich. „In diesem Fall sollten wir da sein, um ihn zu unterstützen. Ich vermute, sie wollen die Situation von Patience besprechen."

„Ich will schon wissen, ob Lord Cox von ihrem Fehltritt erfahren hat." Nach kurzem Zögern beschleunigte sie ihren Schritt. „Du hast recht. Wir können es nicht Matt überlassen, die ganze Last zu tragen. Komm schon, India."

Wir trafen in der Eingangshalle auf sie, wo Bristow gerade dabei war, Lord Rycroft den Hut und den Gehstock abzunehmen. Sie begrüßten Miss Glass förmlich und hatten sogar ein knappes „Guten Morgen" für mich übrig, obwohl mir keiner von ihnen in die Augen schaute.

„Ist Matthew zu Hause?", fragte Lady Rycroft. „Wir müssen dringend mit ihm sprechen."

„Kommen Sie mit zum Salon", sagte ich, da Miss Glass keine Anstalten machte, sie zum Bleiben einzuladen. „Bristow, lassen Sie Tee kommen. Ich hole Matt."

Ich musste nicht lange suchen. Er erwartete mich am oberen Ende der Treppe, als ich hinaufging. „Deine Tante und dein Onkel sind hier." Ich griff vor, um seine Krawatte zu richten, dann zog ich mich schnell zurück. „Hast du von Brockwell gehört?"

„Nein. Ich habe schon in Betracht gezogen, stattdessen ihn aufzusuchen."

„Nach diesem Treffen."

„Du gehst mit mir da rein, oder, India?"

„Wenn du es wünschst."

„Ich wünsche es auf jeden Fall." Er lächelte mich trocken an. „Wenn du da bist, nehmen sie sich vielleicht zurück."

„Glaubst du, sie sind wegen Patience und Lord Cox hier?"

„Daran habe ich keinen Zweifel."

Miss Glass' Kopf war gebeugt, als wir den Salon betraten, die Hände züchtig in ihrem Schoß gefaltet. Lord Rycroft stand über ihr, das überschüssige Fett unter seinem Kinn schob sich zu dicken Rollen zusammen, während er die Stirn furchte. Sie hätten einander nicht weniger ähneln können. Wo er breit war, war sie schmal, sie hatte graue Haare, während seine zum Großteil noch schwarz waren, sie war unterwürfig, während er herrisch wirkte. Es ließ sich leicht vergessen, dass sie Geschwister waren.

„Verstehst du das, Letitia?", wollte Lord Rycroft wissen.

Sie nickte schwach.

„Sag es. Sag, dass du es verstanden hast, damit ich weiß, dass du mich gehört hast."

„Rycroft", ging Matt dazwischen, auch er hatte ein finsteres Gesicht für seinen Onkel. „Tante Letitia scheint keine Lust auf dein Verhör zu haben. Kann ich vielleicht behilflich sein?"

Lord Rycroft wollte erhaben auf Matt herabschauen. Da Matt größer war als er, musste er dazu den Kopf ein Stück weit zurücklegen. „Das geht dich nichts an."

„Wenn du in meinem Haus bist und meine Tante aussieht, als würde sie sich fürchten, dann geht es mich durchaus etwas an."

Lord Rycroft funkelte seinen Neffen weiterhin an, und Matt funkelte zurück. Es musste erst Bristow mit den Teeutensilien kommen, um das Patt zu beenden. Ich schenkte ein und reichte Tassen herum, wagte es kaum, Luft zu holen, bis sich Lord Rycroft endlich setzte.

„Richard hat mir befohlen, mit Beatrice und den Mädchen zum Anwesen zu reisen, um die Hochzeit vorzubereiten", sagte Miss Glass, die von ihrem Schoß aufschaute. Die ganze Farbe, die sie bei unserem Spaziergang bekommen hatte, war aus ihrem Gesicht gewichen, und ihre Augen hatten keinen Glanz mehr.

„Willst du mit ihnen gehen oder später mit mir eintreffen?", fragte Matt.

„Sie hat keine Wahl", sagte Lord Rycroft, der seine Teetasse abstellte, ohne auch nur einmal zu nippen. „Sie geht mit Beatrice. Das ist das Beste."

„Für wen?"

„Für alle! Sie ist Patience' Tante. Sie wird gebraucht."

Seine Frau verdrehte die Augen. „Es ist der beste Ort für *sie*", sagte sie. „Du kannst sie hier nicht im Auge behalten, Matthew. Du bist zu beschäftigt. Sie braucht Gesellschaft und Sicherheit, oder sie wird einfach nur wieder weglaufen wie letztes Mal."

„Das letzte Mal, als sie weggelaufen ist, war sie bei dir", schoss Matt zurück. „Sie ist hierher zurückgekehrt, wie ich mich erinnere."

Lady Rycroft schniefte. „Ja, nun, das zeigt doch, dass man sie die ganze Zeit über im Auge behalten muss."

„Sie läuft nicht weg, wenn sie allein hier ist, und sie hat sehr häufig Indias Gesellschaft."

Zum Glück verwässerte Miss Glass das Argument nicht, indem sie erwähnte, dass ich in letzter Zeit nur selten zu Hause war.

„Sie macht keine Schwierigkeiten", fügte ich an.

Lord und Lady Rycroft beachteten mich nicht. „Also gut, dann bleib hier", murmelte Lady Rycroft in ihre Tasse.

Ihr Gemahl wandte seinen eisigen Blick zu ihr. „Beatrice", zischte er. „Wir waren doch einer Meinung."

„Das ist alles gut und schön, Richard, denn du kommst erst später. Dir ist es nur allzu Recht, mir in der Zwischenzeit die Verantwortung aufzubürden, mich um sie zu kümmern. Was, wenn sie wieder wegläuft? Sie könnte in den Wald oder den See laufen. Stell dir vor, sie taucht im Dorf auf und erzählt Unsinn. Davon wird sich mein Ruf niemals erholen."

„Wenn du mich zwingst, London mit dir zu verlassen, werde ich genau das tun", sagte Miss Glass mit einem verkniffenen Lächeln zu ihrer Schwägerin.

Ich wollte ihr Applaus klatschen, weil sie sich zu Wort meldete. Doch ihre Tapferkeit war nur von kurzer Dauer. Sie beugte erneut den Kopf, als ihr Bruder sie anfuhr: „Das reicht jetzt, Letitia."

„Also ist das geregelt", sagte Matt. „Tante Letitia wird mit mir anreisen. Wir treffen am Tag vor der Hochzeit ein."

„O nein", sagte Lady Rycroft. „Ihr müsst mindestens drei Tage vorher kommen. Meine Mädchen wären tief traurig, wenn du Ihnen deine Gesellschaft verweigerst, Matthew."

Bei dieser Aussicht wirkte er leicht panisch. Ich war mir nicht sicher, ob ich lächeln oder auch panisch werden sollte.

„Und das nur, *falls* es eine Hochzeit gibt", fügte sie mit einem bedeutungsvollen Blick auf ihren Mann an.

„Das bringt uns zum Hauptgrund unseres Besuches", sagte er und warf sich in die fassförmige Brust. „Aber das werde ich nicht vor der Gesellschafterin ansprechen." Er schaute mich nicht an, weshalb ich keinen Drang verspürte, den Raum zu verlassen.

„India bleibt", sagte Matt. „Wenn ihr etwas zu mir zu sagen habt, sagt es vor ihr."

Lord Rycroft schürzte immer wieder die Lippen vor Empörung. Als Matt keinen Rückzieher machte, ließ er die Zunge schnalzen. „Hope hat uns alles über diesen gewissen Sheriff erzählt, den du kennst, und seinen Versuch, meine Familie zu erpressen. Das lasse ich mir nicht gefallen, verstehst du? Ich lasse es mir nicht gefallen. Bring deinen Schlamassel in Ordnung, ehe die Nachricht Lord Cox erreicht."

„Ich kann nicht kontrollieren, was Sheriff Payne tut oder sagt", erwiderte Matt.

„Das kannst du, und das wirst du! Mach, was er verlangt, um Himmels willen!"

„Er hat keine Forderung gestellt. Wenn ich wüsste, wo ich ihn finde, würde ich versuchen, ihn davon zu überzeugen, sich herauszuhalten. Ich weiß jedoch nicht, wo er ist."

„Dann finde es heraus." Eine Ader an Lord Rycrofts Hals pochte. Sein Kragen wirkte plötzlich viel zu eng. „Die Lage ist heikel. In ihrem Alter ist Patience alles andere als ein guter Fang, aber aus irgendeinem Grund will Cox sie heiraten. Ich schätze, es hat etwas damit zu tun, dass seine Kinder eine Mutter brauchen, obwohl das nichts ist, was eine gute Gouvernante nicht lösen könnte."

„Vielleicht liebt er sie und wird über ihre Vergangenheit hinwegsehen", sagte Matt.

Lady Rycroft blähte die Nasenflügel. „Sei nicht albern", murmelte ihr Mann.

Ich hatte mir schon oft gedacht, dass ich mit weniger Glück gesegnet war als die privilegierten Patience Glasses dieser Welt, aber wenn ich hörte, wie ihre eigenen Eltern über sie sprachen, war ich froh, dass ich nicht in diese Klasse hineingeboren war. Sie war für sie nicht mehr als eine Handelsware, so ersetzbar wie ein Pferd, das man nicht mehr ins Rennen schicken konnte.

„Du musst das hinbiegen, Matthew, ehe es zu spät ist", sagte Lady Rycroft. „Die Familie zählt auf dich."

„Ich werde mein Bestes tun, aber ich kann Payne nicht aufhalten, wenn ich ihn nicht finde."

„Bemühe dich mehr! Wenn die Hochzeit abgeblasen wird, leiden alle Mädchen. Selbst Hope wird es schwerfallen, sich einen Mann zu sichern, wenn dieser Skandal ans Licht kommt. Sie werden alle ruiniert. Die Mädchen werden mindestens zwei Jahre lang ihr Gesicht in London nicht zeigen können, und bis dahin ist es dann zu spät!" Sie stellte ihre Teetasse ab und drückte sich die Finger an den Schläfen auf den Rand ihres Turbans. „Diese Situation ist unerträglich, und es ist *deine* Schuld, Matthew."

„Ist es nicht", sagte Miss Glass gereizt. „Patience hätte besser aufpassen sollen. Der Ruf ist der wertvollste Besitz einer jungen Dame. Wenn man ihn verliert, verliert man die Gelegenheit, sich eine Zukunft zu sichern. Patience war einfältig genug, zu glauben, dass sie diesem Betrüger wichtig wäre, aber sie war jung. Als ihre Mutter hättest *du* sie vor solchen Männern warnen sollen, Beatrice. Es ist deine Schuld, dass sie nun in dieser Notlage ist, nicht die von Matthew."

Lady Rycrofts Gesicht verzog sich so heftig, dass ihre Lippen fast ganz verschwanden. „*Du* wagst es, Patience vorzuwerfen, dass sie nicht auf ihren Ruf achtet! *Du*, von allen Menschen! Lässt du sie so über deine Tochter sprechen, Richard, wo sie doch kein Stück besser ist?"

Miss Glass breitete die Finger auf dem Schoß aus. Sie schaute zur Seite. „Patience' Situation ist nicht dieselbe wie meine."

„Ist sie nicht?" Lady Rycroft packte die Armlehnen des Sessels und beugte sich vor. „Ihr hattet beide Machenschaften mit unpassenden Männern. Zumindest hat Penelope deinen Ruf gerettet, ehe du etwas *allzu* Törichtes tun konntest."

Penelope. Das war die Freundin, die Miss Glass letzte Woche mit Lady Rycroft besucht hatte, als sie einen Anfall bekommen hatte und weggelaufen war, ohne es jemandem zu sagen. Die Vorstellung aber, dass Miss Glass ein Techtelmechtel mit einem unpassenden Mann gehabt hatte, und ihr doch der Gedanke nicht gefiel, dass Matt und ich zusammen sein könnten ... So, so.

„Es reicht!", brüllte Lord Rycroft. „Musst du wirklich deine schmutzige Wäsche vor unserem Neffen waschen, Letitia?"

Miss Glass blinzelte rasch, dann nahm sie ihre Teetasse und die Untertasse. Ihre Hände bebten, während sie nickte.

Lady Rycroft warf einen triumphierenden Blick auf ihre Schwägerin, wodurch Miss Glass nur noch stärker blinzelte. Die Arme. Ich wünschte, ich würde neben ihr sitzen, um ihr Trost zu spenden und Lady Rycroft zu zeigen, dass Miss Glass Unterstützer hatte.

„Ich muss euch beide bitten zu gehen", sagte Matt. „Ihr könnt nicht herkommen und Tante Letitia beleidigen ..."

„Sie hat mich zuerst beleidigt!", erklärte Lady Rycroft.

„Hört zu", sagte Matt, seine Stimme klang gepresst. „Es tut mir leid für Patience, aber ich kann nicht verhindern, dass Payne mit Lord Cox spricht. Vielleicht liebt er sie und wird ihr vergeben."

Lady Rycroft machte ein schnaubendes Geräusch. „Wie kann er sie heiraten, wenn ihr Fehltritt öffentlich wird?"

„Ganz genau", sagte ihr Gemahl. „Man wird ihn lächerlich machen, falls er daran festhält. Keiner wird es *ihm* übelnehmen, wenn er die Verlobung auflöst, nicht einmal ich."

„Ein kleiner Fehltritt in der Vergangenheit einer Frau sollte ihre Zukunft nicht beflecken", schimpfte Matt.

„Die Dinge sind in Amerika eindeutig anders", sagte Lord Rycroft mit einer Heftigkeit, bei der seine sämtlichen Kinne wackelten. „Wir Engländer haben Moral. Und Patience ist nicht einfach nur eine Frau, sie ist eine *Lady*. Da gibt es einen Unterschied."

Matt kniff sich in den Nasenrücken. Er war müde und verstimmt, und er wollte eindeutig, dass seine Verwandten gingen. Ich wünschte, ich hätte gewusst, wie ich sie loswurde, aber ich hatte keine Ahnung. Auf mich wollten sie ja nicht hören.

„Falls Payne Lord Cox von der Vergangenheit meiner Tochter erzählt", sagte Lord Rycroft, „dann musst *du* es wieder gutmachen. Verstehst du? Wenn ihre Zukunft ruiniert ist, weil man *dir* etwas zuleide tun will, dann hast du eine Verantwortung ihr gegenüber, Matthew. Ist das klar?"

Er seufzte. „Ist es. Und ich stimme zu."

„Richard", sagte Miss Glass bedächtig, „auf welche Weise erwartest du denn, dass Matthew es wiedergutmacht?"

„Die Wiedergutmachung wird besprochen, falls und wenn die Notwendigkeit besteht." Lord Rycroft erhob sich und knöpfte seinen Gehrock zu. „Komm, Beatrice." Er ging schon beinahe vor seiner Frau hinaus, hielt aber an der Tür inne, um ihr zu gestatten, vor ihm zu gehen.

Wir drei folgten ihnen nicht. Die Vordertür schloss sich, dann holten Bristow und der Diener Peter rasch die Teeutensilien ab. Keiner sagte etwas, bis sie gegangen waren.

„Glaubst du, Payne ist grausam genug, um Patience zu ruinieren, damit er an dich herankommt?", fragte ich Matt.

Er nickte. „Er ist ein feiger, niederträchtiger Kerl, also ja, das würde er tun. Ich erwarte, dass er bald zu Lord Cox geht, außer …"

„Außer was?", fragten sowohl ich als auch Miss Glass.

Matt zuckte nur mit den Schultern.

„Wenn du ihn aufhalten könntest, hättest du es bereits getan", sagte Miss Glass. „Mein törichter Bruder sollte das verstehen. Die echte Frage ist, was wird Richard tun, wenn Lord Cox die Verlobung auflöst?"

„*Falls* er sie auflöst", erklärte ich ihr. „Vielleicht liebt er sie ja zu sehr, um sie gehen zu lassen."

„Liebe India, dein Idealismus spricht für dich, aber die Wahrheit ist doch, Lord Cox heiratet Patience nicht aus Liebe. Liebe in einer Ehe mag ja eine Möglichkeit sein, wo du herkommst, aber für uns ist sie das nicht. So ist das einfach."

Es müsste nicht so sein, wollte ich ihr mürrisch sagen, aber ich hielt den Mund.

„Ich werde Patience und die anderen Mädchen finanziell auf

die Beine stellen, wenn es nötig ist", sagte Matt, der sich erhob. „Ich werde ihnen sogar das Anwesen überlassen, um darin zu wohnen, falls ich es jemals erbe."

„Das tust du auf gar keinen Fall", sagte Miss Glass und erhob sich ebenfalls. „Das Anwesen ist für Lord Rycroft, und du wirst eines Tages Lord Rycroft sein."

„Vielleicht."

„Sprich nicht so. Deine Gesundheit *wird* sich verbessern." Sie marschierte aus dem Salon und hinterließ ein Gefühl der Hoffnungslosigkeit. Trotz allem, was sie gesagt hatte, machte sie sich Sorgen.

Dass Cyclops mit einem Brief hereinkam, war eine willkommene Ablenkung für meine düsteren Gedanken. „Der kam gerade an", sagte er und reichte ihn Matt.

„Er ist endlich von Brockwell." Matt las weiter, dann fügte er an: „Er hat einen Bericht über die verschollene Mutter Oberin gefunden."

„Gut", sagte ich. „Das ist doch was. Was hat die Polizei getan?"

„Nichts. Die Aussage wurde zurückgezogen, und das Verschwinden wurde niemals genauer ermittelt."

„Zurückgezogen? Von wem?"

„Pater Antonio, dem Priester der Gemeinde, damals und jetzt."

Er zeigte mir den Brief. „Er hat Mutter Alfreda als vermisst gemeldet, am Tag, nachdem sie verschwunden war."

„Schwester Clare ging zu ihm", sagte ich und las weiter voraus. „Sie ist die Assistentin der Mutter Oberin. Sie drückte ihre Sorge aus, dass Mutter Alfreda seit neun Uhr abends nicht mehr gesehen worden war. Sie tauchte den ganzen nächsten Tag lang nicht auf und war auch nicht in ihrer Zelle. Sie haben im Konvent und auf dem Gelände gesucht, doch von ihr gab es keine Spur, und niemand wusste, wohin sie gegangen war."

„Dann, am Tag, nachdem er ihr Verschwinden gemeldet hatte", fuhr Matt fort, „sagte er der Polizei, dass die Nonnen von ihr gehört hätten. Offenbar hat sie eine Nachricht geschickt, in der sie erklärte, dass sie den Konvent aus persönlichen Gründen verlassen müsse und nicht zurückkehren würde."

„Sie hat ihre Gelübde gebrochen." Cyclops schüttelte langsam den Kopf. „Dafür muss sie starke Gründe gehabt hatten haben."

„Glaubst du, das ist die Wahrheit?", fragte ich ihn. „Du glaubst, sie ist wirklich aus eigenem Antrieb gegangen?"

„Er ist ein Priester, er wird doch die Polizei nicht anlügen."

Matt nahm den Brief wieder an sich und überflog ihn noch einmal. „Warum wusste dann Schwester Clare nichts davon, dass Mutter Alfreda gefunden wurde? Warum hat sie ihr Verschwinden vor uns erwähnt und nicht gesagt, dass Mutter Alfreda sie benachrichtigt hat, dass sie aus freien Stücken gegangen war?"

Ich setzte mich schwer auf das Sofa. Cyclops setzte sich neben mich, starrte auf den Teppich, ohne zu blinzeln. „Der Priester hat gelogen", murmelte er. „Das ist nicht richtig."

Ich drückte ihm den Arm. „Er hatte wohl Gründe."

„Aber er ist ein Priester."

„Und ein Mensch", sagte Matt. „Menschen sind nicht perfekt."

Ich versuchte, seinen Blick auf mich zu ziehen, um zu entscheiden, ob ihn noch etwas anderes störte, außer der Tatsache, dass der Priester gelogen hatte, aber er schaute nicht zu mir. Er sank mit einem tiefen Seufzen in den Sessel und rieb sich über die Stirn.

„Wir werden Pater Antonio nach dem Mittagessen einen Besuch abstatten", sagte ich. „Hoffentlich bekommen wir von ihm einige Antworten."

„Ich wüsste nicht, warum ein lügender Priester uns plötzlich die Wahrheit erzählen sollte", murmelte Cyclops. „Ich bin nicht katholisch, aber ich hielt sie immer für aufrechte Leute, die nicht lügen oder betrügen." Ganz offensichtlich war es mit seinem Verständnis von der europäischen Geschichte nicht weit her.

„Du hast recht", sagte Matt. „Wenn Pater Antonio vor all den Jahren gelogen hat, würde er uns jetzt nichts erzählen. Was ist mit der Nonne, die etwa zur selben Zeit den Konvent verlassen hat? Wenn sie gegangen ist, weil sie unglücklich war oder mit den anderen Nonnen in Streit geraten ist, ist sie vielleicht eher geneigt, mit uns zu sprechen."

„Eine hervorragende Idee", sagte ich, während ich mich dafür erwärmte. „Schwester Francesca, so lautete ihr Ordensname. Inzwischen wird sie wohl ihren Geburtsnamen verwenden. Wie finden wir sie, wenn wir nicht einmal ihren Namen kennen?"

„Wir fragen im Konvent", sagte Cyclops. „Wir sagen, wir sind ihre Verwandten und müssen sie finden, um ihr Neuigkeiten von einem Erbe zu übermitteln oder sowas. Schickt Willie, sie ist die einzige von uns, die sie noch nicht kennen."

„Du würdest die Nonnen anlügen?", neckte ihn Matt. „Und dabei bist du doch so ein gottesfürchtiger Mann."

„Wenn es für ihren Priester in Ordnung ist, in einem polizeilichen Bericht zu lügen, dann ist es auch für mich in Ordnung." Er verschränkte die Arme und machte ein betont abfälliges Geräusch.

„Willie ist nicht da, und sie hat auch einen amerikanischen Akzent", sagte ich. „Sie werden wissen, dass sie mit uns unter einer Decke steckt."

„Ich gehe." Miss Glass rauschte ins Zimmer, ihre kürzlich noch grimmige Laune wie weggeblasen. „Sie kennen mich nicht, und ich bin nicht katholisch, darum ist es schon in Ordnung, wenn ich ihnen etwas Falsches erzählen muss, um dein Leben zu retten, Matthew."

„Ich weiß nicht." Matt zögerte. „Das erfordert Nerven aus Stahl."

„Ich bin recht belastbar, vielen Dank aber auch. Jetzt ab in dein Zimmer mit dir. Du siehst schrecklich aus."

Er küsste sie im Vorübergehen auf die Wange. „Danke, Tante. Ich bin froh, dass du mir bei dieser Sache zur Seite stehst."

„Ich stehe dir in allen Dingen zur Seite."

Sein Blick huschte zu mir, und er presste die Lippen aufeinander, ehe er hinausging. Miss Glass wirkte, als wolle sie mich tadeln, als wäre Matts fehlende Begeisterung, über eine Ehe mit passenden Damen zu reden, meine Schuld. Ich schätzte, in gewisser Weise stimmte das sogar.

Ich entschuldigte mich rasch und verließ das Zimmer, ehe sie sich entschied, etwas zu sagen.

* * *

MISS GLASS STELLTE sich bewundernswert an und kehrte mit einem Namen und einer Adresse der ehemaligen Nonne namens Schwester Francesca zur Kutsche zurück. Wir fuhren sie nach Hause in die Park Street und dann weiter nach Bermondsey auf der anderen Flussseite. Ich roch die Gerber-und Lederfabriken, schon ehe ich sie sah. Dichter schwarzer Rauch stieg aus ihren Kaminen auf, sodass der Himmel hier dunkler und schmutziger war als in Mayfair. Die Gesichter, an denen wir vorüberkamen, waren genauso dunkel und schmutzig von Ruß und Dreck. Es war wohl unmöglich, Kleidung, Häuser und Haut sauber zu halten, und ich litt mit den Hausfrauen und ihren endlosen Wäschebergen. Man stelle sich vor, den ganzen Tag in einer dieser Fabriken zu arbeiten und dann nach Hause zu kommen und noch das Putzen vor sich zu haben. Ich hätte es ihnen nicht zum Vorwurf gemacht, wenn sie sich keine Mühe gaben.

Bermondsey sah nicht wie ein Ort aus, an den eine ehemalige Nonne ohne Freunde ging, die sich plötzlich allein in der Welt behaupten musste. Zumindest war sie an harte Arbeit und ein Leben ohne Luxus gewöhnt, aber der faulige Geruch, der auf die Straßen niederdrückte, an den würde man sich erst gewöhnen müssen.

Laut der Information des Konvents hatte Miss Abigail Pilcher ein Zimmer in einem kleinen Reihenhaus an der Spa Road gemietet. Wie die übrigen Häuser der Straße war es einfach, zweckmäßig und reparaturbedürftig. Zwei Kinder saßen auf der Veranda. Ihre Haare ähnelten verlassenen Vogelnestern, und sie liefen barfuß. Sie hörten auf, mit den Fingern im Schlamm zu malen, um mit argwöhnischem Blick unsere Ankunft zu beobachten.

„Wohnt Miss Abigail Pilcher noch hier?", fragte Matt.

Der Junge schüttelte den Kopf.

„Verdammt", murmelte Matt.

Die Kinder blinzelten nicht einmal, als er Schimpfwörter verwendete.

„Ist eure Mutter zu Hause?", fragte ich.

Beide schüttelten den Kopf.

„Sind im Augenblick überhaupt Erwachsene hier?"

Die Tür hinter ihnen öffnete sich, und eine Frau mit gebeugtem Rücken und behaartem Kinn spähte heraus. „Weg von meinen Enkeln", fuhr sie uns an.

„Wir wollen nichts von Ihren Enkeln." Matt holte eine Münze aus der Tasche. „Mein Name ist Matthew Glass, und das ist Miss Steele. Dürfen wir mit Ihnen sprechen?"

Sie steckte die Münze ein, lud uns aber nicht nach drinnen ein, und sie verriet uns auch nicht ihren Namen. „Haben Sie sich verirrt?"

„Wir suchen nach Miss Abigail Pilcher. Sie hat vor siebenundzwanzig Jahren in diesem Haus gewohnt."

Die Frau schielte und beugte sich vor, um Matts Gesicht zu mustern. „Sind Sie dieser Priester?"

„Welcher Priester?"

„Der, der sie immer besucht hat."

„Ich bin kein Priester, nur ein Verwandter, der nach ihr sucht. Meine Eltern haben die Verbindung zu Cousine Abigail verloren, als sie in den Orden eintrat. Sie waren nicht einverstanden mit ihrer Entscheidung, verstehen Sie, weil sie selbst Anglikaner waren."

„Und das ist auch richtig so. Ich habe den Katholen noch nie getraut, und nachdem ich erfahren habe, dass sie vorher Nonne war, na, da habe ich ihnen sogar noch weniger getraut. So kommt es, wenn man sich die falsche Seite aussucht."

Matt hob eine Hand, damit sie langsamer machte. „Was meinen Sie mit ‚So kommt es?'? Ist Abigail etwas Furchtbares passiert? Ist sie tot?"

„Könnte sie inzwischen sein. Sie ist vor etwa zehn Jahren ausgezogen, als ihr Sohn in der Fabrik Vorarbeiter wurde."

„Sie hat einen erwachsenen Sohn?", fragte ich, während Hoffnung in mir aufkam. Weshalb hatten wir bloß nicht daran gedacht, dass *sie* Phineas mitgenommen und als ihr eigenes Kind ausgegeben hatte? „Wie alt wäre er denn jetzt?"

Der Mund der Frau verzog sich mal in die eine und dann die andere Richtung. „Siebenundzwanzig, wenn Sie sagen, dass sie zu diesem Zeitpunkt eingezogen ist. Sie war schon ziemlich weit, als sie hier ankam."

Mir wurde das Herz schwer. „Sie war schwanger? Das Baby war nicht schon ein paar Wochen alt?"

„Sie bekam ihr Kind zwei oder drei Monate danach." Sie kicherte ein dünnes Lachen, wobei mehr Zahnfleisch als Zähne zum Vorschein kam. „Die Frage ist, wie wird man als Nonne plötzlich Mutter?"

KAPITEL 4

„ *A*bigails Schwangerschaft war schon ziemlich gut sichtbar, als die anderen Nonnen sie vor die Tür gesetzt haben", erklärte die alte Nachbarin mit einem niederträchtigen Blitzen in den Augen. Es schien ihr zu gefallen, uns so derbe Gerüchte aufzutischen. „Darum geht es mir. Wenn man sich die falsche Seite aussucht, widerfährt einem Schlimmes. Ein schlaueres Mädchen wäre keine Katholen-Nonne geworden, sondern hätte die anglikanische Kirche genommen. Die dreckigen Katholiken taugen nichts, wie ich immer sage. Man sehe sich an, was ihr dort widerfahren ist."

Wie wurde man in einem Kloster schwanger? Nicht, dass das für uns eine Rolle spielte. Abigails heikle Lage schien nichts mit dem Verschwinden von Phineas zu tun zu haben. Es ging nur darum, wo man sie inzwischen finden konnte. Wir mussten trotzdem noch mit ihr sprechen.

Matt fragte die alte Frau, doch sie zuckte bloß mit den Schultern. „Na, das weiß ich nicht, sehen Sie? Sie zog hier vor etwa zehn Jahren weg, als ihr Sohn eine gute Arbeit fand."

„In einer Fabrik", wiederholte Matt.

„Ja, in einer Hutmacherei. Abigail hat in ihrer Dachstube immer Nacharbeiten erledigt, um die Miete zu zahlen und genug Essen für sich und ihren Sohn zu kaufen. Sie hat gut gearbeitet, bei Tag und bei Nacht, hat Seidenbezüge und Bänder auf edlen Zylindern angebracht. Die Arbeit war nicht gut bezahlt, aber sie kam zurecht. Sie war richtig schnell, und sie gaben ihr viel zu tun. Mehr als mir und meiner Tochter, und wir waren zu zweit. Ich habe keine Ahnung, wie sie ihren Anteil wegschaffte *und* noch Schlaf fand. Der Fabrikleiter mochte sie so sehr, dass er ihren Sohn an den Maschinen arbeiten ließ, als er noch ein Junge war. Ein paar Jahre später machten sie ihn zum Vorarbeiter, und er und Abigail zogen fort, die Glückspilze. Sie waren einfach weg, ohne ein Wort des Abschieds. Diese schmutzigen Katholen haben eh nie hierher gehört." Sie spuckte in den Schlamm. „Abigail hält sich für etwas Besseres, obwohl auch wir gute Christenmenschen sind." Sie kniff die Augen zusammen und schaute Matt ein weiteres Mal von oben nach unten an. „Sie sind ihr Vetter, was? So, so."

Matt holte eine weitere Münze hervor. „Wie heißt die Fabrik, in der ihr Sohn arbeitet?"

Sie leckte sich die spröden Lippen und wandte den Blick nicht von der Münze ab. „Christy's Hats in der Bermdondsey Street."

Matt reichte ihr die Münze und bedankte sich bei ihr. Ich hob meine Röcke und schüttelte den Schlamm ab, der am Saum hing, ehe ich wieder in die Kutsche stieg. Matt gab dem Kutscher Anweisungen und stieg ebenfalls ein.

Ein paar Minuten später traten wir durch den Bogeneingang unter den Lagerhäusern der Hutfabrik Christy's an der Bermondsey Street. Es war, als würde man ein lautes, geschäftiges Dorf betreten. Eine riesige Maschine zischte und summte am Ende einer langen, schmalen Freifläche. Ihr Kamin fügte dem Gestank, der diesen Teil der Stadt erstickte, weiteren Dreck hinzu. Arbeiter schoben Karren mit Kisten und Schachteln zwischen Gebäuden umher, und ein Mann rief Befehle über das rhythmische Klacken der Maschinen hinweg. Ich hätte erwartet, der Gestank der Leder- und Gerberfabriken würde von angenehmeren Gerüchen überlagert werden, doch wenn überhaupt, schien er hier noch schlimmer zu sein, und ich fragte Matt, woran das liegen könnte.

„Die Pelze für die Hüte müssen von den Kadavern abgezogen werden", sagte er. „Das machen sie wohl hier auf dem

Gelände." Er warf mir einen besorgten Blick zu. „Willst du in die Kutsche zurück?"

„Das wird nicht helfen. Dieser Geruch ist inzwischen in meinen Haaren und meinen Kleidern."

Er legte mir eine Hand auf den Rücken. „Es wird nicht lange dauern."

Er hielt einen Mann mit Klemmbrett an und fragte ihn, ob er einen Vorarbeiter namens Pilcher kannte. Das tat er nicht, wies uns aber die Richtung des Buchhaltungsbureaus. Dort war der Maschinenlärm lauter, und Matt musste seine Stimme erheben, um mit dem Mann mit Brille hinter dem Schreibtisch sprechen zu können.

„Ich suche einen Kerl namens Pilcher. Seine alte Nachbarin schickte mich her. Sie sagte, er wäre Vorarbeiter hier in der Fabrik. Kennen Sie ihn?"

Der Buchhalter runzelte kurz die Stirn, dann glättete sie sich wieder. „Ich erinnere mich an den Kerl. Er ging vor einigen Jahren."

Mein Herz machte einen Satz, obwohl ich mich für diese Möglichkeit gewappnet hatte. Freiwillig gegangen war immerhin besser als tot.

„Er hielt nach seiner Beförderung nicht lange durch", fügte der Buchhalter an. „Er hat früher als Maschinist bei den Seidenzylindern gearbeitet, anschließend als Vorarbeiter. Er war ein hervorragender Angestellter, darum haben wir ihn weiter in die Abteilung für lackierte Hüte geschickt, weil wir vorhatten, ihn in allen Bereichen des Geschäfts auszubilden, damit er in der Firma aufsteigen kann. Aber er wurde damit nicht warm, auch nicht mit den Fellmützen. Wir haben ihn auch in anderen Abteilungen ausprobiert – beim Schellack, beim Wolle Kardieren, im Mischraum und anderen –, aber nirgendwo legte er das Fingerspitzengefühl an den Tag, das wir bei den Seidenzylindern gesehen hatten."

„Weshalb haben Sie ihn nicht dorthin zurückversetzt?", fragte ich.

„Er hat gekündigt, noch ehe wir das tun konnten."

„Wissen Sie, wo er inzwischen arbeitet?", fragte Matt.

Der Buchhalter zuckte mit den Schultern. „Ich erinnere mich nicht."

„Was ist mit seiner Mutter, Abigail Pilcher? Sie hat früher von zu Hause aus im Akkord für Christy's gearbeitet."

„Ich erinnere mich nicht an alle Akkordarbeiter. Sie kommen und gehen."

„Offenbar war sie sehr gut und hat ihrem Sohn die Stelle hier verschafft."

„Mr. Danver hat die Aufsicht über unsere Akkordarbeiter." Der Buchhalter rief einen weiteren Angestellten, der gerade vorbeikam, und fragte ihn, ob er Abigail Pilcher kenne.

„Sie arbeitet schon seit Jahren nicht mehr für uns", sagte Mr. Danver. „Schade eigentlich. Sie war schnell und hat gut und sauber gearbeitet."

Wir dankten den Buchhaltern und kehrten zurück zu unserer Kutsche. Matt gab die Anweisung, uns zur Kirche St. Mary's in Chelsea zu fahren. Er nahm mir gegenüber Platz und legte den Kopf in den Nacken, ehe er die Augen schloss und tief Luft holte.

„Wir werden sie finden", erklärte ich ihm.

„Ist es denn wirklich entscheidend, wenn nicht? Sie weiß vielleicht gar nichts über die Vermissten. Es könnte Zufall sein, dass sie den Konvent zu jenem Zeitpunkt verlassen hat."

„Du glaubst nicht an Zufälle."

Er öffnete die Augen und grinste. „Habe ich das gesagt?" Er verschränkte die Arme und schloss die Augen wieder. „Das sieht nach einem ziemlich großen Zufall und wenig wahrscheinlich aus."

„Wir werden sie finden", wiederholte ich. „Aber zumindest wissen wir, wo wir den Priester finden."

Er antwortete mir nicht, und ich schwieg auf der restlichen Fahrt über den Fluss, damit er sich ausruhen konnte. Es war jedoch keine lange Fahrt, und wir kamen bald an der Kirche an. Sie war in der Nähe des Konvents, aber weit genug entfernt, um nicht von Nonnen gesehen zu werden, die womöglich aus dem Fenster schauten.

Pater Antonio war nicht in der Kirche oder zu Hause im Pfarrhaus, und seine Haushälterin wusste nicht, wann er zurückkehren würde. Wir hinterließen eine Nachricht, in der stand, dass wir mit ihm sprechen mussten, doch ich bezweifelte, dass er sich große Mühe geben würde, Kontakt mit uns aufzunehmen. Die Nonnen hatten ihn vermutlich bereits über unsere impertinenten Fragen in Kenntnis gesetzt.

Wir mussten diese Verzögerung nicht besprechen, doch ich merkte, dass sie Matt schwer aufs Gemüt schlug, genau wie auf meines. Er war nicht so fröhlich wie sonst und ging bei der Ankunft zu Hause direkt in seine Räumlichkeiten, um sich zurückzuziehen. Ich war froh, dass ich die Ruhe nicht anordnen musste und dadurch seinen Frust abbekam.

Ich fand Miss Glass und Willie im Wohnzimmer, wo sie sich leise unterhielten und tatsächlich strickten. Naja, Miss Glass strickte, während Willie versuchte, einen Knäuel weiße Wolle zu entwirren.

„Wenn sie hier wäre, würde sie dich auch warnen", sagte Miss Glass.

Sie schauten beide auf, als ich eintrat.

„Sag du es dir, India", fügte Miss Glass an. „Sag Willie, dass ihre Mutter sie warnen würde, bei seltsamen Männern vorsichtig zu sein."

„Meiner Ma wäre es egal." Willie lächelte mich traurig an. „Wir haben gerade nur über unsere Liebeleien geredet, India, und dass sie sich nicht immer als das erweisen, was sie versprochen haben."

„Das ist auf jeden Fall eine Unterhaltung, zu der ich etwas beitragen kann", sagte ich trocken. „Tatsächlich bin ich eine ziemlich gute Fallstudie."

„Eddie Hardacre war nur einer", sagte Willie. „Ich habe schon mehr Enttäuschungen erlebt, als ich zählen kann." Sie schaute zur Tür, als würde sie erwarten, dass dort Duke stand, einen sarkastischen Einwurf auf den Lippen.

Ich sah sie mitfühlend an. „Hat sich denn dein derzeitiger Prachtkerl als Enttäuschung erwiesen?"

„Ich habe nie gesagt, dass ich einen Kerl habe."

„Wir sind nicht blind, Willie."

„Bist du da sicher? Auf jeden Fall wollte mir Letty gerade von *ihrem* Liebhaber erzählen."

„Wollte ich nicht." Miss Glass schnalzte mit der Zunge, als sie eine Masche verlor. „Du hältst die Wolle nicht richtig, Willemina."

„Mach schon, Letty. Erzähl uns von ihm." Sie beugte sich vor und flüsterte: „Dein Geheimnis ist bei uns Mädchen sicher, was, India? Wir verraten keiner Menschenseele was, Hand aufs Herz." Sie legte sich die Hand auf den Brustkorb, was ihr einen finsteren Blick von Miss Glass einbrachte, weil sie an der Wolle zerrte.

„Erzählen Sie es uns", drängte ich, weil ich nicht anders konnte. Ich bekam das Gefühl, wir könnten sie dazu bringen, mit ihrer Geschichte herauszurücken, wenn wir sie nur leicht anschubsten.

„Los jetzt, raus damit", sagte Willie. „Wir jungen Damen brauchen deine Weisung, Letty. Sonst fallen wir noch, ach herrje, allen möglichen schlimmen Männern zum Opfer. Sieh dir nur an, was India widerfahren ist."

Miss Glass legte die Nadeln auf dem Schoß ab und nahm Willie die Wolle weg. „Es ist vielmehr eine Geschichte über meine ehemalige Freundin Penelope, und wie sie …" Sie senkte den Kopf, doch ihr Rücken blieb kerzengerade aufgerichtet. „Sie ist die schlimmste Art Frau. Eine Warze auf dem Angesicht der Menschheit."

Willie blinzelte sie an, wurde plötzlich ernst. „Sie hat dich verletzt, oder?"

„Sie erinnert mich an Lady Buckland", fuhr Miss Glass fort. Lady Buckland war Dr. Millroys Geliebte gewesen, und die Mutter seines Sohnes Phineas. Selbst in ihrem gesetzten Alter schien sie ihrem jungen Diener recht lüstern nachzustellen.

„Eine Mätresse?", fragte ich.

„Eine Diebin. Eine Diebin von Ehemännern."

Willie und ich wechselten einen Blick. Miss Glass hatte niemals geheiratet, aber vielleicht hatte sie es beinahe getan, und Penelope hatte ihr den Auserwählten abspenstig gemacht. Doch wenn man ihn abspenstig machen konnte, war sie ohne ihn sowieso besser dran.

Sie legte ihre Stricksachen in einen Korb zu ihren Füßen. „Ich werde mich für das Abendessen umziehen. Das solltet ihr auch machen."

„Warum?", fragte Willie. „Erwarten wir Gäste?"

„Nein, aber ob Gäste oder nicht, eure Tageskleidung ist nicht für den Abend geeignet. Ehrlich, Willemina, du gibst dich wie ein Cowboy. India wird sich doch umziehen, oder, India?"

„Wenn Ihnen das lieber ist", sagte ich.

„Gutes Mädchen." Sie tätschelte mir im Vorübergehen die Schulter.

„Wenn Ihnen das lieber ist", äffte Willie mich mit hoher Stimme nach, sobald Miss Glass außer Hörweite war.

„Was für eine Laus ist dir denn über die Leber gelaufen?", fragte ich. „Du wirkst ganz neben dir."

„Es ist gar nichts." Sie sprang auf und marschierte zum Fenster, wo sie den Vorhang vor der düster werdenden Straße zuzog. „Überhaupt gar nichts", fügte sie leiser an.

„Unsinn. Ich bin nicht so blind für verräterische Anzeichen, wie manch einer denkt. Hat denn dein Kerl etwas gesagt oder getan, das dich ärgert?"

Sie schnaubte, während sie den anderen Vorhang zuzog. „Da liegst du ganz falsch, India. Ich bin nur gereizt. Ich bin nicht so geduldig wie andere."

Ich seufzte. „Das verstehe ich völlig. Unser mangelnder Fortschritt stört mich auch, und auch Matt, obwohl er so tut, als würde es ihn nicht betreffen. Ich weiß aber, dass er sich Sorgen macht, besonders, da seine Taschenuhr immer langsamer wird."

Sie warf sich auf das Sofa und vergrub das Gesicht in den Händen. „Gott vergebe mir, ich bin selbstsüchtig. Ich war in letzter Zeit so abgelenkt, dass ich nicht einmal an Matt gedacht habe."

„Wovon hast du denn dann gesprochen?"

Duke und Cyclops kamen herein und wirkten gelangweilt. „Also hier versteckt ihr beiden euch", sagte Duke. „Ich dachte, du wärst ausgegangen, Willie."

„Ich bin vor einer Weile heimgekommen. Wo wart ihr denn?"

„In der Bibliothek", sagte Cyclops.

„Ihr beiden? Beim Lesen? Was wird denn nur aus dieser Welt?"

„Wechsel nicht das Thema", sagte Duke. „Warum bist du so früh nach Hause gekommen? Und warum macht ihr so lange Gesichter?"

Sie verschränkte die Arme. „Geht dich nichts an."

„Hat dein Schatz wohl Schluss gemacht?" Er lachte leise. „Hatte es satt, dass du ständig über dies und jenes vor dich hinbrabbelst?"

Sie sprang auf und stürzte sich mit gebleckten Zähnen auf ihn. Zum Glück war sie nicht so laut, dass sie die Diener heraufbeschwor. Duke fing sie ab und hielt sie mit Cyclops' Hilfe in Schach.

„Beruhige dich!", fuhr Duke sie an. „Es war nur Spaß."

Sie stieß Duke in die Brust, und beide Männer ließen sie los. Sie stürmte zurück zum Sofa, wo sie sich hinfallen ließ und ein trotziges Gesicht aufsetzte.

„Hört auf, ihr alle", sagte ich. „Ihr solltet euch schämen. Seid ihr nicht Freunde?"

Duke zog sich zum Kaminsims zurück, sein argwöhnischer Blick löste sich dabei nicht von Willie. Vielleicht glaubte er, sie würde noch einmal angreifen. „Du hast recht. Tut mir leid, Willie."

Sie schaute überrascht auf. „Entschuldigung angenommen. Mir tut es auch leid, aber du hast kein Recht dazu, Duke. Ich lasse mir deine Frechheiten nicht mehr bieten."

Cyclops zog meinen Blick auf sich. Er hob fragend seine heile Augenbraue.

Ich seufzte. „Alle sind heute Abend etwas reizbar", erklärte ich ihm. „Das liegt nur an unserem mangelnden Fortschritt. Ich sollte euch warnen, dass auch Matts Nerven äußerst gereizt sind. Wir treffen bei unserer Ermittlung ständig auf Verzögerungen. Je weiter wir forschen, desto weiter entfernen wir uns eigentlich davon, Phineas Millroy ausfindig zu machen. Zumindest sieht es danach aus."

„Du musst stark für ihn bleiben, India", drängte Willie. „Sei sein Anker."

Das war alles schön und gut, aber wer war denn bitte *mein* Anker? Ich fühlte mich, als wäre ich auf offener See, würde immer weiter von der Küste wegtreiben.

„Das müssen wir alle sein", erklärte ihr Cyclops. „Alles auf India abzuwälzen ist nicht gerecht, vor allem, wenn man bedenkt, dass sie und er nicht ..." Er hüstelte und schaute zur Seite.

„Heiraten werden", ergänzte ich. „Nein, tun wir nicht. Das habe ich ihm klargemacht, und ich würde gern jegliche Spekulationen und Gerüchte hier und jetzt beenden. Matt und ich sind nicht zusammen und werden es auch niemals sein."

„Das freut mich", sagte Willie. „Weil er doch zurück nach Amerika gehen muss, wenn das alles erledigt ist. Aber weiß er es? Denn so sieht es nicht immer aus."

„Ich habe es ihm gesagt."

Sie schnaubte. „Es gesagt zu bekommen und es zu wissen, ist nicht dasselbe."

„Nein", sagte ich leise. „Ist es nicht."

* * *

Das Abendessen war ziemlich angespannt, und ich war froh, als es vorbei war, auch wenn sich der Großteil von uns in den Salon zurückzog. Miss Glass ging früh zu Bett, sodass die Anspannung etwas nachließ. Obwohl sie alle unsere magischen Geheimnisse kannte, war es irgendwie einfacher, sie zu besprechen, wenn sie nicht dabei war. Niemand wollte ihr mehr Sorgen aufbürden, als sie bereits hatte.

Matt schenkte Kognak ein, und Willie zog eine Zigarre aus ihrer Brusttasche. Sie hielt sie sich unter die Nase und atmete tief ein.

„Die rauchst du nicht hier drinnen", sagte ich. „Miss Glass wird es morgen Vormittag riechen. Geh ins Raucherzimmer."

Sie nahm Matt ihr Glas ab und stürmte ohne ein Wort hinaus.

„Bin das nur ich, oder ist sie gereizt?", fragte Matt, während er ihr nachschaute.

„Ihr Schatz hat genug von ihrer nervtötenden Art", sagte Duke.

„Du bist der Einzige, der sie nervtötend findet", erklärte ich ihm. Alle schauten mich einfach nur an. „Schon gut, das stimmt nicht. Aber ich glaube schon, dass Duke zum Teil richtig liegt und der Gentleman, den sie im Krankenhaus besucht, das Problem ist."

Duke knurrte und trank den ganzen Inhalt seines Glases in einem Zug aus. „Nachschenken", sagte er zu Matt.

Matt zögerte, dann kam er der Bitte nach. „Hat India euch mitgeteilt, wie unser Nachmittag gelaufen ist?"

„Ja", erwiderte Cyclops. „Ihr kommt nicht richtig voran."

„Wir müssen immer noch mit dem Priester reden", sagte Matt. „Ich glaube, von ihm erfahren wir eine Menge."

„Wie?" Duke nahm das Glas entgegen. „Er wird euch nicht erzählen, was er während der Beichte gehört hat."

„Vielleicht können wir ihn überzeugen."

„Wie?"

Willie kam wieder herein, hielt die nicht angezündete Zigarre und das Glas in einer Hand und eine Zeitung in der anderen. Sie schlug Matt die Zeitung vor die Brust. „Bristow hat gerade die Abendzeitung bekommen. Lest sie." Ihr Blick glitt zu mir.

Das reichte aus, dass ich mich zusammen mit Duke und Cyclops um Matt drängte, um einen besseren Blick zu bekommen. Ich spannte mich innerlich an, als ich das Titelblatt sah – die *City Review*. Ein Reporter dieser Zeitung hatte sich mit dem Gildemeister der Uhrmacher, Abercrombie, zusammengetan und gedroht, einen Artikel zu drucken, der Magier dämonisierte. Ich hatte diese Drohung zwar nicht vergessen, sie aber weit ins Abseits gedrängt, während wir nach dem Arztmagier gesucht hatten.

Die Seite mit dem fraglichen Artikel war aufgeschlagen. Ein rascher Blick über die ersten drei Absätze bewies, dass sie mit Vorurteilen nicht hinter den Berg gehalten hatten. „Böse", „sündhaft" und „unenglisch" nannten sie Magier und machten sich dabei den religiösen und patriotischen Eifer ihrer Leser zum Verbündeten, um Angst und Hass zu schüren.

„Lügen", spie Duke aus. „Alles verdammte Lügen."

„Sie trommeln Mitgefühl für Händler und Ladenbesitzer zusammen", sagte Matt leise.

„,Nehmen ehrlichen, hart arbeitenden Menschen ihren Lebensunterhalt weg'", las Cyclops vor. „,Und lassen dabei deren Kinder verhungern.'"

Und als ob das nicht schon schlimm genug wäre, wurde der Artikel sogar noch ernster, indem er den Tod von Wilson Sweet durch die Hände zweier Magier erwähnte, Dr. Millroys und meines eigenen Großvaters, Gideon Steele. Ich schlug mir eine Hand vor den Mund, um ein Wimmern zu unterdrücken, zwang mich aber, bis zum Ende zu lesen. Der Reporter Mr. Force erwähnte, wie die beiden Männer ein Experiment an dem „bescheidenen" Mr. Sweet durchgeführt hatten, um „Gott zu spielen und sein Leben zu verlängern, nur um es stattdessen zu beenden."

Obwohl der Artikel behauptete, dass Dr. Millroy ein Arztmagier gewesen war und Chronos ein Uhrenmagier, erwähnte er nicht gesondert, dass Magie nur vorübergehend wirkte, außer ein Uhrenmagier nutzte einen besonderen Zauber. Manche Leser – vornehmlich Magier – würden jedoch zwischen den Zeilen lesen können und erkennen, dass das die Rolle gewesen war, die mein Großvater bei dem Experiment gespielt hatte.

Ich setzte mich stöhnend hin. „Jeder, der noch nicht gemutmaßt hat, dass ich eine Magierin bin, wird nun Gideon Steele mit mir in Verbindung bringen. Mein Geheimnis ist gelüftet."

Matt berührte mich an der Schulter. „Nicht jeder wird das glauben."

„Einige Leute schon. Und noch viel mehr werden sich zumindest wundern. Matt, es tut mir leid. Das ist alles meine Schuld; dieser Artikel ist eine Vergeltung für den von Oscar Barratt, und den hätte er nicht geschrieben, wenn ich an jenem Tag nicht zu ihm gegangen wäre. Und nun habe ich den Argwohn auch an deine Tür gebracht, indem ich einfach nur in diesem Haus wohne."

„Wenn du glaubst, das heißt, dass du gehen solltest, denk noch einmal drüber nach." Er drückte mir die Schulter, als ob sein starker Griff mich hier halten könnte.

„Das glaube ich nicht", versicherte ich ihm. Ich fügte nicht an, dass ich nirgendwohin konnte, da mein Häuschen inzwischen vermietet war.

„Mach dir keine Sorgen wegen uns", sagte Cyclops zu mir. „Wir können schon auf uns aufpassen. Aber du solltest vorsichtig sein, India. Es könnte einige Uhrmacher geben, die deine Magie verabscheuen."

„Aber sie arbeitet doch nicht einmal als Uhrmacherin!", rief Willie. „Es sind sowieso nicht sie, um die sie sich sorgen sollte, sondern Magier, die glauben, sie könne ihre Magie verlängern. Diese Leute werden herkommen und nach ihr suchen, denkt an meine Worte."

„Und das wird für allerlei Ärger mit talentfreien Handwerkern und den Gilden sorgen", fügte ich bedrückt an. „Nicht nur mit den Uhrmachern."

Matts Finger spannten sich an. „Es reicht", sagte er zu seinen Freunden. „Ihr macht ihr Angst."

„Es ist besser, sie hat Angst und ist sich dessen bewusst, als unwissend der Gefahr ausgeliefert zu sein", sagte Duke.

„Die Frage ist, was tun wir jetzt?", wollte ich wissen.

„Nichts", sagte Matt betont. „Eine Gegendarstellung wird nur eine weitere Antwort der *City Review* auslösen, und das dient nur dazu, die Geschichte länger im Umlauf zu halten. Je schneller sie stirbt, umso besser."

Ich stimmte teilweise zu, doch war ich nicht sicher, ob Oscar Barratt das so stehen lassen konnte.

Ich lag richtig. Kaum eine halbe Stunde später erschien er höchstselbst an unserer Tür. Er betrat vor Bristow den Salon, immer noch seinen Hut in der Hand. „Haben Sie es gelesen?", fragte er, ohne uns zu begrüßen.

„Haben wir", sagte Matt, unter seinem ruhigen Auftreten lag ein harter Unterton. „Reichen Sie Bristow Ihren Hut, sonst kommt er sich noch überflüssig vor."

Oscar zögerte, dann tat er, wie geheißen, und Bristow ging mit dem Hut, wobei er hinter sich die Tür schloss.

„Etwas zu trinken?", fragte Matt unseren Besucher.

Oscar nickte und nahm den Platz ein, den ich ihm anbot. Er strich sich über sein kurzes Kinnbärtchen und stützte den verletzten Arm auf die Lehne. Er trug ihn immer noch in einer Schlinge. Mr. Pitt, der Mann, der Dr. Hale getötet hatte, hatte ihn in die Schulter geschossen, doch das hatte ihn nicht zu sehr behindert. Tatsächlich hatte sich seine Arbeit nur noch intensiviert, nachdem sein Artikel, in dem er die Magie an die Öffentlichkeit gebracht hatte, in der *Weekly Gazette* erschienen war. Als ich ihn zum letzten Mal gesehen hatte, hatte er mir von all den Briefen erzählt, die er von den Lesern erhalten hatte. Ich war wütend auf Oscar gewesen, weil er die Magie enthüllt hatte, doch er hatte es geschafft, meinen Standpunkt ein wenig aufzuweichen, mit seinen vernünftigen Argumenten und seinem Verlangen danach, dass wir Magier ein normales Leben führen konnten, frei sein konnten, unsere Magie auszuüben. Sein Herz war zumindest am rechten Fleck, und darum konnte ich nicht wütend auf ihn bleiben, vor allem, da ich im Prinzip zustimmte. Nicht, dass ich das Matt verraten hätte. Er war vehement dagegen, Magie offenzulegen.

Matt reichte Oscar ein Glas Kognak, dann warf er ihm die Zeitung in den Schoß, Forces Artikel geöffnet.

Oscar zuckte zusammen. „Was halten Sie davon?", fragte er.

„Was wir davon halten?" Willie schob sich aus dem Sessel und ragte über Oscar auf. Seine Augen wurden groß, und er drückte sich an die Sessellehne. „Es ist alles Ihre Schuld, Barratt, das halten wir davon."

Oscar nahm die Zeitung und legte sie auf den Tisch mit der Lampe neben ihm. „Ich habe in meinem Artikel India nicht erwähnt. Ich habe gar keine Magier beim Namen genannt. Noch habe ich erwähnt, dass Magie flüchtig ist. Das hier ..." Er tippte auf die Zeitung. „Das ist nicht mein Werk. Das ist das Werk von Abercrombie und diesem Reporter, Force. Wenn Sie jemandem die Schuld zuschieben wollen, dann ihnen."

„Seien Sie sich versichert", zischte Matt, „dass auch sie meinem Zorn nicht entgehen werden."

Oscar schluckte schwer.

„Aber *Sie* haben es losgetreten, Barratt", sagte Willie mit geschürzten Lippen. Sie stapfte zurück zu ihrem Sessel und warf sich hinein. „Sie sollten dafür die Verantwortung übernehmen. Das würde ein echter Mann tun. Gottverdammte Männer", murmelte sie vor sich hin.

Duke und Cyclops wechselten einen gequälten Blick.

„Ich werde es in Ordnung bringen", sagte Oscar. „Ich werde noch einen ..."

„Nein!" Matt knallte das schwere Glas auf den Beistelltisch

neben Oscar. Zum Glück war es leer, sonst wäre der Inhalt herausgeschwappt. „Sie werden gar nichts mehr über Magie schreiben. Ist das klar?"

Oscar spannte das Kinn an. „Ich werde schreiben, was ich für richtig halte, Glass. Solange mein Herausgeber meine Artikel über Magie veröffentlichen möchte, werde ich sie auch weiterhin schreiben. Das haben Sie nicht zu entscheiden."

Matt schaute ihn finster an, sein Kinn ebenso angespannt. Es war, als würde man zwei Gladiatoren betrachten, die einander im Ring umkreisten, einander abschätzten, nach Schwächen suchten. Körperlich war Matt der stärkere der beiden, besonders, da Oscar den Arm in der Schlinge trug, aber ich wusste aus Erfahrung, dass man Oscar nicht so leicht beeindrucken konnte. Er verschanzte sich nicht nur, wenn er sich für etwas entschieden hatte, sondern er weigerte sich, Alternativen auch nur in Betracht ziehen.

„Wenn Ihre Artikel Gefahr an meine Türschwelle bringen, und zu den Menschen, die mir wichtig sind, wird es zu meiner Angelegenheit", sagte Matt. „Und wenn Sie glauben, ich kann Sie nicht davon abhalten, einen weiteren Artikel zu schreiben, denken Sie lieber noch mal nach."

Oscar zupfte an seiner Schlinge. „Drohen Sie mir?"

Matt nahm sein Glas, füllte es aber nicht auf. Er setzte sich neben mich auf das Sofa und lächelte Oscar an. Es war ein freundliches, offenes Lächeln, das den Reporter völlig aus dem Gleichgewicht zu bringen schien. Nur ich konnte den Zorn spüren, der in Matt brodelte.

„Hast du mit Mr. Force gesprochen?", fragte ich Oscar, um zu versuchen, die Anspannung ein wenig abzubauen.

„Das habe ich versucht, doch er wollte sich nicht mit mir treffen. Ich habe eine schriftliche Nachricht an ihn im Bureau der *Review* hinterlassen, in der ich ihm mitteile, wie unverantwortlich es war, Namen zu nennen und den Mord an Wilson Sweet zu erwähnen."

„Eine schriftliche Nachricht, hm?" Duke verdrehte die Augen. „Das wird es schon hinbiegen."

„Worte haben Macht, Sir."

„Ich heiße Duke, nicht Sir. Und Worte haben nur Macht,

wenn Sie etwas sagen, das die Leser hören möchten. Ich kenne Mr. Force nicht, aber ich kenne Abercrombie, und ihm wird es egal sein, ob man Magier nun wegen dieses Artikels belästigt, ganz besonders India. Das macht ihm gar nichts aus."

„Wenn dich jemand belästigt, India, sag es mir sofort", bat Oscar. „Vielleicht kann ich helfen."

Ich hielt inne, wartete darauf, dass Matt schnaubte oder etwas anmerkte, doch das tat er nicht. „Vielen Dank, Oscar", sagte ich, „aber ich sehe nicht, wie du helfen könntest."

„Sie können helfen, indem Sie nichts mehr über das Thema schreiben", erklärte Matt. „Lassen Sie die Sache in Vergessenheit geraten."

Oscar schüttelte den Kopf. „Das kann ich nicht. Das wissen Sie."

„Sie haben schon genug Schwierigkeiten heraufbeschworen."

„Ich kann dieses Stück Müll hier nicht das letzte Wort sein lassen, das über Magie gesprochen wird." Er nickte und stellte das Glas auf der Zeitung ab. „Kein Magier kann das." Er hob die Augenbraue in meine Richtung.

Ich senkte den Blick auf meinen Schoß, spürte aber, wie alle mich durchdringend anstarrten, am allermeisten Matt. „Ich sehe das wie Oscar", sagte ich.

Matt schoss hoch und marschierte zum Buffet. Er schenkte sich einen großen Kognak ein und trank die Hälfte davon in einem Schluck. „Wir haben doch beschlossen, dass es das Beste wäre, die Sache auf sich beruhen zu lassen, India."

„Nein, haben wir nicht. Oscar hat recht. Wir können diesem schrecklichen Artikel von Force nicht das letzte Wort überlassen. Er bezichtigt Magier aller möglichen schrecklichen Dinge, und die Leute werden es glauben. Wir müssen einen Widerspruch drucken und Magier in einem freundlicheren Licht darstellen."

Er kehrte mir den Rücken zu und stützte sich mit einer Faust auf das Buffet. Wären wir allein gewesen, hätte ich ihn an der Schulter berührt und versucht, sachte mit ihm zu diskutieren, aber das konnte ich vor den anderen nicht tun.

Ich wandte mich an Oscar. „Erwähne auf jeden Fall, dass alle Magier, die du kennst, regelmäßig zur Kirche gehen, Familien haben und einfach nur ein friedliches Leben wollen, genau wie die Talentfreien. Nutze aber nicht das Wort talentfrei. Das klingt nach einem Charakterfehler. Wähle sanfte, besänftigende Worte, nichts zu raffiniertes."

Oscars Gesicht hellte sich zu einem Lächeln auf. „Ich weiß, wie man überzeugende Texte schreibt, India."

„Ja, natürlich. Es tut mir leid, doch das ist ein wichtiger Artikel, und er muss genau richtig treffen."

„Sagen Sie unbedingt auch, dass die Magie niemandem wirklich hilft", ließ sich Cyclops vernehmen. „Rufen Sie den Leuten in Erinnerung, dass sie nicht von Dauer ist."

„Cyclops!", spie Willie aus. „Auf wessen Seite stehst du denn?"

„Ich bin auf niemandes Seite, aber er wird doch den Artikel sowieso schreiben. Sieht so aus, als könnten wir auf diese Weise mitreden, was hineinkommt. Wenn wir deswegen jetzt nur niedergeschlagen sind, kommen wir nirgendwohin."

Wir schauten alle auf Matts starken Rücken, der leicht gebeugt war, während er über dem Buffet stand. Er drehte sich langsam zu uns um.

„Erwähnen Sie Indias Namen nicht", sagte er, seine Stimme so düster wie sein Blick.

Oscar schaute zu mir. „Das würde ich gerne. Dein Großvater wurde bereits angeführt, also …"

„Nein", ging Matt dazwischen.

Oscar wandte den Blick nicht von mir ab. Falls Matts Zürnen ihn beeindruckte, zeigte er es nicht.

„Erwähne mich nicht", sagte ich. „Nur jene, die mich gut kennen, kennen den Namen meines Großvaters. Bloße Bekanntschaften werden hoffentlich diese Verbindung nicht herstellen."

„Sagen Sie, dass Sie einverstanden sind, Barratt", sagte Matt.

„Wenn es das ist, was India will, dann bin ich einverstanden."

„Schreiben Sie vielleicht, dass Chronos von Dr. Millroy zu dem Experiment an Wilson Sweet gezwungen wurde", fügte Willie an.

„Das kann ich nicht schreiben, da es nicht stimmt und ungerecht gegenüber dem Gedenken an Millroy wäre. Aber ich werde schreiben, dass beide Magier, die in dieses traurige Ereignis verwickelt waren, ihre Taten bedauerten und es niemals wieder versuchten."

Mein Schlucken klang laut in der Stille. Wir wandten alle unsere Blicke ab. Zum Glück schien es Oscar nicht aufzufallen. Matts Vergangenheit und seine lebensspendende Taschenuhr waren das Einzige über Magie, das ich ihm vorenthalten hatte, und ich wollte, dass es so blieb.

„Ich werde anmerken, dass der eine tot ist und der andere vermutlich im Ausland", fuhr Oscar fort. „Reicht das?"

„Ja", sagte ich rasch. „Ich denke schon."

„Solange India nicht beim Namen genannt wird", wiederholte Matt.

„Oder irgendwelche anderen Magier", fügte ich an.

„Bis auf mich." Oscar lächelte über den Rand seines Glases hinweg, während er nippte. „Schau nicht so schockiert, India. Es ist Zeit, dass ich mich selbst als Magier zu erkennen gebe. Es ist die beste Art, wie diese Artikel ernst genommen werden, ansonsten werden ständig wieder Zweifel an meiner Glaubwürdigkeit aufkommen."

„Aber du wirst alle möglichen Vorurteile auf dich ziehen", sagte ich. „Bist du dafür bereit?"

„Ja."

„Auch deine Familie?" Er hatte einen Bruder, der das Familiengeschäft als Tintenhersteller betrieb. Wie Oscar war er ein Tintenmagier.

„Lass meine Familie meine Sorge sein. Außerdem sollte eine Erinnerung daran, dass die Magie flüchtig ist, den Zorn der Geschäftsrivalen meines Bruders dämpfen. Ich werde den Tintenhandel als Beispiel dafür nutzen, was Magie kann und was sie nicht kann. Sobald ich die hübschen Effekte beschreibe, die ich mit Tinte erschaffen kann, doch auch die völlige Nutzlosigkeit der Magie, wird sich keiner weiterhin bedroht fühlen. Mein Bruder wird anfangs wütend sein, aber er wird sich beruhigen, wenn er sieht, dass sich gar nichts ändert."

„Sie glauben, nichts wird sich ändern?" Matt wollte einen weiteren Schluck nehmen, stellte aber fest, dass sein Glas leer war. Wenn er versuchte, es noch einmal aufzufüllen, mochte ich mich gezwungen fühlen, ihm das Glas abzunehmen. Aber das tat er nicht. „Sie sind ein Narr, wenn Sie das glauben, Barratt. Ein verdammter Narr.“

Oscar trank seinen Kognak aus und wünschte uns eine gute Nacht. Ich konnte ihm nicht zum Vorwurf machen, dass er sich im Angesicht von Matts Feindseligkeit rasch verabschiedete. Vielleicht hätte ich mich auch zurückziehen sollen, doch ich blieb zusammen mit den anderen im Salon. Ich hatte noch einen letzten Streitpunkt vorzutragen, ehe ich mich ins Bett begab.

„Ein weiterer wohlwollender Artikel von Oscar könnte genau das sein, was wir brauchen“, erklärte ich Matt, nachdem Oscar gegangen war. „Er könnte Phineas Millroy hervorlocken.“

Matt lehnte sich in seinem Sessel zurück und streckte die Beine aus. Er schloss die Augen und stieß einen langen Atemzug aus. „Was getan ist, ist getan. Der Artikel wird geschrieben. Lassen wir die Diskussion darüber doch vorerst ruhen.“ Er öffnete müde die Augen und schaute mich an. „Ich streite mich nicht gern mit dir.“

Ich erwiderte sein sanftes Lächeln. „Ich streite mich auch nicht gern mit dir.“

„Aber sie hat recht“, sagte Willie. „Wenn der Bastard von Millroy vermutet, dass er ein Magier ist, könnte er Kontakt mit Barratt aufnehmen, weil er hofft, mehr über sich zu erfahren.“ Sie drückte sich eine Hand aufs Herz. „Ich will dir sagen, wie leid es mir tut, India. Daran hatte ich vorhin gar nicht gedacht. Das ist eine gute Idee. Du hattest recht damit, ihn dazu zu bringen, noch einen Artikel zu veröffentlichen, und ich lag falsch.“

„Das solltest du dir schriftlich geben lassen, India“, sagte Duke.

„Und es dann einrahmen“, fügte Cyclops an.

Willie warf ein Kissen nach Cyclops, doch er fing es auf und warf es zurück. „Ich gehe ins Bett“, sagte sie und legte das Kissen wieder auf das Sofa. „Gute Nacht.“

„Gehst du heute Nacht nicht aus?“, fragte Duke, der ihr folgte.

„Nein.“

„Warum nicht?“

„Weil ich nicht will.“

„Zwischen dir und deinem Schatz ist etwas vorgefallen, oder?"

Sie antwortete nicht und wurde auch nicht langsamer, während sie sich zur Tür begab. Duke erwischte sie am Arm, und sie fuhr zu ihm herum. Ihre Augen blitzten. „Was willst du, Duke?"

„Ich will, dass du weißt, dass ich zum Reden da bin", sagte er leise. „Wir haben viel zusammen erlebt, und ich werde immer da sein, wenn du eine Schulter zum Ausweinen brauchst. Kein Urteil, keine Ratschläge, wenn du sie nicht willst, nur zum Reden."

Ihre Züge wurden weicher, und kurz glaubte ich, ihr Gesicht würde sich verziehen, und sie würde anfangen zu weinen. Aber sie riss sich zusammen und bekam sogar ein verzerrtes Lächeln für ihn zustande. „Danke, Duke. Ich weiß das zu schätzen. Aber ich will nicht reden. Ich will nur ..." Sie zuckte mit den Schultern. „Ich weiß nicht mal, was ich will."

Sie gingen gemeinsam, und Cyclops begab sich nach ihnen mit einem beredten Blick auf Matt nach draußen. Ich war plötzlich mit ihm allein, genau dort, wo ich nicht sein wollte. Ich raffte meine Röcke und eilte zur Tür.

„Ich will, dass du weißt, dass ich es nicht ausschließlich Barratt zum Vorwurf mache", sagte Matt von seinem Platz aus. Er versuchte nicht, mich am Gehen zu hindern, und bat mich auch nicht zu bleiben, aber ich blieb trotzdem – in sicherem Abstand und in Sichtweite von Bristow, der sich draußen vor dem Salon aufhielt.

„So hat es aber nicht gewirkt", sagte ich.

„Barratt war daran beteiligt, die Lage aufzuheizen, aber ich sehe durchaus, dass er gute Absichten hatte."

„Das solltest du ihm sagen, nicht mir."

„Mir ist deine Vergebung wichtiger als seine."

„Matt." Ich machte einen Schritt auf ihn zu, dann blieb ich wieder stehen. Ich verschränkte die Hände hinter dem Rücken. „Es gibt nichts zu vergeben."

Wie er so im trüben Licht der Lampen bequem auf dem Sessel saß, hatte er noch niemals jünger ausgesehen. Die Anzeichen der Erschöpfung wurden durch die Schatten verborgen, und er hatte so eine Art, mich anzuschauen, bei der er nicht genau hinsah, sondern so tat, als wäre er auf etwas anderes fixiert. Als Reaktion darauf pochte mein Herz laut.

„Wann hast du Geburtstag?", fragte ich.

Sein Mund zuckte. „Am 9. Juli. Weshalb?"

„Manchmal fällt es mir schwer, zu glauben, dass du noch keine dreißig bist."

Er lachte. „Für mich ist das auch schwer zu glauben. An manchen Tagen fühle ich mich wie ein alter Mann. Auf vielerlei Art kann ich mich jedoch glücklich schätzen. Ich habe ein erfülltes Leben geführt. Wenn es denn endet ..."

„Nicht." Meine Stimme brach. „Es wird nicht enden. Und wenn die Hölle zufriert, Matt, darum kannst du auch gleich aufhören, so zu reden."

Er kicherte. Kicherte!

„Ich erkenne nicht, was an der Wendung, die dieses Gespräch genommen hat, so erheiternd ist", stieß ich hervor.

„Es ist nur, dass du und Willie jeden Tag ähnlicher klingt. Muss ich mir Sorgen machen, dass du dir ein Schießeisen umhängst?"

Ich raffte energisch meine Röcke und wirbelte herum. „Nur, wenn du etwas sagst, das mich beleidigt. Gute Nacht."

„India! Komm zurück und rede mit mir. Ich wünsche deine Gesellschaft."

„Gute Nacht, Matt", rief ich über die Schulter, meine Wut ließ bereits nach, doch meine Entschlossenheit zu gehen, wurde sogar noch stärker. Ich eilte hinaus, ehe auch sie zurückging.

* * *

Zur Überraschung aller war Matt schon vor dem Frühstück verschwunden. Er hatte das Haus allein verlassen. Nicht einmal Bristow wusste, wohin er unterwegs war.

„Er hat es mir nicht mitgeteilt", erklärte uns Bristow, während er den leeren Teekessel gegen einen neuen tauschte. „Er hat die Kutsche genommen."

„Verdammt", murmelte Willie, die sich schwer auf dem Stuhl

niederließ. „Wenn er ausgeht, ohne jemandem etwas zu sagen, dann hat er etwas Schlimmes vor."

„Ja", murmelte Duke. „Bist du sicher, dass er keine Nachricht unter deiner Tür durchgeschoben hat, India?"

„Ziemlich sicher." Wenn er nicht gewollt hatte, dass auch nur einer von uns Bescheid wusste, dann musste ich Willie zustimmen. Es war etwas Schlimmes. Er war an einen Ort gegangen, von dem ihm klar war, dass wir uns dagegen aussprechen würden, dorthin zu gehen.

Ich ließ die Unterhaltungen der letzten Nacht noch einmal in meinen Gedanken Revue passieren, und einen Augenblick lang vermutete ich, dass er losgezogen war, um Oscar Barratt aufzusuchen und ihm aufzutragen, den Artikel doch nicht zu schreiben. Aber Matt wusste bestimmt, dass das eine sinnlose Übung war. Wenn er also nicht gegangen war, um Barratt zu besuchen, wo sollte er sonst hingehen? Ins Bureau der *City Review*? Aber dafür war es zu früh, und es wäre noch nicht offen. Er kannte die Adresse von Mr. Force nicht, also hätte er auch dort nicht hingehen können.

Aber er wusste, wo Mr. Abercrombie wohnte, und Matt hatte zu Oscar gesagt, dass Abercrombie und Force seinem Zorn nicht entkommen würden.

Ich sprang auf. „Ich weiß, wo er ist!"

Duke, Cyclops und Willie erhoben sich ebenfalls. „Wo?", riefen sie gemeinsam.

„Er stellt Abercrombie zur Rede." Ich schnappte mir eine Scheibe Toast und marschierte hinaus, meine Röcke wirbelten mir um die Fersen. „Bristow! Bristow, ich brauche einen Zweispänner!"

„Machen Sie ihn eine Nummer größer, damit wir alle reinpassen", fügte Cyclops hinter mir an. Ich wandte mich um und sah ihn aus dem Esszimmer eilen, eine Scheibe Speck zwischen zwei Scheiben Toast geklemmt. Er schob sie sich in den Mund und bedeutete den anderen, sie sollten sich beeilen.

„Was tun wir denn, wenn Matt dort ist?", fragte mich Willie.

„Ihn davon abhalten, etwas zu sagen oder zu tun, dass ihn in Schwierigkeiten bringt."

KAPITEL 5

Laut dem Bediensteten, der auf unser Klopfen hin öffnete, war Mr. Abercrombie nicht zu Hause. Er hatte etwas Geschäftliches im Gildensaal der Uhrmacher zu erledigen, ehe er seinen Laden öffnete. Es war nicht weit, und wir trafen um halb neun im Gebäude in der Warwick Lane ein. Es gab keine Spur von Matt oder seiner Kutsche.

Ich legte den Kopf zurück, um zu dem Wappen über der Tür aufzusehen. Väterchen Zeit wirkte etwas albern in nichts als einen Lendenschurz gekleidet, und der Kaiser erinnerte mich an die arroganten und herrischen Männer, die ich in dieser Gilde angetroffen hatte, vor allem Abercrombie und Eddie. *Tempvs Rervm Imperator: Zeit ist der Herrscher aller Dinge.* Das mochte stimmen, aber die hochwohlgeborene Gesellschaft der Uhrmacher herrschte nicht mehr über mich, wie es einst der Fall gewesen war. Ich spürte keine Verbindung mehr zu ihr, keine Empörung, dass ich nicht eingeladen worden war, Mitglied zu werden. Früher war das anders gewesen. Als ich noch geglaubt hatte, sie hätten mich ausgeschlossen, weil ich eine Frau war, war ich wütend gewesen. Aber ich hatte damals auch das unbedingte Bedürfnis gespürt, für mein Talent anerkannt zu werden, und die Gilde hatte das Monopol auf Auszeichnungen und andere Arten der Anerkennung. Inzwischen wusste ich, dass der Ausschluss auf etwas ganz anderes gründete, und dass man mein Talent niemals mit dem der Mitglieder vergleichen konnte. Es war befreiend, sich darum keine Gedanken mehr zu machen.

Der Türsteher mit dem weißen, buschigen Bart öffnete die Tür. Er seufzte, als er mich erkannte. „Was wollen Sie denn dieses Mal, Miss Steele?"

„Ist Mr. Abercrombie da?"

„Er hat keine Zeit."

„Unsinn."

„Ist Mr. Matthew Glass hier?", fragte Duke.

Der Türsteher kniff finster die Augen zusammen. „Nein. Weshalb?"

Duke schob sich an ihm vorbei, drängte ihn mit der Schulter zur Seite. „Sind Sie da sicher?"

„Ich möchte doch sehr bitten!", rief der Türsteher. „Ich sagte, ich möchte doch sehr bitten, Sie können nicht einfach so hineindrängen."

Willie und Cyclops folgten Duke, und ich ging hinter ihnen her. „Wir brauchen nur einen Augenblick", sagte ich.

„Das ist empörend! Von Amerikanern erwarte ich es ja, aber Sie, Miss Steele, sind ein gutes englisches Mädchen aus einer guten englischen Familie. Ich kannte ihren Vater ..."

„Seien Sie still, oder ich werde gezwungen sein, etwas zu sagen, das sehr unenglisch ist, und das ich später bedauern könnte." Ich verschwendete keinen Gedanken mehr an ihn, während ich den anderen durch den Gildensaal folgte.

Wir spähten in das Wartezimmer, den Versammlungsraum, den Speisesaal und sogar zur Rückseite des Hauses. Alle bis auf die Personalräume waren leer. Trotz der Suche war es Mr. Abercrombie, der uns fand. Er kam die Treppe herab, als wir gerade nach oben gehen wollten.

„Ich hätte wissen sollen, dass Sie die Wurzel eines solchen Aufruhrs sind, Miss Steele", sagte er und rümpfte seine Pferdenase. Auf halben Weg die Treppe herab blieb er stehen und kam nicht näher. Ich schätzte, die Anwesenheit dreier wütender Amerikaner am Fuß der Treppe war der Grund für seine Zurückhaltung.

„Ist Matt da?", fragte ich.

„Nein."

„Haben Sie ihn heute Vormittag gesehen?“

„Sie haben ihn verloren, wie? Nun, das war ja wohl abzusehen, da er ist, was er ist, und Sie, nun …“ Ich wusste schon, was er sagen wollte, besonders, da es mit einem schneidenden Tonfall und einer Grimasse einherging.

Willie lief die Treppe hinauf. „Sie lügen besser nicht.“

Mr. Abercrombie stolperte einen Schritt zurück. „Tue ich nicht.“

Willie stemmte die Hände in die Hüften und zeigte dabei die Pistole, die sie sich in den Hosenbund gesteckt hatte.

„Miss Steele, kontrollieren Sie Ihre … was immer diese Person ist … oder ich hole die Polizei.“

„Komm schon, Willie“, sagte Duke. „Matt ist nicht hier.“

Mr. Abercrombie reckte den Hals und zerrte an seinen Jackenaufschlägen. Er wandte den Blick nicht von Willie ab. „Weshalb sollte er denn hier sein?“

„Um mit Ihnen über den Artikel in der *City Review* zu sprechen“, erwiderte ich und stieg die Stufen empor. „Es war unverantwortlich von Ihnen und Mr. Force, so negativ über Magier zu schreiben. Sie sollten sich schämen, unschuldige Menschen so grausam zu behandeln.“

„Unschuldig! Sie sind nicht unschuldig, Miss Steele, und auch der Rest Ihrer Art nicht. Sie sind ein Wolf im Schafspelz, und Wölfe gehören nicht in die Herde. Sie sind eine Bedrohung. Magier sind eine Bedrohung. Sehen Sie nur, was mit Wilson Sweet passiert ist!“

„Das ist eine Tragödie und wird sich nicht wiederholen. Chronos hat es bedauert, und Mr. Barratt wird in seinem nächsten Artikel genau das beschreiben.“

Er rümpfte angeekelt die Nase. „Sie sind töricht, wenn sie ihm vertrauen. Aber Sie sind ja nicht sonderlich gut darin, der richtigen Art Mann zu vertrauen, oder?“

„Ich erinnere mich irgendwie daran, dass *Sie* Eddies Geschichte ebenfalls geglaubt haben“, schoss ich zurück.

„Ich spreche nicht nur von ihm.“ Sein Blick huschte von Duke zu Cyclops. Sein Mund verzog sich zu einer angeekelten Grimasse.

Da seine Aufmerksamkeit abgelenkt war, sah er Willis Faust

nicht kommen. Sie traf ihn mit einem widerlichen Geräusch am Kinn. Er taumelte zurück, nur um über die Stufen zu stolpern und schwer aufzuschlagen. Er lag auf der Treppe ausgebreitet, stöhnte und fasste sich ins Gesicht.

„Mr. Abercrombie!" Der Türsteher lief an uns vorbei, um seinem Herrn beizustehen.

Abercrombie schob ihn aus dem Weg. „Hinaus!", ereiferte er sich. „Hinaus, *Hexe*!"

Ich ging voran nach draußen, nur zu froh, ihn hinter mir zu lassen. Obwohl ich entschlossen gewesen war, mich von diesem Mann nicht beeindrucken zu lassen, waren meine Nerven am Ende. Ich nahm die Hand, die Cyclops mir bot, und gestattete ihm, mich in die Kutsche zu lotsen.

„Wenn Matt also nicht hier ist, wo ist er dann?", fragte Willie und musterte ihre Handknöchel. Sie waren rot, aber nicht aufgeplatzt oder angeschlagen.

„Willst du nach Hause, India?", fragte Duke.

Ich nickte und gab dem Fahrer die Anweisung, ehe ich in die Kabine stieg und die Tür schloss.

„Du wirkst besorgt", sagte Cyclops leise zu mir. Er setzte sich neben mich, meine Schulter streifte seinen Arm. Er brauchte eine Menge Platz und wirkte, als wäre ihm die Enge unbehaglich. Seine Knie stießen an die von Willie, die ihm gegenüber saß.

„In meiner Vorstellung habe ich Mr. Abercrombie tausendmal geschlagen, aber ich würde mir nie erträumen, es wirklich zu tun." Ich schaute Willie an. „Wie kannst du dabei so ruhig sein?"

„Übung", sagte sie.

„Er hat es verdient", fügte Duke an und zuckte mit den Schultern. „Wo wir herkommen, werden Leute wie er ständig verprügelt. Das nennt man die Gerechtigkeit des Wilden Westens."

Willie verdrehte die Augen. „Das hat er sich gerade ausgedacht."

„Stimmt, aber es gefällt mir." Duke grinste. „Gut reagiert, Willie. Vielleicht kannst du den Colt in den Ruhestand versetzen und von jetzt an nur noch deine Fäuste benutzen."

„Im Leben nicht, Duke."

Wir kamen nur knapp fünf Minuten vor Matt zu Hause an.

Wir vier stellten uns ihm als vereinte Front in den Weg, als er eintrat. Kein Wunder, dass er gleich hinter der Tür zögerte, weil er sich einer Wand aus verschränkten Armen und finsteren Gesichtern gegenüber fand.

„Hier ist wohl die Inquisition eingetroffen." Er reichte Bristow seinen Hut und seine Handschuhe und bedeutete uns, dass wir ihm voraus in die Bibliothek gehen sollten.

Willie war die erste, die sich zu Wort meldete, nachdem er die Tür geschlossen hatte. „Wo warst du denn?"

„Das geht dich nichts an." Er hob einen Finger, als sie widersprechen wollte. „Von euch allen solltest du doch mein Recht auf Privatsphäre am ehesten respektieren."

Das dämpfte ihren Eifer weitgehend, ehe er auch nur aufflammen konnte. Sie setzte sich mit trotzigem Gesicht und einem Knurren hin.

Ich würde mich jedoch nicht abwimmeln lassen. „Warst du bei Mr. Force?"

„Nein."

„Mr. Barratt?"

Er kniff die Augen zusammen. „Genug der Fragen, India. Du wirst keine Antwort von mir erhalten. Ich musste mich um etwas kümmern. Mehr sage ich nicht."

Ich setzte mich ebenfalls schnaubend hin.

Duke übernahm als nächster. „Wir wissen bereits, dass du nicht bei Abercrombie warst."

Matt runzelte die Stirn. „Woher wisst ihr das?"

„Das geht dich nichts an", sagte ich, ehe irgendjemand sonst ihm erzählen konnte, wie wir unseren Vormittag verbracht hatten. Ich wollte die Antwort nicht aus Trotz vermeiden – nun, zumindest nicht nur aus Trotz –, sondern weil ich keinen Vortrag hören wollte.

Er kniff die Lippen zusammen, setzte sich aber ebenfalls, und das Thema wurde fallengelassen. „Eines kann ich euch erzählen", sagte er, „und das ist, wie die öffentliche Meinung hochfiebert. Bei jeder Unterhaltung, die ich mithören konnte, ging es um Forces Artikel in der *City Review*. In der Stadt summte es vor Gerüchten und Spekulationen, und es ist noch früh."

„Was sagen sie denn?", fragte ich. „Glauben sie ihm? Stimmen sie mit den Ansichten von Force überein?"

„Einige, aber nicht alle. Man hat eine Seite gewählt, und die Leute verteidigen ihre Meinung vehement."

Ich hoffte, dass jene, die für die Seite der Magie eintraten, sich nicht wegen ihrer Ansichten verfolgt fühlten – oder dass man ihnen vorwarf, Hexen zu sein, wie es Abercrombie mit mir gemacht hatte. Ich wünschte mir plötzlich, ich hätte meine Taschenuhr bei mir, um ihr vertrautes, glattes Gehäuse zu spüren, die magische Wärme und das schwache Pochen bei jedem Ticken. Das tröstete mich für gewöhnlich.

„Sie wollen auch herausfinden, wer unter ihnen ein Magier ist", fuhr Matt fort. „Man wirft mit Namen von Handwerkern und Herstellern um sich."

„Voller Hass?", fragte Willie. „Angst?"

„Vor allem in neugierigem Tonfall."

„Hass und Angst kommen später", sagte Cyclops bedrückt.

Duke nahm seinen Freund an der Schulter. „So muss es nicht kommen."

Die gewichtige Stille, die darauf folgte, wurde von Bristow verdrängt, der mit der Post hereinkam. Er reichte mir einen dicken Umschlag. Er war mit rotem Wachs versiegelt.

„Er kommt von Lord Coyle", sagte ich, während ich ihn öffnete. „Er lädt mich zu einer Abendgesellschaft ein, die er am Samstag veranstaltet." Ich las die Einladung noch einmal, dann faltete ich sie wieder zusammen. „Wie merkwürdig. Ich kenne den Mann doch kaum. Weshalb sollte er mich dazu bitten?"

„Weil er magische Gegenstände sammelt", erwiderte Matt düster. „Und dank Abercrombie und Force weiß er nun, dass dein Großvater ein Magier ist, und dass du darum sehr wahrscheinlich auch einer bist."

„Ich glaube, das hat er bereits vermutet, nachdem er mit angesehen hat, wie meine Taschenuhr Mr. Pitt erwischte."

„Mag sein, doch der Artikel hat wohl seinen Verdacht verfestigt. Der Zeitpunkt seiner Einladung nur einen Tag nach dem Artikel passt zu gut." Er rieb sich langsam mit dem Zeigefinger über die Unterlippe. „Verdammt. Genau das hatte ich befürchtet."

„Es ist nur eine Einladung zum Abendessen", sagte ich. „Außerdem werde ich ablehnen. Ich habe viel zu viel zu tun, um mich mit einem Adligen abzugeben, den ich kaum kenne. Ich schreibe gleich eine Antwort. Wenn ich fertig bin, wollen wir noch einmal Pater Antonio aufsuchen? Oder bist du da heute Morgen ohne mich hingegangen?"

„Das würde ich nicht wagen." Er warf mir dieses schelmische Lächeln zu. „Ohne dich bin ich doch nur ein halb so guter Ermittler."

„Ich bin froh, dass dir das auffällt."

* * *

PATER ANTONIO LIEß uns sechzehn Minuten in der Kirche warten, ehe er sich mit uns traf.

„Du weißt, dass die Zeit nicht schneller vergeht, nur weil du deine Uhr anstarrst", sagte Matt, während wir in der dritten Bank von vorne saßen.

Ich ließ das Uhrgehäuse zuklappen und steckte sie wieder in meinen Pompadour. „Ich muss doch etwas anschauen, um meine Nerven zu beruhigen."

„Du bist von wunderschönen Buntglasfenstern umgeben und sitzt neben einem gutaussehenden Mann. Reicht das denn nicht?"

Ich verbiss mir ein Lächeln und warf einen betonten Blick auf einen älteren Kirchenbesucher, der auf einer Bank auf der anderen Seite des Mittelganges saß. Er schlief entweder oder war ins Gebet vertieft. „Er ist schon ziemlich gutaussehend, oder nicht?"

Matt blieb mir eine Antwort schuldig, da Pater Antonio eintraf. Der Priester war wohl nicht älter als Mitte fünfzig, was hieß, dass er vor siebenundzwanzig Jahren recht jung gewesen war. Aus einem Grund, der mir im Augenblick nicht einfallen wollte, hatte ich einen älteren, mürrischeren Kerl erwartet, der uns sofort wegschicken würde, sobald er uns sah, doch Pater Antonio bot uns ein freundliches Lächeln und einen warmen Händedruck. Die Augen hinter den Brillengläsern waren genauso warm.

Matt versuchte nicht, die Tatsache zu verbergen, dass wir den Konvent aufgesucht hatten, und einige Fragen über die Ereignisse hatten, die sich dort in der Vergangenheit abgespielt hatten.

„Sie sind die Amerikaner, vor denen man mich gewarnt hat", sagte Pater Antonio. „Mutter Frances hat mir aufgetragen, Sie fortzuschicken, falls Sie auftauchen."

Mir wurde das Herz schwer. Konnten wir denn nicht eine Unterhaltung dieser Ermittlung führen, ohne dass wir auf jedem Schritt des Weges in Hindernisse hineinliefen? Ich entfernte den Blick von Pater Antonio zur Darstellung von Jesus im Chorraum und ließ ihn wieder zurückwandern.

„Bitte, Pater, hören Sie sich einfach an, was wir zu sagen haben, ehe Sie uns wegschicken", sagte Matt.

„Ich werde mich mit Ihnen unter einer Bedingung unterhalten." Pater Antonio beugte sich vor und senkte die Stimme. „Erzählen Sie es nicht Mutter Frances." Er zwinkerte und setzte sich auf die Bank vor uns. „Sie möchten von einem bestimmten Baby erfahren, das vor vielen Jahren in den Konvent gegeben wurde. Es tut mir leid, aber ich weiß nichts über die Kinder, die dorthin gebracht wurden, und selbst wenn ich das täte, wäre ich zur Geheimhaltung verpflichtet. Die meisten Paare, die adoptieren, wollen lieber anonym bleiben. Es tut mir leid, wenn Ihre Fahrt hierher verschwendet war."

„Wir haben andere Fragen", sagte Matt. „Über die verschwundene Mutter Alfreda zum einen."

Ein Blinzeln war die einzige Veränderung auf dem Gesicht des Priesters. „Darüber weiß ich auch nichts. Das war vor langer Zeit."

„Es gibt eine Aufzeichnung, in der Sie behaupten, sie hätte geschrieben, um zu sagen, sie hätte den Konvent aus freien Stücken verlassen, und doch wissen wir, dass es keinen solchen Brief gab. Ihr Weggang ist immer noch von Rätseln umgeben. Weshalb haben Sie die Polizei angelogen?"

Matt hatte mit gesenkter Stimme gesprochen, doch der Priester warf trotzdem einen Blick auf den älteren Kirchenbesucher, den einzigen anderen Menschen in der Kirche. „Kommen Sie mit mir", sagte Pater Antonio.

Er führte uns zum Pfarrhaus nebenan in ein sonnendurchflu-

tetes Wohnzimmer vorne im Haus, das auf die Straße hinaus-
blickte. Von dort aus konnte er sehen, wer in der Kirche ein- und
ausging, den Konvent und viele weitere Häuser. Er richtete seine
Soutane und setzte sich in den Sessel am Fenster. Die Sonne
glänzte auf seinem kahlen Haupt und betonte die goldenen
Stoppel auf seinem Kinn.

Ich fragte mich, wie viel er mitbekommen hatte. Wenn nur
die Mutter Oberin ihn gewarnt hatte, und nicht die anderen
Nonnen, war die Frage nach der verschwundenen Mutter
Alfreda wohl eine ziemliche Überraschung gewesen. Und doch
hatte er kaum gezeigt, dass sie einen Eindruck auf ihn gemacht
hatte. Vielleicht hörte ein Mann in seiner Stellung im Laufe der
Jahre viele merkwürdige Dinge und war daran gewöhnt, seine
Gedanken nicht preiszugeben.

„Woher wissen Sie, was der Polizei mitgeteilt wurde?", setzte
Pater Antonio an. „Arbeiten Sie für sie?"

„Ich berate sie bei besonderen Anlässen", sagte Matt.

„Und bei diesem Anlass?"

Matt ließ sich im Sessel nieder und lächelte den Priester an,
der das Lächeln erwiderte. Es war ein Wettstreit der Höflichkeit
ohne klaren Gewinner – noch nicht. „Wir untersuchen den
Weggang der vorigen Mutter Oberin für eine interessierte
Partei."

„Wen?"

„Jemanden, der nicht genannt werden will. Können Sie uns
helfen?"

„Ich werde es gewiss versuchen." Das Lächeln des Priesters
entglitt ihm ein wenig, und sein Blick war nicht mehr so konzentriert. Er wollte herausfinden, wer uns damit beauftragt haben
könnte, festzustellen, was mit Mutter Alfreda passiert war, und
was das, falls überhaupt, mit unserer Nachforschung zum
kleinen Phineas zu tun hatte.

„Die Mutter Oberin wurde von Ihnen vermisst gemeldet",
fuhr Matt fort, „und Sie haben diese Aussage am folgenden Tag
zurückgezogen. Jedoch hat niemand im Konvent einen Brief von
ihr erhalten. Dort hat man immer noch den Eindruck, sie wäre
nicht aus eigenem Antrieb verschwunden. Warum haben Sie Ihre
ursprüngliche Aussage der Polizei gegenüber zurückgezogen?"

Ich hielt die Luft an und beobachtete Pater Antonio ganz genau. Es kam bestimmt nicht oft vor, dass man ihn einen Lügner nannte, doch er schaffte es, seine Züge nicht entgleisen zu lassen. „Es stimmt, dass kein Brief eintraf, doch ich habe meine Aussage trotzdem zurückgezogen. Sehen Sie, der Konvent ist nachts sicher abgeschlossen. Niemand von draußen gelangt hinein, ohne großen Aufruhr zu verursachen. Es gab keine Hinweise auf einen Einbruch, keine Anzeichen, dass jemand eingedrungen wäre, und Mutter Alfredas Zelle war, wie sie sein sollte. Nichts wies auf ein Verbrechen hin, wie die Polizei es formulierte. Nachdem ich nachgedacht und gebetet hatte, beschloss ich, dass es sich nicht lohnte, die restlichen Nonnen in Aufregung zu versetzen, indem die Polizei durch den Konvent schwärmte. Einige von ihnen sind jung und sehr naiv, was die Welt angeht. Es würde sie gehörig aufrütteln, wenn sie dächten, etwas Schreckliches wäre ihrer geliebten ehrwürdigen Mutter widerfahren, und das wollte ich ihnen ersparen. Bitte verstehen Sie, Sir, wenn es denn einen Beweis gegeben hätte, dass Mutter Alfreda etwas zugestoßen wäre, wäre ich der Erste gewesen, der die Polizei dazugeholt hätte. Aber den gab es nicht. Alle Hinweise deuteten darauf hin, dass sie aus eigenem Willen in der Nacht verschwunden war. Das allein schon war für die guten Schwestern zu verstörend, aber sie auch noch weiter zu verunsichern, indem man die Polizei ins Spiel brachte, wo es doch keinen Anlass dazu gab, wäre von mir unverantwortlich gewesen. Ohne eine Mutter Oberin war ich ihr einziger spiritueller Führer, der verbliebene Elternteil, wenn Sie so wollen, und es lag in meiner Verantwortung, mich um ihr Wohlergehen zu kümmern. Also ja, ich habe die Entscheidung getroffen, die Aussage zurückzuziehen. Diese Entscheidung habe ich nie bereut."

Es klang plausibel, wenn auch etwas bevormundend, doch ich war nicht ganz sicher, ob ich ihm glaubte. Sicher hatte er sich genauso große Sorgen um das Verschwinden der Mutter Oberin gemacht wie Schwester Clare und die anderen Nonnen.

„Haben Sie eine Ahnung, weshalb sie gegangen sein könnte?", fragte ich.

„Nein. Sie schien ihre Arbeit ergeben zu verrichten. Es war

ein ziemlicher Schock. Das bedeutet nicht, dass ich glaube, dass ihr ein Verbrechen widerfahren ist, sondern lediglich, dass ich sie gar nicht so gut kannte."

„Haben Sie denn die Schwestern gefragt, ob das ihrem Charakter entsprach?", fuhr ich fort.

„Ich habe mit ihnen gesprochen", erwiderte er knapp.

„Das haben wir auch, und es scheint, dass Mutter Alfreda keine Person war, die ohne ein Wort gehen würde."

Seine einzige Antwort bestand in einem leichten Schulterzucken.

„Die Nonnen, mit denen Sie über sie gesprochen haben", wollte Matt wissen, „was haben sie zu Ihnen gesagt?"

„Das kann ich Ihnen nicht erzählen. Sicher verstehen Sie meine Lage, Mr. Glass, auch wenn Sie kein Katholik sind."

Matt rutschte auf dem Sessel nach vorne. „Sie haben diese Angelegenheit während der Beichte mit ihnen besprochen?"

Pater Antonio klappte den Mund zu und zwang ein Lächeln hervor. Ein weiteres Schulterzucken verriet uns die Antwort auf diese Frage. Jemand hatte während der Beichte mit ihm darüber gesprochen, aber es war ihm nicht möglich, mehr zu sagen. Weshalb sollten eine oder mehrere Nonnen etwas zu beichten haben, wenn sie unschuldig waren?

„Wie überaus praktisch", murmelte Matt, der sich wieder zurücklehnte.

„Haben Sie nach ihr gesucht?", fragte ich.

„Nein", erwiderte Pater Antonio. „Wenn sie hätte gefunden werden wollen, hätte Gott mich zu ihr geführt."

„Ihr Verschwinden geschah ungefähr zum selben Zeitpunkt, zu dem auch zwei Babys aus dem Konvent verschwanden", sagte Matt. „Sie wurden nicht zur Adoption weggegeben, und ihre Akten verschwanden ebenfalls. Wissen Sie darüber etwas?"

Der Priester richtete erneut seine Soutane und legte ein Bein über das andere. „Nein. Legen Sie denn nahe, dass das Verschwinden der ehrwürdigen Mutter mit dem der Kinder zu tun haben könnte?"

Matt breitete die Hände aus. „Ich lege überhaupt nichts nahe, ich erwähne nur Tatsachen."

„Und Sie sind sicher, dass Sie kein Polizist sind? Sie klingen wie einer." Pater Antonios Augenwinkel legten sich in Falten. Als Matt das Lächeln nicht erwiderte, wurde der Priester nüchtern und schob sich die Brille nach oben. „Wie ich schon vorhin gesagt habe, ich weiß nichts über die Babys, die durch den Konvent gehen. Das ist etwas, das die Schwestern ganz allein organisieren."

„Sie müssen doch die Familien kennen, die sie adoptieren", sagte ich. „Sind das denn keine Gemeindemitglieder?"

„Es ist mir nicht gestattet, dazu etwas zu sagen, Miss Steele. Ich hoffe, dass Sie das verstehen."

Ich seufzte. Wir kamen nicht weiter. Offensichtlich dachte Matt das auch, denn er wechselte das Thema. „Es gab eine junge Nonne, die zur selben Zeit den Konvent verließ. Sie wird nicht vermisst; sie ging aus freiem Willen. Ihr Ordensname war Schwester Francesca, ihr echter Name Abigail Pilcher. Erinnern Sie sich an sie?"

Pater Antonio schürzte die Lippen, legte die Finger aneinander und schüttelte langsam das kahle Haupt. „Ich glaube nicht."

„Sind Sie sicher? Sie haben sie einige Male in Bermondsey besucht, nachdem sie den Konvent verlassen hat."

Der Blick des Priesters wurde aufmerksam.

„Bevor und nachdem sie ihr Kind bekam", fuhr Matt fort.

Das Gesicht des Priesters hellte sich plötzlich auf. „Ah, jetzt erinnere ich mich. Sie war ein törichtes Mädchen, ganz und gar ungeeignet für das Leben im Konvent. Sie war viel zu ..." Er wedelte mit der Hand in der Luft, während er nach dem richtigen Wort suchte.

„Weltlich?", bot ich an.

Er deutete auf mich. „Ganz genau, Miss Steele. Zu weltlich, um eine Nonne zu sein. Ich war nicht sonderlich überrascht, dass sie unter solchen Umständen wegging."

„Ich dachte, Sie hätten gesagt, es wäre schwer für Außenseiter, den Konvent zu betreten. Wie denken Sie denn, dass sie schwanger wurde?"

„Die Schwestern sind nicht eingesperrt. Sie konnten ausgehen, sie wurden nur nicht dazu ermutigt. Ganz offensichtlich entschied sich Abigail, zu kommen und gehen, wie es ihr gefiel."

„Oder vielleicht nur das eine Mal", sagte Matt.

„Weshalb wollen Sie etwas über sie erfahren?"

„Vielleicht kann sie ein Licht auf Mutter Alfredas Verschwinden werfen."

Er blinzelte. „Das bezweifle ich. Es hatte nichts mit ihr zu tun. Sie ging wegen ihres Zustandes weg."

„Sind Sie sicher? Haben Sie sie bei einem Ihrer Besuche bei ihr zu Hause gefragt?"

Der Priester schaute zur Seite. „Hat sie Ihnen erzählt, dass ich sie besucht habe?"

„Sie wohnt nicht mehr am selben Ort. Sie ist vor zehn Jahren umgezogen. Wussten Sie das nicht?"

Pater Antonios Gesicht wurde rot. Er zog sich abermals die Soutane über die Knie. „Natürlich nicht. Weshalb sollte ich das wissen? Ich habe sie nur ein- oder zweimal besucht, nachdem sie den Konvent verlassen hatte, um sicherzugehen, dass sie sich in das zivile Leben einfand. Wie ich sagte, ich fühle mich verantwortlich für die Nonnen, selbst nachdem sie nicht mehr unter meiner Obhut stehen."

„Und doch mussten wir Ihnen vor ein paar Augenblicken noch ihren Namen in Erinnerung rufen", stieß ich hervor. Dieser Mann ging mir allmählich auf die Nerven. Er verbarg ganz offensichtlich etwas, und ich vermutete, dass es die Identität des Vaters von Abigails Baby war. Ich wollte nicht, dass er es war. Das wollte ich wirklich nicht. Aber es war am naheliegendsten.

„Ich habe mich schon immer mit Namen schwergetan", sagte er. „Sehen Sie. Ich weiß nicht, wo sie jetzt ist. Sie hat mich gebeten, sie nicht noch einmal aufzusuchen, darum habe ich es nicht getan. Ich wusste nicht einmal, dass sie aus dieser schrecklichen Dachkammer ausgezogen ist."

„Sie gingen nicht mehr hin?", drängte ich. „Einfach so, obwohl Sie sagen, dass Sie sich für sie verantwortlich gefühlt haben? Sie war eine unverheiratete Frau mit einem Neugeborenen. Und als ob das nicht schon schwer genug wäre, hatte sie keine Freunde oder Familie, die ihr helfen konnten. Es ist ein Wunder, dass sie überhaupt überlebt hat."

Er plusterte sich auf. „Sie hat nicht nur überlebt, es ging ihr beim letzten Mal, als ich sie gesehen habe, sogar sehr gut.

Tatsächlich hatte sie mehr zur Seite gelegt als ich! Ich habe mir keine Sorgen um sie gemacht, Miss Steele, weil Abigail Arbeit in der Hutfabrik hatte. Sie verdiente sehr gut, obwohl es so schlecht bezahlt wurde. Tatsächlich machte ihr ihre Arbeit Spaß. Sie schien sie zu erfüllen, auf eine Weise, wie es das Dasein als Nonne niemals gekonnt hatte."

„Wie meinen Sie das, sie erfüllen?", wich ich aus. Dass er diesen Begriff benutzt hatte, regte meine Neugier an. Ich hätte damit keine Akkordarbeiterin beschrieben, die niedere Arbeiten für einen kleinen Lohn erledigen musste.

„Sie hat mir erzählt, dass es ihr gefiel, mit Seide zu arbeiten. Sie sprach über die Art, wie sie sich auf ihrer Haut anfühlte, wie hübsch sie aussah, wenn das Licht auf sie fiel." Er starrte aus dem Fenster und lächelte sehnsüchtig. „Sie fühlte sich dazu hingezogen", murmelte er, seine Stimme abwesend. „Das ist das Wort, das sie benutzt hat – hingezogen. Wie ein Gentleman zu seiner Geliebten." Sein Gesicht wurde plötzlich tiefrot, und er tat die Anmerkung mit einem leisen Lachen ab. „So höre ich das zumindest."

Erfüllt, hingezogen. Ich warf einen Blick auf Matt. Er schaute mich an, und in seinen Augen leuchtete dieselbe Erkenntnis. Abigail Pilcher war eine Seidenmagierin.

KAPITEL 6

„Seide ist eine Naturfaser", erklärte ich Matt auf der Fahrt nach Hause. „Aber bei der Arbeit damit, da kommt Magie ins Spiel."

„Wie bei Gold oder Holz", fügte er mit einem Nicken an. „Abigail ist bestimmt eine Magierin. Ich bin davon überzeugt. Ihr Sohn sicher auch. Darum war er bei Christy's so gut in der Abteilung für Seidenhüte, aber nicht in den anderen Bereichen. Er hatte eine Neigung dazu."

„Wir sollten uns Fabriken anschauen, die mit Seide arbeiten, um ihn zu finden."

„Er könnte auch in einem Laden arbeiten, keiner Fabrik. Jeder Tuchhändler oder Schneider wäre möglich. Und von denen gibt es bestimmt Tausende über die ganze Stadt verstreut."

„Nicht so viele gehobene, und Seide ist definitiv gehoben."

Meine Argumente schienen ihn ein wenig aufzurichten. „Gibt es in London einen Seidenhandel?"

„In Spitalfields waren früher überall Rohseidenwebereien, aber in letzter Zeit hat der Handel gelitten, und ich glaube nicht, dass noch viele übrig sind. Es wurde von zu Hause aus für Hersteller gearbeitet, die Seide für ihre Waren brauchten, so wie es Abigail für Christy's gemacht hatte. Mehr weiß ich über dieses Geschäft nicht."

„Dann scheint es mir sehr viel wahrscheinlicher, dass wir

Abigails Sohn als Arbeiter bei einem dieser Hersteller finden und nicht als Weber. Konfektionskleider, Hüte, Unterwäsche … kannst du dir noch etwas anderes vorstellen, für das man Seide braucht?"

„Seidenblumen, Frack-Futterale …" Ich strich mit dem Daumen gedankenlos über den gepolsterten Stoffbezug der Tür, während ich nachdachte – den *seidenen* Bezug. „Die Innenausstattung von Kutschen."

Ich zog Block und Bleistift aus meinem Pompadour und notierte alle Geschäftszweige, die uns einfallen wollten, für die man Seide benötigte, doch ich hatte keine Ahnung, wo man damit anfangen sollte, nach den Fabriken zu suchen, die sie herstellten. Etliches würde dieser Tage gar nicht mehr in London produziert werden. Bristow könnte es wissen.

Wir erzählten den anderen von unserer Erkenntnis, als wir nach Hause zurückkehrten. Während Duke und Cyclops es für eine bedeutsame Information hielten, war sich Willi nicht so sicher. „Weshalb spielt es eine Rolle, dass Abigail Pilcher eine Magierin ist?", knurrte sie. „Darum weiß sie trotzdem nicht unbedingt, was mit Phineas Millroy passiert ist."

„Oder sie könnte die Magie in dem Baby gespürt und gewusst haben, dass es Leute aufziehen müssen, die über Magie Bescheid wissen", entgegnete Matt. „*Sie* hätte ihn aus dem Konvent wegschaffen können."

„Es lohnt sich, sie zu finden und zu befragen", sagte ich.

„Schätze schon", grollte Willie in ihre Brust.

„So ist sie schon den ganzen Vormittag", flüsterte Duke mir zu. „Am besten lässt man sie in Ruhe, oder sie beißt dir den Kopf ab, wenn du etwas sagst."

Willie funkelte ihn an, als wüsste sie, worüber er sprach, obwohl sie es auf der anderen Seite des Salons unmöglich gehört haben konnte.

„Was hatte denn Pater Antonio über Miss Pilcher zu sagen?", fragte Cyclops. „Wusste er, wer der Vater des Babys war?"

„Ich nehme es an", sagte ich mit einem Blick zu Matt. Ich wollte Cyclops mit meinem Verdacht nicht verstören. Er war bereits enttäuscht von der Feststellung, dass der Priester die Polizei belogen hatte.

„Er hat es nicht gesagt, aber ich glaube, *er* ist der Vater", antwortete Matt, dem diese Bedenken offenbar völlig fremd waren. „Was meinst du, India?"

„Ich tendiere dazu, es auch so zu sehen. Tut mir leid, Cyclops, aber Pater Antonio sollte man nicht als glanzvolles Beispiel des Klerus hochhalten."

Cyclops schüttelte den Kopf.

„Um der Gerechtigkeit Genüge zu tun", fügte ich an, „glaube ich, dass er sich wohl um Abigail gesorgt hat. Er wirkte traurig, als er von ihr sprach."

„Es war, als hätte er etwas verloren", sagte Matt. „Er tat mir ein wenig leid. Das Leben eines Priesters kann für einen Mann wie ihn nicht sonderlich leicht sein."

„Du meinst für einen Mann mit Trieben?", fragte Willie.

„Ich habe eher an einen Mann gedacht, der verliebt ist. Triebe kann man es aber wohl auch nennen."

Wir begannen unsere nächsten Schritte zu besprechen, und mit Bristows Hilfe schrieb ich mir etliche Hersteller in London auf, die mit Seide arbeiteten. Es fühlte sich enorm befriedigend an, die nächsten Punkte aufgelistet und den Rest unseres Tages geplant zu haben.

Ein Plan, den man nicht sofort in die Tat umsetzen konnte, da Lord Rycroft hereinschneite. Immerhin war seine Frau nicht bei ihm. Irgendwie schaffte sie es, jedes Gespräch in einen Streit münden zu lassen, besonders mit Miss Glass. Lord Rycroft bestand darauf, mit Matt und Miss Glass allein zu sprechen, und ich war froh, mit Willie im Hyde Park spazieren gehen zu können.

Willie jedoch war keine sonderlich geübte Spaziergängerin. „Gehen ist nur eine geeignete Art, von A nach B zu kommen, wenn man kein Pferd hat", sagte sie, als wir den Park betraten. „Und für Leute, die nichts Besseres zu tun haben."

„Wir sind Leute, die im Augenblick nichts Besseres zu tun haben", erwiderte ich und ließ meinen Arm durch ihren gleiten. „Oder erzählst du mir gleich, dass du eine Einladung hast, woanders zu sein?"

Sie beäugte unsere verbundenen Arme, als wären sie eine Kette, die verhinderte, dass sie weglief. „Nicht heute."

„Dieser Brief war keine Einladung, dich mit deinem Schatz zutreffen?" Ich hatte auf unschuldig gemacht, doch ihrem vernichtenden Blick nach zu urteilen, war ich kläglich gescheitert.

„Den hast du gesehen?"

„Es ist nicht die erste Nachricht, die du im Lauf des letzten Tages erhalten hast. Sind Sie von deinem Geliebten?"

Sie hob das Kinn. „Das sage ich nicht."

Ich blieb stehen und nahm sie bei den Händen, zwang sie dazu, ebenfalls anzuhalten. Sie wollte mir nicht in die Augen schauen. „Willie, warum teilst du dein Geheimnis nicht mit mir, oder wenn schon nicht mit mir, dann mit jemand anderem? Du bist uns wichtig, und du bist im Augenblick eindeutig unglücklich. Vielleicht kann ich helfen."

„Kannst du nicht." Sie entzog sich mir und stapfte auf dem Weg weiter, überholte eine Amme, die einen Kinderwagen schob, und geriet beinahe einem Reiter und seinem Pferd in den Weg.

Ich raffte meine Röcke und musste traben, um mit ihr mitzuhalten. „Also gut, ich respektiere deinen Wunsch nach Privatsphäre."

Ich ließ die Sache fallen. Ich ließ alle Themen fallen. Ich fing kein weiteres Gespräch an, und auch sie machte keinen Versuch, ein anderes Thema anzuschneiden. Nach fünf Minuten, die sich wie eine halbe Stunde anfühlten, hatte sie immer noch nicht nachgegeben, und ich stellte fest, dass sie uns zurück zur Park Lane gelotst hatte. Weitere fünf Minuten später waren wir wieder zu Hause, und der kürzeste und unbehaglichste Spaziergang aller Zeiten hatte ein Ende.

Zum Glück war Lord Rycroft bereits aufgebrochen. „Er wollte sich nicht einmal setzen", sagte Miss Glass, als ich mich im Salon zu ihr und Matt gesellte.

Es war nicht an mir, zu fragen, was er gewollt hatte, doch ich war schrecklich neugierig. Ich vermutete, Matt hätte es mir unter vier Augen erzählt, ohne seine Tante, doch Willie konnte nicht warten. „Was wollte er denn dieses Mal?"

„Er beharrte darauf, dass ich mit Beatrice und den Mädchen zum Anwesen reise", sagte Miss Glass. „Es wäre meine letzte

Gelegenheit, wie er behauptete. Dieser bevormundende, unerträgliche Oger. So war er schon immer, noch bevor unser Vater starb. Es ist kein Wunder, dass dein Vater wegging, Matthew. Überhaupt kein Wunder. Ich hätte mit Harry gehen sollen, worum er mich ja auch gebeten hatte. Ich könnte inzwischen mit einem italienischen Grafen verheiratet sein."

Matt setzte sich neben sie und nahm ihre Hand zwischen seine beiden. „Du würdest nicht in Italien wohnen wollen, Tante. Im Sommer ist es da viel zu heiß."

Sie lächelte, aber es lag keine Freude darin.

„Wünsch dir nicht, du wärst verheiratet, Letty", sagte Willie, die im Türrahmen lehnte. „Das ist nicht immer das Beste, was ein Mädchen machen kann. Man muss den richtigen Mann wählen, und es gibt da draußen nicht viele Männer wie Matt. Viele von ihnen sind einfach nur Schweine in Hosen."

„Arme Willie." Miss Glass erhob sich und fasste Willie an den Ellbogen. Mit aufgerissenen Augen wankte Willie zurück, bis ihr der Fensterrahmen in den Weg geriet. „Du hattest noch nicht mit vielen Gentlemen zu tun, also ist es kein Wunder, dass du diese Haltung an den Tag legst."

„Ich hatte schon mit genügend Gentlemen zu tun, und sie sind genauso schlimm, manchmal schlimmer. Sie sind einfach nur besser gekleidete Schweine. Dir geht es hier besser, Letty, bei Matt und India und uns. Du kannst so viel spazieren gehen und Besuche machen, wie du willst. Ist das nicht famos?"

Miss Glass küsste sie auf die Wange. „Das ist es gewiss. Vielen Dank, liebe Willemina."

Willie sah ihr mit einem verwirrten Gesichtsausdruck nach. „Sie hat schon wieder den Verstand verloren. Sie hat mich lieb genannt."

„Das ist definitiv ein Anzeichen für Wahnsinn", pflichtete Matt ihr bei und grinste dann, als seine Cousine ihn anfunkelte.

„Was hast du zu deinem Onkel gesagt?", fragte ich Matt.

„Ich habe gar nichts gesagt. Tante Letitia hat das Reden übernommen. Sie sagte ihm, sie würde eine ausgesprochen öffentliche Szene machen, wenn er sie dazu zwingen würde, mit Tante Beatrice und den Mädchen zu reisen." Er hob einen Mundwinkel. „Sie wurde laut und so weiter. Er hat beschlossen, es nicht zum Äußersten kommen zu lassen."

„Warum ist er überhaupt wiedergekommen und hat es noch einmal bei ihr probiert? Ich dachte, er hätte beim letzten Mal ihre Entscheidung akzeptiert."

„Ich ... ich weiß auch nicht."

Ich legte den Kopf schief. „Matt? Was erzählst du mir nicht?"

Willie richtete einen Finger auf ihn. „Halt bloß nichts vor uns geheim, Matthew Glass. Ich frage dich nicht, wo du heute Vormittag hingegangen bist, denn man hat ja ein Recht auf Privatsphäre, aber du musst India jetzt eine Antwort geben, denn das betrifft uns alle, oder nicht?"

„Nicht alle." Matt räusperte sich und schaute mir endlich in die Augen. „Er hat die *City Review* gelesen."

Das hatte ich mir gedacht, aber ich verspürte keinen Triumph, weil ich im Recht war. Ich ließ mich auf einen Sessel fallen. „Und er hat meinen Namen mit dem von Gideon Steele in Verbindung gebracht, der in den Tod von Wilson Sweet verwickelt war. Er wollte, dass Miss Glass sich nicht mehr mit mir abgibt."

„Ich kann mir vorstellen, dass sich seiner Meinung nach gar niemand aus seiner Familie mit dir abgeben sollte", fügte Willie an. „Tut mir leid, India, aber du weißt das."

„Ja, weiß ich."

Matt ging vor mir in die Hocke und legte mir die Hände auf die Knie. Die Geste war viel zu vertraut, doch ich rutschte nicht weg. „Mach dir keine Sorgen wegen meines Onkels oder meiner Tante. Mir ist es gleich, was sie denken, und Letitia ebenso."

„Bist du sicher, dass sie das so sieht?" Miss Glass sah es durchaus so, dass ich nicht gut genug für ihren Neffen war. Obwohl das nichts mit meiner Magie zu tun hatte – und alles mit meinem niederen Status –, nahm ich an, dass sie die Gelegenheit nutzen könnte, um Matt daran zu erinnern, wie unpassend ich für ihn war.

„Ziemlich sicher", sagte er sanft. „Du hättest hören sollen, wie sie dich verteidigt hat. Sie hat meinem Onkel gesagt, dass du sehr viel deutlicher die Qualitäten einer Lady aufweist als seine Töchter, und dass sie sehr viel lieber dich zur Gesellschafterin hätte als irgendjemanden sonst. Sie himmelt dich an, India, und sie bewundert dich sehr."

Doch offenbar reichte das nicht. Nichts, was ich tat, würde jemals reichen.

* * *

WIR FÜNF TEILTEN UNS AUF, um unsere Suche nach den Seidenherstellern, Webern und jeglichen Geschäften durchzuführen, die uns einfallen wollten, in denen mit Seidenballen gehandelt wurde. Wir mussten jedoch die Verkäufer von aus Seide hergestellten Waren vernachlässigen. Es gab schlicht zu viele Hutmacher, Herren- und Damenschneider in der Stadt.

Mir gefiel es nicht, von Matt getrennt zu sein. Was, wenn ihm etwas passierte, und er seine Uhr nicht gebrauchen konnte? Wer würde denn wissen, dass man sie ihm in die Hand legen musste, falls er ohnmächtig wurde? Er ließ mir aber keine Wahl, da er in dem Bereich, der ihm zugefallen war, aus der Kutsche stieg und dem Kutscher befahl, mit mir weiterzufahren. Wir fuhren in dem Augenblick ab, in dem sich die Tür schloss.

Den Teil der Stadt, der mir zugewiesen war, kannte ich gut. Ich hatte mein ganzes Leben lang in der St. Martins Lane in der Nähe von Covent Garden gewohnt, und dort begann meine Suche. Nachdem der Kutscher mich draußen vor dem Laden abgesetzt hatte, der einst mir gehört hatte, und dann Eddie, und der inzwischen beinahe wieder mir gehörte, ging ich zu Fuß durch die umliegenden Straßen. Da ich mit den Läden und Werkstätten vertraut war, konnte ich konkrete Straßen ansteuern und andere aussparen. Selbst dafür brauchte ich den ganzen Nachmittag, um meinen Bereich abzudecken, da er die Haupteinkaufsstraßen südlich der Oxford Street enthielt.

Ich kehrte jedoch ohne auch nur den winzigsten Hinweis in die Park Street zurück. Meine ganzen Mühen hatten mir nur wehe Füße und schweißgetränkte Unterwäsche eingebracht. Kein einziger Ladenbesitzer hatte von Abigail Pilcher oder ihrem Sohn gehört. Ich versuchte, mich deshalb nicht zu grämen, während ich mich in meinem Zimmer erfrischte, doch es war unmöglich, keine düsteren Gedanken um das Schicksal der Pilchers aufkommen zu lassen.

Bis ich wieder nach unten ging, waren die anderen zurück und warteten in der Bibliothek auf mich. Und sie alle lächelten.

„Ihr habt ihn gefunden?", fragte ich Matt.

„Duke war es."

„Ich habe eigentlich ihn *und* Abigail gefunden", sagte Duke, der Tee einschenkte. „Sie ist eine Näherin, die bei Peter Robinson arbeitet, in der Schneiderwerkstatt."

„Peter Robinson, der Tuchhändler in der Oxford Street?", fragte ich und nahm eine Tasse von ihm entgegen. „Sein Laden wurde ziemlich groß, als er mehr als nur Stoffe verkaufte. Hast du mit ihr gesprochen?"

„Die Näherinnen haben gerade Feierabend gemacht, als ich dort ankam. Der Vorarbeiter wollte mir keine Einzelheiten über sie verraten, sagte aber, ich solle gleich morgen früh zurückkommen. Er lobte sie sehr. Sagte, sie wäre eine gute Arbeiterin und würde den anderen Mädchen helfen, die meist sehr viel jünger sind. Die Nacharbeiten an den Kleidern übernehmen Akkordarbeiterinnen von zu Hause aus, doch die Hauptarbeit wird in der Werkstatt über dem Geschäft verrichtet."

Cyclops nahm eine Tasse von Duke entgegen und klopfte ihm auf die Schulter. „Gut gemacht, alter Freund."

„Was ist mit ihrem Sohn?", fragte ich. „Du hast gesagt, du hättest sie beide gefunden."

„Antony Pilcher arbeitet auch für Peter Robinson", erklärte Duke. „Aber er ist nicht oft in London, weil seine Arbeit ihn häufig nach Übersee führt. Er ist der Einkäufer der Firma. Reist offensichtlich nach China."

„In China gibt es die beste Seide", sagte Matt.

„Antony?" Ich hob eine Augenbraue. „Das klingt für mich ziemlich nach Antonio."

„In der Tat", sagte Matt. „In der Tat."

* * *

WIR NAHMEN EIN SPÄTES, informelles Abendessen im Speisesaal ein, nachdem Matt sich ausgeruht hatte. Das Personal bediente uns, dann ließ es uns allein, damit wir sprechen konnten, doch anstatt zu warten, bis wir den Speisesaal verlassen hatten, um die Teller einzusammeln, trat Bristow ein, als wir uns gerade vom Tisch erhoben. Er legte mir eine Hand an den Ellbogen und neigte den Kopf zu mir.

„Ich muss Ihnen etwas zeigen, Miss Steele", flüsterte er. „Kommen Sie in mein Bureau, wenn Sie sich entfernen können."

Da so eine faszinierende Karotte vor mir baumelte, beschloss ich natürlich, mich so schnell wie möglich zu „entfernen" und entschuldigte mich. Ich stellte sicher, dass mir niemand folgte, während ich über die Personaltreppe nach unten schlich. Ich ging an der Küche vorbei, wo die Dienstmädchen und die Köchin zu beschäftigt waren, um mich zu bemerken, und ging direkt zu Bristows kleinem Bureau. Die Tür stand offen, und er drängte mich hinein. Er schloss die Tür.

„Entschuldigen Sie die Geheimniskrämerei, aber ich wollte nicht, dass Mr. Glass mir einen Vorwurf macht, weil ich es Ihnen sage." Der Butler war üblicherweise sehr darauf bedacht, alles auf eine ordentliche und angemessene Art zu erledigen, also musste es wichtig für ihn sein, wenn er etwas vor Matt geheim hielt.

„Mir was zu sagen, Bristow?"

„Es geht mehr ums Zeigen, nicht ums Sagen." Er reichte mir eine Zeitung. Sie hatte keine einzige Falte, also hatte er sie wohl gebügelt, sobald er die Sache entdeckt hatte, die er mir unbedingt mitteilen wollte. „Schauen Sie in die Kleinanzeigen."

Die Zeitung war weder die *City Review* noch die *Weekly Gazette*, sondern die *Times*. Ich blätterte sofort zum Kleinanzeigenbereich und überflog die Seiten. Ich wusste gleich, auf welchen Eintrag sich Bristow bezog, sobald ich die große, fette Schrift in der ersten Zeile sah: Z. HD. SHERIFF PAYNE.

Ich las die kurze Anzeige, dann faltete ich die Zeitung. Ich zwang mich um Bristows Willen zu einem freundlichen Lächeln, obwohl mir das Blut in den Adern kochte. „Danke, dass Sie mich darauf aufmerksam machen, Bristow. Sie haben das Richtige getan. Machen Sie sich keine Sorgen wegen Mr. Glass. Er wird vermutlich begreifen, dass Sie mir das gezeigt haben, doch er wird Sie nicht dafür tadeln."

„Weshalb sollte er das nicht tun, wenn Sie die Frage gestatten, Miss?"

„Weil er zu sehr damit beschäftigt sein wird, meinem Zorn zu entgehen."

Ich marschierte aus seinem Bureau und die Stufen hinauf. Ich fand Matt bei seiner Tante, Willie, Cyclops und Duke im Salon. Die Gespräche endeten, als ich eintrat.

„India?", fragte Matt. „Was ist denn los? Dein Gesicht ist gerötet, und du kneifst die Lippen so fest zusammen, dass man sie kaum mehr sieht." Sein Blick fiel auf die Zeitung unter meinem Arm. „Verdammter Bristow."

Ich knallte ihm die Zeitung vor den Latz. „Mach ihm keinen Vorwurf. Er macht sich Sorgen um dich, und er wusste, dass du etwas Törichtes getan hast, als er es gesehen hatte. Mich darauf aufmerksam zu machen, war das Einzige, was in seiner Macht stand."

„India?", fragte Miss Glass scharf. „Was ist denn über dich gekommen, dass du so mit Matthew sprichst?"

Ich schnappte Matt die Zeitung weg und reichte sie Miss Glass. Duke, Cyclops und Willie drängten sich hinter ihr und lasen über ihre Schulter mit. Ich wandte meinen funkelnden Blick nicht von Matt ab. Er funkelte ebenso zurück.

„Ich musste es tun", sagte er. „Es war die einzige Möglichkeit."

„War es nicht!", fuhr ich ihn an. „Du bist nicht verantwortlich für den Fehltritt von Patience."

„Und was ist mit *meinem* Fehltritt? Ich hätte nicht zulassen dürfen, dass Payne meine Familie auf diese Art manipuliert. Ich hätte mich früher um ihn kümmern sollen. Ich hätte diese Anzeige schon früher aufgeben sollen, ehe er die Oberhand bekam."

„Matt!" Willie explodierte. Sie nahm Miss Glass die Zeitung ab und wedelte damit vor Matts Gesicht. „Das ist das Dümmste, was du jemals getan hast. Du hast Payne eingeladen, sich mit dir zu treffen und zu reden! Er wird nicht reden. Er wird dich töten."

„Falls er mich töten wollte, hätte er das bereits tun können."

„Er hat es versucht!" Mein Ruf schallte durch das Zimmer,

und ich senkte die Stimme. „Bryce ist bei diesem Unfall ums Leben gekommen, nachdem Payne auf uns geschossen hat. Wenn deine Taschenuhr nicht gewesen wäre, wärst du auch tot. Als Payne klar wurde, dass die Uhr dich am Leben hält, wollte er sie dir stehlen. Ich stimme Willie zu. Er wird nicht einfach nur mit dir reden. Er wird versuchen, dich zu töten."

„Versuchen ist dabei das Wort, auf das es ankommt. Er wird keinen Erfolg haben."

„Du gottverdammter, arroganter Trottel!", ereiferte sich Duke. „Du bist nicht unsterblich. Tut mir leid, Miss Glass, aber manchmal muss man eine farbige Sprache benutzen, um etwas klarzumachen."

Miss Glass schien ihn nicht zu hören. Sie war ganz reglos geworden und starrte in die Ferne. Vielleicht war sie in ihre eigene Welt entschlüpft, um vor der erhitzten Unterhaltung zu flüchten.

Matt wandte sich zur Unterstützung an Cyclops, doch Cyclops verschränkte die Arme vor der breiten Brust und machte ein finsteres Gesicht. Matt erhob sich mit einem Seufzen und begab sich auf den Weg zum Buffet und der Karaffe, die dort stand.

Ich kam ihm zuvor. „Fang jetzt nicht an zu trinken. Du brauchst dringend deinen Verstand."

„Nur einen, India." Als ich mich nicht wegbewegte, hob er die Hände und setzte sich wieder. „Dann macht schon. Redet es euch von der Seele. Ihr werdet euch besser fühlen."

„Bevormunde uns nicht. Wir machen uns schon genug Sorgen um dich, und zwar ohne diese zusätzliche Gefahr." Ich deutete auf die Zeitung. „Du hast Payne die Erlaubnis gegeben, dir nahezukommen, und wenn er dir nahekommt, wird er zuschlagen."

„Nicht unmittelbar. Dazu ist er ein zu großer Feigling."

„Er ist inzwischen verzweifelt", sagte Cyclops. „Ihm ist es nicht gelungen, dich zu töten oder in Misskredit zu bringen. Verzweifelte Männer sind gefährlich. Das weißt du."

Matts Augen schlossen sich kurz flatternd, ehe er sie wieder öffnete. „Ich musste etwas tun. Patience' Leben wird meinetwegen ruiniert. Payne *wird* seine Drohung wahrmachen und es

Cox sagen, und wenn der die Art Mann ist, wie alle behaupten, wird er die Verlobung auflösen."

„Kümmere dich darum, wenn es soweit ist", jammerte Willie.

„Dann wird es zu spät sein."

„Hoffentlich liest Payne nicht die Kleinanzeigen in der *Times*", sagte Cyclops.

Etliche Stimmen meldeten sich zustimmend zu Wort, aber nicht die von Matt.

„India hat recht", sagte Duke. „Du trägst nicht die Verantwortung für Patience, Matt. Sie hat ihr Bett gemacht, jetzt muss sie sich hineinlegen. Du musst sie nicht schützen."

„Das sehe ich anders", sagte Matt. „Selbst wenn man von der Tatsache absieht, dass es meine Schuld ist, falls Payne mit Cox redet, bin ich auch der Erbe des Rycroft-Titels und -Anwesens. Damit bin ich nach dem Tod meines Onkels der Familienvorstand."

„Er ist noch nicht tot!", rief Willie.

„Und dir ist der Titel noch nicht einmal wichtig", sagte ich erhitzt. „Genauso wenig das Anwesen oder die Art, wie das Erbsystem und der Übergang von Eigentum hier funktioniert. Das behauptest du zumindest." Ich konnte ihn nicht mehr anschauen. Ständig hatte er mir erklärt, dass die Traditionen, die zur englischen Oberklasse gehörten, ihm unwichtig waren, und doch behauptete er jetzt das Gegenteil. Bedeutete das, dass es also doch eine Rolle spielte, dass ich einen niederen Stand hatte? Log er mich an, indem er behauptete, ich sei ihm gleichgestellt? Ich war zu verwirrt und wütend, um über das Thema klar nachzudenken.

Matt schoss hoch und packte mich an den Ellbogen. „India", schnurrte er. „Ich weiß, was du denkst, und ..." Er unterbrach sich und warf einen Blick auf seine Tante. „Wir besprechen das, wenn wir allein sind."

Ich riss mich los und wandte ihm den Rücken zu. Da ich etwas tun musste, schenkte ich mir einen Kognak ein und trank das ganze Glas aus. Die Flüssigkeit wärmte mir die Brust, schaffte es aber nicht, die Gefühle zu beruhigen, die in mir brodelten.

„Matthew hat recht", sagte Miss Glass und bewies damit,

dass sie doch zugehört hatte. „Er trägt die Verantwortung für Patience und die Mädchen. Mein Bruder Richard ist natürlich ihr hauptsächlicher Vormund, doch als sein Erbe hat Matthew die Pflicht, sich darum zu kümmern, sich in Situationen wie diese einzubringen. Sie werden immerhin eine Last sein, die er zu tragen hat, falls sie nicht heiraten, ehe er das Erbe antritt.“

„Genauso wie du eine Last für Lord Rycroft bist?“, fragte Willie mit hochgezogenen Augenbrauen.

„Willie“, fuhr Matt sie an. „Das ist nicht fair.“

Sie murmelte eine Entschuldigung. Miss Glass nahm sie mit einem knappen Nicken entgegen. „Ich will sagen“, fuhr Miss Glass fort, „dass Matt die Verantwortung trägt, diese Katastrophe zu verhindern, wenn es in seiner Macht steht.“

„Aber sich auf diese Weise bloßzustellen“, sagte ich zu ihr. „Gewiss erkennen Sie, dass er sich in Gefahr bringt, indem er Payne einlädt, sich mit ihm zu treffen.“

„Ich erkenne es, und darum kann ich es nicht gutheißen.“

Willie warf die Hände in die Luft. „Was willst du denn dann bitte sagen?“

„Dass Matthew bereit sein muss, Wiedergutmachung zu leisten, falls Lord Cox aus der Übereinkunft zurücktritt.“

„Klingt fair.“ Willie neigte das Kinn in Matts Richtung. „Du hast genug Geld, das du ihr geben kannst. Zum Teufel, du hast genug, dass du es auch ihren Schwestern geben kannst, wenn sie ebenfalls betroffen sind.“

„Was sie sein werden“, merkte Miss Glass an. „Ich beziehe mich jedoch nicht auf eine finanzielle Entschädigung.“

Ich bekam plötzlich das Gefühl, einen weiteren Kognak zu brauchen, und wandte mich wieder dem Buffet zu. Meine Sicht trübte sich, und meine Hand bebte, als ich mir ein Glas einschenkte.

„Worauf beziehst du dich dann?“, fragte Willie vorsichtig.

„Nein“, sagte Matt, dem es auch klar wurde. „Denk nicht einmal daran, Tante.“

„Was denken?“

„Reden Sie von einer Ehe?“, fragte Cyclops. „Also, dass Matt Patience heiratet?“

„Gottverdammt“, murmelte Duke.

Willie brach in Gelächter aus, aber es erstarb genauso schnell. Ich spürte, dass alle Augen auf mich gerichtet waren, aber ich drehte mich nicht um. Konnte es nicht. Ich wollte mich Matt nicht stellen.

„Alle drei Mädchen werden betroffen sein, falls Lord Cox die Verlobung auflöst", sagte Miss Glass. „Ihr Ruf lässt sich nur retten, wenn eine von ihnen gut heiratet, doch wer würde sie denn haben wollen, sobald der Skandal an der Öffentlichkeit ist?"

„Patience ist die Einzige, die herumgehurt hat", sagte Willie. „Nicht die anderen beiden."

„Das spielt keine Rolle. Der Skandal wird an ihnen allen haften. Zumindest lange genug, um ihre Chancen zu ruinieren, rasche und gute Ehen einzugehen."

Willie schnaubte. „Das glaube ich nicht."

„Warum kann nicht eine von ihnen gut heiraten?", fragte Duke. „Die

Mittlere hat nicht alle Tassen im Schrank, aber die Jüngste, Hope, ist nicht so schlimm. Sie ist auch noch hübsch. Irgendein Lord könnte sich doch in sie verlieben."

„Wie denn, wenn sie nirgendwohin eingeladen wird?", fragte Miss Glass. „Sie wird keinen passenden Gentleman treffen können, wenn sie innerhalb der Mauern von Rycroft House eingeschlossen ist. Außerdem ist es nicht so leicht, sie zu lieben. Glaub mir, ich habe es versucht. Keines der Mädchen ist leicht zu lieben."

Ich erwartete, dass Matt sie zurechtwies, weil sie so unfreundlich war, doch er blieb still. Zu still. Ich wagte einen Blick zu ihm, nur um zu sehen, wie er mich beobachtete, eine leichte Falte bildete sich zwischen seinen Augenbrauen.

Miss Glass stieß ein leises Seufzen aus. „Was für ein Gentleman von Format verliebt sich denn in ein beschädigtes Mädchen?", murmelte sie.

„Das ist absurd", sagte Matt. „Ich heirate keine meiner Cousinen. Ich treffe mich mit Payne und ziehe ein für alle Mal einen Schlussstrich."

„Ja, mit deinem Tod", murmelte Duke. „Das ist das Einzige, was ihn zufriedenstellt."

„Ich will nichts mehr davon hören. Ist das klar?"

Duke und Cyclops stürmten kopfschüttelnd nach draußen. Miss Glass legte sich die Finger an die Schläfe und erklärte, dass sie zu müde war, um noch weiter zu streiten. Sie folgte ihnen.

„Ich komme mit Ihnen", sagte ich.

„India, warte", sagte Matt. „Bleib ein paar Minuten."

„Das möchte ich lieber nicht."

„Bitte."

Wie konnte ich mich weigern, wenn er so viel Verletzlichkeit in dieses eine Wort einfließen ließ? Ich wartete, während Willie ihn ein letztes Mal zur Schnecke machte, weil er sich mit Payne treffen wollte, und dann auch ging. Sie schloss die Tür. Ich wünschte, das hätte sie nicht getan.

„Versuch nicht, dich mit Schmeicheleien herauszureden, Matt", sagte ich, während er auf mich zuging. „Ich bin immer noch wütend auf dich." Er kam näher, sein Blick bohrend unter schweren Lidern. Ich zog mich zurück, bis ich an einen Sessel stieß. „Sicher erkennst du doch, wie töricht es ist, dich mit Payne zu treffen. Er wird nicht …."

Er berührte mit einem Finger meine Lippen. „Ich habe es ernst gemeint, als ich gesagt habe, dass ich darüber nicht sprechen möchte."

Das war einfach nicht gerecht. Er hatte nicht das Recht dazu, mir zu verbieten, meine Meinung ein zweites oder drittes Mal zu sagen. Ich schob seinen Finger weg und stemmte die Hände in die Hüften. „Weshalb hast du mich dann gebeten, hierzubleiben? Und sag nicht, um mich zu küssen. Ich küsse dich *nicht*. Entweder reden wir, oder ich gehe."

„Also gut." Er lächelte schief. „Du bist schön, wenn du wütend bist."

Ich verschränkte die Arme. „War es das? Bist du fertig?"

„Nicht im geringsten." Er machte kehrt und bedeutete mir, ich solle mich hinsetzen, ehe er es selbst tat. Der Abstand zwischen uns ließ zu, dass ich wieder Luft bekam, doch meine Nerven waren immer noch strapaziert. „Ich will, dass du weißt, ohne auch nur den geringsten Zweifel, dass ich vorhabe, *dich* zu heiraten, wenn du mich nimmst. Ganz gleich, was meine Tante sagt, ich werde nicht Patience, Charity oder Hope heiraten. Nur dich."

Ich starrte ihn an. Nach einem Augenblick fiel mir auf, dass mir der Mund offenstand, und ich schloss ihn. „Jetzt ist nicht der richtige Zeitpunkt", sagte ich, während ich mich erhob. „Wenn man bedenkt, dass Sheriff Payne dich töten könnte, wirst du gar niemanden heiraten. Wollen wir doch erst einmal sehen, ob du überlebst."

Ich bedauerte meine Anmerkung in dem Augenblick, in dem ich sie aussprach. Wie konnte ich nur so gedankenlos sein? Wenn Payne Matt nicht tötete, bestand immer noch eine große Wahrscheinlichkeit, dass er trotzdem starb, wenn wir seine Uhr nicht reparieren konnten.

„Du hast recht", sagte er. „Und doch wollte ich, dass du meine Gefühle kennst."

„Ich bin mir deiner Gefühle bewusst", murmelte ich, mein Gesicht wurde heiß.

„Wirklich?" Er ging vor mir in die Hocke. „Denn manchmal glaube ich nicht, dass dir klar ist, wie tief sie gehen. India, ich ..."

„Nein, Matt. Bitte. Wir haben uns abgesprochen, diese Diskussion zu unterlassen, bis es dir besser geht."

„Ich habe beschlossen, dass ich nicht auf diesen Zeitpunkt warten kann. Ich will, dass du es jetzt weißt. Ich will dich jetzt küssen. Ich will dich jetzt haben."

Ich blinzelte ihn an.

Er lächelte und schob mir die Haare aus der Stirn. Diese liebevolle Geste war beinahe mein Untergang. Ich spürte, wie ein Schluchzen in meiner Kehle aufstieg, und schluckte es hinunter.

„Aber damit werde ich warten müssen", sagte er. „Die Küsse jedoch ..."

Ich legte ihm eine Hand auf die Brust. „Es gibt keine Küsse. Es gibt keine Andeutungen mehr, dass zwischen uns etwas entstehen könnte, und das gilt auch für eine Heirat."

Er seufzte. „Erst, wenn es mir besser geht, ja, das weiß ich und sehe ich auch so."

„Nein, Matt." Ich schob mich hoch und marschierte zur Tür,

von ihm weg. „Genug vorgespielt. Die Unterhaltung heute Abend hat mir nur genau gezeigt, wie sehr du und ich nicht zusammen sein können."

Auch er erhob sich langsam, betrachtete mich gleichmütig. „Weil ich der Erbe von Rycroft bin? Ist das der Grund, aus dem du mich abweist? Komm schon, India, du weißt, dass mir das nichts bedeutet. Es spielt für mich keine Rolle, ob du eine Küchenmagd bist. Ich habe mich in dich verliebt."

Mein Herz machte einen schmerzhaften Satz in meiner Brust. Ich drückte mir eine Hand auf den Bauch und konzentrierte mich auf das, was ich sagen musste, und nicht den neugierigen Blick in seinen Augen und die Ader, die in seiner Kehle pulsierte. Das war nicht der richtige Zeitpunkt, um meinem Verlangen nachzugeben, sondern der Zeitpunkt, um eine vernünftige Erwachsene zu sein und die Gründe darzulegen, weshalb ich nicht heiraten konnte.

„Ich will kein Leben, in dem die Leute, die ich Tag für Tag sehe, mich für unwürdig halten", sagte ich.

„Das werden sie nicht."

„Hör mir zu. Ich fühle mich endlich, als würde ich auf eigenen Beinen stehen, hervorgetreten aus dem Schatten meines Vaters und sogar aus deinem. Und es gefällt mir. Es gefällt mir, die Kontrolle über mein Leben zu haben, zu wissen, dass meine Zukunft ein offenes Buch ist, das darauf wartet, dass ich die Worte hineinschreibe. Ich, Matt, kein Vater oder Ehemann oder sogar Söhne." Ein Kloß stieg in meiner Kehle auf, als ich das sagte. Ich gab nicht nur Matt auf, sondern auch jegliche zukünftigen Kinder, die ich mit ihm hätte haben können. „Wenn ich dich heirate, wird das alles verschwinden. Nicht, weil du es so möchtest, sondern weil es einfach so kommt. So funktioniert die Welt. Ich werde *deine* Frau sein, nicht mehr *ich*. Keine eigene Person mehr."

„Das stimmt nicht. Viele verheiratete Frauen hinterlassen ihre Spuren auf der Welt. Ich werde dich nicht einsperren. Ich will nicht, dass du nicht du selbst bist. Wenn du mich heiratest, wird das nicht das Ende deiner Freiheit bedeuten, India. Es wird einfach nur den Beginn eines neuen Abschnitts markieren."

Ich blinzelte die Tränen weg, die aufkommen wollten. Er

hatte recht; ich wusste, dass er mich niemals ersticken würde, falls wir verheiratet wären. Doch trotzdem drängte ich weiter. Ich wusste aber nicht wirklich, weshalb, wo doch jedes Argument, dass sich ihm vorsetzte, dünn war wie Papier, und meine Entschlossenheit mit jedem Wort in sich zusammenfiel.

„Deine Familie wird mich als unzureichend betrachten", fuhr ich fort. „Sie werden denken, ich heirate dich des Geldes und des Titels wegen. Es wird einen Keil zwischen uns treiben, und ich werde die Freundschaft mit Miss Glass einbüßen."

Sein Gesicht wurde weich. Er machte ein paar Schritte auf mich zu und strich mir mit dem Daumen über die Wange. „Tante Letitia wird es sich schon überlegen. Sie mag dich lieber als ihre Freundinnen. Wenn sie das Ganze zu einem Problem hochstilisieren wollen, dann wird sie sich weigern, sich mit ihnen zu treffen. Was Onkel Richard und Tante Beatrice angeht, ist es mir einfach egal, was sie denken, und ich bezweifle, dass es für Tante Letitia eine Rolle spielt."

Meine Atemzüge kamen kurz und abgehakt, und meine Haut fühlte sich heiß an, beengt. Ich sollte ihm nicht gestatten, mich mit Worten zu verführen. Hätte mir nicht wünschen sollen, dass er mich verführte. Doch seine tiefe, grollende Stimme legte sich um mich herum, und ich konnte mich nicht befreien.

„Sie werden darauf beharren, dass du Patience heiratest, falls Lord Cox die Verlobung auflöst", sagte ich, und mir wurde übel bei dem Gedanken, dass er eine andere als mich heiratete.

„Mach dir darüber keine Sorgen. Ich lasse mir etwas einfallen, falls es dazu kommt."

Ein kurzes, nervöses Lachen entwich mir. „Du hast eine Antwort auf alles."

„Fast." Er musterte meine Augen, dann fiel sein Blick auf meinen Mund. „Fast." Er küsste mich leicht auf die Lippen, dann zog er sich plötzlich zurück.

Ich packte die Rückenlehne des Stuhls, um im Gleichgewicht zu bleiben, und blinzelte ihn an. Er stellte sich neben die Tür, ein verruchtes Lächeln auf den Lippen, sein Blick hitzig.

„Ich habe dir gesagt, dass ich warten würde, bis ich dich haben kann", sagte er mit belegter Stimme. „Also gehst du besser."

Ich schlüpfte an ihm vorbei und eilte hinauf in mein Zimmer, nicht ganz sicher, ob ich gerade seinen Heiratsantrag angenommen hatte – oder ob er mir überhaupt einen gemacht hatte. Ich war mir mit gar nichts mehr sicher, außer, dass wir bald seine Uhr reparieren und klären mussten, was zwischen uns war, auf die eine oder andere Art – was immer für eine Art das sein mochte.

KAPITEL 7

Abigail Pilcher und ihr Vorarbeiter waren nicht begeistert, dass sie kurz Pause machen musste, als Matt und ich in der Schneiderwerkstatt von Peter Robinsons Geschäft in der Oxford Street aufkreuzten. Matt musste dem Vorarbeiter etwas Geld zustecken und seinen ganzen Charme bei Abigail einsetzen, ehe sie zustimmte.

Wir verließen die Werkstatt mit ihrem Dutzend Näherinnen, die über die lauten Nähmaschinen gebeugt saßen, und traten aus dem Laden hinaus auf die Straße. Der Tag wurde bereits wärmer, und der dichte frühmorgendliche Verkehr hatte sich zur üblichen vormittäglichen Geschäftigkeit ausgedünnt.

„Sie sind der Amerikaner, der gestern nach mir gefragt hat", sagte Abigail, die Matt misstrauisch beäugte.

„Das war mein Freund. Ich bin Matthew Glass, und das ist Miss Steele, meine … Freundin."

Mein Gesicht wurde heiß, trotz der unverdächtigen Beschreibung. Matt und ich hatten seit unserer Unterhaltung gestern Abend nicht mehr gesprochen. Es gab einfach nichts mehr zu sagen. Aber dadurch war der Marsch durch die Oxford Street etwas unbehaglich geworden.

„Was wollen Sie?", fragte Abigail. Sie war eine robuste Frau wie ich, obwohl sie etwas breiter gebaut war und ihre Wangen so rund und rosig wie Äpfel waren. Die Röte ließ nach, je länger wir der stickigen Werkstatt entkommen waren. Obwohl die Verwüstungen eines schwierigen Lebens sich auf ihrem Gesicht abzeichneten, war sie noch nicht alt. Sie war wohl recht jung gewesen, als sie den Konvent verlassen hatte.

„Ich will Ihnen und Miss Steele *Gelati* kaufen." Matt deutete auf den bunt bemalten Wagen, hinter dem ein Mann mit starkem italienischen Akzent versuchte, sein Geschäft anzuschieben, ohne großen Erfolg zu haben.

„Ich kann nicht so lange wegbleiben", sagte Abigail, die zurück auf den Laden schaute, aus dem gerade ein Kunde herauskam, ein Päckchen unter dem Arm.

„Dann werden Sie Ihr Eis wohl schnell essen müssen." Matt sprach den Verkäufer in einer Sprache an, von der ich vermutete, dass es Italienisch war. Der Verkäufer strahlte, und die beiden unterhielten sich freundschaftlich, während der Verkäufer zwei Gläser mit der Süßigkeit füllte, die er in den mit Eis ausgekleideten Tiefen seines Wagens aufbewahrte.

Matt kehrte zurück und reichte jeder von uns ein Glas und einen Löffel. Abigail nahm ihres mit einem sogar noch argwöhnischeren Blick entgegen. Ich machte ihr keinen Vorwurf wegen ihrer Vorsicht; ich wusste, wie seltsam es sich anfühlte, wenn einem ein Gentleman plötzlich eine Menge Aufmerksamkeit schenkte.

„Wir haben einige Fragen an Sie über Ihre Zeit im Konvent der Schwestern vom Heiligsten Herzen", sagte Matt.

Abigail hörte auf, ihren Löffel abzulecken, und starrte Matt mit großen Augen an. Sie zog sich den Löffel langsam aus dem Mund. „Woher wissen Sie, dass ich dort war?"

„Schwester Margaret hat es uns erzählt. Sie sagt, sie wären befreundet gewesen."

Abigails Schultern entspannten sich, und ein sehnsüchtiges Lächeln legte sich auf ihre Lippen. „Sie erinnert sich an mich?"

„Sie erinnert sich nicht nur an Sie, sondern vermisst Sie", sagte ich. „Sie bedauert, dass Sie gegangen sind."

„Ich habe ihr niemals den Grund verraten." Abigail spielte mit ihrem Eis. „Das konnte ich nicht."

„Wir wissen, weshalb", sagte ich sanft. „Wir wissen alles über Antony."

Ihr Kopf ging ruckartig hoch. „Woher?"

„Wir sind Ermittler. Es ist unser Beruf, Dinge herauszufinden. Zum Beispiel wissen wir, dass Sie sehr stolz auf Ihren Sohn sind." Es war geraten, aber es war nicht sonderlich schwer. Die meisten Frauen wären stolz auf einen Sohn, der in einem dreckigen Mietshaus in Bermondsey zur Welt gekommen war und es zum Einkäufer für ein wachsendes Unternehmen gebracht hatte.

Sie lächelte. „Das bin ich. Ich vermisse ihn, wenn er weg ist, doch er muss sich selbst einen Weg durch die Welt bahnen." Sie nahm einen Löffel Eis und steckte ihn sich in den Mund. „Das wollen Sie also? Wissen, wer Antonys Vater ist?"

„Das wissen wir bereits", sagte Matt.

Sie wurde ganz reglos. „Er hat es Ihnen gesagt?"

„Nicht so sehr in Worten. Aber es war leicht, die Einzelteile zusammenzusetzen und Pater Antonios Reaktion zu sehen, als wir mit ihm darüber sprachen."

Sie senkte den Blick. „Also kennen Sie meine Schande."

„Die gehört nicht Ihnen", sagte ich rasch. „Er hat Ihre Naivität und seine Position ausgenutzt."

„So war es nicht. Ich war naiv, ja, aber er und ich ..." Sie stieß ein halbes Lachen aus. „Ich stelle mir gern vor, dass er mich geliebt hat, aber Gott hat er mehr geliebt."

„Ich glaube schon, dass er Sie geliebt hat", sagte ich sanft. „Vielleicht tut er das immer noch. Wir werden Ihr Geheimnis nicht verraten, Miss Pilcher. Deswegen sind wir nicht hier. Wir wollen fragen, ob Sie wissen, weshalb Mutter Alfreda verschwunden ist."

Sie zuckte mit den Schultern. „Nein. Warum sollte ich das wissen?"

„Hat sie den Konvent vor oder nach Ihnen verlassen?", fragte Matt.

„Ungefähr eine Woche vorher."

„Glauben Sie, sie ist aus eigenem Antrieb gegangen, oder ist ihr etwas zugestoßen?"

Sie leckte sich Eis von der Unterlippe, während sie nachdachte. „Ich weiß nicht recht. Ihr Verschwinden war ein Schock, das kann ich Ihnen sagen. Keine von uns wusste, was wir denken sollten. Es wirkte seltsam, dass sie einfach verschwinden und ohne ein Wort gehen sollte, doch falls sie das nicht getan hat … Nun, das bedeutet, dass ihr etwas zugestoßen ist, oder nicht? Etwas ist ihr direkt innerhalb der Mauern dieses Konvents passiert." Sie grinste, während sie weiter Eis löffelte. „Vielleicht hat eine von ihnen sie beseitigt. Könnte man ihnen nicht zum Vorwurf machen. Sie war ein Drache."

„Haben Sie irgendeine Vorstellung, wer sie … erledigt haben könnte?"

„Hätte jede sein können. Ich hatte gute Gründe, aber ich war es nicht, falls Sie das glauben."

„Glauben wir nicht", versicherte ich ihr. „War sie grausam zu Ihnen, nachdem sie von Ihrer Not erfahren hat?"

Sie nickte. „Nicht erst danach. Sie hat mich schon die ganze Zeit über verabscheut. Schwester Margaret sagte, das läge daran, dass ich zu hübsch und lebhaft war. Ich weiß es nicht recht, aber Mutter Alfreda hat mich schon vorher gehasst, und als sie erfahren hat, dass ich ein Kind erwarte, hat sie noch weniger von mir gehalten. Sie hat mir alle möglichen schrecklichen Dinge an den Kopf geworfen. Ich hätte niemals gedacht, dass ich solche Worte innerhalb dieser Mauern zu hören bekomme. Es wurde schlimmer, weil ich ihr den Namen des Vaters nicht verraten wollte."

„Sie hat Sie gebeten, zu gehen?"

„Nein, das hat die neue Mutter Oberin getan. Mutter Frances."

„Sie hat die Rolle sofort übernommen?", fragte ich.

„Sie konnte es kaum erwarten. Sie hatte schon seit Jahren ein Auge auf dieses Bureau geworfen, so sagten es die älteren Nonnen. Offenbar hatte sie schon vorher Mutter Oberin werden wollen, es aber nicht geschafft, und sie gaben den Posten Mutter Alfreda. Als die weg war, war die nächste in der Rangfolge Schwester Frances. Auch sie war ein verbiestertes, garstiges altes Ding. Ich schätze nicht, dass sie inzwischen tot ist?"

„Nein", sagte ich.

„Schade."

„Was ist mit den anderen Nonnen?", fragte Matt. „Hatte eine von ihnen einen Grund, Mutter Alfreda nicht zu mögen?"

Sie hob eine Schulter und ließ sie wieder fallen. „Irgendwas gab es immer. Eine Schwester beschwert sich, sie würde zu schwer zu arbeiten, eine andere findet, sie sollte das Buch behalten dürfen, das sie von ihrer Familie bekommen hat, solche Dinge. Lauter kleinliche Probleme."

Kein Grund, sie zu „erledigen", wie Abigail es formuliert hatte. Nur Mutter Frances hatte wirklich Grund dazu gehabt – wenn man einen Machtkampf als guten Grund bezeichnen konnte. Es war durchaus das Motiv für zahllose Morde an politischen Rivalen im Lauf der Jahrhunderte, aber doch nicht in Klöstern.

„Was wissen Sie über die verschwundenen Babys?", fragte Matt.

Sie senkte langsam den Löffel, den sie abgelegt hatte, in die leere Schale und wischte sich den Mund mit dem Handrücken ab. „Davon wissen Sie?"

„Ja. Genau wie Sie."

Sie nickte. „Schwester Clare hat es mir erzählt. Sie ist die Assistentin der Mutter Oberin und führte die Aufzeichnungen. Sie erzählte mir eines Tages, dass ein Baby verschwunden war, und dann nur kurze Zeit später ein weiteres. Ihre Akten waren auch verschwunden."

„Hieß eines dieser Babys Phineas Millroy?"

„Ich weiß es nicht."

„Haben Sie je eines der Babys gesehen?", fragte ich. „Es berührt?"

Sie runzelte die Stirn. „Warum?"

Ich holte tief Luft, um mich zu stählen, dann trat ich näher an sie heran. „Weil Sie eine Magierin sind", sagte ich leise, „und das war auch – ist auch – Phineas Millroy. Wir dachten, dass es Ihnen vielleicht möglich gewesen ist, die Magie in ihm zu erkennen."

Sie schaute von mir zu Matt und dann wieder zurück zu mir. „Ich weiß nicht, was Sie da sagen."

„Doch, wissen Sie. Ich bin auch eine Magierin, Miss Pilcher."

„Haben Sie keine Angst", versicherte ihr Matt. „Wir wollen nur Antworten, nichts weiter. Ihre magische Verbindung zur Seide spielt für uns keine Rolle."

Ihre Kehle bewegte sich auf und ab, als sie schwer schluckte. „Was für eine Art Magie üben Sie aus, Miss Steele?"

„Uhren", sagte ich. „Ich kann sie pünktlich gehen lassen. Sie können mühelos mit Seide arbeiten, oder nicht?"

„Schnell und mühelos", sagte sie mit einem Hauch Stolz. „Ich kann ein Kleid in der Hälfte der Zeit fertigstellen, die zwei andere Mädchen brauchen. Ich fertige die schönsten, zartesten Blumen und Verzierungen an. Ich habe sogar ein Kleid für eine Prinzessin gemacht, letztes Jahr. Es war das Hübscheste, was Sie je zu Gesicht bekommen haben, ganz aus Goldgelb mit Schmetterlingen, die zwischen den Blumen auf dem Rockteil umherflatterten. Mr. Robinson selbst sagte, ich könne vielleicht bald einen weiteren königlichen Auftrag bekommen. Stellen Sie sich das vor, was? Ich, als schlimmes Mädchen aus den Schwestern vom Heiligsten Herzen geflogen, und mache Kleider für Prinzessinnen. Ich wette, Schwester Margaret würde Augen machen. Das sagen Sie ihr doch, oder?"

„Aber sicher", erwiderte ich mit einem Lächeln, „doch ich dachte, Sie wären Freundinnen."

„Waren wir, auf gewisse Weise. Freundinnen, aber auch Rivalinnen." Sie beugte sich vor und flüsterte: „Sie hatte auch ein Auge auf Pater Antonio geworfen. Wir haben uns alberne Geschichten erzählt, wie er unsere leuchtenden Augen bewundert und uns interessant fand. Sie fingen als reine Mädchenfantasien an, doch als er tatsächlich von mir Notiz nahm, war sie plötzlich nicht mehr so freundlich zu mir."

Matt räusperte sich. „Zurück zu den vermissten Babys", sagte er. „Sie sagen, Schwester Clare hätte Ihnen erzählt, dass sie verschwunden waren."

Sie nickte. „Ich habe ihr früher im Bureau geholfen, manchmal zumindest. Sie war damals ganz neu als Assistentin, und die Akten waren nicht gut geordnet. Zusammen brachten wir sie in Ordnung, und da hat sie es mir erzählt. Ich hatte eines der Babys in der Kinderstube gesehen, kann mich aber nicht erinnern, ob ich es berührt habe. Auf jeden Fall kann man Magie sowieso nicht in anderen Magiern spüren, Miss Steele, nur in den Dingen, an denen sie arbeiten. Das sollten Sie doch wissen."

„Das weiß ich", sagte ich mit einem Seufzen. „Ich schätze, ich habe mich nur an einen Strohhalm geklammert, mich gefragt, ob Phineas womöglich jemanden berührt hat und dann ..." Ich unterbrach mich, ehe ich preisgab, dass Phineas womöglich heilende Kräfte hatte. „Nun ja, er war ja nur ein Baby. Falls er Magie hatte, konnte er sie sicher nicht anwenden, ohne einen Zauber zu sprechen."

„Und Babys sprechen nicht." Sie reichte das leere Glas und den Löffel Matt. „Ich gehe besser zurück."

„Natürlich", sagte Matt, der auch mein Glas nahm.

„Eine letzte Frage", sagte ich. „Wusste irgendjemand im Konvent von Ihrer Magie?"

„Nein. Diesen Teil von mir habe ich verborgen gehalten. Die Kirche betrachtet Magie nicht wohlwollend, Miss Steele. Merken Sie sich meine Worte, einige von ihnen glauben, in uns Magiern sitzt der Teufel. Halten Sie es bloß vor religiösen Menschen geheim."

„Werde ich", versicherte ich ihr. „Aber wollen Sie sagen, dass Sie niemals mit Seide gearbeitet haben, während sie eine Nonne waren?"

„Seide findet man in einem Kloster nicht an jeder Ecke, doch einmal kam es dazu. Ein Seidentaschentuch, das eine Etepetete-Lady gespendet hatte. Wir bekamen von Zeit zu Zeit Spenden, die wir in unserem kleinen Laden verkauften, um zusätzliches Geld einzunehmen. Nun, das Taschentuch war ein wenig ausgefranst, darum bot ich an, es zu reparieren, damit es für den Verkauf wieder schön wurde." Auf ihr Gesicht legte sich eine glühende Verehrung, als würde sie sich an eine göttliche Erfahrung erinnern. „Es war ein gutes Stück, und es gefiel mir sehr, es zu fühlen. Es war ewig her gewesen, seit ich zuletzt Seide berührt hatte. Ich wusste von meiner Magie, doch ich hätte nicht gedacht, dass ich die Seide vermissen würde, bis ich sie nicht mehr spüren konnte. Ich vermisste sie so sehr, dass ich gar nicht mal so unglücklich war, als mich die Mutter Oberin hinauswarf. Ich wollte einfach nur wieder mit Seide arbeiten, verstehen Sie? Aber niemand im Konvent wusste von meiner Magie. Niemand sah, wie ich das Taschentuch reparierte, und niemand dort konnte magische Wärme auch nur erkennen, da sie alle talentfrei waren."

„Sind Sie da ganz sicher?", fragte Matt.

„J…ja. Ich glaube schon."

Für mich klang sie da gar nicht so sicher. „Glauben Sie nicht, dass das der Grund war, weshalb Mutter Alfreda Sie nicht mochte?", fragte ich. „Sie sagen, sie verabscheute Sie grundlos, aber vielleicht wusste sie es irgendwie und glaubte, Sie verrichten die Arbeit des Teufels."

„Weshalb hat sie es dann nicht gesagt? Weshalb hat *sie* mich nicht hinausgeworfen? Es war Mutter Frances, die mich hinauswarf, und zwar wegen meines ‚Fehlers', wie sie es nannte, nicht wegen meiner Magie. Nein, ich glaube nicht, dass sie es wusste. Ich glaube nicht, dass es irgendwer wusste."

Aber sie klang nicht ganz überzeugt.

Wir dankten ihr, und sie betrat erneut den Laden, während Matt die Gläser und Löffel zum Eisverkäufer zurückbrachte. Sie unterhielten sich gerade auf Italienisch, als Matt innehielt. Er stellte sich auf die Zehenspitzen und spähte über die Köpfe der Passanten hinweg. Dann rannte er plötzlich los.

Ich hob meine Röcke und folgte ihm. Oder versuchte es, doch er war zu schnell. Ich erhaschte durch die Menge weiter vorne einen Blick auf ihn, ehe er verschwand. Hatte er ein Geschäft betreten? Oder eine Seitenstraße? Ich wollte gerade das nächstbeste Geschäft aufsuchen, ein Hutgeschäft, als ich hörte, wie er meinen Namen rief.

Er eilte aus einer Seitenstraße auf mich zu, nahm mich am Arm und ging rasch mit mir zurück, vorbei am Eisverkäufer.

„Du hast Payne gesehen?", fragte ich.

„Ich habe einen Kerl gesehen, der an einer Wand lehnte", sagte er. „Ich kann es nicht genau sagen, aber seine Haltung erinnerte mich an Payne. Sein Hut war tief ins Gesicht gezogen, also konnte ich es nicht sehen. Du hättest mir nicht folgen sollen."

„Du hättest nicht versuchen sollen, ihn zu stellen."

Er hielt klugerweise den Mund.

Auf dem Heimweg mieden wir schmale Seitenstraßen und hielten uns an die geschäftigeren Hauptwege. Ich fragte mich, ob Matt so vorsichtig gewesen wäre, wäre er allein gewesen. Ihn fragte ich nicht, weil ich die Glut unseres Streits nicht neu anfachen wollte.

Stattdessen hielt ich mich von heiklen Themen fern. „Findest du es seltsam, dass Schwester Margaret unsere Aufmerksamkeit überhaupt erst auf Abigail Pilcher gelenkt hat, wenn man bedenkt, dass sie so gute Freundinnen waren?"

„Inwiefern?"

„Sie hat einfach so Abigails Weggang aus dem Konvent erwähnt, als wir mit ihr gesprochen haben. Das hätte sie nicht tun müssen, und wenn sie Freundinnen gewesen wären, würde ich erwarten, dass sie Abigail vor unseren neugierigen Fragen schützt. Doch sie hat uns auf einen Ermittlungspfad gestoßen, auf dem wir Abigail aufsuchen. Weshalb?"

„Vielleicht war sie ehrlich interessiert am Befinden ihrer Freundin, konnte aber nicht selbst nachsehen."

„Es gibt keinen Grund, weshalb Schwester Margaret Abigail nicht hätte besuchen können."

„Der Besuch bei einer in Ungnade gefallenen ehemaligen Nonne wird von der Mutter Oberin vermutlich nicht gerade gutgeheißen. Abgesehen davon, was deutest du da an? Was hätte Schwester Margaret denn im Sinn, wenn Sie uns auf Abigails Spur führt? Antworten zu finden, die sie uns nicht geben konnte? Falls dem so ist, war es keine erfolgreiche Strategie. Wir haben nichts über Phineas' Verschwinden erfahren, oder das von Mutter Alfreda."

„Oder hatte Schwester Margaret die Absicht, uns an der Nase herumzuführen, vielleicht um den Verdacht auf Abigail zu lenken und weg von den Schuldigen?"

Er runzelte die Stirn in meine Richtung. „Also waren sie keine … Freundinnen?"

„Es scheint, als wüsstest du nicht so viel über Frauen, wie ich dachte."

„Ich bin wohl kaum ein Experte, India. Die Frauen unserer Spezies schaffen es immer wieder, mich zu überraschen, und du ganz besonders. Also erkläre mir, was mir entgangen ist."

Ich war mir nicht ganz sicher, ob er mir ein Kompliment gemacht hatte oder nicht. Ich beschloss, nicht darauf herumzukauen. „Frauen sind nicht immer nett zu jenen, die die Bande der Freundschaft gebrochen haben, und ich glaube, dass das Band, das zwischen Schwester Margaret und Abigail bestanden hat, zerrissen wurde, als Pater Antonio der einen Aufmerksamkeit schenkte und der anderen nicht."

„Ah, Eifersucht. Das verstehe ich. Aber du glaubst, Schwester Margaret würde ihre Freundschaft aus Eifersucht aufgeben? Eifersucht wegen eines Mannes, der keiner von beiden gehören konnte, wie ich hinzufügen möchte."

Ich seufzte. „Ich weiß es nicht. Vielleicht. Aber es fühlt sich ein wenig an, als hätte Schwester Margaret uns absichtlich zu Abigail gelotst, um uns abzuwimmeln."

„Oder uns zu helfen. Sie wusste nicht, dass Abigail schwanger war. Sie dachte vielleicht, sie wäre aus einem Grund gegangen, der mit dem Verschwinden Mutter Alfredas und der Babys zu tun hat."

Ich war nicht davon überzeugt, dass Schwester Margaret und die anderen Nonnen nichts von Abigails Zustand gewusst hatten. Da es im Konvent nur sehr wenig zu tun gab, außer zu tratschen und zu beobachten, lag es nahe, dass die aufmerksameren unter ihnen es erraten hatten.

„Die eigentliche Frage ist", sagte ich, „hat irgendjemand im Konvent gewusst, dass Abigail eine Magierin ist? Sie dachte das nicht, aber vielleicht hat sie sich geirrt."

„Insbesondere, hat es Mutter Alfreda gewusst? War das der Grund, weshalb sie Abigail verabscheute?"

„Und falls sie es wusste", fügte ich an, „wie hat sie es herausgefunden? Weil auch *sie* eine Magierin war? Oder vielleicht war es jemand anderes und hat es ihr verraten?"

Matts Schritte wurden langsamer, und ich warf einen Blick auf ihn. Er schien in Gedanken zu sein, sein Blick ging in die Ferne.

„Was ist los?", fragte ich.

„Ich versuche herauszubekommen, welche Verbindung zwischen Abigails magischer Fähigkeit und den Vermissten aus dem Konvent bestehen könnte. Mir will keine einfallen. Falls Abigail wusste, dass Phineas magisch war, dann hat sie es vielleicht vor jemandem erwähnt, der ihn dann aus dem Konvent geschmuggelt hat, doch sie sagte, dass sie es nicht wusste."

„Vielleicht hat sie uns angelogen."

* * *

WIR BESCHLOSSEN, den Konvent nach dem Mittagessen und einer weiterer Ruhephase für Matt zu besuchen. Ich musste ihm nicht mehr befehlen, sich zur Mitte des Tages in seine Räumlichkeiten zurückzuziehen; er ging einfach von selbst, nachdem er die Magie seiner Uhr eingesetzt hatte. Das bedeutete wohl, dass er erschöpft war. Den anderen fiel es auch auf, und eine schwere Stille lastete auf uns, während wir darauf warteten, dass Matt erwachte und wieder zu uns kam. Ich fand keine Ruhe und hatte keine Freude am Lesen. Cyclops, Willie und Duke, die aktiver waren, konnten auch nicht still sitzen. Die Männer gingen schließlich, um die Stallungen aufzusuchen, wo sie zumindest irgendetwas tun konnten, doch Willie blieb im Haus. Sie ging in die Eingangshalle und zurück nach oben ins Wohnzimmer und wiederholte diesen Gang immer wieder. Nach einer halben Stunde wurde mir klar, dass sie auf die Post wartete.

„Hast du etwas von deinem Großvater gehört, India?", fragte Miss Glass, als Willie gerade nicht im Zimmer war.

„Nein, und das erwarte ich auch nicht. Es ist zu riskant für ihn, mir zu schreiben. *Ich* gehe zwar nicht davon aus, dass die Polizei meine Briefe im Auge hat, doch Chronos würde sicher davon ausgehen."

Das Geräusch, mit dem sich jemand hinter mir räusperte, ließ mich herumfahren. Mein Gesicht wurde rot. Polizei-Commissioner Munro stand mit Willie dort. Er betrachtete mich aus zusammengekniffenen Augen.

„Commissioner!", rief ich. „Was verschafft uns dieses Vergnügen?"

Willie sah aus, als würde sie mir in Sachen Vergnügen widersprechen wollen, hielt aber zum Glück den Mund. Sie bezog Stellung am Kaminsims, wie es Matt oft tat, wenn er im Wohnzimmer war, und betrachtete den Commissioner mit kühlem Desinteresse.

„Ich muss eine Angelegenheit mit Mr. Glass besprechen", sagte er.

„Sie erinnern sich noch an Mr. Glass' Tante, Miss Glass", sagte ich.

„Natürlich." Der Commissioner verbeugte sich äußerst formell. Er war stets darauf bedacht, dass die Dinge ihre richtige Ordnung hatten und dass die Dinge um ihn herum geordnet verliefen. Sein Bureau war das ordentlichste, das ich je gesehen hatte, und an seiner Uniform hing niemals ein loser Faden oder ein nicht polierter Knopf. Selbst sein gezwirbelter Schnurrbart war stets gepflegt, und sein weißes Haar ordentlich geölt.

Deshalb war es mir auch immer so seltsam erschienen, dass er etwas für einen hochstehenden Polizisten ganz und gar Außergewöhnliches getan und ein Kind mit einer Geliebten gezeugt haben sollte. Ein Kartenzeichner-Lehrling hatte seinen Sohn aus Eifersucht getötet, doch ich hatte niemals gesehen, dass der Commissioner wegen des Verlusts Gefühle gezeigt hatte. Tatsächlich fiel es mir schwer, den Mann mit der liebevollen Art der Mutter seines Sohnes, Miss Gibbons, in Einklang zu bringen. Sie schienen einfach nicht zusammen zu passen. Vielleicht waren sie auch nicht mehr zusammen, und ihre Beziehung hatte schon vor Jahren geendet.

„Ist Mr. Glass hier?" Der Commissioner wandte sich an Miss Glass.

„Ich habe es Ihnen doch gesagt", sagte Willie. „Er ist unpässlich."

„Wann wird er wieder verfügbar sein?"

„Bald", erwiderte ich. „Gibt es etwas, mit dem ich Ihnen behilflich sein kann? Betrifft es unsere Ermittlung?"

„So nennen Sie das also? Eine Ermittlung?" Er knurrte. „Ich habe Beschwerden über Sie beide erhalten, Miss Steele. Sie müssen Ihre Verhöre einstellen. Es ist einfach nicht richtig, Mitglieder unserer Gemeinschaft zu belästigen, deren Ruf völlig unbefleckt ist."

„Beziehen Sie sich auf die Nonnen?", fragte ich.

Sein Schnurrbart bebte, als er die Lippen schürzte. „Pater Antonio sagt, die Art, wie sie die guten Schwestern behelligen, stünde ihrem Frieden und ihren Gebeten im Wege."

„Guter Gott", murmelte Miss Glass. „Wenn sie etwas falsch gemacht haben, sollte man sie schon dafür zur Rechenschaft ziehen."

„Was haben sie denn falsch gemacht?"

Ich versuchte, Miss Glass ein Zeichen zu geben, nichts mehr zu sagen, aber sie beachtete mich nicht. „Sich mit dem Priester verlustiert zum einen."

Seine buschigen Brauen gingen noch ein Stück höher. „Ist das ein Verbrechen?"

„Nein, aber es ist unmoralisch. Ganz ehrlich, sie halten sich für etwas Besseres als wir übrigen, doch sind sie nicht besser." Sie legte sich eine Hand auf die Brust. „Also, mir ist es ja gleich, was sie aushecken. Aber ich kann es nicht ausstehen, dass sie über uns die Nase rümpfen, die wir versuchen, gut zu sein, und manchmal daran scheitern, wo sie doch selbst nicht perfekt sind. Das kann ich überhaupt nicht ausstehen."

„Ich verstehe, was Sie sagen wollen, Miss Glass."

Da war ich mir sicher. Er war nicht gerade ein moralisches Mitglied der Gesellschaft, und zweifelsohne fühlte er sich schuldig für seinen Fehltritt, besonders vor der Kirche, obwohl nicht bekannt war, dass er ein Kind von seiner Geliebten hatte.

„Wollen Sie sich nicht setzen, Commissioner?", fragte ich.

„Dazu habe ich keine Zeit. Bitte setzen Sie Mr. Glass darüber in Kenntnis, dass ich hier war und ihn gebeten habe, Inspektor Brockwell nicht mehr mit Angelegenheiten zu belästigen, die die Polizei nicht betreffen. Und sagen Sie ihm, dass ich ihn beobachtete. Ich bin nicht ganz überzeugt, dass er in dieser Angelegenheit das Interesse der Öffentlichkeit im Auge hat. Überhaupt nicht überzeugt. Falls ich herausfinde, dass das Ganze etwas mit diesem Irrsinn rund um Magie zu tun hat, der gerade durch die Stadt fegt, dann kann er erwarten, von mir zu hören, und vielleicht noch einmal Zeit in einer Zelle zu verbringen."

„In einer Zelle!", rief ich.

Willie schob sich vom Kaminsims weg. „Wofür zum Geier denn das?"

Miss Glass griff nach dem Spitzenkragen an ihre Kehle. „Oje, oje, oje."

Ich marschierte am Commissioner vorbei, weil ich hoffte, er würde mir nach draußen folgen. Zum Glück tat er das. „Bitte verstören Sie Miss Glass nicht auf diese Weise", zischte ich. „Ihre Verfassung ist sehr fragil."

„Ich entschuldige mich." Er wirkte nicht sonderlich reumütig. Er wirkte vielmehr, als wäre es ein Triumph, dass er uns vor den Kopf gestoßen hatte. „Aber betrachten Sie sich als gewarnt. Keine Störungen mehr in der Kirche, keine Zeitverschwendung meiner Männer, und kein weiterer magischer Unsinn. Ich werde nicht zulassen, dass Sie und Mr. Glass die Situation zusätzlich aufheizen." Er beugte sich näher heran. „Magie muss verborgen gehalten werden. Es ist gefährlich, wenn die Öffentlichkeit darüber Bescheid weiß. Sie sollten den Grund verstehen, Miss Steele."

Mein Zorn ließ plötzlich nach. Sein Besuch war von Sorge getrieben, dass die Magie ins öffentliche Bewusstsein geraten würde – Sorge um Miss Gibbons und ihren Vater. Für seinen Sohn war es zu spät, doch er konnte den Rest der Familie seiner Geliebten schützen. Oder es zumindest versuchen.

„Ich verstehe es", erwiderte ich leise. „Danke, dass Sie vorbeigekommen sind."

Ich begleitete ihn die Stufen hinab und sah ihm nach. Die Post war gekommen, und Bristow reichte mir einen Brief, den ich an Willie weitergeben sollte. Die Handschrift war eindeutig weiblich. Ich kehrte ins Wohnzimmer zurück, wo Willie allein auf einem Sessel am Fenster saß.

„Wo ist Miss Glass?", fragte ich.

„Auf ihr Zimmer gegangen."

„Der ist für dich angekommen."

Sie schnappte sich den Umschlag und riss ihn auf. Rasch überflog sie den Inhalt und faltete Brief wieder zusammen. Sie sank in ihren Sessel.

„Sind es schlimme Nachrichten?", fragte ich.

„Nein", sagte sie mit trotzigem Gesicht.

„Sieht aber ganz danach aus. Du wirkst verstört."

„Ich bin nicht verstört. Ich bin … enttäuscht." Sie wedelte mit dem Brief. „Das war es wohl mit dieser Freundschaft. Ich soll nicht mehr vorbeikommen."

Ich fragte sie beinahe, ob es nicht Liebe heißen sollte statt Freundschaft, hielt aber den Mund. Das war mehr, als sie je zuvor preisgegeben hatte, und ich wollte nicht, dass sie sich erschreckte und sich wieder zurückzog. „Erzähl mir von ihr."

Sie schaute mich scharf an, verbesserte mich aber nicht, weil ich „ihr" gesagt hatte. Also hatte ich recht. Willie hatte sich mit einer Frau getroffen, keinem Mann. Wie die Beziehung genau aussah, konnte ich nur erraten. Ich hatte schon von Frauen gehört, die romantische Beziehungen miteinander hatten, aber ich hatte bisher schlicht keine gekannt.

„Sie ist eine Schwester im Krankenhaus", sagte sie. „So sind wir uns begegnet, als ich dort nach Antworten wegen des Todes von Dr. Hale gesucht habe. Wir mochten einander gleich. Zwischen uns gab es eine Verbindung, und sie war – ist – etwas Besonderes. Aber als ich versucht habe, aus unserer Freundschaft etwas ... mehr werden zu lassen, wollte sie das nicht. Sie tat ganz schockiert und sagte, sie könne das nicht." Sie hielt dem Brief hoch. „Sie kann diesen Schritt nicht gehen. So sagt sie es hier drin. Sie fürchtet sich davor, sich noch einmal mit mir zu treffen. Wenn sie mich trifft, fühlt sie sich angestachelt, ihr wahres Wesen herauszulassen, und das macht ihr Angst. Sie glaubt, das ist nicht richtig."

„Es ist schon ein großer Schritt, Willie, besonders, wenn sie vorher noch keine Erfahrungen mit einer Beziehung zu einer Frau gemacht hat." Ich drückte ihr die Schulter. „Also hatte Duke niemals wirklich eine Chance bei dir, oder? Weiß er das?"

„Ja, weiß er. Mach dir keine Sorgen wegen Duke. Wir haben es vor Jahren schon mal zusammen probiert, und es hat nicht funktioniert. Er wird es nicht wieder versuchen. Wir sind als Freunde besser."

„Ihr wart zusammen? Obwohl du nicht an Männern ... interessiert bist?"

„Ich war an Männern interessiert. Bin ich noch, wenn es der richtige ist."

„Jetzt bin ich wirklich verwirrt."

Sie stieß schnaubend ein humorloses Lachen aus. „Versuch nicht, es zu verstehen, India. Ich habe es versucht und nicht geschafft. Die Sache ist die, mit mir und Duke hat es damals nicht funktioniert, und es wird jetzt nicht funktionieren. Er war gut zu mir, als ich das gebraucht habe, nachdem ... nachdem ich eine schlechte Erfahrung mit einem Mann gemacht hatte. Er half mir dabei, wieder besser mit mir selbst klarzukommen, half mir dabei, Männern wieder zu vertrauen. Ich habe ihn damals gebraucht, aber dann bin ich weitergezogen. Er weiß das, aber er akzeptiert es einfach nicht." Sie stieß mich mit dem Ellbogen an. „Er stellt sich gern vor, dass er der wichtigste Mensch in meinem Leben ist. Es war ein ziemlicher Schock für ihn, als Matt nach Kalifornien kam und wir uns bald sehr nahe standen, aber Duke hat sich schließlich angepasst. Ich glaube nur nicht, dass er gerne noch eine Stufe weiter unten auf der Leiter stehen würde."

„Wissen Matt und Cyclops auch, dass dein Schatz aus dem Krankenhaus eine Frau ist?"

„Könnte schon sein. Sie wissen, dass ich manchmal Frauen mag."

„Ich kann nicht glauben, dass Matt es mir nicht erzählt hat."

Sie lächelte traurig. „Er würde dir ein solches Geheimnis nicht anvertrauen, nicht einmal, wenn ihr verheiratet wärt."

„Also mal sehen, ob ich es richtig verstehe. Du hast dich mit einer Frau getroffen, und du hättest gern, dass aus eurer Beziehung etwas mehr wird als nur eine Freundschaft, aber du bist auch einer romantischen Beziehung mit einem Mann nicht komplett abgeneigt."

„Ganz genau." Sie zuckte verlegen mit der Schulter und kaute auf der Unterlippe. Ich hatte sie noch nie zuvor so unsicher gesehen. Vielleicht machte sie sich Sorgen, wie ich reagieren könnte. „Die Sache ist die, India. Ich mag einfach die Leute, die ich mag. Es spielt keine Rolle, welches Geschlecht sie haben. Ich verstehe es nicht, aber so fühlt es sich halt an."

Ich lächelte sie an, versuchte, ihr klarzumachen, dass diese Enthüllung zwischen uns nichts veränderte. „Danke, dass du dich mir anvertraut hast. Ich habe zwar angenommen, dass mir etwas entgeht, aber ich konnte mir nicht vorstellen, was es war. Ich bin froh, dass du das für mich geklärt hast."

„Ich wünschte, es würde mir selbst klarer werden. Wenn man so ist, dass man sowohl Männer als auch Frauen mag, wird es manchmal kompliziert."

Mir entwich ein leises Lachen. „Da bin ich mir sicher. Aber es ist auch nicht einfacher, nur Männer zu mögen. Lass es dir von mir gesagt sein, ich habe einen schönen Schlamassel aus allem gemacht, und ich hatte nur einen Verehrer."

„Das liegt daran, dass du Menschen schlecht einschätzen

kannst. Ich bin darin gut. Ich erkenne einen guten Menschen, wenn ich ihn sehe." Abermals hielt sie den Brief hoch.

Ich beugte mich vor und umarmte sie. „Dann darfst du sie nicht aufgeben. Dreh doch mal deinen Johnson-Charme auf und lass sie sehen, was ihr entgeht."

Das brachte mir endlich ein echtes Lachen von ihr ein. „Der Johnson-Charme funktioniert nur bei Cowboys und Verbrechern. Aber ich gebe nicht auf. Noch nicht."

* * *

MATT und ich warteten am Schultor anstatt am Konvent, weil wir hofften, Schwester Margaret zu erwischen, während sie am Tagesende die Kinder verabschiedete. Ich fühlte mich recht zwielichtig, wie ich da unter dem Schatten eines Baumes auf dem Gehweg stand, als Schwester Bernadette uns erblickte. Die Nonne marschierte auf uns zu, ihre Werkzeugkiste schwang bei jedem langen Schritt.

„Sie beiden schon wieder", rief sie mit ihrem starken irischen Akzent. „Was wollen Sie denn jetzt?"

„Wir möchten mit Schwester Margaret sprechen", sagte Matt.

Die Schulglocke läutete, und Mädchen strömten in geschwätzigen Grüppchen aus den Klassenzimmern. Wir suchten nach Schwester Margaret, konnten sie aber nicht sehen.

„Was wollen Sie von ihr?", fragte Schwester Bernadette.

„Das können wir nicht offen sagen", erklärte ich ihr.

„Wir haben hier keine Geheimnisse."

Ich lächelte einfach. Sie war ziemlich feindselig; so war sie schon, als wir ihr und Schwester Margaret bei unserem ersten Besuch neugierige Fragen gestellt hatten. Es wirkte undankbar, wenn man bedachte, dass Matt dafür verantwortlich war, dass Duke und Cyclops vorbeigekommen waren und das Konventdach repariert hatten.

„Wie geht es dem Dach?", fragte ich.

Matts Blick glitt zu mir, und ein schwaches Lächeln legte sich auf seine Lippen.

„Es leckt nicht mehr", sagte Schwester Bernadette, ihr Tonfall gedämpfter. „Ich schätze, dafür habe ich Ihnen zu danken, Mr.

Glass. Aber erwarten Sie nicht, dass ich deshalb jetzt Ihre impertinenten Fragen beantworte. Das ändert gar nichts."

„Das werde ich mir merken", erklärte Matt, „für den Zeitpunkt, wenn ich impertinente Fragen an Sie habe."

Ihr Mund ging zu, aber sie hatte es nicht eilig mit dem Aufbruch. Sie folgte Matts scharfem Blick zur Schule. Schwester Margaret kam heraus, und als sie uns sah, gesellte sie sich am Tor zu uns. Ihr vorsichtiges Lächeln ließ rasch nach, als Schwester Bernadette sie unterbrach.

„Du musst nicht mit ihnen reden", sagte Schwester Bernadette.

„Wir haben nur rasch ein paar Fragen", sagte Matt. „Es wird nicht lange dauern, aber sie sind etwas heikel. Vielleicht können wir uns an einen ruhigeren Ort begeben, an dem keine Kinder sind."

Schwester Margaret wechselte einen Blick mit der anderen Nonne, dann schaute sie zum Konvent. „Ich … ich … weiß nicht."

Schwester Bernadette seufzte. „Sie werden nicht aufgeben. Komm mit in den Schulsaal." Sie ging voran, eindeutig entschlossen, an der Unterhaltung teilzunehmen, ob wir sie nun dabei haben wollten oder nicht.

Schwester Margaret schob die Hände in die Ärmel ihrer Habit und folgte ihr.

Der Saal befand sich hinter dem Schulhaus. Der Geruch nach geöltem Holz kam von dem großen Kreuz, das an der Wand hing, und etliche Kinderzeichnungen von Jesus waren an der gegenüberliegenden Wand aufgehängt. Wir setzten uns auf Stühle, die in einem Kreis unter dem Kreuz angeordnet standen. Beide Nonnen betrachteten uns gleichmütig, wenn auch etwas nervös. Keiner von ihnen schien es behaglich zu sein, uns auf diese Weise zu treffen, doch ich betrachtete es als gutes Zeichen, dass sie überhaupt mit uns sprechen wollten.

„Wir haben Abigail Pilcher gefunden", setzte Matt an.

Schwester Margaret keuchte, dann legte sie sich eine Hand über den Mund.

„Wen?", fragte Schwester Bernadette.

„Schwester Francesca", erklärte ihr Schwester Margaret. „Du

weißt doch noch. Sie ist gegangen, als …“ Ihr Gesicht wurde rot, und sie zog die Hände wieder in die Ärmel ihrer Tracht zurück.

„Schwester Francesca!“, stieß Schwester Bernadette hervor. „Aber was hat Mutter Alfredas Verschwinden denn mit ihr zu tun? Wollen Sie sagen, dass *sie* etwas wusste?“

Schwester Margaret gab ein leises Protestgeräusch von sich.

„Das war genau das, was wir herausfinden wollten“, sagte Matt. „Dass sie zum selben Zeitpunkt weggegangen ist, schien ein zu großer Zufall zu sein, aber nachdem wir mit ihr gesprochen haben, denken wir nicht mehr, dass sie etwas damit zu tun hatte.“

„Sind Sie sicher?“ Schwester Bernadette schüttelte den Kopf. „Sie war kein gutes Mädchen, wenn ich es recht in Erinnerung habe. Findest du nicht auch, Schwester Margaret?“

Schwester Margaret wirkte, als wolle sie in Tränen ausbrechen.

„Weshalb haben Sie sie uns gegenüber erwähnt?“, fragte ich sanft. Die Nonne wirkte besorgt und überhaupt nicht, als hätte sie Abigail gegenüber böswillige Absichten. „Hatten Sie den Verdacht, sie wisse etwas? Oder hat Sie ein anderer Grund dazu bewegt?“

Schwester Margarets Unterlippe zitterte. Sie kniff die Augen zusammen und drückte die Lippen fest aufeinander, um ihre Gefühle in Schach zu halten.

Ich beugte mich vor und berührte sie am Arm. „Erzählen Sie uns, was Sie über Abigail Pilcher wissen“, drängte ich. Als sie nichts sagte, fügte ich an: „Wussten Sie, dass sie schwanger war?“

Sie nickte. Weder sie noch Schwester Bernadette wirkten überrascht. Wenn sie es beide wussten, wusste es womöglich der ganze Konvent.

Etwas Schwarzes flatterte draußen vor der Tür. Es hätte ein Vogel sein können, aber sehr viel wahrscheinlicher war es eine Nonnentracht. Jemand belauschte uns.

Ich lehnte mich zurück und warf einen Blick auf Matt, hob eine Augenbraue. Er nickte, ermutigte mich, weiterzumachen. Ich holte tief Luft. „Wussten Sie, dass Abigail eine Magierin ist?“

Schwester Margarets Augen weiteten sich, und sie bekreuzigte sich. Schwester Bernadette drückte sich das Kreuz, das ihr um den Hals hing, an die Lippen. Ihr Gesicht wurde so weiß wie ihr Kopftuch.

Hinter und über mir knarzte etwas, Holz schabte über Holz. Ich drehte mich um und sah gerade rechtzeitig auf, um das große Kreuz auf mich niederstürzen zu sehen.

KAPITEL 8

Matt riss mich zu Boden, einen Augenblick, bevor das Kreuz in den Stuhl krachte, auf dem ich gesessen hatte. Die Rückenlehne zersplitterte, und der Stuhl brach unter dem Gewicht des Kreuzes zusammen.

Ich lag auf dem Boden, halb unter Matt, und starrte auf die Stelle, an der ich vor einem Moment noch gesessen hatte. Das Kreuz war noch ganz, doch der Stuhl war zerstört.

„Geht es dir gut?", fragte Matt, der mir in eine sitzende Position verhalf.

Mein Herz hämmerte, doch ich war unbeschadet. Ich nickte, weil ich wusste, dass ich noch nicht sprechen konnte, ohne dass mir die Stimme zitterte. Ich war noch nie ein sonderlich frommer Mensch gewesen, obwohl ich regelmäßig in die Kirche ging, aber der Zeitpunkt, an dem das Kreuz auf mich herabgefallen war, als ich gerade das Wort Magie erwähnt hatte …

Das war ein zu großer Zufall. Wie Matt zu sagen pflegte, glaubte er nicht an Zufälle. Genauso wenig wie ich.

„Sehen Sie es nicht?", fragte Schwester Bernadette, ihr Akzent stark, obwohl ihre Stimme zitterte. „Magie ist Teufelswerk, und Gott ist nicht einverstanden damit, dass Sie dieses Haus betreten und seine gläubigen Töchter darüber ausfragen."

Schwester Margaret klammerte sich mit beiden Händen an

die Hand Ihrer Freundin. Die beiden Nonnen hielten einander fest, ganz eindeutig erschüttert durch den Vorfall.

Genauso ging es mir. Mein Körper zitterte unkontrolliert. Matt hatte es wohl gespürt, als er mir beim Aufstehen half. Er beäugte mich genau, und ich bot ihm ein Lächeln, von dem ich wusste, dass es nicht überzeugend war, aber es war alles, was ich zustande brachte.

„Sie sollten jetzt gehen", sagte Schwester Margaret, die sich erhob. „Das Zeichen ist eindeutig – Gott will nicht, dass Sie hier sind. Er will nicht, dass wir mit Ihnen über das Teufelswerk sprechen."

„Magie ist kein Teufelswerk", knurrte Matt.

Beide Nonnen schauten auf das Kreuz, das inzwischen ruhig dort lag, wohin es gefallen war.

„Wenn Gott nicht will, dass Menschen Magie besitzen, warum hat er sie dann einigen gegeben?", fuhr er fort. „Weshalb sind einige mit ihr geboren?"

„Ich habe nicht alle Antworten, Mr. Glass", fuhr ihn Schwester Margaret an. „Aber wenn Schwester Francesca – Abigail – eine Magierin war, dann sehen Sie dort den Beweis. Sie war keine gute Katholikin. Eine Sünde führt zur nächsten und die wieder zur nächsten."

Ich klammerte mich an Matts Arm, bohrte ihm meine Finger in die Haut. Es hatte keinen Sinn, mit den Nonnen zu streiten. Er konnte sie nicht dazu bringen, es sich noch einmal anders zu überlegen.

Trotzdem versuchte er es weiter. „Sie hat einen Fehler gemacht", sagte er knapp. „Und es war nicht allein ihre Schuld. Der Vater des Babys hat bei ihrer Notlage auch eine Rolle gespielt."

„*Sie* hat *ihn* verführt! Pater ..." Schwester Margaret biss sich auf die Lippen und warf einen Blick auf Schwester Bernadette.

Doch Schwester Bernadette starrte immer noch das Kreuz an und schien es nicht gehört zu haben. Sie bückte sich, um es aufzuheben, und Matt ließ mich los, um ihr zu helfen. Zusammen richteten sie es auf und lehnten es an die Wand. Matt musterte die Wand und die Nägel, die das Kreuz an Ort und

Stelle gehalten hatten. Sie waren verbogen, und einer war entzweigebrochen.

„Vielen Dank", murmelte Schwester Bernadette. Sie war nicht mehr die feurige Nonne, die uns am Kirchentor zurechtgewiesen hatte. Ihr Gesicht blieb blass, und ihre Hände bebten noch.

Schwester Margaret stellte sich an die Tür, die Arme verschränkt, und zog ein finsteres Gesicht, als wir gingen.

Matt und ich überquerten den Hof, wo wir der Mutter Oberin begegneten, die einen der Fensterrahmen am Schulgebäude begutachtete. Falls sie vor ein paar Minuten schon da gewesen war, hätte sie denjenigen gesehen, der an den Eingang des Schulsaals gekommen war. Sie hätte sicher auch gehört, wie das Kreuz herabgefallen war.

Ich hatte vor, an ihr vorbeizuschlüpfen, doch Matt hatte andere Pläne. Er begrüßte sie, indem er sich an den Hut tippte.

„Muss es repariert werden?", fragte Matt, der zum Fensterrahmen hin nickte. „Ich kann das von meinen Freunden begutachten lassen."

„Im Austausch gegen Informationen? Nein, Danke, Mr. Glass." Sie schnippte mit dem Finger ein paar Splitter der Farbe weg und schnalzte mit der Zunge.

„Schwester Bernadette kann nicht mehr alles allein erledigen", fuhr er fort. „Sie wird älter, und auch dieses Gebäude wird älter."

„Sie beschwert sich nicht."

„Ich bin mir sicher, dass sie sich nicht beschwert, aber das heißt nicht, dass es ihr leichtfällt, mit allem mitzuhalten."

„Ich habe Ihnen schon gesagt", stieß die Mutter Oberin durch zusammengebissene Zähne hervor, „ich werde den Preis nicht zahlen, den Sie verlangen."

„Mutter Oberin!", ließ sich eine melodische Stimme von der Seite des Hofes mit dem Konvent vernehmen. „Ehrwürdige Mutter, sind Sie hier draußen? Oh." Schwester Clare, die Assistentin der Mutter Oberin und diejenige, die uns als erste auf die vermissten Babys aufmerksam gemacht hatte, blieb stehen, als sie uns sah. Sie wirkte hin- und hergerissen, ob sie wieder hineingehen oder sich zu uns gesellen sollte.

„Was ist los, Schwester Clare?", fragte die Mutter Oberin.

„Es gibt da etwas, das Ihre Aufmerksamkeit erfordert. Es kann warten, bis Sie mit Mr. Glass und Miss Steele fertig sind."

„Wir sind fertig." Die Mutter Oberin zog streng die Augenbrauen in Matts Richtung nach oben – ganz offensichtlich musste sie noch viel über ihn lernen.

„Wir haben mit Abigail Pilcher gesprochen, die man Schwester Francesca nannte, als sie noch hier wohnte", sagte er.

Über Mutter Frances' Gesicht ging ein kurzes überraschtes Flackern, aber sie bekam es rasch unter Kontrolle. Schwester Clare jedoch keuchte. „Wie *geht* es ihr?", fragte die Assistentin.

„Es geht ihr gut, und ihrem Sohn auch", erwiderte Matt.

„Sie hat einen Sohn? Wie wunderbar."

Die Mutter Oberin funkelte sie an, und Schwester Clare beugte den Kopf.

„Wollen Sie auf irgendetwas hinaus, Mr. Glass?", fragte Mutter Frances.

„Abigail hat uns erzählt, sie war gezwungen, den Konvent zu verlassen", sagte Matt. „Sie behauptet, Sie hätten sie zum Gehen gezwungen, gleich nachdem sie die Rolle der Mutter Oberin übernommen hatten."

„Sie war völlig ungeeignet für ein Leben als Nonne. Ich hätte gedacht, der Zustand, in dem sie sich befand, als sie wegging, spräche für sich. Mutter Alfreda hätte Abigails Weggang in die Wege leiten sollen, doch sie war zu schwach, um etwas dagegen zu unternehmen."

„Also haben Sie sie nicht zum Gehen gezwungen, weil sie eine Magierin war?", fragte Matt.

Schwester Clare keuchte abermals. Sie starrte Matt mit großen Augen an. „Magie", flüsterte sie ehrfürchtig.

„Magie gibt es nicht", sagte die Mutter Oberin mit kalter, abgehackter Stimme. „Ich wüsste es zu schätzen, wenn Sie nicht mehr hierherkommen und etwas anderes behaupten, Sir. Magie ist eine harmlose Märchenerzählung für Kinder, aber es ist unverantwortlich, wenn Erwachsene den Mythos weitertreiben, dass es sie gibt. Der Glaube an Magie richtet mehr Schaden als Gutes an."

„Aber die Zeitungen", murmelte Schwester Clare. „Mindestens eine behauptet, dass Magie echt ist."

„Reporter sagen doch alles, um mehr Exemplare ihrer Zeitungen zu verkaufen. Du wurdest an der Nase herumgeführt, Schwester Clare. Das wurdet ihr alle."

„Schwester Clare", sagte ich zu der Assistentin, „war Ihnen bewusst, dass Abigail eine Seidenmagierin ist?"

„Seide?", flüsterte sie.

„Hören Sie auf mit diesem Unsinn!", spie die Mutter Oberin aus. „Schwester Clare. Du solltest es besser wissen."

Schwester Clare neigte den Kopf. „Ja, ehrwürdige Mutter."

„Wir haben Arbeit zu erledigen, Mr. Glass, Miss Steele. Gute Christenarbeit, die unsere völlige Hingabe erfordert."

Matt hob die Hände. „Wir gehen ja schon."

Ich konnte nicht einfach so gehen, wenn die Mutter Oberin das Schlimmste von uns dachte, weil wir von Magie gesprochen hatten. Man stelle sich vor, was sie sagen würde, wenn sie mehr über mich gewusst hätte. „Wir sind nicht Ihre Gegner, ehrwürdige Mutter. Wir respektieren Ihre Werte und Rituale. Wir wollen nur den Mann finden, der als Phineas Millroy bekannt war, der vor siebenundzwanzig Jahren in die Obhut des Konvents gegeben wurde. Es ist absolut entscheidend, dass wir ihn finden. Er hat die Macht, jemanden zu retten, der mir sehr wichtig ist. Wir wissen, dass er von hier unter rätselhaften Umständen verschwand, etwa zur gleichen Zeit, in der auch Mutter Alfreda verschwand. Vielleicht sind sie auf irgendeine Art verbunden."

„Seien Sie nicht albern." Sie machte ein schnaubendes Geräusch. „Es gibt keine Verbindung zwischen den beiden. Mutter Alfreda ist aus eigenem Antrieb gegangen, und die Akte des Babys ging einfach verloren. Hier gibt es kein Rätsel und keine Verschwörung, um etwas zu verdecken. Ich weiß nicht, was Ihrer Meinung nach Magie mit alldem zu tun hat, und ich will es auch nicht wissen. Ich habe Ihnen meine Ansichten dazu dargelegt, und ich will diese Angelegenheit nicht weiter ausbreiten. Guten Tag."

Sie schob ihr spitzes Kinn vor und marschierte über den Hof zum Konvent hinüber. Schwester Clare warf uns ein entschuldigendes Lächeln zu und folgte ihr. Die Mutter Oberin schloss die Tür nicht, bis sie sah, dass wir uns auf den Weg machten.

„Sie ist gereizt", sagte ich zu Matt, während wir das Schulgebäude umrundeten und auf die Straße zurückkehrten. „Glaubst du, sie hat etwas zu verbergen?"

„Schwer zu sagen. Schwester Clare scheint aber ehrlich zu sein."

„Ich bin froh, dass du das denkst, denn das finde ich auch."

„Traue deinen Instinkten, India." Er musterte die Umgebung genau, ehe er hinter mir in die Kutsche stieg.

„Bestimmt denkst du, Payne hat etwas damit zu tun, dass das Kreuz herabgefallen ist?", neckte ich ihn.

„Bei Payne weiß man nie." Er beäugte mich und nahm meine Hände in seine. „Geht es dir gut? Wurdest du verletzt?"

„Ich habe mir den Ellbogen angestoßen, aber es ist schon gut."

„Tut mir leid", sagte er und legte die Hände auf meine Ellbogen. „Ich war nicht sonderlich sanft."

„Du hast mir das Leben gerettet."

Er lächelte mich verlegen an. „Ich habe dich vor einer Beule am Kopf gerettet. Ich bezweifle, dass dich das umgebracht hätte."

Ich war mir da nicht so sicher. Das Kreuz wirkte schwer, und es hatte sowohl Matt als auch Schwester Bernadette gebraucht, um es aufzurichten. „Die Müdigkeit hat dich nicht verlangsamt. Danke, Matt."

„Ich zahle nur den Gefallen zurück, den du mir schon des Öfteren erwiesen hast." Er beugte sich vor und küsste mich leicht auf die Lippen. Es war herrlich zart und vertrieb das letzte Zittern aus meinen strapazierten Nerven.

Es hatte auch das Potenzial, leidenschaftlich zu werden. Ich schob ihn sanft weg, ehe ich den Kuss noch vertiefte. Er lehnte sich mit einem überraschend zufriedenen Lächeln wieder zurück, als hätte er einen kleinen Sieg errungen.

Es war Zeit, die Lage ein wenig zu entschärfen. „Wie, glaubst du, ist das Kreuz heruntergefallen?", fragte ich.

„Die Nägel haben sich verbogen."

„Aber weshalb haben sie sich verbogen?"

„Nägel verbiegen sich manchmal, wenn das Gewicht, das sie tragen, zu schwer ist. Diese Nägel waren nicht stark genug für das Kreuz."

Ich war nicht ganz überzeugt. Das Kreuz war genau in dem Moment herabgefallen, als ich nach Magie gefragt hatte. Haargenau in demselben Moment.

„Es war nicht Gott, der dich niederschmettern wollte, India", sagte er. „Denk so etwas nicht."

„Tue ich nicht. Ich denke daran, wie unwahrscheinlich es war, dass es genau zu diesem Zeitpunkt herabfiel, und niemand hat es berührt." Ich schaute ihm in die Augen. „Und daran, dass ich Uhren bewegen kann, ohne sie zu berühren."

Er wirkte, als hätte man ihm einen Schlag in die Magengrube versetzt. Bloße Müdigkeit war nicht der Grund. „Du glaubst, eine der Schwestern ist eine Magierin und hat es in Bewegung gesetzt? Aber … das kann doch kein anderer Magier, nur du."

„Woher sollen wir das wissen? Nur weil Chronos keinen kannte, bedeutet das nicht, dass es keine anderen reinblütigen Magier gibt. Mich überrascht vielmehr, dass das bedeuten würde, dass eine dieser Nonnen eine Magierin ist. Sie wirkten jedoch beide verstört von dem Gespräch und erschüttert, als das Kreuz herabfiel."

„Die Mutter Oberin stand gleich draußen", sagte Matt mit einem langsamen, zustimmenden Nicken. „Sie hätte es tun können. Genau wie Schwester Clare. Sie war auch nicht weit weg. Sie hätte zurück zum Konvent gehen können, nachdem sie den Schulsaal verlassen hat. India, warum runzelst du so die Stirn?"

„Ich habe etwas in der Nähe der Tür gesehen, ehe das Kreuz herabfiel. Ein Flattern von schwarzem Stoff, glaube ich. Wie eine Tracht oder ein Umhang."

„Es ist zu warm für einen Umhang, außer jemand wollte eine Kapuze tragen, um sein Gesicht zu verbergen. Jemand wie Payne."

„Bestimmt willst du nicht nahelegen, dass auch er ein Magier ist."

Er fuhr sich mit einer Hand übers Gesicht, bis ans Kinn hinab. „Ich weiß nicht, was ich nahelege. Wir können an diesem

Punkt nichts ausschließen, aber es ist wahrscheinlicher, dass es eine Nonne war. Ich bin aber immer noch nicht überzeugt, dass das Kreuz sich auf magische Weise bewegt hat. Diese Nägel waren nicht robust genug, um einen so schweren Gegenstand zu halten."

Ich wünschte, ich hätte das Kreuz berührt, um zu spüren, ob es magische Wärme enthielt. Verdammt. Ich schlug schon beinahe vor, umzukehren und sich in den Saal zu schleichen, doch Matt wirkte zu müde. Das erste, was ich machte, als wir zu Hause ankamen, war, den Verlängerungszauber auf seine magische Taschenuhr zu sprechen. Üblicherweise verlängerte das die Zeitspanne, bis er sie wieder gebrauchen musste. Ob das noch so war, verriet er nicht, und ich fragte nicht danach. Er dankte mir und zog sich zum Ruhen vor dem Abendessen zurück. Sein Zustand legte eine düstere Wolke über den Haushalt. Willie, Cyclops und Duke benahmen sich wie Tiger im Käfig, zu ruhelos, um sich hinzusetzen, aber trotzdem nicht willens, sich von unserer Lage ablenken zu lassen, indem sie eines von Londons vielen Unterhaltungsangeboten in Anspruch nahmen.

„Weshalb geht ihr nicht ins Theater?", fragte ich. „Es gibt eine ganze Menge Theater in der Stadt, einige davon sehr respektabel. Oder ihr könntet in einer Kneipe etwas trinken. In manchen gibt es Musik und in anderen Unterhaltung."

Mein Vorschlag stieß auf gemurmelte Ausflüchte.

„Ich gehe nirgendwohin", sagte Willie. „Nicht, solange es Matt so geht. Was, wenn er mich braucht?"

„Warum sollte er *dich* brauchen?", fragte Duke. „Du kannst nicht dafür sorgen, dass es ihm besser geht."

„Also halt nicht, wenn er mich braucht. Nur … wenn etwas passiert, dann will ich da sein, wenn es dazu kommt."

„*Falls*. Falls es passiert. Begrab ihn bitte noch nicht."

Sie schob sich aus dem Sessel hoch und wedelte Duke mit einem Finger vor dem Gesicht. „Wasch dir den Mund aus, Duke. Hörst du mich! Ich sage nichts dergleichen, also leg mir diese Worte nicht in den Mund."

Cyclops stöhnte und rieb sich über die Stirn. „Hilf mir, India. So sind sie schon den ganzen Nachmittag."

„Wir sind alle angespannt", sagte ich. „Wir machen uns alle

Sorgen um Matt. Aber bitte, das ist nicht hilfreich." Als Neuankömmling in ihrer Gruppe hatte ich vielleicht nicht das Recht, sie zu tadeln, aber ihre Streitigkeiten gingen mir auf die Nerven, und es konnte so nicht weitergehen. „Matt will nicht hören, wie ihr euch zusätzlich zu seinen anderen Problemen auch noch streitet. Seid freundlich zueinander, um seinetwillen."

Cyclops nickte zustimmend zu meiner kleinen Ansprache. Willie nahm ihren Platz ohne ein Grollen wieder ein, was ich als Zustimmung deutete. Duke stand auf und schenkte am Buffet Kognak ein. Er reichte Willie einen.

„Tut mir leid", sagte er. „India hat recht. Wie wäre es, wenn wir einen Waffenstillstand schließen?"

Sie stieß mit ihrem Glas gegen seines. „Waffenstillstand. Wir wollen alle, was für Matt am besten ist."

„Was können wir sonst noch tun, India?", fragte Cyclops. „Können wir am Konvent noch etwas herausfinden?"

Ich tippte mir mit den Fingern auf den Oberschenkel, während ich die Wege überdachte, die uns noch offenstanden. Es waren nur sehr wenige. Wenn ich recht hatte und dieses Kreuz nicht aus eigenem Antrieb herabgefallen war, dann hatte es vor siebenundzwanzig Jahren im Konvent zwei Magierinnen gegeben – eine Seidenmagierin und eine Holzmagierin. Falls Abigail die Wahrheit gesagt und nicht gewusst hatte, dass Phineas magisch war, dann war sie nicht die Verbindung, nach der wir suchten. Aber wenn die Holzmagierin es wusste …

Doch wie konnte die Holzmagierin es wissen, wo Phineas doch zu jung zum Sprechen gewesen war, geschweige denn dazu, einen Zauber zu sprechen?

Ich erzählte den anderen von meiner Theorie, und dass ich sie laut aussprach, trug dazu bei, die Vorstellung in meinem Kopf festzusetzen, doch es lieferte keine Antworten. „Wir werden noch einmal mit Abigail reden und herausfinden, ob sie von einer Holzmagierin wusste", sagte ich. „Sie könnte wissen, welche der Nonnen eine Neigung dazu hatte, wenn schon sonst nichts."

„Es ist vielleicht auch keine der Nonnen", sagte Duke. „Es könnte Pater Antonio sein."

„Der Konvent könnte einige weitere Reparaturen vertragen,

und ihr drei langweilt euch hier. Weshalb bietet ihr Schwester Bernadette morgen nicht noch einmal eure Hilfe an und hört euch diskret um.“

„Endlich was zu tun“, sagte Willie.

Eine Faust hämmerte an die Eingangstür, die Schläge hallten durch das ganze Haus.

„Da ist jemand aber sehr unzufrieden“, sagte Cyclops.

Wir trafen Bristow in der Eingangshalle, als er gerade die Tür öffnen wollte. Willie legte ihm eine Hand auf den Arm, um ihn zu warnen. Sie zeigte ihm die Waffe, die sie hinter dem Rücken hielt.

Seine Augen waren groß, und er ließ den Türgriff los, als hätte er ihn gebissen. Duke verdrehte die Augen und öffnete.

Lord Rycroft rauschte herein und zückte einen Gehstock mit silbernem Knauf. „Wo ist er? Wo ist mein Neffe?“

Lady Rycroft folgte ihrem Mann. Ihre Augen zeigten, dass sie geweint hatte, und sie hielt sich ein Taschentuch an die Nase.

„Matthew!“, rief Lord Rycroft die Treppe hinauf. „Matthew, komm sofort hier herunter!“

„Halten Sie die Stimme gesenkt“, fuhr ihn Willie an. „Er braucht seine Ruhe, und Ihr Gebrüll ist keine Hilfe.“

„Soll ich ihn holen, Miss?“, fragte Bristow mich.

„Ich glaube nicht, dass das nötig ist“, sagte ich. „Er wird es hören. Madam, was ist passiert?“, fragte ich Lady Rycroft, obwohl ich bereits fürchtete, was sie sagen würde.

Weder Lord noch Lady Rycroft antworteten mir. Sie stellte sich neben ihren Mann und starrte unter Tränen die Treppe empor, wo inzwischen Matt und Miss Glass aufgetaucht waren. Er eskortierte seine Tante die Stufen hinab, als wäre alles völlig belanglos. Sie funkelte ihren Bruder und ihre Schwägerin an.

„So ein Aufstand, Richard“, tadelte Miss Glass. „Die Dienerschaft hat bestimmt alles gehört. Senkt eure Stimmen.“

„Mir es das verdammt nochmal egal, was eure Diener denken!“ Lord Rycroft marschierte zum Salon, ohne darauf zu warten, ob er eingeladen wurde. „Kommt. Wir haben eine ernsthafte Angelegenheit zu besprechen. Eine Angelegenheit, für die du Wiedergutmachung leisten musst, Matthew.“

Ich sah ihnen nach, dabei wurde mir übel.

„Will jemand eine Wette abschließen, worum es dabei geht?", fragte Willie, als Matt die Tür schloss und uns außen vor ließ.

„Da lohnt sich keine Wette", sagte Cyclops. „Wir wissen, worum es dabei geht."

„Payne", erwiderte Duke bedrückt. „Er hat es Lord Cox erzählt."

„So viel zu Matts Anzeige." Willie ging durch den Gang zur Bibliothek. „Ich brauche was Starkes zu trinken."

Genau wie ich. Es tröstete mich jedoch in keiner Weise, und ich brütete still vor mich hin, bis ich die Rycrofts nur wenige Minuten später gehen hörte. Matt gesellte sich zu uns. Er wirkte wie jemand, den man ans Ende seiner Kräfte getrieben hatte, und Matts Kräfte reichten sehr weit.

„Du siehst aus wie ein Kuhfladen, der eine Woche in der Sonne gebraten hat", sagte Willie.

„Eloquent wie immer." Matt warf ihr ein mattes Lächeln zu, sein Blick jedoch flackerte zu mir, doch zog rasch weiter. „Wie ihr vermutlich erraten habt, hat Payne Lord Cox von Patience' Fehltritt erzählt. Meine Anzeige kam zu spät."

„Das ist nicht deine Schuld", sagte Cyclops.

„Ich hätte es schon vor Tagen machen sollen."

„Nein, Matt", erwiderte Willie.

„Spart euch das", erklärte ich ihnen. „Er wird es sich zum Vorwurf machen, ganz gleich, wie sehr wir ihm widersprechen. Wie geht es Patience?"

„Sie ist offensichtlich völlig niedergeschlagen", sagte er. „Tante Beatrice und die Mädchen wollten morgen nach Rycroft aufbrechen, um dort mit den Vorbereitungen der Hochzeit zu beginnen. Patience hat nicht aufgehört zu weinen, seit sie den Brief von Lord Cox erhalten hat, der die Hochzeit absagt."

Arme Patience. Sie tat mir leid. Ich wusste, wie sich die ersten Tage anfühlten, nachdem man eine solche Nachricht erhalten hatte. Es war, als würde man an Bord eines im Sturm verheerten Schiffes aufwachen. Man wusste nicht, wo man war, der Boden schwankte unter den eigenen Füßen, und es war kein Ende des Aufruhrs in Sicht.

„Worum hat dich also Lord Rycroft gebeten?", fragte ich.

Matt setzte sich und stützte die Ellbogen auf die Knie. Er fuhr sich mit der Hand durch die Haare. Die Stille dehnte sich weiter aus, bis Willie es nicht mehr aushielt.

„Nun?", stieß sie hervor.

„Man muss Lord Cox überzeugen, dass Patience noch eine würdige und wertvolle Braut ist", sagte er. „Er muss daran erinnert werden, wie tugendhaft sie ist und wie sehr sie ihren Fehltritt bedauert. Wenn er ein vernünftiger Kerl ist, wird es sich noch einmal überlegen."

„Und wer wird ihn davon überzeugen?", fragte ich. „Du?"

Er runzelte die Stirn. „Mein Onkel verfügt über keine zarten Umgangsformen. Ich glaube, ich bin da die bessere Wahl."

„Lord Cox wohnt in Yorkshire! Du kannst nicht tagelang zu ihm reisen, und dann Tage mit der Rückreise verbringen. Wir sind inmitten einer bedeutenden Ermittlung, die dir das Leben retten wird."

Er sagte nichts, und das brachte mich nur noch mehr auf.

„Denk nicht einmal daran, London jetzt zu verlassen, außer es ist, um Phineas Millroy zu finden."

„Du kannst doch bestens ohne mich weiter ermitteln, India. Die anderen werden helfen, aber das brauchst du eigentlich nicht. Du bist kompetent und hervorragend im Lösen schwieriger Rätsel. Das wird schon klappen."

„Versuch nicht, dich bei mir einzuschmeicheln", sagte ich. „Du gehst nicht, und das ist mein letztes Wort."

„Genau", sagte Duke. „Du bleibst hier, Matt."

„Ja", fügten sowohl Willie als auch Cyclops an.

Matt wandte seinen eisigen Blick jedem von ihnen nacheinander zu, aber für mich hob er einen besonders eisigen auf. „Ich muss jetzt mit ihm sprechen. Mein Onkel wird die Dinge nur verschlimmern, wenn er in dieses Gespräch stolpert, und es kommt auf rasches Handeln an. Man muss Lord Cox überzeugen, es sich anders zu überlegen, ehe es jemand herausfindet. Wenn wir zögern, wird es zu spät sein, es unter den Teppich zu kehren. Ich muss jetzt zuschlagen, oder gar nicht."

Cyclops, Duke und Willie verschränkten gleichzeitig die Arme vor der Brust. Sie gaben nicht nach. Matt senkte den Kopf und fuhr sich wieder durch die Haare.

„Was wollte Lord Rycroft von dir?", fragte ich ein wenig

sanfter. „Ich bezweifle, dass er dir vorschlagen wollte, dass du an seiner Stelle mit Lord Cox sprichst."

Ein Muskel in Matts Wange zuckte. „Du weißt, warum", sagte er leise. „Er hatte denselben idiotischen Einfall wie Tante Letitia. Darum muss ich selbst mit Lord Cox sprechen, und zwar sofort."

Sein Onkel wollte, dass er Patience heiratete. Tatsächlich hatte er wohl enormen Druck auf Matt ausgeübt, damit er diesem Plan zustimmte. Die Tatsache, dass Lord und Lady Rycroft so bald nach ihrer Ankunft wieder gegangen waren, bedeutete, dass Matt sie mit einem Angebot zufriedengestellt hatte, das ihnen wie ein Einlenken erschienen war.

Ich schluckte schwer, doch der Kloß in meiner Kehle blieb. „Du kannst jetzt nicht gehen", sagte ich lahm. „Es ist nicht nur eine entscheidende Zeit bei unserer Suche nach Phineas Millroy, sondern du kannst eine so lange Reise auch nicht allein auf dich nehmen. Jemand muss bei dir sein, falls du ohnmächtig wirst."

„Die Alternative steht auch nicht zur Debatte." Mit nach wie vor gebeugtem Kopf betrachtete er mich durch dicke Wimpern. Er wirkte so verloren, dass mein Herz einen Satz machte.

„Lass sie doch ihre eigenen verdammten Probleme regeln", spie Duke aus. „Hat doch nichts mit uns zu tun."

„Ja", sagte Cyclops. „Du musst sie nicht heiraten, Matt. Es muss einen anderen Weg geben."

„Geld", sagte Willie ohne große Überzeugung. „Entweder gibst du Patience oder ihren Schwestern etwas, oder Lord Cox, damit er sie heiratet."

„Lord Cox ist reich und braucht mein Geld nicht, und Geld ist wohl kaum genug Kompensation für meine Cousinen. Es ist nicht gerecht, dass sie alle auf die Ehe verzichten müssen, weil ich einen Fehler gemacht habe."

„Es ist nicht *dein* Fehler!" Ich schoss hoch und marschierte zur Tür, meine Röcke wirbelten um meine Knöchel. Es war sinnlos, alte Streitigkeiten noch einmal durchzukauen und dieselben Vorschläge zu machen. Wir kamen nirgendwohin. „Ich esse in meinem Zimmer."

Ich rannte die Stufen hinauf und warf mich auf das Bett. Die Trotzhaltung führte zu nichts, außer zu noch mehr strapazierten

Nerven, also nahm ich meine Taschenuhr heraus und öffnete das Gehäuse. Ich konnte sie blind auseinandernehmen, darum musste ich mich nicht darauf konzentrieren. Die vertraute Arbeit beruhigte mich, gestattete mir, meine Gedanken zu ordnen und mein Temperament zu beruhigen.

Bis ich das Innenleben meiner Uhr wieder zurück in das Gehäuse gesteckt hatte, wurde mir klar, dass es eine Möglichkeit gab, wie Matt seinen Tanten und seinem Onkel klarmachen konnte, dass er Patience nicht heiraten würde. Er könnte sich mit mir verloben.

Aber er hatte mir keinen Antrag gemacht, nicht wirklich, und das würde er nicht, solange er so krank war. Er war frei, zu heiraten, wen immer er wählte.

Obwohl er all die Dinge gesagt hatte, die ich hören wollte, konnte ich nicht sicher sein, welchen Weg er wählen würde. Es hätte mich nicht überrascht, wenn seine Redlichkeit und sein Pflichtgefühl seine Liebe für mich in den Schatten stellten. Es würde Matt ganz ähnlich sehen, seiner Tante und seinem Onkel die Dinge zu sagen, von denen er wusste, dass sie sie hören wollten.

Sie waren immerhin kurz nach ihrer Ankunft wieder gegangen.

KAPITEL 9

Abermals hatte Matt das Haus bereits verlassen, als ich zum Frühstück nach unten kam. Abermals wusste niemand, wohin er gegangen war. Als Bristow mich darüber in Kenntnis setzte, wurde mir die Brust schrecklich eng.

„Ich habe bereits in seinem Zimmer nachgesehen", erklärte mir Duke, der mir im Speisezimmer eine Tasse Tee in die Hände drückte. „Seine Kleider sind noch dort."

„Er würde London nicht verlassen, ohne es uns zu sagen", bemerkte Willie vom Tisch aus, wo sie sich über einen Stapel Speck hermachte, der sich auf ihrem Teller türmte.

„Oder wenigstens eine Nachricht zurückzulassen", fügte Cyclops an. „Es gibt keine Nachricht."

Ich schaute zu Bristow. „Keine Nachricht, die ich gefunden hätte", fügte er an.

Das war eine Erleichterung. Ich nahm mir Frühstück von der Auswahl auf dem Buffet, stellte aber fest, dass ich keinen Hunger hatte, und aß kaum etwas.

Matt war bis zum Ende des Frühstücks noch immer nicht wieder aufgetaucht. Ich zog mich ins Wohnzimmer zurück, wo das Warten zu einer extremen Geduldsprobe wurde. Ich wollte noch einmal mit Abigail Pilcher sprechen, es aber nicht ohne Matt tun. Falls er nicht bald zurückkehrte, würde ich allerdings allein losgehen.

Mir kam der Gedanke, dass er sich vielleicht gerade ohne mich mit ihr traf, um keinen Vortrag von mir ertragen zu müssen. Das war entmutigender als der Gedanke, dass er losgegangen war, um mit Lord Cox zu sprechen, und ich entschloss mich, heute umgänglicher zu sein und Patience' Lage nicht zur Sprache zu bringen.

Mein Entschluss betraf allerdings nicht Miss Glass. Sie gesellte sich noch am Vormittag im Wohnzimmer zu mir und stellte ihr tragbares Schreibpult auf ihrem Schoß ab.

„Was für eine schreckliche Sache mit Patience", setzte ich an.

„Äußerst."

„Meinen Sie, man kann Lord Cox überzeugen, es sich noch einmal zu überlegen?"

Sie zog einen Brief aus dem Schreibpult und setzte sich ihre Brille auf die Nasenspitze. „Nein. Er ist viel zu stolz, so sagt mein Bruder."

„Hat Lord Rycroft auch versucht, mit ihm zu sprechen?"

„Er hat ihm geschrieben."

„Ein Brief reicht nicht. Er muss persönlich hingehen und versuchen, ihn zum Umdenken zu bewegen."

Sie seufzte und senkte den Brief. „Richard leckt keine Stiefel."

„Nicht einmal um seiner Tochter willen? Eigentlich um aller seiner Töchter willen?"

„Nicht, wenn es eine andere, erträglichere Alternative gibt."

Sie meinte, dass Matt Patience heiratete. Dem mitfühlenden Blick, den Miss Glass mir zuwarf, entnahm ich, dass sie davon ausging, das würde der Pfad sein, den Matt einschlug. Es wäre sinnlos, ihr das ausreden zu wollen. Dafür war Matt verantwortlich – und er hatte es ganz eindeutig nicht getan.

Mit einem Seufzen schob Miss Glass ihr Schreibpult zur Seite und kam, um sich neben mich auf das Sofa zu setzen. „Ich weiß, dass es nicht das ist, was ihr beiden wollt, India. Aber so muss es eben sein. Matthew hat eine Pflicht. Er ist nicht frei. Er muss tun, was für seine Familie am besten ist, für seine Abstammung. Verstehst du das?"

„Wir haben das doch schon besprochen." Ich schaute zur Seite, um die Tränen zu verstecken, die in meinen Augen brannten.

„Aber verstehst du es?"

„Ja."

„Gut. Matthew auch."

Ich wirbelte herum, um sie wieder anzuschauen. „Das tut er?"

„Das hat er gestern Abend Richard direkt ins Gesicht gesagt." Ihre Züge wurden weicher, und die Falten, die um ihre Augen und ihren Mund lagen, glätteten sich. „Wenn du ihn liebst, dann lässt du ihn gehen, India."

Ich öffnete den Mund, schloss ihn aber wieder. Ich war mir nicht ganz sicher, was ich hatte sagen wollen, nur, dass ich das Gefühl hatte, Widerspruch einlegen zu müssen. Aber meine Gedanken waren plötzlich betäubt, und die Worte wollten sich nicht bilden.

„Er wird niemals mit dir glücklich werden, wenn er weiß, dass er Patience hätte retten können, und es nicht getan hat", fuhr sie fort. „Ihre Schwestern auch, vergiss sie nicht. Sie verlassen sich alle auf ihn."

„Sie legen ihm zu viel Last auf die Schultern."

„Er hat breite Schultern."

„Ja", sagte ich und klang dabei recht einfältig.

„Er würde es sich ständig zum Vorwurf machen, wenn er sie nicht rettet", fuhr Miss Glass fort. „Das weißt du, oder nicht?"

Ich hätte ihr sagen sollen, dass es einen anderen Weg geben musste, dass wir es Matt schuldig waren, diesen Weg zu finden und ihn von seinen Verpflichtungen zu befreien. Aber ich hatte einen Großteil der Nacht mit dem Versuch verbracht, diesen anderen Weg aufzutun, und ich konnte es nicht. Bis auf die Idee, dass Matt Lord Cox aufsuchte und ihn irgendwie davon überzeugte, seinen Ekel vor Patience' Fehltritt beiseitezuschieben, wollte mir kein Ausweg einfallen. Außerdem schätzte ich, dass Miss Glass der Gedanke, dass ihre Nichte und ihr Neffe heirateten, ganz gut gefiel. Patience war eine genehmere Wahl als ich.

„Sie passt nicht schlecht zu ihm", sagte Miss Glass, als hätte sie meine Gedanken gelesen. „Sie würde eine angemessene Frau abgeben. Sie ist gut und bescheiden und weiß, wie man mit Personal umgeht, Gesellschaften einlädt und seine Karriere fördert. Sie wird für ihn ein großartiger Gewinn."

Sie sprach dabei nicht aus, dass ich ihn nur auf mein Niveau herabziehen würde. Ich schaute zur Seite. Ich konnte es nicht ertragen, es in ihren Augen zu sehen, vermischt mit leichtem Schmerz, den die an meiner Stelle empfand. Es war nicht, dass sie nicht mitfühlend war, doch dieses Mitgefühl reichte nicht aus, um einer Heirat zwischen mir und Matt gewogen zu sein.

Sie nahm ihr Schreibpult wieder auf und stellte es auf ihren Schoß. „Meine Schwägerin hat gewonnen. Sie wirkte erfreut, als sie gestern Abend ging." Sie schnalzte mit der Zunge. „Ich frage mich, wie weit ihre Vorbereitungen bereits fortgeschritten sind. Es würde mich nicht überraschen, wenn sie die neuen Einladungen bis zum Ende der Woche fertig hat. Es lohnt sich immerhin nicht, das Datum zu ändern."

Ich keuchte, dann gab ich ein ersticktes Geräusch von mir, und neuerliche Tränen brannten in meinen Augen. Ich sprang auf und hätte mich entschuldigt, wenn ich hätte sprechen können, ohne dass meine Stimme bebte.

Ich schaffte es gerade bis zur Tür und blieb stehen. Bristow führte die drei Miss Glasses die Stufen nach oben ins Wohnzimmer. Von all den Menschen, die ich in diesem Augenblick nicht sehen wollte, standen sie ganz oben auf meiner Liste. Die einzige Gnade war, dass sie allein kamen, ohne ihre Mutter.

Ich setzte mich wieder hin. Auf gar keinen Fall würde ich sie sehen lassen, wie sehr mich die Tatsache, dass Matt Patience heiraten würde, mitnahm. Ich würde Hope niemals diese Befriedigung geben.

Sie gingen der Reihe nach in das Wohnzimmer, angeführt von der jüngsten, Hope. Ihr folgten Charity und schließlich die älteste, Patience. Während sie ihre Tante mit raschen Küssen begrüßten, konnten Hope und Patience mich kaum ansehen. Das war durchaus verständlich, wenn man Patience' Scham und Hopes Versuch bedachte, Matts Uhr zu stehlen und ihn unlängst in eine kompromittierende Lage zu bringen. Von den drei Mädchen war Hope die hübscheste und klügste, aber diese Eigenschaften hatten ihr eine teuflische, frühreife Art verliehen. Ihre Tante mochte sie nicht, und so großzügig ich versuchte, sie zu behandeln, konnte auch ich es nicht.

Charity, der mittleren Schwester, schien es am wenigsten

auszumachen, mich zu treffen. Sie war zu sehr daran interessiert, sich an der Tür herumzudrücken und die Umgebung auszuspähen. Zweifelsohne hielt sie nach Cyclops Ausschau, in den sie sich ziemlich verschossen hatte.

„Ist unser Cousin da?", fragte Hope Miss Glass. „Meine Schwester wünscht, mit ihm zu sprechen."

Patience saß da, die Füße eng beisammen und die Hände auf dem Schoß. Sie neigte den Kopf, ein Abbild bescheidener Unbescholtenheit. Es war beinahe unmöglich, sich vorzustellen, dass sie eine Liebschaft gehabt hatte, und schon gar nicht mit einem Schurken.

„Er ist ausgegangen", sagte Miss Glass. „Worüber wolltest du denn mit ihm sprechen, Patience?"

„Eine … eine Privatangelegenheit", stammelte Patience.

„Sprich lauter, Mädchen, ich kann dich kaum verstehen."

„Eine Privatangelegenheit, bei der es um …" Ihr Gesicht wurde rot, und sie senkte den Kopf noch weiter.

„Um eine Vereinbarung zwischen ihnen geht", sagte Charity, die endlich Platz nahm. „Um Gottes willen, Patience, sag es einfach. Sie springt dir schon nicht ins Gesicht."

Hope presste die Lippen aufeinander, konnte aber ihr Kichern nicht ganz unterdrücken. Erst da wurde mir klar, dass Charity sich auf mich bezog.

„Ich … ich bin mir nicht mal sicher, ob es eine Vereinbarung gibt", sagte Patience.

„Natürlich gibt es die", erwiderte Hope. „Mama hat es gestern Abend ganz klar gesagt."

„Ich würde es lieber von Matt selbst hören, damit ja kein Fehler passiert. Es wirkt … unwahrscheinlich." Mit roten, verquollenen Augen blinzelte sie mich an.

Mein Herz zog sich zusammen, und ich schaute zur Seite. Ich wollte kein Mitgefühl für sie empfinden, doch das tat ich. Ihr Verlobter hatte sie, genau wie meiner mich, den Wölfen zum Fraß vorgeworfen, ohne sich um ihr Wohlergehen zu kümmern. Es war grausam, und ich konnte es ihr nicht übelnehmen, dass sie sich an den Rettungsring klammerte, den sie nun vor Augen hatte.

Patience räusperte sich. „Haben Matt und du eine Vereinbarung, India?"

Ich griff nach den Lehnen des Sofas, bohrte die Nägel in das Polster. Eine dichte Decke aus Stille hüllte uns ein, erstickte mich. Es fiel mir schwer, richtig Luft zu bekommen.

„Wir sind nicht verlobt", brachte ich hervor.

Ein kollektives Seufzen der Erleichterung verbannte die Stille.

„Da hast du es!", erklärte Hope. „Siehst du. Es steht ihm frei, dich zu heiraten, Patience. Alles ist gut."

Patience kaute auf der Innenseite ihrer Lippe. „Naja … wenn du dir sicher bist, India."

„Natürlich ist sie sich sicher", fiel ihr Miss Glass ins Wort. „Matthew ist ein Glass, der Erbe des Rycroft-Titels. Es ist an der Zeit, dass er heiratet, und zwar gut. Du bist eine gute Partie, Patience. Lass dir von niemandem etwas anderes einreden." Sie warf Hope einen funkelnden Blick zu. „India ist ganz und gar nicht für Matthew geeignet. Das wissen sie beide. In dieser Sache musst du dir gar keine Sorgen machen."

„Unsere Mutter sagt dasselbe", merkte Patience an. „Aber ich wollte erst sichergehen. Wenn du sagst, dass da nichts zwischen euch ist, India, dann fühle ich mich besser."

„Sie hat bereits gesagt, dass sie nicht verlobt sind", stieß Charity hervor, die beide Hände nach oben warf. „Um Himmels Willen, Patience, akzeptier einfach, dass er dich heiraten wird. Vergiss diesen langweiligen Cox. Matt ist ein sehr viel besserer Fang."

Patience nickte leicht. „Ich weiß. Es wäre mir eine Ehre, seine Frau zu sein." Sie lächelte, doch es verblasste, als sie sich mir zuwandte, und sie senkte abermals den Kopf.

„Da Patience nun Matt heiraten wird", sagte Hope mit leicht geneigtem Kinn, „scheint es nur angemessen, dass Sie hier nicht mehr wohnen, India. Ich hoffe, das verstehen Sie. Wir haben nichts gegen Sie. Sie scheinen freundlich und treu wie ein Schoßtierchen, aber es wäre einfach nicht mehr schicklich."

Ich wünschte, ich hätte die Kraft in den Beinen gehabt, um hinauszugehen. Das hätte ich wirklich tun sollen. Noch besser, ich wünschte, ich hätte sie aus dem Haus werfen können.

„India bleibt hier", fuhr Miss Glass sie an. „Sie ist meine Gesellschafterin."

„Aber Tante Letitia." Hopes beruhigende Stimme und ihre großen Augen waren wie gemacht zum Flehen. Ich stellte mir vor, dass das bei ihren Eltern und Verehrern ziemlich gut funktionierte. „Dir muss doch klar sein, wie unangenehm es ist, wenn sie hier ist. Denk doch an Patience."

„Hör auf, Hope", sagte Patience mit großer Mühe. „Es macht mir nichts, wenn sie bleibt. Ehrlich."

„Sei still, Patience. Du weißt nicht, was gut für dich ist."

Miss Glass blähte die Nasenflügel, ihr Rückgrat versteifte sich. „India geht nicht, und das ist das letzte Wort."

Hope schniefte. „Wir werden sehen, was Vater zu sagen hat."

Cyclops kam herein und erstarrte, als er unseren Besuch erspähte. Einen Augenblick lang stand er dort, ohne sich zu bewegen, als könne er nicht entscheiden, ob er bleiben oder gehen sollte, und als würde er daher gar nichts tun. Letztlich behielten seine Manieren die Oberhand, und er begrüßte die Glass-Schwestern höflich.

Charity sprang aus ihrem Sessel auf und nahm ihn am Arm. Sie zerrte ihn durchs Zimmer und befahl ihm, sich auf das Sofa zu setzen, dann quetschte sie sich zwischen Cyclops und Patience und zwang ihre Schwester, zur Seite zu rücken. Cyclops drückte sich in die Ecke und nahm sehr viel weniger Platz ein, als es für einen Mann seiner Statur passend war.

„Ich bin so froh, dass Sie da sind", schwärmte Charity. „Ihre Gesellschaft wird heute dringend benötigt."

„Tatsächlich?" Er warf über ihrem Kopf einen Blick zu mir. Ich zuckte nur mit einer Schulter.

„Sie sind alle so langweilig", flüsterte sie.

Hope verdrehte die Augen. „Wir können dich hören."

Cyclops räusperte sich. „Ich sollte gehen."

„Nein!" Charity packte ihn erneut am Arm und beugte sich zu ihm. „Bleiben Sie noch ein bisschen. Reden Sie mit mir. Erzählen Sie mir von sich. Ihr Leben muss spannend sein."

Er rückte von ihr ab und starrte sie mit seinem heilen Auge dümmlich an. „Nicht so spannend."

„Aber bestimmt! Sie können doch nicht aussehen wie ein

Pirat und mir dann weismachen wollen, dass Sie den ganzen Tag drinnen sitzen und Bücher lesen." Sie verzog das Gesicht. „Das wäre schrecklich enttäuschend."

„Tatsächlich ist das alles, was ich tue." Er räusperte sich. „Ich sitze in Matts Bibliothek und lese. Ich lese alles. Ich hasse es draußen." Sie zog sich zurück. Da er eine Gelegenheit zur Flucht sah, erwärmte sich Cyclops für das Thema. „Draußen gibt es so viel … Schmutz. Und frische Luft. Ich mag die Luft lieber abgestanden und sauber."

„Aber die Narbe …"

„Ein Unfall in der Kindheit. Meine Mutter hat mich als Baby fallen lassen."

Ich biss mir auf die Lippe, damit ich nicht lächelte.

„Und Ihre Größe." Charity kniff ihn in die Schulter und kicherte. „Sie sind so groß und stark. Sie sind bestimmt ein hervorragender Kämpfer."

„Charity!", tadelte Patience sie. „Reiß dich zusammen."

„Warum sollte ich?", fuhr Charity ihre ältere Schwester an. „*Du* hast das nicht getan."

Patience errötete heftig und starrte auf ihre gefalteten Hände hinab.

„Ich bin nicht sonderlich stark", sagte Cyclops. „Tatsächlich bin ich ein Feigling. Ich hasse Kämpfe. Sie tun weh. Und wenn man groß ist, dann macht man Leuten Angst, ohne es zu wollen. Wollen Sie wissen, wie es ist, wenn man die eigene kleine Nichte hochhebt, und sie fängt an zu weinen? Ich kann noch so oft Kuckuck spielen, sie hört einfach nicht auf. Es bricht mir das Herz." Er drückte sich eine Hand auf die Brust. „Ich bin sehr sensibel. Manche sagen, zu sensibel. Ich weine sogar. Ziemlich oft."

Ich bemühte mich sehr, nicht zu lachen, aber ein würgendes Geräusch entwich meiner Kehle dennoch. Der arme Cyclops legte sich ins Zeug, doch Charity schien begeisterter denn je. Dass er ihr erzählte, er würde weinen, führte nur dazu, dass sie mit der Zunge schnalzte und beruhigende Geräusche machte, als wäre er ein Kind.

Sie rutschte noch näher an ihn heran, sodass sich ihre Röcke an seinem Oberschenkel aufbauschten. „Also mögen Sie keine

Faustkämpfe, aber was ist mit Messern? Tragen Sie eins bei sich? Wie groß ist es? Kann ich es sehen?"

Ihre Fragen kamen wie aus der Pistole geschossen, was Cyclops dazu zwang, sich bei jeder ein paar Zentimeter weiter zurückzuziehen. Den armen Mann musste man retten, und ich wollte nur zu gerne ebenfalls gehen.

„Entschuldigen Sie mich", sagte ich, „mir fällt gerade ein, dass ich noch etwas in der Bibliothek zu erledigen habe. Cyclops …"

„Ich helfe gerne! Du weißt doch, wie sehr ich Bibliotheken und Bücher mag, India. Da kann ich einfach nicht Nein sagen." Er löste sich aus Charitys Fängen und folgte mir nach draußen. „Danke", flüsterte er. „Ich habe schon gedacht, ich säße den restlichen Vormittag da drin fest."

„Oh?", fragte ich unschuldig. „Bist du nicht gern der Gegenstand von Charity Glass' Zuneigung?"

„Sie macht mir Angst. Wer fragt denn bitte auf diese Weise nach Messern?"

„Es hätte schlimmer sein können. Zum Beispiel, wenn sie nach Pistolen gefragt hätte."

„Wenn Sie mir das nächste Mal so kommt, werfe ich ihr Willie vor die Füße. Die würden sich verstehen."

„Vermutlich ein wenig zu gut", sagte ich. „Es ist vielleicht besser, wenn man sie auseinanderhält. Willie und Charity gemeinsam auf die Stadt loszulassen, das klingt nach einem Rezept für Schwierigkeiten."

Er kicherte, und ich nahm seinen Arm und spürte, wie ein Teil der Niedergeschlagenheit, die mich bedrückt hatte, nachließ.

Es hielt nicht lange vor. Wann immer ich an den Besuch der Glass-Schwestern dachte, wurde mir das Herz ein wenig schwerer. Sie schienen alle darauf aus zu sein, dass Matt Patience heiratete, als hätte die ganze Familie sich geeinigt, dass es ein vorherbestimmter Beschluss war, und nicht etwa eine offene Verhandlung. Selbst Patience hatte es akzeptiert, hatte einen Verlobten gegen den anderen getauscht, als wären es Hauben, die man nach Gutdünken wechselte. Miss Glass, die einst strikt dagegen gewesen war, dass Matt eines der Mädchen heiratete, dachte inzwischen, dass Patience eine gute Frau abgeben würde.

Ich fühlte mich völlig verstoßen, obwohl Matt mir gesagt hatte, er hätte der Vereinigung nicht zugestimmt. Wie lange konnte er diesem Ansturm seiner Familie noch widerstehen? Wie lange konnte er dem Ansturm seines eigenen schuldbewussten Gewissens widerstehen? Das war meine größte Sorge. Wenn irgendetwas ihn davon überzeugte, dass das eine gute Idee war, dann seine eigenen Schuldgefühle. Ich wusste besser als sonst irgendjemand, wie ritterlich Matt sein konnte, wenn er glaubte, ihm wäre etwas vorzuwerfen.

Er kehrte zurück, weigerte sich aber, uns zu verraten, wo er gewesen war. Er sagte lediglich, er hätte etwas erledigen müssen. Seine Geheimniskrämerei strapazierte meine Nerven noch mehr. Er benutzte seine Taschenuhr, war aber strikt dagegen, sich auszuruhen, obwohl er beim Mittagessen mehrmals ein Gähnen unterdrückt hatte. „Wir haben etwas zu erledigen. Bereit, India?"

Ich wollte nicht allein mit ihm in der Kutsche sitzen, doch ich hatte keine Wahl. Er lud die anderen nicht ein, sich uns anzuschließen. Unvermeidlich wandte sich die Unterhaltung in eine vorhersehbare, doch unerwünschte Richtung.

„Bristow hat mich davon in Kenntnis gesetzt, dass meine Cousinen heute Morgen zu Besuch waren, und dass du und Tante Letitia sie empfangen habt."

„Cyclops war eine Weile auch bei uns", sagte ich. „Es war ziemlich unterhaltsam, zu beobachten, wie er versuchte, vor Charity zu flüchten. Sie gibt sich nicht leicht geschlagen."

„Ich bin nicht daran interessiert, etwas über Cyclops zu hören", sagte er düster. „Ich will wissen, weshalb meine Cousinen da waren."

„Frag deine Tante. Ich möchte lieber nicht darüber sprechen."

„Ich gehe ihr im Augenblick aus dem Weg, genauso wie dem Rest meiner Familie. Sie haben nichts zu sagen, was ich hören möchte."

„Dann wirst du nicht wissen wollen, weshalb sie zu Besuch waren."

Er betrachtete mich einen Augenblick lang. „Haben sie etwas gesagt, dass dich aus der Ruhe bringt?"

Ich verschränkte die Arme, entschlossen, nicht darüber zu

sprechen. Solange sich die Situation nicht änderte, lohnte sich das nicht. Ich würde mich nur noch mehr aufregen, und ich war den Tränen bereits viel zu nahe.

„India", knurrte er, „nichts, was sie sagen, kann mich überzeugen, eine andere als dich zu heiraten."

Mir wurde die Kehle eng. Ich wandte mich zum Fenster.

„Nicht einmal, wenn mein Leben davon abhinge."

Und was, wenn *ihr* Leben davon abhinge, wollte ich sagen, sagte es aber nicht. Patience' Leben mochte ja nicht davon abhängen, dass sie Matt heiratete, doch ihre Zukunft gewiss, und die ihrer Schwestern. Und so weit es alle anderen betraf, war ich das Einzige, was ihrer Hochzeit im Wege stand.

Das war ein ziemlich ernüchternder Gedanke.

„India ..."

„Konzentrieren wir uns auf die Aufgabe, die vor uns liegt", sagte ich. „Es kommt nichts Gutes dabei heraus, wenn wir über etwas anderes sprechen."

Er seufzte und lehnte sich zurück. „Solange du weißt, wie ich in dieser Sache empfinde."

„Tue ich."

Wir fuhren um eine scharfe Kurve, und plötzlich saß ich von Angesicht zu Angesicht vor ihm, seine Hände auf dem Sitz beiderseits von mir. Seine Lippen streiften die meinen, dann zog er sich zurück und lächelte mich wieder jungenhaft an.

„Ich entschuldige mich", sagte er, während er sich zurück auf die gegenüberliegende Seite setzte. „Ich bin aus dem Gleichgewicht gekommen."

An dieser Ecke wäre er wenn dann zur Seite gerutscht, nicht nach vorne. Aber sein Lächeln und das Glitzern, das kurzzeitig seine müden Augen aufhellte, brachten auch mich zum Lächeln.

„Schon besser", sagte er. „Es gefällt mir, wenn du für mich errötetest."

„Hier drin ist es heiß."

Sein Lächeln wurde listig. „Das ist es gewiss."

Zum Glück – oder vielleicht unglücklicherweise – war die Fahrt zur Oxford Street kurz. Wir hätten zu Fuß gehen können, doch die Kutsche stand bereit, da Matt schon ausgegangen war, und ein ständiger Nieselregen machte Spaziergänge unangenehm. Wir mussten Abigail Pilchers Vorarbeiter noch einmal bezahlen, ehe er uns außerhalb der Schneiderwerkstatt mit ihr reden ließ. Wegen des Regens zogen wir uns nicht nach draußen vor den Laden zurück, sondern stellten uns ins Treppenhaus. Das Summen der Nähmaschinen war ein Hintergrundgeräusch für unser Gespräch, doch war es nicht so laut, dass wir die Stimmen heben mussten.

„Wir haben Grund zu der Annahme, dass es im Konvent eine weitere Magierin gibt", erklärte ihr Matt. „Wussten Sie von jemand anderem dort außer Ihnen?"

Sie verschränkte die Arme, doch nicht in trotziger Pose, sondern als würde sie ihre Arme um sich spüren wollen. „Nein."

„Eine Holzmagierin", fügte ich hinzu.

Sie schüttelte den Kopf.

„Haben Sie niemals magische Wärme in einem der Kreuze gespürt?", fragte ich.

Sie schüttelte ein weiteres Mal den Kopf. „Es wäre Wahnsinn, im Konvent Magie zu wirken. Sind Sie sicher, dass Sie diese Wärme gespürt haben, Miss Steele?"

„Ich habe gar nichts gespürt. Es war nur eine Theorie."

„Dann ist Ihre Theorie falsch. Ich habe dort niemals Magie gespürt, und nur ein Narr würde sie an einem Ort einsetzen, an dem man Magier Diener des Teufels oder Schlimmeres nennt."

Wir dankten ihr und begaben uns zurück nach draußen zu unserer wartenden Kutsche. „Glaubst du, dass sie lügt?", fragte ich.

„Glaubst du es?"

„Nein. Ja." Ich seufzte, während ich in die Kutsche stieg. „Ich bin mir nicht sicher."

„Ich glaube, dass sie uns etwas vorenthält. Die Frage ist, weshalb?" Er zögerte, ehe er dem Fahrer den Befehl gab, uns zur Kirche St. Mary in Chelsea zu bringen.

„Willst du noch einmal mit Pater Antonio sprechen?", fragte ich, während ich mich ihm gegenüber niederließ.

„Ich will ihn fragen, ob er an Magie glaubt."

Ich legte den Kopf schief. „Du glaubst, er ist der Magier? Weshalb?"

„Falls Abigail uns etwas vorenthält, könnte das daran liegen, dass sie den Magier schützt. Und wer ist ihr, oder war ihr, wichtig?"

„Pater Antonio. Glaubst du, er ist ihr immer noch wichtig, sogar jetzt noch?"

„Ich weiß es nicht, aber einst war er ihr wichtig genug, um mit ihm zusammen zu sein, und er ist der Vater ihres Sohnes. Sie mag ihn ja nicht mehr lieben, aber vielleicht möchte sie auch nicht, dass sein Name mit Magie in Zusammenhang gebracht wird. Das könnte ihn ruinieren."

„Ich verstehe. Vielleicht hast du recht. Es lohnt sich sicher, da nachzuforschen."

Matt unterdrückte ein Gähnen, und seine Lider senkten sich.

„Benutz deine Uhr", sagte ich und schloss die Vorhänge. „Dann ruh dich ein paar Minuten aus, während wir fahren."

Zu meiner Überraschung gehorchte er mir, ohne zu murren. Sein schnelles Einlenken bewies nur, wie müde er war.

Ich beobachtete ihn, während er sich ausruhte, sein Gesicht ließ sekündlich lockerer, bis er einschlief. Tiefviolette Adern zogen sich über seine dunklen Augenlider, während auf dem Rest seines Gesichtes die Blässe einer langen Krankheit sichtbar war. Wir hätten das Haus nicht so bald verlassen sollen, nachdem er von seiner mysteriösen Aufgabe zurückgekehrt war. Ich war entschlossen, die Unterhaltung mit Pater Antonio kurz zu halten und Matt so schnell wie möglich nach Hause zu bringen.

Zum Glück war Pater Antonio im Pfarrhaus, wo er die Predigt für Sonntag vorbereitete. Er war nicht erfreut, uns zu sehen, zwang sich aber aus Höflichkeit zu einem Lächeln.

„Ich lasse von meiner Haushälterin Tee bringen", sagte er.

„Wir bleiben nicht zum Tee", erwiderte ich. „Wir haben nur eine oder zwei rasche Fragen, und wir wären dankbar, wenn Sie sie ehrlich beantworten."

Matt schaute mich düster an und hob fragend eine Augenbraue.

„Wir haben viel zu tun", erklärte ich ihm und dem Priester.

„Ja, gewiss", sagte Pater Antonio. „Ich werde natürlich so ehrlich antworten, wie ich kann, aber ich weiß nichts, was für Sie von Bedeutung wäre."

Matt knurrte leise und drückte sich die Fingerspitzen aufs Herz. Sein Gesicht wurde noch bleicher.

„Matt?", fragte ich. „Was ist los?"

„Nichts." Er ließ die Hand an seiner Seite sinken. „Mir geht es gut."

„Brauchen Sie Riechsalz?", fragte der Priester.

Matt winkte ab und lächelte beruhigend. Mich beruhigte es nicht. Ich beobachtete ihn genau. Seine Lippen blieben weiß, angespannt, als hätte er Schmerzen. Brauchte er schon wieder seine Taschenuhr? Weshalb diesmal Schmerzen, und nicht nur Müdigkeit? Das gefiel mir nicht.

„Wir sollten gehen", sagte ich.

Er nahm mich an der Hand. „Wir haben Fragen an Pater Antonio."

„Dann setzen Sie sich bitte", sagte Pater Antonio.

Matt setzte sich, dann funkelte er mich an, bis auch ich mich hinsetzte. Ich hielt mich an meinem Pompadour auf meinem Schoß fest, bereit, jederzeit aufzuspringen, um die Uhr aus ihrer verborgenen Tasche zu holen und sie ihm in die Hand zu legen. Es war mir gleich, ob Pater Antonio es sah.

„Wer hat denn das Kreuz im Schulsaal angefertigt?", fragte Matt.

Der Priester blinzelte ihn an. „Ich weiß es nicht genau. Weshalb?"

„Waren Sie es?"

„Nein. Mr. Glass, weshalb stellen Sie eine so merkwürdige Frage?"

„War es eine der Nonnen?"

„Ich weiß es nicht. Es ist schon seit Jahren dort. Schon seit vor meiner Zeit."

„Dieses Gebäude ist nicht älter als ein paar Jahre, und Sie sind seit mindestens siebenundzwanzig Jahren hier", sagte Matt. „Also, wer hat es angefertigt?"

„Ich habe Ihnen gesagt, ich weiß es nicht. Das Gebäude wurde errichtet, und jemand brachte es kurz danach hinein. Das ist alles, was ich weiß. Ich frage noch einmal, weshalb?"

Matts Finger, die auf seinem Knie lagen, krümmten sich.

Seine Lider gingen flatternd zu, dann wieder auf. „Was wissen Sie über Magie?"

Der Priester wurde blass. „Nur das, was in den letzten Tagen in den Zeitungen stand. Ich glaube natürlich nicht daran. Völliger Unfug."

Ich konnte keine Lüge erkennen, aber ich war ein Stück weit durch Matt abgelenkt und nicht ganz auf den Priester konzentriert.

„Weshalb stellen Sie eine so lächerliche Frage? Gewiss glauben Sie nicht an Magie, Mr. Glass. Sie sind ein gebildeter, intelligenter Mann. Magie ist … Sie ist eine kindliche Fantasie. Nun, wenn Sie mich entschuldigen würden, ich habe zu arbeiten."

Matt kratzte sich am Kinn, dann schnappte er scharf nach Luft. Er stieß sie langsam aus.

„Matt?", fragte ich. „Deine Uhr?"

Er schüttelte den Kopf. „Pater Antonio. Sie wissen doch bestimmt etwas über das Verschwinden von Mutter Alfreda und der Babys. *Jemand* hier muss es doch wissen."

Der Priester verschränkte die Hände zwischen den Knien. „Das ist Belästigung. Ich dachte, der Commissioner würde mit Ihnen sprechen."

„Das hat er getan", sagte ich. „Aber er weiß, wie wichtig es ist, diesem Rätsel auf den Grund zu gehen. Nun, beantworten Sie bitte Mr. Glass' Fragen. Was wissen Sie?"

Pater Antonio schüttelte den Kopf. „Ich habe nichts zu sagen."

„Ist das so?", fuhr ich ihn an. „Weil Sie nichts wissen, oder weil Sie es uns nicht erzählen wollen?"

„Ich muss doch wohl sehr bitten! Miss Steele, Mr. Glass, ich muss Sie jetzt bitten, zu gehen." Er stand auf und deutete zur Tür.

Matt holte ein weiteres Mal scharf Luft, und beide Hände ballten sich zu Fäusten. Die Schmerzen waren zurück. Wir mussten gehen – und zwar schnell.

„Matt", sagte ich wieder. „Gehen wir."

„Noch nicht." Er löste die Fäuste.

Nun, wenn er ohne Antworten nicht gehen wollte, war es

lebenswichtig, dass wir sie ohne Verzögerung erhielten. Ich konnte mir nur eine Möglichkeit vorstellen, wie man das erreichte. „Pater", sagte ich, „hat jemand den Mord an Mutter Alfreda gebeichtet?"

„Mord?"

„Ja."

„Ich hatte nicht erwartet, dass du so unverblümt bist, India", murmelte Matt.

„Wir haben keine Zeit, um den heißen Brei herumzureden. Nun, Pater? Hat jemand bei Ihnen gebeichtet?"

Pater Antonio setzte sich schwer hin. „Beichten sind vertraulich", sagte er ausdruckslos. „Ich werde dieses Vertrauen nicht brechen."

Das war meiner Meinung nach gleichbedeutend mit einem Ja. In diesem Fall hatte ich keine Wahl, als die letzte verbliebene Waffe zu nutzen, die mir noch zur Verfügung stand. „Also gut", sagte ich. „Wenn Sie uns nicht sagen, was Ihnen wegen des Verschwindens der Babys und Mutter Alfredas gebeichtet wurde, werde ich Ihrem Bischof schreiben und ihm von Ihren Fehltritten mit Abigail Pilcher berichten, als sie hier Nonne war. Verstehen Sie, was ich da sage?" Ich fühlte mich etwas schmutzig, weil ich ihn erpresste, doch ich hatte keine Wahl. Matt wollte Antworten, ehe wir gingen, und das war die schnellste Art, sie zu erhalten. Tatsächlich war es die einzige Art.

Matt widersprach nicht, darum nahm ich an, dass er zustimmte.

„Das ist …! Sie können doch nicht …!" Pater Antonio plapperte etwas Zusammenhangloses und sank noch weiter in seinem Sessel zusammen. „Sie sind unchristlich und gefühllos", sagte er trotzig.

„Und Sie sind der Vater eines siebenundzwanzig Jahre alten Mannes", erwiderte ich. „Er kommt sehr gut zurecht. Fragen Sie sich denn jemals, was aus ihm wurde?"

Sein Gesicht errötete, und er schaute weg.

„Sagen Sie uns einfach, was Sie wissen", drängte ich ihn.

„Das kann ich nicht. Ich habe ein Gelübde gebrochen, als Abigail und ich …" Er unterbrach sich. „Ich kann nicht noch eines brechen, nach all den Jahren. Das werde ich nicht. Aber ich werde Ihnen etwas erzählen, das ich zu jener Zeit beobachtet habe. Ihnen das zu erzählen, bricht keine Regeln der Beichte."

„Was ist es?", fragte ich atemlos.

Matt beugte sich vor, wirkte zum Glück wieder etwas gesünder.

„Ich war zufällig auf dem Gelände des Konvents, in der Nacht, in der Mutter Alfreda verschwand." Pater Antonio errötete, und ich vermutete, der Grund, aus dem er auf dem Konventgelände gewesen war, war ein geheimes Treffen mit Abigail. „Ich war in dem kleinen Wäldchen hinten, als ich eine der Schwestern vorübergehen sah. Sie war mit einer Kiste und einem Spaten unterwegs in das Wäldchen." Er deutete mit den Händen eine ungefähre Größe an, etwas über einen halben Meter lang und breit. „Sie kam eine Weile später ohne die Kiste heraus. Ich war neugierig, darum machte ich mich auf die Suche danach, konnte sie aber nicht finden."

„Wer war die Nonne?", fragte ich.

„Ich habe ihr Gesicht nicht gesehen."

„Ist Ihnen frisch umgegrabene Erde aufgefallen, als Sie nachgesehen haben?", fragte Matt.

„Nein, doch es war dunkel. Ich bin nicht zurückgegangen, um bei Tageslicht zu suchen."

„Können Sie uns die Stelle in dem Wäldchen zeigen?", fragte ich.

„Nein, das werde ich nicht. Das Wäldchen ist noch da, ein Teil davon wurde jedoch gerodet, damit die Schulkinder mehr Platz haben. Ich rate Ihnen, sich nicht auf eigene Faust umzusehen. Jemand könnte Verdacht schöpfen."

Ich begegnete Matts Blick und versuchte, meinen Triumph nicht zu zeigen. Pater Antonios Sorge bedeutete, dass diejenige, von der er vermutete, dass sie die Kiste weggebracht hatte – diejenige, die gebeichtet hatte, mit Mutter Alfredas Verschwinden zu tun zu haben –, immer noch im Konvent lebte.

„Vielen Dank, Pater", sagte Matt, der sich erhob. „Es tut uns leid, dass wir Sie in diese Lage bringen mussten."

„Doch es war nötig, um ein Leben zu retten", schloss ich.

Pater Antonio wirkte nicht, als würde er mir glauben. Es war mir gleich. Wir hatten etwas, mit dem wir arbeiten konnten, nur dass ich mir nicht sicher war, was wir mit der neuen Information anfangen sollten, und das sagte ich auf dem Heimweg zu Matt.

„Wir müssen uns natürlich in dem Wäldchen umschauen", sagte er.

„Wir können nicht das ganze Gelände umgraben, ohne Verdacht zu wecken."

„Wir müssen es versuchen. Wir fangen heute Nacht an. Mit Duke, Cyclops und mir sollten wir einen großen Teil abdecken."

„Du gehst nirgendwohin. Du brauchst deine Ruhe."

„Nicht, India."

„Was war da drin los? Du hast gewirkt, als hättest du Schmerzen."

Er hob eine Schulter. „Sie sind jetzt weg."

„Aber ..."

„Es geht mir gut. Erwähne es nicht vor den anderen. Ich will nicht, dass sie sich Sorgen machen."

„Wenn es dir gut geht, dann müssen sie sich ja keine Sorgen machen, oder?"

Er machte ein finsteres Gesicht, gab aber keine Antwort, und wir fuhren schweigend zurück nach Mayfair. Er ging auf sein Zimmer, ohne dass ich ihn dazu ermuntern musste, und blieb den restlichen Nachmittag lang dort.

Ich hatte vergessen, dass die anderen im Konvent waren, um bei den Reparaturen zu helfen und die Vorgänge dort zu beobachten. Leider hatten sie nichts zu berichten, als sie am späten Nachmittag nach Hause kamen. Sie fanden mich beim Kartenspielen mit Miss Glass im Wohnzimmer. Wir hatten kaum etwas gesprochen, was vielleicht sicherer war, als heikle Themen anzuschneiden. Trotzdem war ich froh, als Willie, Duke und Cyclops hereinkamen.

„Habt ihr etwas in Erfahrung gebracht?", fragte ich.

Willie warf sich auf einen Sessel und seufzte. „Nur, dass ich es hasse, Nägel in die Wand zu schlagen."

„Was habt ihr beiden herausgefunden?", fragte Cyclops.

Ich erzählte ihnen, was Pater Antonio uns berichtet hatte, aber nicht, wie wir an die Information gekommen waren. Ich fühlte mich immer noch unwohl mit unseren Methoden.

„Matt?", fragte Willie.

„Er ruht sich aus."

„Er ruht sich schon seit geraumer Zeit aus", sagte Miss Glass, die einen Blick auf die Uhr warf.

Mein Herz setzte einen Schlag lang aus. Er ruhte schon länger als üblich. „Ich werde nachsehen, wie es ihm geht", sagte ich, so ruhig ich konnte. „Und ich werde Bristow bitten, Tee zu bringen."

Ich ging, und zum Glück folgte mir niemand. Ich wollte sie nicht in Unruhe versetzen. Noch nicht. Ich rannte zu Matts Zimmer und klopfte leise. Keine Antwort. Mir schlug das Herz bis zum Hals, als ich die Tür aufschob und hineinspähte. Er lag auf dem Rücken auf der Bettdecke, die Augen geschlossen. Seine Brust bewegte sich nicht.

O Gott.

Ich berührte sein Gesicht mit einer bebenden Hand.

Es war warm. Er lebte. Gott sei Dank. Nun, da ich näher stand, konnte ich sehen, wie sich seine Brust hob und senkte, wenn auch langsam.

Seine Augen öffneten sich plötzlich, und ich zuckte zurück. Er erwischte mich an der Hand, bewahrte mich davor, aus dem Gleichgewicht zu geraten, hielt mich an seiner Seite fest. „India", murmelte er und zog meine Hand an seine Lippen. „India."

KAPITEL 10

Ich machte meine Hand los und trat vom Bett weg. „Du hast sehr lange geschlafen", sagte ich. „Ich habe mir Sorgen gemacht."

Matt richtete sich auf und rieb sich die Augen. Seine Haare waren köstlich zerwühlt, und in seinen Augen hing, als er die Hände wegnahm, noch der Schleier des Schlafes. Ich musste mich enorm beherrschen, nicht zu ihm hinzugehen und ihn in die Arme zu schließen.

„Wie spät ist es?", fragte er.

„Fast sechs."

„Schon?" Er sprang aus dem Bett und nahm mein Gesicht in die Hände, ehe ich wusste, wie mir geschah. Er drückte mir einen Kuss auf die Stirn. „Danke, dass du nach mir gesehen hast." Er ließ mich los und setzte sich auf das Bett, um seine Schuhe anzuziehen. Ihn schien der kleine Kuss nicht weiter zu betreffen, während meine Nerven jubilierten. Es war ausgesprochen ungerecht.

„Wie fühlst du dich?", fragte ich.

„Gut."

„Ist der Schmerz wiedergekommen?"

„Mir geht es gut, India." Ich hörte laut und deutlich, wie abwehrend seine Stimme klang. Das war mein Stichwort zu gehen.

„Es tut mir leid, dass ich dich geweckt habe", sagte ich. „Alle sind im Wohnzimmer."

„India, warte." Er kam an der Tür zu mir, und wir gingen gemeinsam hinaus. „Es tut mir leid, dass ich dich angefahren habe. Ich mag es nicht, wenn man mich betüddelt."

„Ich mache mir Sorgen, Matt, ich betüddle dich nicht. Es ist keine Hilfe, dass du mit mir nicht darüber sprechen willst oder mir gestattest, es den anderen zu sagen."

„Es gibt nichts zu besprechen. Ich hatte Schmerzen in der Brust, aber sie vergingen wieder. Es wurde nicht schlimmer. Die lange Ruhe hat mir gutgetan. Ich fühle mich gesünder denn je in letzter Zeit."

Ich beäugte ihn genau, versuchte zu ergründen, ob er mir eine Lüge servierte oder nicht, doch ihm fiel es auf, und er grinste mich an. „Sei ehrlich, India. Du hattest eigentlich gehofft, mich ohne mein Hemd anzutreffen. Darum bist du in mein Zimmer gestürmt."

„Ich bin nirgendwohin gestürmt", sagte ich und marschierte durch den Gang. „Ich habe erst geklopft. Und ich weiß, was du gerade tust, Matt. Du versuchst, mich davon abzulenken, mich nach deiner Gesundheit zu erkundigen."

Miss Glass begegnete uns auf dem Weg die Stufen herauf und wirkte erleichtert, Matt zu sehen. „Ich dachte, ich sollte nach dir sehen", sagte sie. „Aber ich sehe, dass India das bereits getan hat."

Matt legte mir eine Hand auf den Rücken und lotste mich neben seiner Tante die Stufen hinab. „Sie kümmert sich gut um mich", sagte er.

„India, kannst du mir bei etwas behilflich sein, bitte?"

Ich stöhnte lautlos, gestattete es Matt aber, ohne uns vorauszugehen.

„India, du darfst ihn nicht ermutigen", zischte Miss Glass. „Es schickt sich nicht, dass du allein seinen Raum betrittst, jetzt, da er und Patience so gut wie verlobt sind."

Es hätte tausend Dinge gegeben, die ich darauf hätte antworten können, aber ich wählte die gutmütigste Variante. Ich wollte mit ihr keine unangenehmen Streitigkeiten beginnen. „Sie haben recht. Es war sehr unangemessen. Ich werde von jetzt an sein Zimmer nur noch betreten, falls sein Leben in Gefahr ist."

Sie hakte sich bei mir unter. „Danke dir, India. Du bist so ein guter, verträglicher Mensch."

Manchmal wünschte ich, ich wäre es nicht.

Wir holten Matt im Wohnzimmer ein, wo er stand und eine Zeitung las. An den Gesichtern der anderen konnte ich ablesen, dass sie etwas enthielt, das mir nicht gefallen würde.

„Es ist die neue Wochenausgabe der *Weekly Gazette*", sagte Duke. „Barratts neuester Artikel ist darin."

Matt senkte die Zeitung, damit auch ich mitlesen konnte. Der Artikel enthielt dankenswerterweise keine Überraschungen. Er war eine viertel Seite lang, und er beschrieb zum Großteil die gute Arbeit, die Magier verrichten konnten, wenn man sie ließ, etwa robuste Häuser bauen, wunderschöne und brauchbare Karten zeichnen, und dass Magier überhaupt nützliche, doch normale Mitglieder der Gesellschaft seien. Das Wort „normal" war mit einer fetten Schrifttype betont, und Oscar sagte weiter, dass Magier Freunde oder Nachbarn sein könnten, die jedoch ihr wahres Wesen unterdrückten, um unentdeckt ihr Alltagsleben zu bewältigen. Falls sie das nicht taten, würden ihnen die Handwerksgilden die Mitgliedschaft verweigern, um nicht-magische Mitglieder zu schützen. Ich hielt den Artikel für ausgeglichen. Er hätte auch sagen können, dass die Gilden Magier verfolgten.

Dann kam ich zum letzten Absatz. Oscar schrieb, die Magie wäre flüchtig, könne aber verlängert werden, wenn man die Magie eines beliebigen Magiers mit der eines Uhrenmagiers verband. Er stellte das nur als These in den Raum und hatte die Implikationen nicht weiter ausgeführt. Trotzdem verriet er für meinen Geschmack zu viel. Wo Forces Artikel in der *City Review* auf die Möglichkeit, die Magie zu verlängern, nur durch das Experiment an Wilson Sweet angespielt hatte, überließ Barratts Artikel gar nichts mehr der Interpretation.

„Verdammt." Matt knallte die Zeitung auf den Tisch. „Verdammt sei Barratt."

„Er geht immer bis an die Grenze", sagte Cyclops mit einem Kopfschütteln.

„Das ist seine Aufgabe", erwiderte Willie. „Er wäre kein guter Reporter, wenn er kein Aufsehen verursachen würde."

„Unsinn", sagte Miss Glass, die sich die Zeitung griff. „Es gibt keinen Grund, weshalb er nicht freundliche, durchdachte Dinge schreiben kann, die niemanden verstimmen. Ich würde es lesen. Das würden viele Leute. Es gibt keinen Grund, derartige Schwierigkeiten zu verursachen." Sie ließ die Zeitung wieder auf den Tisch fallen. „Überhaupt keinen Grund."

Willie verdrehte die Augen, hielt den Mund aber klugerweise geschlossen.

„Also, was machen wir deswegen?", fragte Duke. „Stellen wir ihn zur Rede? Warnen ihn, dass er es nicht noch einmal machen soll?"

„Wir bitten ihn, eine Richtigstellung zu schreiben", fügte Cyclops hinzu.

Willie beugte sich auf ihrem Sitz vor, die Beine gespreizt wie ein Mann. „Es ist zu spät. Dieses Pferd ist bereits durchgegangen. Wir müssen ihn davon abhalten, noch etwas zu schreiben, und das kann man nur, wenn man ihn bedroht. Ihm Angst macht." Sie klopfte sich auf die Brust. „Lasst mich das übernehmen. Ich bin die Einzige hier, die hartgesotten genug dafür ist."

„Die Einzige, die töricht genug ist", murmelte Duke.

„Willie", fuhr Miss Glass sie an. „Knie zusammen. Du bist kein Cowboy, so sehr du dich auch wie einer anziehst oder anhörst. Und niemand wird hier jemanden mit Waffen bedrohen. Es gilt doch, zunächst gewaltfreie Methoden auszuprobieren. Ich schlage vor, dass wir herausfinden, welche Geheimnisse er zu verbergen hat, und ihm dann androhen, sie seinen Liebsten zu verraten. Wenn wir nichts Schlüpfriges auftun, können wir uns immer noch etwas ausdenken. Das machen Reporter doch die ganze Zeit. Es ist völlig gerechtfertigt, es ihm mit gleicher Münze heimzuzahlen."

Alle schauten sie an. Dann lächelte Willie. „Ich mag dich immer mehr, Letty."

„Da Oscar keine Liebsten zu haben scheint, gibt es nur sehr wenig, was wir tun können", erklärte ich ihnen. „Er scheint sich ja nicht einmal groß um seinen Bruder zu sorgen. Wir machen weiter wie bisher und finden Phineas Millroy. Das ist unsere

Priorität. Das", ich deutete auf die Zeitung, „ist jetzt nicht wichtig."

„Das sehe ich anders", sagte Matt. „Barratt mag dich ja nicht erwähnt haben, aber mit dem Artikel von Force und seinem bist du als Uhrenmagierin bloßgestellt, die die Macht besitzt, Magie zu verlängern. Jeder Magier, der sich jemals gewünscht hat, seine Magie möge bestehen bleiben, wird jetzt dich aufsuchen. Während Forces Artikel nur die Frage in den Raum gestellt hat, hat der von Barratt alle Zweifel vertrieben."

„Nicht *alle*. Außerdem werden doch völlig Fremde nicht wissen, wo sie mich finden können. Und wenn sie mich finden, schicke ich sie einfach weg."

Er betrachtete mich düster, ließ die Angelegenheit aber auf sich beruhen. Ich vermutete, dass er noch etwas zu sagen hatte, war aber froh, dass er still blieb. Wir gingen bereits so schon in jeglicher Hinsicht zu angespannt miteinander um.

Beim Abendessen besprachen wir unsere Pläne, heute Nacht in den Konvent zurückzukehren. Matt weigerte sich, zu Hause zu bleiben und sich auszuruhen. Ich sagte niemandem, dass auch ich vorhatte zu gehen. Ich würde warten, bis Miss Glass sich zurückgezogen hatte, ehe ich es ankündigte.

Lord Rycroft kam zu Besuch, kurz nachdem wir uns aus dem Speisesaal zurückgezogen hatten, und bat darum, Matt allein treffen zu können. Er bat sogar seine Schwester, zu gehen. Matt widersprach nicht und zog sich mit seinem Onkel in das Raucherzimmer zurück.

Ich verbrachte ruhelose fünfzehn Minuten im Salon und wartete darauf, dass Lord Rycroft ging. Als ich eine Bewegung in der Eingangshalle hörte, spähte ich hinaus, um nachzusehen. Bristow reichte ihm seinen Hut und seinen Mantel. Matt war nirgendwo zu sehen.

Lord Rycroft drehte sich um und erwischte mich, wie ich ihn beobachtete. Ein befriedigtes Lächeln trat auf seine Lippen, was mir einen eisigen Schauer über das Rückgrat hinabjagte. Er setzte sich den Hut auf, was eine Woge Zigarrenrauch in meine Richtung treiben ließ. „Leben Sie wohl, Miss Steele. Ich weiß, dass es im Augenblick nicht so wirken mag, aber ich wünsche Ihnen alles Gute für Ihre Zukunft. Ich hoffe, Mr.

Barratts jüngster Artikel macht Ihnen nicht allzu viele Schwierigkeiten."

Ich starrte eine Zeit lang auf die geschlossene Tür, nachdem er gegangen war. Leben Sie wohl? Nicht guten Abend oder guten Tag? Und warum wünschte er mir alles Gute? Es klang, als würde er erwarten, mich niemals wieder zu sehen.

Matt kam aus dem Raucherzimmer, nur um stehen zu bleiben, als er mich sah. Der ganze Nutzen seiner langen Rast war verflogen, sodass er wieder ausgezehrt und erschöpft wirkte. Sein Blick glitt zur Eingangstür. „Was hat er zu dir gesagt?", fragte er.

„Leben Sie wohl. Was hat er zu *dir* gesagt?"

Er zögerte, dann sagte er: „Er hat Barratts Artikel in seiner Abendzeitung gesehen und wollte wissen, ob du eine Uhrenmagierin bist. Ich sagte ihm, dass ihn das nichts angeht."

Das war nicht alles. Es konnte nicht alles sein. Lord Rycrofts Lächeln legte nahe, dass er ein Spiel gewonnen hatte, und Matts geschlagener Gesichtsausdruck verriet mir, dass er verloren hatte. „Was hat er noch gesagt?"

„Nichts." Er schob sich an mir vorbei und nahm sich den Hut vom Hutständer.

„Wohin gehst du?"

„Nach draußen."

„Wo draußen?"

„Spazieren. Ich brauche frische Luft." Er schaute mich nicht an, während er sprach. Er wirkte abgelenkt, distanziert, und ich wusste, dass er in Gedanken war. Ein nachdenklicher Matt war besser als ein verlorener Matt, aber ich machte mir trotzdem Sorgen. Was *hatte* sein Onkel denn zu ihm gesagt?

„Jemand sollte mit dir gehen. Ich hole Cyclops ..."

„Ich will allein sein." Er ging, ehe ich die Gelegenheit hatte, noch einmal zu widersprechen.

Zumindest fanden meine Sorgen Gesellschaft.

„Warum hast du uns nicht geholt, India?", jammerte Willie, nachdem ich sie und die anderen über Matts Spaziergang in Kenntnis gesetzt hatte. Sie ging im Salon auf und ab, zog die Vorhänge zurück, um durch das Fenster zu spähen, dann ging sie weiter auf und ab. „Er ist schon ewig weg."

„Dreißig Minuten sind nicht ewig", sagte ich. „Und ich habe euch nicht geholt, weil er mir die Gelegenheit dazu nicht ließ. Er wollte allein sein."

„Damit er vergessen kann, seine Uhr zu gebrauchen!" Sie warf die Hände nach oben und ging weiter auf und ab.

„Das würde er nicht vergessen. Er vergisst es nicht."

„Aber manchmal nutzt er sie nicht rechtzeitig", sagte Duke. „Zum Beispiel, wenn er überfallen wird."

„Niemand wird ihn überfallen", sagte Cyclops. „Könnt ihr beide mal den Mund halten? Ihr macht den Damen Angst."

Miss Glass wirkte ziemlich verängstigt. Sie saß da wie eine kleine Statue, die in schwarze Spitze gehüllt war. Zum letzten Mal, als ich sie so reglos gesehen hatte, war ihr Verstand in eine Vergangenheit abgeglitten, in der sie sich sicherer fühlte.

„Was hat mein scheußlicher Bruder zu ihm gesagt?", fragte sie, womit sie bewies, dass sie noch im Hier und Jetzt war.

„Ich weiß es nicht", erwiderte ich. „Doch Lord Rycroft wirkte … triumphal."

Willie wurde reglos. „Ganz bestimmt nicht", flüsterte sie, ihr Blick bohrte sich in meinen. „Bestimmt hat Matt nicht zugestimmt, Patience zu heiraten."

Mein Herz machte einen Satz. Daran hatte ich auch gedacht, aber ich hatte mir nicht gestattet, den Gedanken weiter zu verfolgen. Doch Willie hatte wohl recht. Was sollte Lord Rycroft denn sonst triumphieren lassen?

Noch wichtiger, weshalb hatte Matt so besorgt gewirkt?

„Das ist es nicht", sagte Duke mit einem Kopfschütteln. „Nein. Keine Chance. Matt wäre nicht einverstanden, ganz gleich, was los ist." Er stand auf, um sich einen Kognak vom Buffet einzuschenken. Er trank das Glas leer, dann füllte er es erneut.

Mir war übel.

Wir überzeugten Miss Glass, sich um zehn Uhr zurückzuziehen. Sie war halb auf dem Sofa eingeschlafen, während sie darauf wartete, dass Matt zurückkehrte. Meine Zusicherung, dass alles in Ordnung sein würde, beruhigte sie so weit, dass sie sich verabschiedete, während sie ein Gähnen unterdrückte.

Wir übrigen waren nicht so leicht zu überzeugen. Als die Uhr elf schlug, löste ich Willie beim Auf- und Abgehen ab. Meine fahrigen Nerven gestatteten es mir nicht länger, still zu sitzen. Etwas musste Matt zugestoßen sein, dass er so lange wegblieb. Er würde doch nicht so grausam sein, dass er uns stundenlang voller Sorgen sitzen ließ.

„Ich kann nicht den ganzen Abend lang warten und nichts tun", sagte Cyclops und erhob sich. „Ich werde nach ihm suchen."

„Ich auch." Willie folgte ihm nach draußen, Duke auf den Fersen.

Ich weigerte mich, zurückgelassen zu werden, und bat darum, dass sie warteten, bis ich mir meinen Mantel geholt hatte. Ich war auf halbem Weg die Stufen hinauf, als die Eingangstür sich öffnete und Matt hereinkam. Tatsächlich schien er weniger einzutreten, als vielmehr über die Schwelle zu stolpern. Er richtete sich auf, ehe er hinfiel, und schob Duke seinen Hut vor die Brust.

„Wo ist Bristow?", fragte Matt und schaute Duke finster an. „Und weshalb steht ihr alle hier herum?"

„Wir wollten nach dir suchen." Duke schob Matts Hut auf den Haken am Hutständer, als wäre er ein mittelalterlicher Krieger, der den Kopf eines Feindes aufspießte.

„Nicht nötig. Ich bin da. Gott sei es gedankt, dass India nicht bei euch ist. Ich will mich heute Nacht nicht mit ihr befassen."

Ich räusperte mich und kam die Stufen herab.

„Oh." Er setzte ein Lächeln auf. „Was für eine schöne Überraschung, India. Es ist immer schön, dich zu sehen."

„Wo warst du denn?", fragte ich ganz nebensächlich.

Cyclops schnüffelte. „Beim Trinken, schätze ich."

„Dummkopf", fuhr ihn Willie an. „Du weißt doch, dass du nicht mehr als ein Glas trinken sollst, Matt."

„Ich vertrage schon was", widersprach Matt. „Ich werde es beweisen." Er schickte sich an, in gerader Linie zum Fuß der Treppe zu laufen, auf der ich stand. Er warf mir einen Blick zu und verschränkte die Hände hinter dem Rücken. „Teufel auch", sagte er. „Ich hatte gehofft, du wärst inzwischen im Bett."

„Und sollte den Spaß verpassen, dich geradeaus laufen zu sehen?"

Er knurrte. „Dann mach schon. Halt mir einen Vortrag, weil ich zum Trinken ausgegangen bin." Er seufzte und schloss die Augen halb. „Ich verdiene es."

Ein Teil von mir wollte mit ihm die Stufen hinaufgehen und ihn ins Bett bringen. Doch ich wusste, dass jetzt meine beste Gelegenheit war, Antworten zu erhalten, darum blieb ich auf der erstbesten Stufe stehen, die uns auf Augenhöhe brachte.

„Warum willst du dich denn nicht mit mir befassen?", fragte ich.

„Weil ich betrunken bin."

„Aber du bist doch geradeaus gelaufen."

„Nicht so betrunken. Nur betrunken genug, dass du es missbilligst."

„Habe ich gesagt, dass ich es missbillige?"

„Das musst du nicht." Sein Blick senkte sich auf meinen Mund, und einen atemberaubenden Augenblick lang dachte ich, er würde mich vor allen anderen küssen. „Ich kann die Missbilligung auf deinen Lippen lesen."

„Auf meinen Lippen?"

„Sie sind geschürzt und verhärtet. Ich denke gerade darüber nach, wie man sie am besten wieder hinkriegt."

Einer der Männer räusperte sich, und Matt schien wieder einzufallen, dass wir nicht allein waren. Er zog die Schultern hoch.

„Entschuldige mich, India. Ich sollte mich erfrischen, ehe wir zum Konvent aufbrechen."

„Ich bin mir nicht sicher, ob du mitkommen solltest", sagte ich.

Er knurrte. „Versuch doch, mich aufzuhalten." Er trat einen Schritt zur Seite und blieb stehen, als würde er erwarten, dass ich mich ihm in den Weg stelle. Als ihm klar wurde, dass ich mich nicht bewegen würde, ging er die Treppen empor.

„Nun", sagte ich zu den anderen, sobald er außer Sicht war. „Ich weiß nicht, wie es euch dreien geht, aber ich brauche etwas, das mir die Nerven stärkt, ehe wir uns auf das Grundstück des Konvents schleichen. Wer will einen Kognak?"

* * *

MATT SCHLIEF EINE STUNDE, und ich war wohl auf dem Sofa eingenickt, denn als ich die Augen öffnete, sah ich, wie er leise mit Cyclops und Duke am Kamin redete. Willie fläzte auf einem Sessel, den Kopf in den Nacken gelegt, den Mund geöffnet. Sie schnarchte laut.

„Fertig?", fragte ich die Männer. Es war kurz nach Mitternacht, die perfekte Zeit, um zum Konvent aufzubrechen, wo die Nonnen früh aufstanden. „Wir brauchen etwas zum Graben, schwarze Kleidung und etwas, das uns den Weg leuchtet."

Matt öffnete den Mund.

„Befiehl mir nicht, zurückzubleiben", erklärte ich ihm, ehe er etwas sagen konnte.

„Das wollte ich gar nicht. Ich wollte gerade vorschlagen, dass du dir von Willie eine Hose ausborgst, aber ich habe es mir anders überlegt."

„Und zwar zurecht", sagte ich. „Willie ist kleiner als ich, und ihre Hose würde mir nicht passen."

„Das war nicht der Grund für meine Überlegung", sagte er, seine Stimme belegt.

Ich wollte ihn gerade fragen, was er meinte, doch er fing an, Duke und Cyclops Befehle zu geben. Willie wachte auf und fragte benommen, was wir machten.

„Wir gehen zum Konvent", erklärte ich. „Wenn du nicht aufgewacht wärst, hätten wir dich zurückgelassen."

„Ein verdammtes Glück, dass ihr das nicht getan habt", knurrte sie. „Ich bin genauso wichtig für diese Mission wie du, India. Vielleicht sogar wichtiger, da du nicht mit einer Schaufel umgehen kannst, weil du ja so zart bist."

„Vielen Dank, Willie, du bist so lieb. Mich hat noch nie jemand zart genannt."

Wenig später saß ich mit Cyclops und Duke in der Kutsche. Matt bestand darauf, zu fahren, und Willie bestand darauf, sich neben ihn zu setzen. Ich wusste, dass sie in der Nähe sein wollte, um ihn im Auge zu behalten, und ich argwöhnte, dass er den Kutscher gab, damit er nicht bei mir sitzen und das Risiko auf sich nehmen musste, dass ich ihn nach dem Grund für den Besuch seines Onkels ausfragte.

Ich war mir nicht sicher, ob er fahren sollte, wo er doch erst zugegeben hatte, dass er betrunken war, aber die Pferde waren so gut erzogen, dass sie vermutlich keinen unsinnigen Befehlen folgen würden, die er ihnen gab, und Willie würde da sein, falls er einnickte. Und überhaupt, er wirkte in den paar Minuten, als wir zusammen im Stall waren und die Kutsche vorbereiteten, ziemlich nüchtern. Er ging mir ausgesprochen erfolgreich aus dem Weg und schien die Lage und sich selbst im Griff zu haben. Die anderen folgten seinen Befehlen, sobald er sie gab, und wirkten nicht im Geringsten besorgt, dass er fahren wollte.

Wir hatten einen Stalljungen dabei, der bei den Pferden und der Kutsche blieb, eine Straße vom Konvent entfernt. Es war eine Mittelklasse-Gegend, darum war es unwahrscheinlich, dass ihm jemand Schwierigkeiten bereitete. Trotzdem sagte ihm Matt, er solle pfeifen, falls er uns brauchte.

Jeder von uns trug eine Schaufel, eine Spitzhacke oder eine kleine Kelle zum Tor des Konvents, nur um festzustellen, dass es abgeschlossen war. Ich fluchte tonlos, was mir große Augen von Willie einbrachte.

„Wasch dir den Mund aus, India", zischte sie. „Das hier ist ein Gotteshaus."

„Tut mir leid", murmelte ich. „Ich habe heute einen schlechten Tag."

Matt benutzte zwei schmale Metallwerkzeuge, um das Tor zu entsperren. Er hielt es auf, sodass wir alle durchschlüpfen konnten. Während die anderen vorausgingen, blieb ich bei Matt zurück, während er das Tor schloss.

„Was wollte dein Onkel?" Ich packte die Frage, die mir im Kopf umhergeschwirrt war, direkt an. Ich konnte ihr nicht mehr aus dem Weg gehen, sie nahm meine wachen Augenblicke völlig ein, und darum platzte sie einfach aus mir heraus.

„Frag mich das nicht, India", sagte er, seine Stimme ein tiefes Grollen.

Ich wünschte, es wäre nicht dunkel gewesen, damit ich sein Gesicht hätte sehen können. Aber der Mond verbarg sich hinter Wolken, und wir hatten die Blenden unserer Laternen geschlossen. „Es ging darum, dass du Patience heiratest, oder nicht?"

Er ging schneller.

„Er hat eine Möglichkeit gefunden, dich davon zu überzeugen, oder nicht?"

Die Stille war so tief, dass man sie fühlen konnte. Sie hüllte uns ein, während wir den anderen zur Rückseite des Konvents folgten. „Ich werde einen Ausweg finden", sagte er schließlich.

Meine Schritte wurden langsamer. Mein Herz wurde schwer wie ein Stein, und es war, als hätte ich ein Loch in der Brust. Ich hatte nicht erwartet, dass ich mich so leer fühlen würde, wenn ich hörte, wie er es zugab. Andererseits hatte ich auch nicht wirklich damit gerechnet, zu hören, dass sein Onkel ihn zwang, und dass er es mit sich machen ließ.

Matt hielt an, als ihm klar wurde, dass ich zurückfiel. Er legte sich die Spitzhacke über die Schulter und hielt mir seine freie Hand hin. Ich nahm sie wortlos, und zusammen gingen wir an den Außengebäuden des Konvents vorbei zu dem kleinen Hain, den Pater Antonio „Wäldchen" genannt hatte.

Ich warf einen Blick zurück auf den hingekauerten Umriss des Konvents mit seinen Kaminen, die aus dem messerscharfen Rückgrat des Daches in den pechschwarzen Himmel ragten. Nirgendwo brannte Licht, und in den dunklen Fenstern spiegelte sich nichts. Dennoch fühlte ich mich, als würde man mich beobachten. Ich packte Matts Hand fester und trat durch das Dickicht unter die Bäume.

In dem Wäldchen war es sogar noch dunkler, doch ein trübes Licht, das weiter vorne zwischen den Ästen tanzte, gab mir ein Ziel, auf das ich mich ausrichten konnte. Wir holten bald auf einer Lichtung auf Willie, Duke und Cyclops auf, die kaum groß genug war, dass wir dort alle Platz fanden.

Duke beugte sich über seine Schaufel, die Lampe stand zu seinen Füßen. „Wie wäre es mit hier?", flüsterte er.

Willie wartete nicht auf eine Antwort. Sie stieß ihre Schaufel in eine Schicht Laub und begann zu graben.

„Diese Stelle ist genauso gut wie jede andere", sagte Matt, der seine Spitzhacke in den Boden schlug.

Ich kniete mich an den Rand der Lichtung und schob die faulige Laubschicht weg, dann stieß ich die Gartenkelle in die weiche Erde. Nach geschätzten dreißig Minuten fing meine Hand an zu schmerzen, doch war ich kaum vorangekommen.

Ich sah auf und erwartete, sehr viel größere Fortschritte bei den anderen zu sehen, doch trotz einiger strategisch platzierter Löcher hatten sie nur sehr wenig Fläche abgedeckt.

Wir arbeiteten noch eine Stunde lang schweigend weiter, ehe Willie sich mit einem Seufzen auf den Boden warf. Sie lehnte sich an einen Baum und streckte die Beine aus. „Mein Rücken ist hin", stöhnte sie.

„Ich würde dir eine Massage anbieten, wenn meine Schulter sich nicht anfühlen würde, als würde ein Messer drinstecken", sagte Duke, der sich langsam niederließ, um sich neben sie zu setzen.

Cyclops und Matt arbeiteten noch etwas länger, ehe Matt die Aufgabe für abgeschlossen erklärte. „Wenn die Kiste nicht ganz tief vergraben ist, ist sie nicht auf dieser Lichtung."

„Versuchen wir es woanders", sagte Cyclops.

Matt wischte sich die Stirn mit dem Handrücken ab. „Wir ruhen uns erst etwas aus. India, geht es dir gut? Du reibst dir die Hand."

„Es geht mir gut", erwiderte ich und stand auf. „In welche Richtung sollen wir gehen?"

Wir beschlossen, uns die Ausmaße des Wäldchens anzusehen, ehe wir unseren nächsten Standort wählten. Das Wäldchen war größer, als ich anfangs gedacht hatte. Obwohl es nicht breit war, zogen sich die Bäume tief in das Grundstück hinein.

Trotz seiner Größe fanden wir keine weitere Lichtung, die so groß war wie die erste. Gewiss nicht groß genug, dass wir alle dort graben konnten, ohne einander mit den Schaufeln zu behelligen. Wir mussten uns aufteilen, doch hatten wir nur eine Lampe.

„Wir nehmen sie abwechselnd", erklärte Matt. „Wir graben alle in kurzen Schichten, so ermüden wir nicht so rasch."

„Außer India", sagte Willie. „Weil sie doch so zart ist."

„Hör auf, das zu sagen, Willie", erwiderte ich mit einem Seufzen. „Ich kann mit einer Schaufel ebenso gut umgehen wie du."

Sie reichte mir ihre Schaufel. „Dann leg los."

Es war schwieriger, als es aussah, ein Loch mit einer Schaufel zu graben, und ich hatte Schwierigkeiten, richtig tief in den

Boden vorzudringen. Willie lehnte sich an einen Baum, die Arme verschränkt, und kommentierte jedes armselige Häufchen Erde, das ich aushob, mit einem herablassenden Geräusch. Schließlich gab sie auf und nahm mir die Schaufel ab.

Für eine kleine Person war sie überraschend stark, und das Loch, das ich angefangen hatte, wurde rasch größer. Ich fühlte mich nutzlos und drückte mich in den Schatten am Rand des Lichtkreises herum. Während ich zusah, wie die anderen sich abwechselten, wurde aus meiner Nutzlosigkeit Hoffnungslosigkeit. Wir konnten die Kiste nicht finden. Pater Antonio hatte vor Jahren jemanden damit in das Wäldchen gehen sehen. Diejenige, die es getan hatte, hätte sie auch in der folgenden Nacht zurückholen können, oder in jeder anderen Nacht in den letzten siebenundzwanzig Jahren. Selbst wenn sie sie dort gelassen hatte, konnten wir die ganze Nacht und jede einzelne Nacht des nächsten Monats hier verbringen und würden nicht jeden Quadratzentimeter des Wäldchens abdecken. Dann war da noch die sehr große Wahrscheinlichkeit, dass die Kiste keinen Beweis enthielt, der mit dem Verschwinden von Mutter Alfreda oder den Kindern zu tun hatte. Wir klammerten uns an Strohhalme, und diese Strohhalme waren im Grunde winzig.

Ich setzte mich auf einen umgefallenen Baumstamm und blinzelte Tränen weg. Trotz der kühlen Luft war mir warm vom Graben, doch in den nächsten paar Minuten ließ die Wärme allmählich nach. Vielmehr ließ sie in allen Körperteilen nach, bis auf einen kleinen Abschnitt auf meiner Brust. Dort, wo meine Taschenuhr ruhte. Ich trug sie an einer Kette um den Hals, weil ich gewusst hatte, dass ich heute Nacht meinen Pompadour nicht mitnehmen würde, die Uhr aber in meiner Nähe haben wollte.

Ich fischte sie unter meinen Kleidern heraus und zog meinen Handschuh aus. Die Uhr war auf jeden Fall warm, und das nicht von der Wärme meiner bloßen Haut. Es war magische Wärme.

„India? Was machst du da?", fragte Matt.

„Meine Uhr ist warm."

Er richtete sich plötzlich auf und nahm die Spitzhacke, als wäre sie eine Waffe. Er musterte den Rand der kleinen Lichtung. „Hörauf zu graben", zischte er Willie an.

„Ist jemand da?", flüsterte Duke.

„Die Uhr könnte India vor einer drohenden Gefahr warnen", flüsterte Matt zurück, ohne den Blick von den Schatten abzuwenden.

„Ich glaube nicht, dass es eine Warnung ist", sagte ich. „Sie *läutet*, wenn Gefahr besteht."

Matt senkte die Spitzhacke nicht, doch ich konnte sehen, dass sich seine Schultern ein wenig entspannten.

Cyclops setzte sich neben mir auf den Baumstamm. „Was glaubst du denn dann, was es bedeutet?"

„Ich glaube, sie reagiert auf andere Magie."

„Sie kann magische Wärme spüren, so wie du?"

Ich legte eine Hand auf das Holz. Nichts. Keine magische Wärme, nur raue Rinde und ein Klumpen feuchtes Moos. Ich beugte mich nach unten und berührte das Laub.

Da. Ich spürte es. Eine kleine Hitzewoge pulsierte durch mich hindurch, schwach, aber auf jeden Fall da.

„India?", murmelte Cyclops.

Matt ging vor mir in die Hocke. „Kannst du magische Wärme spüren?"

„Ganz schwach." Ich begegnete seinem Blick und lächelte, glaubte nicht so recht, was ich da spüren konnte. Verstand nicht ganz, was es bedeutete. Aber ich wusste, dass es wichtig war. Das musste es sein. Unser Rätsel hatte mit Magie zu tun, und in diesem Umfeld war Magie gewirkt worden.

Nein. Nicht gewirkt. Wenn jemand hier gestanden und einen Gegenstand in seiner Hand mit Magie angereichert hätte, wäre die Magie mit diesem magischen Gegenstand verschwunden. Also war der Gegenstand selbst noch da, im Boden vergraben. Der Zauber konnte überall gesprochen worden sein.

„Was immer in dieser Kiste war, es wurde Magie darauf gewirkt", erklärte ich ihnen. „Und es ist irgendwo in der Nähe vergraben. Nicht an dieser Stelle", sagte ich, als Willie schon ihre Schaufel in die Erde neben meinen Füßen stoßen wollte. „Die Wärme ist zu schwach, um genau hier zu sein."

Ich ging auf die Knie und drückte beide Hände auf die Erde. Ich tastete mich von dem warmen Punkt nach außen vor, änderte immer die Richtung, wenn die Erde und das Laub sich abkühlten. Ich kroch entlang des warmen Pfades, und meine Aufregung wuchs, während die Wärme zunahm. Meine Sinne waren aufnahmebereit auf die Erde unter mir gerichtet. Etwas Kleines raschelte in der Nähe meiner Finger, dann huschte es weg. Ein Insekt brummte neben meinem Ohr, ehe es in einen Busch in der Nähe flog, wo es sich niederließ und mich beobachtete. Hinter mir war es völlig still.

Dann nahm die Wärme enorm zu, und ganz gleich, in welche Richtung ich weiterging, sie wurde schwächer. Ich setzte mich auf die Fersen. „Hier", sagte ich und tippte auf den Boden. „Grab hier."

Willie legte mit der Schaufel los. Cyclops schloss sich ihr an. Duke hatte sich meine Gartenkelle geschnappt und grub kleine Erdklumpen aus. Matt ging neben mir in die Hocke, und zusammen sahen wir zu.

Klonk. Cyclops' Schaufel traf auf etwas Festes. Cyclops und Willie warfen ihre Schaufeln weg und gingen ebenfalls auf die Knie. Mit den Händen gruben wir weiter, während Duke die Kelle nutzte.

Langsam kam die Kiste zum Vorschein. Je mehr wir davon freilegten, desto intensiver wurde die Wärme. Anfangs war ich schockiert von ihrer Intensität und hörte auf zu graben. Ich hatte schon früher magische Wärme gespürt, aber noch nie so stark. Meine Finger prickelten, als hätte ich mich leicht verbrannt, und ich war mir nicht sicher, ob ich die Kiste noch einmal berühren wollte. Es erinnerte mich daran, wie Chronos zum ersten Mal eine Uhr berührt hatte, an der ich gearbeitet hatte. Er war überrascht von der Hitze gewesen und hatte die Hand rasch zurückgezogen.

„Was für eine Magie auch immer in dieser Kiste steckt, sie ist stark", erklärte ich ihnen. „Ich glaube, der Magier, der sie dort verstaut hat, war sehr mächtig."

„Etwas aus Seide", sagte Matt zwischen zwei Atemzügen, „von Abigail Pilcher."

Es dauerte ein wenig, um die Seiten der Kiste herum zu graben, ehe man sie aus ihrem Grab zerren konnte. Cyclops hob sie heraus und stellte die Kiste neben mir ab. Sie war tatsächlich etwa einen halben Meter mal einen halben Meter lang, wie Pater

Antonio es uns erzählt hatte, und sie bestand aus Holz. Sie war in einem guten Zustand, wenn man bedachte, wie lange sie im Boden gewesen war. Trotzdem mochte der Inhalt durch die Zeit und die Feuchtigkeit beschädigt sein.

„Sie ist nicht verschlossen", sagte Duke, der den Deckel heben wollte. „Aber ich bekomme sie nicht auf. Die Scharniere sind verrostet."

„Lass es mich versuchen." Cyclops' Finger waren wie Eisenstäbe, doch er brauchte etliche Versuche, um den Deckel aufzustemmen. Das Scharnier beschwerte sich, gab aber schließlich nach, und Cyclops schob den Deckel zurück, soweit es ging.

Darin waren einige Papiere, leicht vergilbt, aber nicht in schrecklichem Zustand. Matt zog sie heraus.

„Keine Seide", sagte ich und spähte in die nun leere Kiste. „Wie seltsam."

Aber niemand hörte mich. Sie drängten sich um Matt. Willie hob die Lampe, damit sie lesen konnten. Sie schnappte nach Luft.

„Was ist es?", fragte ich und versuchte, einen Blick auf das Blatt zu erhaschen. „Ein Brief?"

„Akten", sagte Matt mit heiserer Stimme. „Aus dem Konvent. Zwei Akten. Eine handelt von Phineas Millroys Ankunft hier, und wer ihn hergebracht hat. Die zweite bezieht sich auf ein anderes Baby."

Er reichte mir eine der Akten, und ich musterte die kleine, ordentliche Handschrift. Der kurze Bericht erwähnte oben Phineas' Namen, sein Geburtsdatum und das Datum seiner Ankunft. Der Name einer Frau war angeführt, die ihn in den Konvent gebracht hatte. Ich erkannte ihn nicht und fragte mich, ob es Lady Bucklands Name war, ohne den Titel. Es war festgehalten, dass sie eine Freundin der Mutter des Babys war. Es gab keine Information darüber, wer ihn adoptiert hatte.

„Um wen geht es in der anderen Akte?", fragte ich und deutete auf das zweite Blatt Papier.

„James John Smith", sagte Matt. „Sein Geburtsdatum, das Datum seiner Ankunft, und wer ihn hergebracht hat. Das war es."

Willie schnappte ihm die Papiere weg und überflog sie. Sie

drehte die Seiten ein paarmal um, hielt sie ans Licht und warf sie schließlich angeekelt zurück in die Kiste.

„Gottverdammte Zeitverschwendung", sagte sie, wobei sie ihre Regel vergaß, auf heiligem Boden nicht zu fluchen.

Duke schob sich hoch und warf die Kelle gegen einen Baumstumpf.

„Nicht unbedingt", sagte Matt. „India hat Magie gespürt, darum wissen wir, dass Abigail Pilcher Seide mit Magie angereichert und sie dann womöglich in diese Kiste gelegt hat. Sie hat darin vermutlich Reste aufbewahrt und sie herausgenommen und durch diese Aufzeichnungen ersetzt. Was mit der magischen Seide passiert ist, ist unwichtig. Wichtig ist, dass ihr diese Kiste entweder gehört oder etwas enthalten hat, das ihr wichtig war. Ich möchte wetten, dass *sie* diese Aufzeichnungen hier hinein gelegt und die Kiste vergraben hat."

„Sie hat euch angelogen", sagte Willie. „Sie hat euch verdammt noch mal angelogen, als sie euch erzählt hat, dass sie nicht weiß, was mit Phineas passiert ist."

„Nein. Ihr irrt euch." Ich deutete auf die Kiste, weil ich sie noch immer nicht berühren wollte. „Die Magie, die ich gespürt habe, kam nicht von etwas, das nicht mehr darin ist. Sie kam von der Kiste selbst. Sie ist handwerklich einwandfrei hergestellt und auch noch wasserdicht. Diese Papiere waren in einem guten Zustand."

Vier finstere Blicke begegneten meinem. „Du meinst", sagte Matt langsam, „dass diese Kiste von einer Magierin angefertigt wurde."

Ich nickte. „Einer, die mit ihrer Magie das Holz angereichert hat. Dieselbe Magierin, die veranlasst hat, dass das Holzkreuz von der Wand fiel und mich beinahe unter sich begraben hat."

KAPITEL 11

Ich hoffte, dass Matt in den paar Stunden Nacht, die uns blieben, nachdem wir nach Hause zurückgekehrt waren, mehr Schlaf bekam als ich. Ich warf mich herum, dachte darüber nach, was unser Fund zu bedeuten hatte. Obwohl es eine Reihe von Möglichkeiten gab, hatten wir nun zumindest etwas, auf das wir uns konzentrieren konnten – die Holzmagierin zu finden.

Es gab auch noch ein anderes Thema, das mir durch den Kopf ging und den dringend benötigten Schlaf verbannte – dass Matt gezwungen war, Patience zu heiraten. Was könnte sein Onkel bloß gesagt haben, um Matt in eine Ecke zu drängen, aus der er keinen Ausweg finden konnte?

Ich schaffte es, ungefähr zur Morgendämmerung einzuschlafen, doch das Haus fühlte sich immer noch still an, als ich erwachte. Es war erst halb neun, darum verbrachte ich etwas Zeit damit, meine Uhr auseinanderzunehmen und sie wieder zusammenzusetzen. Das reichte jedoch nicht, um meine Nerven zu beruhigen, also machte ich mich auf die Suche nach einer größeren Uhr. Ich fand Willie, Duke und Cyclops im Speisezimmer, wo sie bereits ihr Frühstück einnahmen.

„Hast du gut geschlafen?", fragte Cyclops.

„Überhaupt nicht." Ich schenkte mir eine Tasse Kaffee ein

und legte eine Scheibe Toast auf meinen Teller. „Seid ihr zu irgendeinem Schluss wegen der Kiste gekommen?"

„Ja." Duke stand auf und schloss die Tür. „Wir sollten die Mutter Oberin fragen, ob jemand im Konvent sich gut auf Holz versteht."

„Oder wir sollten ihr die Kiste zeigen und sie fragen, wer sie angefertigt hat", entgegnete Willie. „Wenn wir eine allgemeine Frage stellen, erhalten wir vielleicht nicht die Antwort, die wir uns wünschen. Was, wenn die Magierin ihre magischen Fähigkeiten versteckt, indem sie Dinge von minderer Qualität herstellt? Nein, wir fragen direkt nach der Kiste, und wir werden eine direkte Antwort erhalten."

Duke schüttelte den Kopf. „Sie wird argwöhnisch werden und uns gar nichts erzählen."

„Sie weiß nicht, wer die Magierin ist!"

„Das wissen wir nicht. Sie könnte es wissen."

Cyclops nahm sich seine Tasse und blies auf den dampfenden Inhalt. „So sind sie, seit sie reingekommen sind. Ich habe allein ein stilles Frühstück genossen, bis sie dazu gekommen sind."

„Was meinst du, India?", fragte Duke.

„Ich glaube nicht, dass wir die Mutter Oberin fragen sollten", sagte ich.

„Du willst eine der anderen Nonnen fragen? Eine, die dich nicht mit diesen eiskalten Augen anstarrt?" Er rümpfte die Nase. „Gute Idee. Sie macht mir Angst."

„Ich glaube auch nicht, dass wir eine der anderen Nonnen fragen sollten. Es besteht die Wahrscheinlichkeit, dass sie nichts verraten, um die Holzmagierin zu schützen, wenn ihnen klar wird, weshalb wir fragen. Ich habe eine bessere Idee, aber warten wir doch, bis Matt sich zu uns gesellt, ehe wir sie besprechen."

Sie grummelten ein wenig, stimmten aber zu. Wir hielten uns noch eine gute Stunde im Speisezimmer auf, aber Matt kam nicht zu uns. Willie verbarg ihren Ärger darüber, warten zu müssen, nicht. Sie schnaubte, trommelte mit den Fingern auf den Tisch, und trank Unmengen an Tee. Cyclops aß einfach nur und aß und aß. Vermutlich würde nichts mehr für Matt übrig sein, wenn er nicht bald auftauchte.

Ich warf einen Blick zur Tür, so wie ich es beinahe jede Minute getan hatte. Sollte ich mir Sorgen machen, dass er noch nicht wach war? Üblicherweise wäre er schon da, aber wir waren bis spät nachts unterwegs gewesen, daher war es verständlich, dass er ausschlafen wollte.

Was aber, wenn die Schmerzen in seiner Brust zurückgekehrt waren? Was, wenn er seine Uhr benutzen musste, es aber verschlief?

Ich beäugte die Tür, wünschte mir, sie möge sich öffnen.

Willie gab als erste nach. Sie schob ihren Stuhl zurück und stand auf. „Ich sehe nach, ob er wach ist."

„Lass ihn länger schlafen", erwiderte ich. „Er hat es nötig."

„Es wird schon zehn. Das macht sieben Stunden seit unserer Rückkehr. Das ist genug Schlaf für ihn."

„Normalerweise schon", sagte ich und nippte an meinem Kaffee.

Sie runzelte die Stirn. „Gibt es etwas, das du uns nicht erzählst, India? Etwas über Matts Gesundheit?"

Ich nippte und dachte darüber nach, ob ich lügen sollte oder nicht.

„Du hältst besser nichts vor uns geheim", sagte Duke düster. „Nicht zu diesem Thema."

„India?" Cyclops schaffte es, in seine Stimme und den Blick aus seinem heilen Auge etwas Bedrohliches zu legen, obwohl ich ihn als den sanftesten der drei betrachtete.

„Vielleicht sollten wir nachsehen", sagte ich und versuchte, fröhlich zu klingen.

Die drei waren vor mir an der Tür.

„Macht langsamer!", fuhr ich sie an. „Bleibt ruhig, oder ihr macht Miss Glass und den Dienern Angst, wenn wir ihnen begegnen. Nun", sagte ich, da ich ihre Aufmerksamkeit hatte, „werden wir uns in Matts Zimmer schleichen und *leise* nach ihm sehen."

Matt beantwortete mein leises Klopfen nicht, und Willie wollte nicht warten. Sie öffnete die Tür, trat aber nicht über die Schwelle. Sie war klein genug, dass ich über ihren Kopf hinweg sehen konnte. Was ich sah, erfüllte mich mit unermesslicher Erleichterung. Matt schlief, es war nichts … Schlimmeres. Er hatte den Uhrendeckel geöffnet und sie mit seiner Krawatte an seiner Hand befestigt. Die Uhr glühte leicht, genauso seine Adern. Zu leicht für meinen Geschmack, aber es war besser als nichts.

Ich wollte Willie ein Zeichen geben, ihn schlafen zu lassen, aber er begann sich zu regen und öffnete die Augen. Dann schnellte seine Hand vor und packte Willie am Arm. Sie keuchte.

„Was ist los? Was geht hier vor?", fragte er, seine Stimme war heiser.

„Nichts", sagte sie. „Wir wollten sehen, ob du …"

„Ob ich tot bin?"

Sie schaute zur Seite.

Matts Blick aus zusammengekniffenen Augen richtete sich auf mich. „Was hast du ihnen erzählt?"

„Dass wir nicht im Konvent nach der Kiste fragen", antwortete ich unbekümmert.

Er kniff die Augen noch fester zusammen. „Das habe ich nicht gemeint."

„Ich glaube, wir sollten mit Abigail Pilcher reden. Sie ist dem Konvent nicht sonderlich treu ergeben, und sie ist eine Magierin. Sie kann uns vielleicht erzählen, wer die Holzmagierin ist. Komm mit, Matt, auf mit dir und iss ein Frühstück." Ich eilte hinaus, ehe er die Gelegenheit bekam, mich noch etwas heftiger anzufunkeln.

Ich hörte Stimmen, während ich die Treppe hinabstieg, eine von ihnen war Bristow, die andere gehörte jemandem, den ich überhaupt nicht sehen wollte. Ich beschloss aber trotzdem, mich ihm zu stellen.

„Guten Morgen, Mr. Abercrombie", sagte ich zum Gildemeister der Uhrmacher. „Das ist eine Überraschung. Ich dachte nicht, dass wir Sie so bald schon wieder hier sehen, nachdem Eddie Hardacre sich als Hochstapler herausgestellt hat."

„Ich habe ihm niemals vertraut." Er klang selbstgefällig, als ob *ich* mich schämen müsse, dass ich Eddie einst vertraut hatte. „Etwas an ihm war immer nicht ganz richtig. Etwas in seinem Wesen, das von niederer Geburt zeugte, und das er nicht ganz auszulöschen vermochte, ganz gleich, wie gut er schauspielerte. Natürlich erwarte ich nicht, dass das jemanden wie Ihnen auffällt."

„Da haben Sie recht. Mir ist nichts aufgefallen, was dafür sprechen sollte, dass Sie beide, wie Sie meinen, von unterschiedlicher Geburt sind. Was mir jedoch aufgefallen ist, war seine kriecherische Art. Es freute mich, dass unsere Verlobung beendet war, denn ich wollte nichts mit ihm zu tun haben, als diese Seite in den Vordergrund trat."

„Wie schön für Sie, dass Sie Ihre Moral noch vor Ihre Zukunft gestellt haben", erwiderte er aalglatt. „Wie schade, dass Sie sich jetzt dazu herablassen müssen, jedwede Anstellung zu nehmen, die Sie finden können."

Ich zuckte zurück, zwang mich aber zu einem Lächeln. „Ganz im Gegenteil. Ich bin gerne bei Mr. Glass beschäftigt. Ich habe meine Unabhängigkeit, finanzielle Mittel und Gesellschaft. Ich würde sagen, viele Frauen, die in einer lieblosen Ehe gefangen sind, beneiden mich. Wo wir gerade von Ehe sprechen, wie geht es Mrs. Abercrombie? Wohnen Sie immer noch mit Ihrer Mutter und Ihrer Frau zusammen? Was für ein Glück für Sie, dass zwei so willensstarke Frauen Ihren Haushalt erledigen."

Sein Gesicht verzog sich, und ich verspürte eine gewisse Befriedigung, aber auch leichte Schuldgefühle für meine bissige Anmerkung. Mr. Abercrombies Frau und Mutter hackten nicht nur ständig aufeinander herum, sondern auch auf ihm. Darum verbrachte er so viele Stunden in seinem Geschäft oder dem Gildensaal wie irgend möglich.

„Was machen *Sie* denn hier?", fragte Willie von der Treppe. Sie kam gerade die Stufen herab, flankiert von Cyclops und Duke. Alle drei hatten ein finsteres Gesicht aufgesetzt.

„Das hat er noch nicht gesagt", erklärte ich ihr.

„Ist Mr. Glass zu Hause?", fragte Mr. Abercrombie Bristow, nicht mich.

„Er ist im Augenblick nicht verfügbar", sagte Bristow. „Darf ich ihm eine Nachricht übermitteln, Sir?"

„Ich werde warten. Bringen Sie mich in Ihren Salon."

„Ich fürchte, in allen Empfangsräumen wird gerade geputzt,

Sir. Ich werde Mr. Glass wissen lassen, dass Sie da waren."

Mr. Abercrombie wirkte, als wolle er Bristow für seine Unhöflichkeit tadeln, wich aber zurück, als sich Cyclops, Duke und Willie hinter den Butler stellten. Sie hatten alle keine gute Laune, und es brauchte keinen großen Verstand, um zu erkennen, dass sie heute nicht mit sich würden scherzen lassen.

„Bitte richten Sie Mr. Glass aus, dass ich gerne mit ihm über Mr. Barratts jüngsten Artikel in der *Weekly Gazette* sprechen würde", sagte Mr. Abercrombie.

„Weshalb sprechen Sie nicht mit mir darüber?", fragte ich. „Wo ich doch immerhin diejenige bin, auf die sich Mr. Barratt bezieht."

„Nein." Mr. Abercrombie setzte sich seinen Hut auf. „Ich will mit Mr. Glass persönlich sprechen."

„Dann sprechen Sie." Matt trottete die Stufen herab, als wäre er kerngesund. „Was wollen Sie, Abercrombie?"

Mr. Abercrombie rückte ein wenig ab und drehte mir die Schulter zu. „Ich will, dass Sie über die Implikationen nachdenken, die es hat, Miss Steele anzustellen, nun, da klar geworden ist, dass man mit ihrer Magie die Magie von anderen verlängern kann."

Der hatte ja Nerven! „Sie sind eine wirklich verabscheuenswerte Kreatur", spuckte ich aus. „Neben ihnen sieht Eddie ja harmlos aus."

Er schniefte nur und hob das Kinn. „Verstehen Sie, was ich meine, Glass?"

Matt marschierte an ihm vorbei und öffnete die Tür. „Ich bin mir der Implikationen für meinen Haushalt bewusst. Wen ich beschäftige, geht Sie überhaupt nichts an. Guten Tag, Abercrombie. Sie sind hier nicht willkommen, wenn Sie meine Freunde, Familie oder Angestellten beleidigen wollen."

„Beleidigen? Nein, nein, nein, Mr. Glass, da missverstehen Sie. Ich habe Ihrer aller Interesse im Auge. Ihre Treue macht Sie blind für die Möglichkeiten. Denken Sie darüber nach. Sie wird nicht nur zum Ziel anderer Magier werden, man wird sie auch als zu beobachtende Person für die Regierung einschätzen. Glauben Sie, man will, dass jemand auf der Straße herumläuft, der womöglich jemandes Leben verlängern kann? Ist es nicht das, was ihr Großvater mit diesem Arztmagier versucht hat? Die Behörden werden sie für sich wollen, Mr. Glass. Wenn ich also Sie wäre, würde ich mich von ihr lösen und ..."

Matt packte Abercrombie so fest am Arm, dass Abercrombie quietschte. Er schob ihn durch die Tür und knallte sie ihm vor der Nase zu. „Ich werde jetzt frühstücken", sagte er und klopfte sich die Hände ab. „India, gesellst du dich zu mir?"

„Ich, äh, also ... ja. Danke. Ich könnte eine starke Tasse Tee vertragen."

Wir sprachen nicht über Abercrombie oder das, was er gesagt hatte, sondern über die Kiste und was sie bedeutete. Die anregende Diskussion gestattete mir, Abercrombies Worte aus meinen Gedanken zu verbannen, wenn auch nur kurz. Während Matt allein in ihren Räumlichkeiten mit seiner Tante sprach, ehe wir gingen, und ich in der Eingangshalle auf ihn wartete, konnte ich an nichts anderes denken. Abercrombie konnte doch keinesfalls recht haben. Zu denken, dass die Regierung an etwas interessiert sein könnte, das ich vielleicht tun konnte, das aber noch nicht als machbar bewiesen war, war aberwitzig. Er wollte nur Angst schüren, in einem Versuch, mich von meinen Freunden und meinem Arbeitgeber zu entfremden. Es war sein neuester Ansatz, mich zu ruinieren.

Und es würde nicht funktionieren.

Matt brauchte länger, als ich erwartet hatte. Nach sieben langen Minuten war er noch immer nicht herabgekommen. Die Kutsche wartete draußen, und Bristow drückte sich in der Nähe herum, um uns hinaus zu lassen. Ich wollte gerade nachsehen, was ihn aufhielt, als Mrs. Bristow, die Haushälterin, von weiter hinten im Haus kam.

„Entschuldigen Sie mich, Miss Steele", sagte sie. „Hier ist ein Mann, der Sie sprechen möchte. Er wartet in der Küche."

„Um mich zu sprechen? Weshalb?"

„Das kann ich nicht sagen, Miss."

„Bringen Sie ihn in den Salon, Mrs. Bristow."

„Den Salon!" Die Bristows wechselten einen Blick. „Aber, Miss, er trägt Arbeiterstiefel." Die arme Mrs. Bristow redete, als wären Arbeiterstiefel ein wahres Teufelswerk. „Die kann er doch nicht im Salon tragen. Die sind dreckig."

„Ich kann mit einem Gast doch nicht im Personalbereich sprechen, Mrs. Bristow. Dieser Mann verdient es, im Salon empfangen zu werden, genau wie jeder andere auch. Bitte bringen Sie ihn nach oben."

Die Bristows wechselten einen weiteren beredten Blick, dann verschwand Mrs. Bristow die Personaltreppe hinab. Ich wartete im Salon auf den Mann mit den dreckigen Stiefeln.

Peter, der Diener, eskortierte einen Mann ohne Schuhe, der seine Mütze in der Hand hielt. Er war wohl nicht älter als zwanzig, mit einem Schopf dunkelblonder Haare, die sich um seine Ohren lockten und über seine Stirn fielen, bis sie an die Augenbrauen stießen. Er neigte den Kopf und lächelte zögerlich. Peter stellte ihn als Mr. Bunn vor, ehe er sich mit Bristow neben die Tür stellte. Sie argwöhnten wohl, der junge Mann würde mit dem Silber davonlaufen.

„Wo sind Ihre Schuhe, Mr. Bunn?", fragte ich.

„In der Küche, Ma'am. Die Haushälterin hat sie mich ausziehen lassen, ehe ich nach oben gehe. Ich wollte nicht mit ihr streiten."

„Sehr klug", merkte Bristow an.

„Ich verstehe", sagte ich. „Wie kann ich Ihnen helfen?"

„Ich bin ein Lederhandwerker, Ma'am." Er legte den Kopf schief und musterte mich, um zu sehen, wie diese Worte auf mich wirkten.

Ich sorgte dafür, dass ich nicht einmal blinzelte, obwohl mir das Herz schwer wurde. Ich hatte damit gerechnet, aber noch nicht jetzt. Der Artikel war erst am vorigen Abend veröffentlicht worden.

„Fossett, bitte lassen Sie uns allein", sagte ich und nutzte Peters Nachnamen, wie es sich in der Anwesenheit von Gesellschaft schickte. „Bristow, Sie bleiben." Obwohl ich sicher war, dass inzwischen alle Diener über meine Magie Bescheid wussten, nachdem sie die Zeitung gelesen hatten, wollte ich nicht das neueste Geschwätz im unteren Stockwerk sein. Bristow würde sich diskreter verhalten.

„Sie sind ein Magier", sagte ich, als Peter die Tür hinter sich geschlossen hatte.

„Ja, Ma'am." Mr. Bunn knetete seine Mütze angespannt in den Händen.

„Wie haben Sie mich gefunden?"

„Ein Freund von mir schenkt im Cross Keys in High Holborn aus. Ihr Großvater war dort Stammgast, und mein Freund weiß noch, dass Sie und Mr. Glass dort nach ihm gesucht haben. Mr. Glass hat meinem Freund seine Adresse gegeben, um Ihren Großvater herzuschicken. Natürlich war ihm erst später klar, dass er ein Magier war, als er es in der Zeitung gelesen hat."

„Ich verstehe. Und was wollen Sie von mir, Mr. Bunn?"

„Ich will meine eigene Schuhfabrik eröffnen. Ich werde Männerschuhe anfertigen, für den Anfang, und dann Frauenschuhe einführen, wenn ich genug Kapital habe. Ich habe mit meiner Magie am Leder experimentiert, und Schuhe werden damit robuster und halten länger, aber nur sechs Monate lang. Dann nutzen sie sich ab wie jeder andere Schuh auch." Er redete schneller, während er sich immer besser damit fühlte, sein Vorhaben auszudrücken. An Begeisterung mangelte es ihm nicht. „Ich wollte Sie fragen, ob Sie Ihre Magie einsetzen, um meine zu verlängern, Miss Steele."

„Ich fürchte, das ist nicht möglich, Mr. Bunn."

„Natürlich ist es möglich. Ich habe darüber in der *Gazette* gelesen. Sie sind eine Uhrenmagierin, oder nicht? Die Enkelin des Kerls, der versucht hat, die Magie eines Arztmagiers zu verlängern?"

Ich rieb mir über die Stirn. Es war töricht gewesen, mit diesem Mann zu sprechen. Wenn sich nächstes Mal ein Fremder mit mir treffen wollte, würde ich erst seinen Beruf in Erfahrung bringen. Jeder Handwerker würde weggeschickt werden, ohne mit mir zu sprechen.

„Es tut mir leid, Mr. Bunn, aber Sie haben Ihre Zeit vergeudet. Ich kann nicht tun, worum Sie mich bitten."

Ich nickte Bristow zu, und er öffnete die Tür. Ich war froh, Peter gleich draußen warten zu sehen.

„Aber Ma'am!" Mr. Bunn kam auf mich zu, und ich stand rasch auf. In meiner Panik ging ich um das Sofa, sodass es zwischen ihm und mir stand. Er blieb stehen und hatte den Anstand, beschämt zu wirken. „Sie müssen es versuchen,

Ma'am", fuhr er fort, mit leiser Stimme, die nicht weniger ernst war. „Ich weiß, dass Sie meine Magie verlängern können. Ich weiß es!"

„Bristow, würden Sie sich darum kümmern, dass Mr. Bunn in der Küche mit seinen Stiefeln wiedervereint wird?"

Bristow und Peter nahmen je einen Arm von Mr. Bunn und marschierten mit ihm zur Tür.

„Ich werde Ihnen einen Anteil von meinem Gewinnen geben!", rief Mr. Bunn über die Schulter. „Sechzig – vierzig! Das ist mehr als nur gerecht."

Seine Stimme kam aus immer weiterer Entfernung, während er mir weiterhin Angebote machte, um mit ihm eine Partnerschaft einzugehen. Ich warf mich mit einem Seufzen auf das Sofa.

„India?" Cyclops kam hereingerannt, gefolgt von Duke und Matt. „Ist alles in Ordnung?"

„Schon gut", sagte ich und lächelte sie an.

„Du wirkst aufgebracht", sagte Matt, der mich genau beäugte. „Wer war das, und was wollte er?"

„Er war ein Ledermagier. Er wollte, dass ich seine Magie verlängere, damit er bessere Schuhe herstellen kann."

Er holte tief und gemessen Luft. „Es hat also begonnen."

* * *

DIE BEGEGNUNG mit Mr. Bunn so kurz nach Mr. Abercrombies Besuch überwältigte mich. Ich fühlte mich, als stünde ich in letzter Zeit unter dem Beschuss von sowohl enttäuschenden als auch schlechten Nachrichten. Es war schwer, dazu gute Miene zu machen, aber ich war um Matts willen entschlossen.

Er wirkte außergewöhnlich ungesund, während wir zu Abigail Pilchers Arbeitsplatz fuhren. Während sein Gesicht so grau und angespannt war wie in letzter Zeit üblich, lag in der Art, wie er ging und sich hielt, eine gewisse Selbstbeschränkung. Es war, als würde er sich durch reine Willenskraft aufrecht halten. Ich hatte den Verdacht, dass er genauso entschlossen war, für mich ein tapferes Gesicht aufzusetzen, wie ich für ihn.

Wer würde als erster nachgeben?

Ich spürte ein leichtes Beben in seiner Hand, als er mir aus der Kutsche half, ließ mir aber nicht anmerken, wie sehr es mich beunruhigte.

Wir fanden Abigail in der Schneiderwerkstatt von Peter Robinson. Ihr Vorarbeiter war nicht erfreut über unseren neuerlichen Besuch so bald nach dem letzten, und Matt musste mehr Münzen als letztes Mal in seine Hand legen, um ihn zu überzeugen, uns mit ihr sprechen zu lassen. Abigail selbst war auch nicht begeistert, uns zu sehen.

„Was jetzt?", knurrte sie, sobald wir draußen im Gang waren.

„Sie waren nicht die einzige Magierin im Konvent", sagte Matt, sein Charme war nirgends zu sehen.

Ein Flackern ging durch ihren Blick, aber sie zügelte ihre Miene rasch. „Weshalb sagen Sie das?"

„Wir haben einen Holzgegenstand auf dem Gelände des Konvents gefunden. Er war mit Magie angereichert."

Ihr Blick traf meinen, dann huschte er weg. Sie hob eine Schulter zu einem Zucken.

„Ich habe seine Wärme gespürt", erklärte ich ihr.

„Und? Ich wohne dort seit Jahren nicht mehr. Eine neue Nonne könnte die Magierin sein."

„Diese Kiste wurde vor vielen Jahren angefertigt." Es war sinnlos, ihr zu sagen, dass Pater Antonio, ihr alter Liebhaber, uns erzählt hatte, sie gesehen zu haben, als er eines Abends auf Abigail gewartet hatte. Wenn wir ihn erwähnten, würde sie vielleicht gar nichts mehr sagen. „Wer hat sie hergestellt?", fragte ich.

„Ich weiß es nicht, und das ist die Wahrheit." Nun zerrte sie an einem Streifen altem Leder, der um ihren Hals hing, und zog einen kleinen Kreuzanhänger unter ihren Kleidern hervor. Er war aus Holz. „Den hat mir die ehrwürdige Mutter gegeben, als ich meine Gelübde ablegte. Als ich eine richtige Nonne wurde, nach meiner Zeit als Novizin", erklärte sie. „Berühren Sie es, Miss Steele."

Das tat ich. Es war nicht länger als mein kleiner Finger und um einiges dünner, doch das handwerkliche Geschick, das sich in der Jesusfigur zeigte, war herausragend. Ich konnte die Haare in seinem Bart und die Dornen seiner Krone erkennen. „Es ist aus einem einzigen Holzstück gemacht", murmelte ich. So viele Einzelheiten auf einem so kleinen Werkstück unterzubringen, würde enorme Fähigkeiten erfordern. Oder Magie. „Es ist warm", erklärte ich Matt.

„Mutter Alfreda hat es Ihnen gegeben?", fragte er, während Abigail das Kreuz wegsteckte.

„Ja, doch ich weiß nicht, wer es angefertigt hat. Es könnte jede der Nonnen gewesen sein, oder keine."

„Sie haben niemals gefragt?", sagte ich. „Waren Sie nicht neugierig, als Sie die Magie darin gespürt haben?"

„Ich wollte damals vergessen, dass ich eine Magierin bin. Man hat mich aufgezogen in dem Glauben, es wäre böse, und ich dachte, wenn ich mein Leben Gott widmete, würde mich das reinigen, heilen. Erst als ich wegging, wurde mir klar, wie falsch das gewesen war. Also nein, ich habe nicht gefragt. Ich dachte, die Nonne, die es angefertigt hat, wäre wahnsinnig, dass sie ihre Magie derart offenlegte. Im Konvent ist das sehr gewagt, sogar dumm. Wenn sie nicht aufpasste, würden sie sie exkommunizieren."

Vielleicht hatten sie das auch. Vielleicht war es Mutter Alfreda selbst gewesen, die die Kreuze und die Kiste hergestellt hatte, aber man hatte sie enttarnt, zusammen mit den Magiern, die noch Babys gewesen waren, und sie insgeheim gezwungen, den Konvent zu verlassen. Oder schlimmeres.

Oder vielleicht war sie aus eigenem Antrieb gegangen und hatte die Jungen mitgenommen, als ihr klar geworden war, dass sie ohne ihre Magie nicht leben konnte. Sie hätte die Akten vergraben können, um jegliche Spur zu vernichten, dass die Jungen je im Konvent gewesen waren. Sie hätte sie in Sicherheit bringen können, und danach lebten sie alle ein glückliches Leben. Dieser Gedanke gefiel mir besser.

„Geben sie den Nonnen immer noch diese Kreuze?", fragte ich.

„Ich weiß es nicht. Ich war siebenundzwanzig Jahre lang nicht mehr dort." Sie schnalzte mit der Zunge und warf einen Blick über die Schulter. „Ich muss gehen. Ich habe zu arbeiten."

Wir kehrten zu unserer wartenden Kutsche auf der Oxford Street zurück. Nachdem Matt dem Kutscher den Befehl gegeben hatte, zum Konvent zu fahren, runzelte er die Stirn über etwas, das er weiter vorne sah.

„Was ist los?", fragte ich.

Er lief weg, ohne zu antworten. Ich beugte mich so weit aus der Kutsche, wie ich konnte, und drückte mit der Hand auf meinen Hut, damit er nicht wegflog. Weiter vorne hielt Matt an, dann kehrte er zurück.

„Hast du Payne gesehen?", fragte ich.

Er ließ sich mir gegenüber nieder und zuckte zusammen, als er sich setzte. „Ich glaube, ich habe ihn aus einem Zweispänner steigen sehen, aber als er mich erspäht hat, blieb er sitzen, und die Kutsche fuhr ab."

„Also folgt er uns."

„Ich glaube schon."

„Was machen wir jetzt?"

„Wir fahren weiter zum Konvent. Wenn er uns folgt, stelle ich mich ihm dort in den Weg und sorge dafür, dass er uns nicht mehr folgen kann."

„Ich verstehe."

Er zuckte erneut zusammen und kniff sich in den Nasenrücken. „Tut mir leid, India, das war unangemessen. Im Augenblick übernehmen meine niederen Instinkte das Ruder." Er zog seine Aussage, dafür sorgen zu wollen, dass Payne uns nicht mehr folgen konnte, aber nicht zurück.

Matt holte seine Uhr heraus, schloss die Vorhänge und ließ die Magie in seinen Körper fließen, ohne dass ich es vorschlagen musste. Danach sah er etwas besser aus, nicht mehr ganz so angespannt in den Schultern, doch die Blässe seiner Haut blieb bestehen. Ich erwähnte es nicht. Ich erwähnte gar nichts zu seiner Gesundheit, dem Einsatz seiner Uhr nach so kurzer Zeit oder irgendeinem anderen heiklen Thema, das uns beide nur verstören würde. Damit blieb nur eine Sache übrig.

„Glaubst du, dass Mutter Alfreda die Magierin war?", fragte ich.

„Ich weiß es nicht, aber ich habe vor, es heute herauszufinden. Jemand im Konvent weiß, wer diese Kreuze und die Kiste hergestellt hat, selbst wenn diejenige nicht weiß, dass diese

Person eine Magierin ist. Es ist an der Zeit, dass wir Antworten erhalten."

„Das sehe ich auch so. Ich glaube, wir sollten Schwester Clare fragen. Sie ist diejenige, die sich wegen der vermissten Mutter Oberin an uns gewandt hat, und wegen der Babys. Sie ist die Einzige, von der wir sicher sein können, dass sie nicht für das Verschwinden verantwortlich ist oder weiß, wer es ist."

Leider holte uns Schwester Clare nicht im Wartezimmer ab. Eine junge Novizin brachte uns ins Bureau von Mutter Frances, und Schwester Clare war nirgendwo zu sehen. Das Vorzimmer der Assistentin war leer.

Die Mutter Oberin begrüßte uns freundlich, aber kühl. „Ich hoffe, Ihr Besuch hat nichts damit zu tun, dass Sie nach diesen Babys suchen, Mr. Glass", sagte sie. „Mein Standpunkt hat sich nicht verändert. Ich werde Ihnen keine persönlichen Informationen überlassen." Sie verschränkte die Arme auf dem Schreibtisch und bot uns ein, wie ich annahm, wohl versöhnlich gemeintes Lächeln, doch es wirkte angestrengt. Sie schien herrisch und schlecht gelaunt, verschanzt hinter ihrem großen, leeren Schreibtisch in einem spärlich möblierten Zimmer. Trotz etlicher Blumen, die im Garten blühten, hatte sie keine einzige aufgestellt. In Schwester Clares Vorzimmer hatte ich drei Vasen voller Rosen und Pfingstrosen gezählt.

„Wer fertigt die kleinen Kreuze, die Sie Ihren Nonnen geben, wenn sie ihre Gelübde ablegen?", fragte Matt.

Sie blinzelte rasch, die Frage erwischte sie eindeutig unvorbereitet. „Die Jungen, die die Wohlfahrtsschule von St. Patrick besuchen. Sie stellen sie im Werkunterricht her. Weshalb?"

„Kommt da Ihres her?", fragte ich und nickte zu dem schweren Holzkreuz hin, das sie um den Hals trug. Obwohl es nach guter Handwerksarbeit aussah, war es ein einfaches Kreuz, nicht hübsch verziert wie dasjenige, das Abigail getragen hatte.

„So ist es."

„Was ist mit den Kreuzen, die den Nonnen vor einigen Jahren gegeben wurden?", fragte Matt. „Bevor Sie Mutter Oberin wurden?"

„Ich weiß es nicht. Es war vor so langer Zeit."

„Sie erinnern sich doch bestimmt an die Kreuze. Sie waren klein und sehr schön angefertigt."

„Ich erinnere mich", sagt sie, ohne sich die Mühe zu machen, ihre Ungeduld zu verstecken. „Ich habe meines noch. Aber ich kann Ihnen nicht sagen, wer sie gefertigt hat. Mutter Alfreda hat sie ausgegeben. Als sie ging und ich Mutter Oberin wurde, schlug Pater Antonio vor, dass wir alle Kreuze von St. Patrick erhalten, um die Wohlfahrt dort zu unterstützen. Ist das alles, Mr. Glass? Wenn es Ihnen nichts ausmacht, ich habe zu arbeiten. Natürlich würde ich gerne mit Ihnen diese Spende besprechen, die Sie den Schwestern jedes Mal versprechen, wenn Sie ihnen eine Frage stellen."

„Wollen wir das doch klarstellen", sagte Matt leise. „Ich werde nichts spenden, bis ich herausfinde, was mit Phineas Millroy passiert ist. Aber ich glaube, das wussten Sie bereits."

Die Mutter Oberin bewegte den Mund, aber es kam nichts heraus. Sie stand auf und wies uns zur Tür. „Dann bitte ich Sie, zu gehen, ohne eine Szene zu machen, und ohne sonst noch mit jemandem zu sprechen."

„Das kann ich nicht versprechen." Matt stand auf und hielt mir eine Hand hin.

Ich nahm sie, hielt aber meinen Blick auf das Kreuz an der Wand über dem Buchregal gerichtet. Wie Abigails Kreuz war es wunderschön, die geschnitzte Jesusfigur war mit hervorragenden Einzelheiten dargestellt. Ich ließ Matts Hand los und näherte mich dem Kreuz.

„Was tun Sie da, Miss Steele?", fragte die Mutter Oberin.

„Es hängt schief. Lassen Sie es mich für Sie gerade rücken." Ich berührte das Holz. Es war warm.

Mein Blut pulsierte als Reaktion darauf. Ich öffnete meinen Pompadour und holte meine Uhr heraus. Auch sie pulsierte sanft.

„India?", fragte Matt leise.

Ich wandte mich zu ihm um, doch ich musste nichts sagen. Er hatte wohl meinen Gesichtsausdruck bemerkt, denn er wirkte zufrieden.

„Ehrwürdige Mutter, wer hat dieses Kreuz gefertigt?", fragte ich und deutete darauf.

Ich hörte ihr Brummen noch etliche Schritte entfernt. „Ich weiß es nicht. Es wurde zu Mutter Alfredas Zeiten hier aufgehängt."

Dann war es an der Zeit, dass wir jemanden fanden, der es wusste. „Vielen Dank für Ihre Zeit, ehrwürdige Mutter. Wir werden Sie nun an Ihre Arbeit gehen lassen."

„Du hast einen Plan?", flüsterte Matt, während wir uns zur Tür begaben.

„Ja. Wir gehen langsam durch den Konvent und zurück nach draußen", flüsterte ich zurück. „Und hoffen, dass wir einer Nonne begegnen, die uns helfen *kann*."

„Das ist nicht gerade ein großartiger Plan." Er entschärfte seine Aussage durch ein Zucken seiner Lippen. Er öffnete die Tür und wartete, dass ich ihm vorausging.

Ich betrat das Vorzimmer und konnte mein erleichtertes Lächeln nicht unterdrücken. „Schwester Clare. Wie wunderbar, Sie zu treffen."

„Miss Steele, Mr. Glass, es ist auch ein Vergnügen, Sie zu treffen." Ihr Lächeln ließ plötzlich nach, als sie hinter uns die Mutter Oberin sah.

„Schwester Clare hat zu arbeiten", sagte Mutter Frances forsch. „Sie hat keine Zeit für alberne Fragen über Kreuze."

„Oh, aber das an Ihrer Wand ist wirklich hübsch", sagte ich. „Diejenige, die es angefertigt hat, sollte man loben. Tatsächlich glaube ich, dass ich gerne ein genau solches in Auftrag geben würde."

„Wenn jemand aus dem Konvent es angefertigt hat", fügte Matt an, „werde ich dafür gut bezahlen, und alle Gewinne werden im Konvent verbleiben. Da können Sie doch nichts dagegen haben, ehrwürdige Mutter."

Ihre Augen blitzten. Ich schätzte, sie wollte nicht, dass wir herausfanden, wer es hergestellt hatte, nur damit sie einen Sieg davontrug. Ich bezweifelte, dass sie uns das Wissen aus einem anderen Grund als schierer Sturheit vorenthielt. Sie hatte etwas gegen uns, aber nicht unbedingt dagegen, dass wir die Wahrheit erfuhren.

„Niemand erinnert sich daran", fuhr sie uns an.

„Ich schon", sagte Schwester Clare.

„Wer?", platzte es aus Matt und mir heraus.

„Schwester Bernadette."

„Die irische Nonne, die die ganzen Wartungsarbeiten durchführt?" Ich schaute zu Matt und lächelte. Er erwiderte mein Lächeln.

Wir hatten unsere magische Handwerkerin. Das leuchtete auch ein. Alle Einzelteile passten zusammen. Schwester Bernadette konnte gut Dinge reparieren, und sie wusste, wie man Werkzeuge einsetzte. Sie hatte auch nicht gewollt, dass ihre Freundin Schwester Margaret mit uns über das Verschwinden der Babys und Mutter Alfredas sprach.

Sie war außerdem dabei gewesen, als das große Holzkreuz von der Wand gefallen war und mich im Schulsaal beinahe erwischt hätte. *Sie* hatte dafür gesorgt, dass sich das Kreuz bewegte, genau wie meine Magie die Uhren, an denen ich gearbeitet hatte, in Bewegung versetzte, um mir das Leben zu retten. Ihre Magie musste wirklich stark sein. Zu stark, als dass wir es mit ihr aufnehmen konnten. Wir konnten nicht riskieren, dass uns ein weiterer hölzerner Gegenstand um die Ohren flog.

Doch Matt marschierte bereits los, die breiten Schultern angespannt. Er war entschlossen, heute Antworten zu bekommen. Ich konnte ihm nur hinterherlaufen.

KAPITEL 12

„Warten Sie", rief uns Schwester Clare nach. Ich verlangsamte meinen Schritt, damit sie aufholen konnte, doch Matt nicht.

„Ich fürchte, Sie können ihn nicht aufhalten", erklärte ich. „Und ich werde Ihnen auch nicht gestatten, es zu versuchen. Wir müssen mit Schwester Bernadette sprechen. Es ist wichtiger, als Sie sich vorstellen können."

„Ich verstehe." Schwester Clare warf einen Blick zurück auf die Mutter Oberin, die mit den Fingern auf den Schreibtisch trommelte und ihre Assistentin vernichtend anstarrte. „Sie finden Schwester Bernadette im Kutschhaus", flüsterte Schwester Clare. „Versprechen Sie, dass Sie mir erzählen, was mit Mutter Alfreda passiert ist, wenn Sie die Wahrheit herausfinden."

Ich nickte und eilte Matt nach. An der Treppe blieb er schließlich stehen, um auf mich zu warten, und ich holte ich ihn ein. „Zum Kutschhaus", wies ich ihn an.

Niemand versuchte, uns aufzuhalten, oder fragte uns auch nur, weshalb wir das Konventgelände nicht verließen. Zu vertrauen schien uns aber trotzdem niemand, wenn man nach dem Stirnrunzeln ging, mit dem man uns allerorts im Vorübergehen bedachte. Ich schätzte, die Mutter Oberin würde bald erfahren, dass wir nicht gegangen waren. Uns blieb nicht viel Zeit.

Zum Glück war Schwester Bernadette tatsächlich im Kutschhaus. Dem Pferdegeruch nach zu urteilen, beherbergte das Gebäude auch die Ställe. Eine junge Nonne, die den belegten Verschlag fegte, wies uns zur Rückseite des Gebäudes, wo Schwester Bernadette neben einem Fuhrwerk kniete. Sie spähte von unten auf das Wagenbett, eine schmutzige Hand lag auf dem Rad. Ihre Werkzeugkiste stand in Reichweite. Sie war aus Holz und voller Werkzeuge mit Holzgriffen, die zu Waffen werden konnten, falls sie beschloss, ihre Magie gegen uns einzusetzen.

„Schwester Bernadette", setzte Matt an, „wir müssen mit Ihnen sprechen."

Die Finger griffen fester um das Rad, und einen langen Augenblick bewegte sie sich nicht, sondern musterte einfach weiter das Fahrgestell. „Ich bin beschäftigt", sagte sie mit ihrem starken irischen Akzent. „Kommen Sie später wieder."

„Wir wissen, was Sie sind", sagte Matt leise.

Ich warf einen Blick zurück zum Stallbereich, doch weder war die junge Nonne von unserem Standort aus zu sehen, noch konnte man das Fegen des Besens hören. „Haben Sie keine Angst", sagte ich zu Schwester Bernadette, die sich nicht bewegt hatte. „Ich bin auch eine Magierin. So haben wir Sie entdeckt. Ich habe die Wärme Ihrer Magie in …"

„Pssst", flüsterte sie, „sprechen Sie dieses Wort hier nicht aus." Ihr nervöser Blick huschte zu den Stallungen.

Matt hielt ihr eine Hand hin, doch Schwester Bernadette schaute sie nur finster an. Ihre Finger ballten sich zur Faust, während sie ohne Hilfe aufstand.

„Gibt es einen Ort, an dem wir uns privat unterhalten können?", fragte ich.

„Nein", fuhr sie uns an. „Lassen Sie mich in Ruhe."

Ich verfolgte meine Schritte zurück und teilte der Nonne im Stall mit, dass sie von Schwester Clare gebraucht wurde. Ich wartete, bis sie den Besen wegstellte und den Stall verließ, ehe ich in den Teil des Gebäudes zurückkehrte, in dem das Fuhrwerk stand. Es schien nur ein Wagen zu sein. Ich schätzte, dass die Nonnen kein zweites Fuhrwerk brauchten.

„Sie ist weg", sagte ich. „Wir können frei reden."

Schwester Bernadette schnappte sich ihre Werkzeugkiste und hielt sie mit beiden Händen vor sich wie einen Schild. „Ich will nicht mit Ihnen über … das reden. Es ist töricht, hier davon zu sprechen. Gehen Sie und lassen Sie mich in Ruhe." Ihre kalte Art war ganz anders als die Freundlichkeit, die sie uns entgegengebracht hatte, als wir sie zum ersten Mal getroffen hatten. An jenem Tag, als wir zum Konvent gekommen und mit ihr und Schwester Margaret gesprochen hatten, war sie fröhlich gewesen, bis wir Fragen über Mutter Alfreda und Phineas Millroy gestellt hatten.

„Wir können nicht ohne Antworten gehen", sagte Matt. „Es ist zu wichtig. Erzählen Sie uns, weshalb sie die Akten der Babys im Wäldchen vergraben haben."

Ihre Lippen öffneten sich zu einem lautlosen Keuchen. „Ich … ich … ich weiß nicht, wovon Sie sprechen."

„Doch, das tun Sie. Die Kiste, in der die Akten vergraben waren, wurde mit starker Magie hergestellt. Das Kreuz im Bureau der Mutter Oberin wurde ebenfalls mit starker Magie angereichert. Sie haben es angefertigt, Schwester Bernadette, und ich höre mir *keine* weiteren Lügen mehr an."

„Bedrohen Sie mich, Mr. Glass?"

Matt wirkte unsicher, behindert von seinem Gentleman-Ehrenkodex. Gegen eine Frau würde er nicht zur Gewalt greifen, und eine Nonne dazu zu zwingen, entgegen ihrer Wünsche zu sprechen, war eine Maßnahme, der er sich nicht bedienen konnte. Wir mussten eine andere Möglichkeit finden.

„Er nicht", sagte ich. „Aber ich schon. Wenn Sie uns nicht verraten, was wir wissen wollen, erzähle ich Mutter Frances, dass sie eine Magierin sind."

„Sie wird Ihnen nicht glauben. Ich bezweifle, dass sie überhaupt an Magie glaubt."

„Wenn sie überzeugt werden muss, dann erzähle ich ihr, wie das Kreuz von der Wand im Schulsaal sprang und mich beinahe umgebracht hätte."

Sie packte ihre Werkzeugkiste fester. „Hat es nicht."

„Es war knapp", sagte ich. „Zu knapp. Und Sie haben dafür gesorgt, dass es herabfällt, genauso wie ich dafür sorgen kann, dass Uhren sich durch meine Magie bewegen."

Ihre Augen weiteten sich kaum wahrnehmbar. „Das können Sie? Wie machen Sie das? Ich kann es nicht steuern, es passiert einfach von ganz allein, und zwar nur, wenn ich verzweifelt bin."

„Ich kann es auch nicht steuern." Wären die Umstände anders gewesen, hätte ich gern meine Magie mit ihrer verglichen, aber nicht jetzt. „Also geben Sie zu, dass Sie eine Magierin sind?"

Sie nickte leicht. „Erzählen Sie es niemandem. Hören Sie mich? Sie werden mich wegschicken, und was sollte ich dann bloß tun? Hier ist mein Zuhause. Alle meine Freundinnen sind hier. Ich habe keine Familie außerhalb dieser Mauern, keine Freunde." Ihre Lippen zitterten, und ihre Augen wurden feucht. Ich war plötzlich beschämt, weil ich sie dazu zwang, mit uns zu reden. „Was wollen Sie von mir?"

„Wir wollen Antworten", sagte ich sanft. „Das ist alles. Wir sind nicht Ihre Feinde. Wir sind nicht einmal daran interessiert, ob Sie für das Verschwinden von Mutter Alfreda verantwortlich sind."

Sie verzog das Gesicht, und aus jedem Auge lief eine Träne. Matt reichte ihr sein Taschentuch, und sie stellte ihre Werkzeugkiste ab und nahm es entgegen.

„Wir wollen einfach nur wissen, was mit dem Jungen passiert ist, der Phineas Millroy hieß", schloss ich. „Lebt er noch?"

Sie tupfte sich die Augenwinkel. „Er lebt."

Erleichterung strömte durch mich hindurch. Ich fühlte mich ganz schwindlig, aus dem Gleichgewicht gebracht. Matt berührte mich am Ellbogen, um mich zu stützen. Wie konnte er nur so ruhig sein? Dann spürte ich, wie seine Finger zitterten.

„Ich sehe ihn manchmal in der Kirche", fuhr Schwester Bernadette fort. „Seine Eltern leben noch in dieser Gemeinde. Er heißt nicht mehr Phineas. Seine Eltern, das Paar, dem ich ihn gab, haben ihn als ihren Sohn aufgezogen und ihm einen neuen Namen gegeben. Ich kann Ihnen versichern, er ist gesund und glücklich." Sie lächelte traurig. „Das rufe ich mir jeden Tag in

Erinnerung. Manchmal hilft es, die Schuldgefühle zu vertreiben, aber nicht immer."

„Wo können wir ihn finden?", fragte ich.

„Das kann ich Ihnen nicht sagen. Ich weiß, dass Sie ihn treffen möchten, und ich verstehe es, aber es geht gegen Gottes Willen, seine Magie zu nutzen, um ein Leben zu verlängern."

„Sie haben nicht das Recht, das zu entscheiden!"

Sie warf einen Blick auf Matt, voller Kummer und Mitgefühl. „Ich weiß, dass der Mann, den Sie als Phineas kennen, ein heilender Magier ist, und ich kann sehen, dass Sie krank sind, Mr. Glass, aber ich kann nicht zulassen, dass Sie ihn bitten, sie zu heilen. Tatsächlich kann er Sie gar nicht von einer schweren Krankheit heilen. Es ist besser, sich Gottes Willen zu unterwerfen, anstatt dagegen anzukämpfen."

„Hören Sie mir zu", sagte ich düster. „Matt wurde kaltblütig erschossen. Das war nicht Gottes Wille. Es war der Akt eines brutalen Mörders."

Sie zuckte zusammen und bedeckte sich den Mund mit Matts Taschentuch.

„Er kann länger leben, wenn man die Magie eines Arztes mit Uhrenmagie verbindet", fuhr ich fort. „Wir haben nicht die Zeit, es genau zu erklären, aber ich dränge Sie mit äußerster Vehemenz, uns zu sagen, wo wir Phineas Millroy finden. Ansonsten ist Ihr Geheimnis aus dem Sack." Ich richtete meine Schultern und Wirbelsäule auf. „Ich werde allen verraten, dass Sie Mutter Alfreda umgebracht haben."

Sie wimmerte, und Tränen liefen ihr aus den Augen, aber mir machte das inzwischen nichts mehr aus. Wir hatten die Bestätigung, dass Phineas lebte und auch ein medizinischer Magier war. Verzweiflung war an die Stelle der Erleichterung getreten. Wir waren zu dicht dran, und ich weigerte mich schlicht, mich nun, da wir das Ziel vor Augen hatten, behindern zu lassen.

Als sie nichts sagte, überlegte ich, wie ich sie sonst noch zum Reden zwingen könnte. Doch es war Matt, der als nächster sprach. „Erzählen Sie uns, was passiert ist", sagte er. Ich dachte, dass er seine Stimme in der Absicht sanfter klingen ließ, sie zu beruhigen, doch ein Blick auf sein angespanntes Gesicht sorgte dafür, dass ich mich fragte, ob er wieder Schmerzen hatte.

„Erzählen Sie uns, weshalb es notwendig war, ihn aus dem Konvent zu schmuggeln."

Sie schluckte. „Ich … ich kann nicht. Es schmerzt zu sehr."

„Mutter Alfreda wollte ihm etwas antun, oder nicht?" Sie blinzelte Matt nur an. „Ihn töten?", riet er.

Sie stieß ein ersticktes Schluchzen aus. „Ich glaube schon", sagte sie mit leiser Stimme. „Er war so winzig und hilflos, nur ein unschuldiges Baby, und doch hielt sie ihn für das Böse."

„Wie hat sie denn von seiner Magie erfahren? Ein Baby kann doch keinen Zauber wirken."

„Das brauchte er nicht. Seine Magie ist stark, so wie meine, und wenn man ihn einfach nur berührt hat, hat das bereits kleinere Leiden gelindert. Kopfschmerzen verschwanden, kleine Schnitte heilten schneller, und so weiter. Er besaß genug Magie, dass sie einfach aus ihm herausströmte, ohne dass ein Zauber nötig war. Aber nur in kleinen Dingen, verstehen Sie. Er konnte keine tiefen Schnitte oder chronischen Schmerzen lindern, sondern nur vorübergehende."

„Sie haben ihn berührt?", fragte ich. „Daher wussten Sie also, dass er ein Magier war?"

Sie nickte. „Ich habe eines Tages eine Wiege in der Kinderstube repariert und mitgehört, wie Schwester Francesca – das ist Abigail Pilcher - sich wunderte, wie warm er sich anfühlte. Doch als eine der anderen Nonnen ihn berührte, sagte sie, für sie fühle er sich kühl an. Ich wusste bereits, dass Schwester Francesca eine Magierin war. Ich hatte das Seidentaschentuch berührt, das sie repariert und im Laden verkauft hatte. Ich erzählte ihr nie, dass auch ich eine Magierin bin. Ich hielt es für das Beste, es niemandem zu erzählen. Doch ihre Anmerkung, dass das Baby warm sein sollte, machte mich neugierig, darum berührte ich es. Ich spürte die Wärme sofort, und ich wusste, dass es magische Wärme war. Ich wusste allerdings nicht, dass er ein heilender Magier war. Nicht, bis eine der anderen Nonnen sich über Kopfschmerzen beklagte, ehe sie in die Kinderstube ging, und dann herauskam und begeistert war, weil sie sich so viel besser fühlte, nachdem sie nur zehn Minuten mit dem Baby verbracht hatte. Zu diesem Zeitpunkt war Phineas allein in der Kinderstube, deshalb konnte es nur er sein. Ihre Begründung lautete, er wäre eben ein zufriedenes Baby, und seine Zufriedenheit hätte auf sie abgefärbt, doch ich ahnte, dass mehr dahintersteckte. Darum schlich ich mich in die Kinderstube und experimentierte mit einer kleinen Prellung." Sie deutete auf ihren Daumen. „Ich legte ihn an seine Wange. Die Prellung ging sofort weg."

Sie reichte Matt das Taschentuch zurück, doch er weigerte sich, es zu nehmen. „Haben Sie mit Abigail Pilcher darüber gesprochen, was Sie herausgefunden hatten und was zu tun sei?", fragte er.

Sie schüttelte den Kopf. „Ich hatte zu viel Angst. Ich wusste, dass man meine Magie als Teufelswerk betrachten würde. Da ich in Dublin aufgewachsen bin, habe ich aus erster Hand mitbekommen, wie die Kirche mit Magiern umgeht." Ihr Kinn zitterte, und sie hatte Mühe, weiterzusprechen. „Und sie hatte zu diesem Zeitpunkt eigene Probleme."

„Ihre Schwangerschaft", sagte ich. „Also haben Sie beschlossen, Phineas allein aus dem Konvent zu schmuggeln?"

Sie nickte. „Wenn ich das nicht getan hätte, wäre er gestorben, genau wie das andere Baby."

„Der andere vermisste Junge?", fragte ich. „Der, dessen Aufzeichnungen Sie auch im Wäldchen vergraben haben?"

Ein weiteres Nicken. „Er ist einige Monate vor Phineas aus dem Konvent verschwunden. Schwester Clare hat mich darauf aufmerksam gemacht. Laut Mutter Alfreda war er über Nacht verstorben, und sie hatte die Leiche selbst ins Leichenhaus gebracht. Schwester Clare hielt das für merkwürdig, dass sie nicht bis zum nächsten Morgen gewartet hatte. Ich hatte auch meine Zweifel an der Geschichte, doch ich hielt es für plausibel, dass er gestorben war. Ich wusste bereits, dass das Baby ein Magier war, darum machte ich mir Sorgen um den Jungen. Ich habe ihn einmal gehalten, als ich eine der Schwestern in der Kinderstube ablösen musste. Wie bei Phineas strahlte magische Wärme aus seiner Haut aus. Ich habe das törichterweise vor der Mutter Oberin erwähnt. Von Magie habe ich natürlich nicht gesprochen, nur von seiner Wärme. Sie berührte ihn und sagte, er wäre nicht warm. Doch in ihre Augen trat dann gewisser Ausdruck. Eine kalte, grausame Miene, die mir Angst machte. Ich kann nicht ausdrücken, wie sehr ich es bedaure, dass ich sie darauf aufmerksam gemacht habe. Wenn ich nur zu jenem Tag zurückkehren könnte …" Sie unterdrückte ein weiteres Schluchzen mit Matts Taschentuch.

„Hat sie Sie beschuldigt?", fragte Matt.

„Nein. Sie sagte nichts, aber es war diese Nacht, in der das Baby angeblich gestorben ist. Doch es war gesund. Trotz meiner Zweifel hielt ich den Mund. Sie vertraute mir nicht mehr, das war mir klar. Ihre Haltung mir gegenüber hatte sich verändert, und ich bekam Panik, dass sie mich enttarnen und mich wegschicken würde. Doch ich konnte meine Gedanken nicht von dem Baby abwenden, deshalb ging ich ins Leichenhaus. Niemand hatte in jener Nacht die Leiche eines Babys dort abgegeben. Ich zog alle anderen Möglichkeiten in Betracht – Adoption, ihn in ein Waisenhaus zu geben –, doch das alles ergab keinen Sinn. Warum hätte sie das im Geheimen tun sollen? Warum nicht offiziell?"

„Teufel auch", sagte Matt leise. Er schien etwas zu wissen, was ich nicht wusste.

„Was ist mit ihm passiert?", fragte ich atemlos.

„Ich hatte einen Verdacht, doch ich musste es sicher wissen", fuhr Schwester Bernadette fort. „Ich wollte die ehrwürdige Mutter nicht ohne Beweise zur Rede stellen, darum sprach ich stattdessen mit Pater Antonio. Ich fragte ihn, was passiert, wenn man vermutet, dass jemand Hexenkräfte besitzt. Ich ließ es klingen, als wäre ich an einer Lehrmeinung interessiert, nicht im praktischen Sinne. Dann erzählte er mir von Exorzismus."

Ich drückte mir eine Hand an die Kehle. „O Gott. Das arme Baby."

Sie blinzelte Tränen weg und nickte. „Pater Antonio erklärte den Vorgang, aber das schien mir zu grob, als dass ein Baby es aushalten könnte. Ich fragte ihn, ob es ein Mindestalter dafür gab, und er bestätigte das. Sagen wir einfach, ein Baby ist zu jung. An der Art, wie er offen mit mir sprach, las ich ab, dass er das Ritual nicht an diesem Baby durchgeführt hatte. Also blieb mir nur noch eine Option übrig."

„Sie haben Mutter Alfreda zur Rede gestellt?", fragte ich.

„Nein. Ich sagte nichts. Ich dachte, das würde ich tun, doch stellte ich fest, dass ich es nicht konnte. Ich konnte es einfach nicht. Sie hegte bereits einen Verdacht gegen mich, hatte aber deswegen nichts unternommen. Ich hatte Angst, wenn ich sie zur Rede stellte, würde sie doch noch handeln und ..." Sie schluckte.

„Ja, natürlich. Was also ist dann geschehen?"

„Phineas kam in die Kinderstube. Ein weiteres magisches Baby. Als ich erfuhr, was er war, wurde mir sofort bang um ihn. Ich betete, Mutter Alfreda möge es niemals herausfinden. Aber das tat sie. Ich weiß, dass sie das tat. Bis heute ist mir nicht klar, wie."

„War sie womöglich auch eine Magierin?", fragte ich. „Vielleicht hielt sie es geheim."

„Es ist möglich."

„Es gibt eine andere Möglichkeit", sagte Matt. „Haben Sie bei Pater Antonio gebeichtet?"

„Nein. Ich bin nicht töricht."

„Dann hat vielleicht Abigail ihre Vermutung über ihn gebeichtet, und er hat es Mutter Alfreda erzählt."

„Es spielt keine Rolle mehr." Schwester Bernadettes Tränen waren getrocknet, und ihre Augen wurden glasig, während sie schmerzhafte Erinnerungen durchlebte. „Ich werde nie vergessen, wie ich Mutter Alfreda eines Tages die Kinderstube mit einem harten Glanz in den Augen und einem verzerrten Lächeln auf den Lippen verlassen sah. Da wusste ich, dass *sie* diejenige war, die von Dämonen besessen ist. Sie war die Böse – nicht die Babys, nicht ich. Und sie würde den sogenannten Teufel auch aus diesem kleinen Körper austreiben lassen, genau wie aus dem anderen. Das konnte ich nicht zulassen, nicht, wenn es in meiner Macht stand, es zu verhindern. Ich vermute, dass das erste Baby während des Exorzismus gestorben ist, und es war meine Pflicht, mich darum zu kümmern, dass kein weiterer Unschuldiger das gleiche Schicksal erlitt. Darum stahl ich es. Ich schmuggelte es aus der Kinderstube, eines Nachts, als alle anderen schliefen."

„Und sie gaben ihn dem kinderlosen Paar", sagte ich.

Sie nickte. „Ich flehte sie an, ihn zu nehmen. Ich vermutete bereits, dass der Mann ein Magier war, und meine Vermutung wurde bestätigt, als sie das Baby fraglos nahmen, nachdem ich erklärt hatte, was passiert war. Am folgenden Sonntag, als ich die Frau nicht in der Kirche sah, fragte ich, wo sie war. Ihr Mann sagte, sie wäre auf einem längeren Besuch bei ihrer Schwester, um sie und ihr krankes Kind zu pflegen. Ein paar Wochen später kehrte sie mit dem Baby zurück und behauptete, ihre Schwester könne sich nicht darum kümmern. Sie zogen ihn als ihr eigenes Kind auf, und ich habe ihn aufwachsen sehen." Sie holte tief Luft und lächelte uns verweint an. „Es war meine größte Freude, zu wissen, dass ich ihm das Leben gerettet habe. Dafür hat sich alles gelohnt."

Matt legte eine Hand auf das Fuhrwerk und lehnte sich daran. „Alles?"

Sie brauchte lange für ihre Antwort, und einen Augenblick lang dachte ich, sie würde nichts sagen. Aber schließlich gestand sie: „Ich bin so weit gekommen, und vielleicht erleichtert es mein Gewissen, wenn ich es Ihnen erzähle."

„Von uns haben Sie keine Missbilligung zu erwarten", versicherte ich ihr. „Wir werden Sie nicht harsch beurteilen."

„Aber Gott vielleicht schon."

„Oder er versteht womöglich, dass Sie getan haben, was Sie tun konnten, um ein unschuldiges Kind zu retten."

Sie biss sich auf die Unterlippe. „Ich habe sie getötet. Ich habe Mutter Alfreda getötet." Sie vergrub das Gesicht in den Händen und schluchzte. Ich legte ihr einen Arm um die Schultern und wartete darauf, dass ihr Zittern vorüberging, ehe ich losließ.

„Sie müssen es uns nicht erzählen", rief ich ihr in Erinnerung.

„Ich will aber." Sie atmete bebend aus. „Mutter Alfreda verdächtigte mich, dass ich das Baby aus der Kinderstube gebracht hatte, und verlangte zu wissen, wo es war. Der Schluss, dass ich es gewesen war, konnte ihr nicht schwergefallen sein, da sie wusste, dass ich eine Magierin war. Sie kam in meine Zelle und warf mir vor, eine Hexe zu sein, von einem Dämon besessen zu sein, und sagte, man müsse mir den Teufel austreiben. Sie wollte nicht vernünftig reden. Für sie spielte es keine Rolle, dass ich so geboren war, dass Magie ein gottgegebenes Talent ist. Ich fragte sie, wie sie den Teufel austreiben würde, und sie sagte, er würde von einem Laien exorziert werden, den sie kannte. Einem Mann, der hervorragende Ergebnisse lieferte und dessen

Mündel immer gehorsam und sanft wurden, sobald er ihnen die Dämonen ausgetrieben hatte. Sie beschrieb mir, wie er es machte. Seine Methoden waren sehr viel rauer als die, die Pater Antonio beschrieben hatte. Der Körper wurde gefesselt, und Nägel in die Glieder getrieben, um das Leiden Jesu nachzustellen. Mir wurde übel davon. Es war schrecklich. Ich fragte sie, ob sie das erste Baby dorthin gebracht hatte, und sie bejahte und sagte mir dann, dass es nicht überlebt hatte." Schwester Bernadette schloss die Augen, doch das änderte nichts daran, dass ihr Tränen die Wangen hinabliefen. „Mutter Alfreda war froh, dass es tot war. Sie behauptete, der Teufel hätte zu tief in dem Baby gesessen, als dass der Exorzismus hätte Erfolg haben können, und dass der Tod für solche Monster das beste Ergebnis war. Sie *lächelte*, als sie mir das erzählte."

Sie lehnte sich an den Wagen zurück, als würde sie ihn als Stütze brauchen. Sie war blass und zitterte, ihr Gesicht war rot und vom Weinen aufgequollen. „Ich habe ihr einen Schubs gegeben. Ich war so wütend und panisch, dass ich sie schubste, und sie ist gestürzt und hat sich den Kopf an meinem Nachttischchen angeschlagen. Sie ist vor meinen Augen verblutet. Ich sah ihr beim Sterben zu. Ich rief niemanden zur Hilfe. Ich versuchte nicht, die Blutung zu stillen. Ich setzte mich einfach auf mein Bett und wartete, bis sie ihren letzten Atemzug tat. Irgendwann nach Mitternacht wickelte ich ihre Leiche in meine Decke, trug sie zu dem Schubkarren, den ich im Gärtnerschuppen abgestellt hatte, und fuhr sie zum Fluss. Ich fand unterwegs ein paar lose Ziegelsteine und band sie an ihre Tracht. Dann rollte ich den Körper ins Wasser. Sie sank, und soweit ich weiß, wurde ihr Leichnam nie geborgen. Es war leicht. Zu jener Zeit waren nachts nur wenige Leute unterwegs, und diejenigen, die mich sahen, haben keine Fragen gestellt." Sie stieß schnaubend ein humorloses Lachen aus. „Niemand stellt einer Nonne Fragen, selbst wenn sie sich merkwürdig verhält."

„Und die Akten der Babys?", fragte ich. „Haben Sie die auch in jener Nacht vergraben?"

Sie nickte schwach und sank an das Fuhrwerk, ihre Schultern hingen herab. Die starke, feurige irische Nonne wirkte geschlagen. „Es durften keine Fragen zu diesen Kindern gestellt werden, oder die Wahrheit konnte herauskommen. Das wollte ich nicht riskieren. Schwester Clare sorgte für einen kleinen Aufruhr, als sie sagte, sie könne sie nicht finden, doch der Konvent war zu jener Zeit ziemlich hektisch. Niemand war an den Akten interessiert, wo doch Mutter Alfreda vermisst wurde."

„Sie haben bei Pater Antonio gebeichtet, oder?", fragte Matt. „Den Mord, meine ich, nicht Ihre Magie."

Sie blinzelte ihn an, überrascht, dass er das wusste. „Das musste ich tun, sonst wäre meine Seele weiterhin befleckt geblieben. Ich habe ihm nicht gesagt, warum. Er wusste nichts von dem Exorzismus. Ich sagte ihm einfach, dass wir gestritten hatten, dass ich sie geschubst hatte und sie gefallen war. Er sagte, er würde sich um die Polizei kümmern, und er hat sein Wort gehalten. Sie kamen nicht wider und stellten nach jenem ersten Tag keine weiteren Fragen. Gott sei es gedankt."

„Wir werden es ihnen auch nicht sagen", versicherte ich ihr.

Obwohl ich an unsere Rechtsprechung glaubte und Vertrauen hatte, dass Kriminalinspektor Brockwell zu dem Schluss kommen würde, dass es ein Unfalltod gewesen war, hatte es Schwester Bernadette nicht verdient, diese traumatische Erfahrung zu machen und ihren Ruf beschädigt zu sehen. Die Angelegenheit ließ man nun am besten auf sich beruhen. Sie glaubte, dass sie eines Tages Gottes Urteil ausgesetzt sein würde, und diese Sorge war schon Strafe genug.

„Aber bitte, Sie müssen uns sagen, wo wir Phineas finden", drängte ich sie. „Ich weiß, Sie glauben, dass wir Gott spielen, indem wir jemanden am Leben halten, aber Sie sagten selbst, dass Magie ein gottgegebenes Talent ist, dass er uns so geschaffen hat." Ich nahm ihre beiden Hände und senkte den Kopf, um ihr in die Augen zu schauen. „Wenn er uns die Magie gegeben hat, um jemanden am Leben zu halten, ist es dann nicht unsere Pflicht, sie einzusetzen, um das Leben eines Menschen zu retten, der an einer Schussverletzung stirbt?"

Ich konnte den Moment erkennen, in dem meine Argumente zu ihr durchdrangen. Ihre Augen wurden klar, die Farbe kehrte in ihre Wangen zurück, und sie lächelte beinahe. Es schien, als würde sie die Zustimmung mit mir erleichtern.

„Die Magie wurde uns von Gott gegeben", sagte sie.

„Und Mord ist nicht Gottes Wille", fügte ich an.

Sie schluckte. „Das Baby, das man Phineas nannte, wurde von den Seafords adoptiert" Sie redete rasch, als würde sie die Worte aussprechen wollen, ehe sie es sich anders überlegte. „Sie haben ihn Gabriel genannt. Man findet sie am Glebe Place Nummer 6, obwohl er nicht mehr bei ihnen wohnt."

Ich warf meine Arme um sie und zog sie fest an mich. Sie lachte leise und klopfte mir auf den Rücken. „Danke", sagte ich und zog mich zurück. „Vielen Dank."

Schwester Bernadette nahm ihre Werkzeugkiste und richtete sich auf. „Wenn dieser junge Mann ein würdiges Leben retten kann, dann heißt das, ich habe zwei gerettet. Vielleicht rechnet mir Gott das an, wenn es an der Zeit ist, dass über mich gerichtet wird."

„Ich bin sicher, das tut er." Matt bedankte sich bei ihr und nahm mich an der Hand.

Er führte mich hinaus, wo das helle Licht des Tages in meinen Augen brannte. Ich fühlte mich emotional wund, doch voller Hoffnung. Ich quoll über vor Hoffnung. Ein Heilmittel war so nahe, dass ich es schon schmecken konnte.

Matt legte mir plötzlich einen Arm um die Schultern und drückte mir einen Kuss auf die Stirn, was meinen Hut nach hinten schob. Seine Atemzüge kamen schwer, angestrengt, und ich zog mich zurück, um ihn zu mustern.

„Geht es dir gut?", fragte ich. Er sah furchtbar aus. Seine Haut glänzte, und seine Lippen waren so blass wie sein Gesicht. Ich nahm meinen Handschuh ab und berührte ihn an der Wange. Er fühlte sich kalt an. „Matt?" Panik ließ meine Stimme hoch klingen.

„Mir geht es gut. Aber trödeln wir nicht."

Wortlos verließen wir das Konventgelände und kehrten zurück zur Kutsche. Matt streckte die Hand aus, um mir hinein zu helfen, dann befahl er dem Kutscher, zum Haus der Seafords zu fahren. Er taumelte in die Kabine und brach auf dem Sitz neben mir zusammen.

„Hast du den Zauber noch bei dir?", fragte er.

„In meinem Pompadour." Ich hatte den medizinischen

Zauber aus Dr. Millroys Tagebuch abgeschrieben und ihn seither immer bei mir getragen. Es war derselbe, den Dr. Parsons vor fünf Jahren in Broken Creek an Matts Taschenuhr eingesetzt hatte. Bei ihm hatte er funktioniert, aber nicht bei Dr. Millroy. Wir wussten nicht, weshalb der komplizierte Zauber bei dem einen gewirkt hatte und bei dem anderen nicht, aber wir würden mit Gabriel Seaford experimentieren müssen.

Ich wollte die Vorhänge schließen, während er an den Knöpfen seines Rocks herumnestelte, hielt aber inne. Wir fuhren an einer anderen geparkten Kutsche vorbei, deren Passagier sich plötzlich aufrichtete, als hätte er halb geschlafen und als hätte etwas seine Aufmerksamkeit auf sich gezogen. Er schaute aus dem Fenster und unmittelbar mich an.

Sheriff Payne.

Er war wohl schon eine ganze Weile hier, hatte auf uns gewartet, und sein Fahrer hatte ihn von unserer Abfahrt in Kenntnis gesetzt. Ich beobachtete durch das Rückfenster, wie seine Kutsche vom Bordstein abfuhr und uns folgte. Teufel aber auch.

Ich setzte mich wieder hin und musterte das schwache Glühen der Magie, als sie sich in Matts Körper ausbreitete. Alle Hoffnung, die ich verspürt hatte, als wir aus dem Kutschhaus im Konvent getreten waren, wurde zerschmettert. Das Glühen hätte heller sein sollen.

„Besser?", fragte ich ihn.

Er lächelte mich schwach an und nickte, doch ich wusste, dass es gelogen war. Trotzdem nahm ich ihm die Taschenuhr ab und sprach den Verlängerungszauber hinein. Er benutzte die Uhr noch einmal, doch das Glühen war genauso schwach.

Er steckte die Taschenuhr weg, und seine Hand blieb unter seinem Mantel auf der Brust liegen.

Ich wagte nicht, zu fragen, ob sein Herz wieder schmerzte. Stattdessen zog ich das Fenster nach unten und befahl dem Kutscher, schneller zu fahren. Ein rascher Blick hinter uns bewies, dass Payne uns noch folgte. Ich sagte Matt nicht Bescheid. Wenn er gewusst hätte, dass Payne hinter uns her war, würde er einfach am Haus der Seafords vorbeifahren wollen. Ich wollte keine weiteren Verzögerungen riskieren.

Glebe Place war nicht weit entfernt, und wir kamen innerhalb weniger Minuten bei Nummer 6 an. Matt zog sich aus der Ecke, in der er zusammengesunken war, doch ich schob ihn sanft zurück. „Warte hier", sagte ich. „Ich finde heraus, wo ihr Sohn wohnt."

„Nein. Sie sollten mich sehen. Das wird sie überzeugen, dass ich einen Arzt brauche." Das mochte schon sein. Er sah aus wie ein Kadaver. Seine rot umrandeten Augenlider hingen herab, als wären sie zu schwer, um sie ganz offen zu halten, und die Haare in seinem Nacken waren feucht von Schweiß.

Ich schaute durch die Fenster nach Paynes Kutsche, sah sie aber nicht. Ich bezweifelte jedoch nicht, dass er uns gefolgt war. Er würde hinter der Ecke warten, jede unserer Bewegungen beobachten. Dessen war ich mir inzwischen sicher. Er wollte herausfinden, was wir taten, damit er die Information gegen Matt einsetzen konnte. In letzter Zeit hatte er nicht versucht, Matt zu erschießen, und daran klammerte ich mich fest.

Trotzdem blieb ich wachsam und stieg als erste aus der Kutsche. Matt schnappte beim Aussteigen nach Luft und brauchte einen Augenblick, um sich zu sammeln. Obwohl ich ihm eine Schulter zum Festhalten bieten konnte, hielt ich Abstand, während ich an die Tür des schmalen Stadthäuschens klopfte. Das Gesicht einer Frau erschien in dem eleganten Erkerfenster, doch es war eine andere Frau, die die Tür öffnete.

„Sind Mr. oder Mrs. Seaford da?", fragte ich die Haushälterin. „Mein Name ist India Steele, und das ist Mr. Glass."

Sie warf einen unsicheren Blick auf Matt, ehe sie uns bat, auf der Veranda zu warten.

„Sehe ich so schlecht aus?", fragte mich Matt, während wir warteten.

„Du siehst gut aus."

„Gut?" Er knurrte. „Das letzte Mal, als mir jemand gesagt hat, ich sähe gut aus, war es Willie, nachdem Cyclops mir ein blaues Auge verpasst hat."

„Weshalb hat Cyclops dir ein blaues Auge verpasst?"

„Ich erinnere mich nicht, was vermutlich heißt, dass ich es verdient habe."

Die ältere Frau, die durch das Fenster gespäht hatte, begrüßte uns vorsichtiger als ihre Haushälterin. Ich stellte uns noch einmal vor und fügte an: „Schwester Bernadette aus dem Konvent der Schwestern vom heiligsten Herzen schickt uns. Dürfen wir bitte hereinkommen? Wir müssen etwas Heikles mit Ihnen besprechen."

„Schwester Bernadette?", fragte sie mit dünner Stimme. „Ich … ich bin mir nicht sicher …"

„Mein Freund Mr. Glass leidet an einer Schussverletzung, und er braucht die Unterstützung ihres Sohnes."

„Schussverletzung!" Sie setzte eine Brille auf, die an einer dünnen Kette um ihren Hals hing, und unterzog Matt einer genauen Musterung. „Oje. Wie schrecklich. Aber mein Sohn kann die Unterstützung, die Sie benötigen, nicht bieten, Mr. Glass. Er kann keine *Wunder* wirken."

„Doch, Ma'am, das kann er", erwiderte Matt leise.

Sie kaute auf der Unterlippe, versuchte aber nicht, uns die Tür vor der Nase zuzuschlagen. Darin sah ich eine Einladung, weiter zu flehen.

„Schwester Bernadette hat uns versichert, dass Ihr Sohn helfen könne. Bitte, wir müssen ihn finden. Falls nicht, wird Mr. Glass sterben, und ich glaube, auch Sie sehen es so, dass er zu jung zum Sterben ist, ganz besonders an einer Schussverletzung durch einen mörderischen Schurken."

Matt drückte sich eine Hand auf die Brust, vielleicht um zu flehen, vielleicht auch, weil ihm sein Herz wieder wehtat. Was immer es war, es schien zu wirken. Mrs. Seaford schickte uns nicht sofort weg.

„Schwester Bernadette hätte uns nicht von Gabriel erzählt, wenn sie nicht dächte, Mr. Glass würde die besondere Behandlung verdienen, die Ihr Sohn ihm angedeihen lassen kann."

Sie beugte sich vor. „Ich fürchte, Sie werden enttäuscht sein. Es ist nur vorübergehend, wissen Sie?"

Ich packte Matts Hand, als Hoffnung aufkam. Seine Finger schlossen sich um meine. „Ich nehme jeden zusätzlichen Tag, den ich mit ihm bekommen kann."

Sie lächelte mich traurig an. „Sie finden Gabriel entweder in seiner Wohnung, die er in Pimlico mietet, oder im Belgrave-Kinderkrankenhaus in der Nähe. Er arbeitet Nachtschicht, darum könnten Sie ihn jetzt zu Hause antreffen." Sie gab uns die Adresse und wünschte uns alles Gute, doch es war eindeutig, dass sie Matt für unheilbar krank hielt.

Ich gab unserem Kutscher die Adresse und fügte hinzu: „Nehmen Sie den schnellstmöglichen Weg."

Matt ließ sich mit einem schweren Seufzen in der Kabine nieder. Er schloss die Augen und neigte den Kopf nach hinten. Es war schon ein paar Stunden her, seit er aufgewacht war, und er brauchte unbedingt eine richtige Rast.

Ich saß auf der Sitzkante und rechnete mir aus, wie schnell ich seinen Rock und seine Weste öffnen konnte, um seine magische Uhr herauszunehmen, falls sein Zustand sich verschlechterte. Selbst wenn ich es in bloßen Sekunden schaffte, bezweifelte ich, dass es reichen würde. Die Magie der Uhr hatte sich erheblich abgeschwächt. Was, wenn sie völlig aufhörte zu funktionieren? Daran dachte man am besten gar nicht.

Meine Aufmerksamkeit wurde von einer schnell vorüberfahrenden Kutsche angezogen. Sie hielt vor dem Haus der Seafords an, und Sheriff Payne stieg aus. Wir fuhren um eine Ecke, darum sah ich nicht, was er als nächstes tat, doch das musste ich nicht. Ich wusste, dass er Mrs. Seaford zu unserem Besuch befragen und von ihr verlangen würde, ihm zu verraten, was sie uns gesagt hatte. Wenn er herausfand, dass Gabriel Seaford ein Arzt war, würde er wissen, was wir vorhatten.

Ich musterte Matt, seine Augen geschlossen, sein Atem schwach. Wir konnten nicht zurück zum Haus der Seafords kehren, um Payne zur Rede zu stellen. Es blieb keine Zeit. So sehr ich mich auch sorgte, dass der Sheriff uns verfolgte, ich tröstete mich damit, wie zögerlich Mrs. Seaford Informationen über ihren Sohn herausgerückt hatte. Sie würde Payne seine Adresse nicht geben. Wir hatten sie nur überzeugt, indem wir Schwester Bernadettes Namen und den Beweis von Matts schlechtem Zustand eingesetzt hatten.

Obwohl es nicht weit von Chelsea nach Pimlico war, fühlte es sich an wie eine Ewigkeit, die wir bis dorthin brauchten. Ich stieß vor Erleichterung die Luft aus, als wir in die Sutherland Row einbogen, eine kurze Straße mit wenigen Häusern und keinen Fußgängern oder Kutschen außer unserer.

Und dann, durch das Rückfenster, sah ich Paynes Kutsche, die sehr schnell um die Ecke bog. Wie hatte er die Adresse so rasch von Mrs. Seaford erhalten?

Mein Magen drehte sich um. Mir wurde übel. *O Gott. Lass es ihr bitte gut gehen.*

Unsere Kutsche wurde langsamer, aber die von Payne nicht. Er fuhr direkt auf uns zu. War der Kutscher verrückt? Er würde sich umbringen! Sie kam immer näher, viel zu schnell.

Ich setzte mich um, um neben Matt zu sein, und legte meine Arme um ihn. Ich wusste nicht, weshalb, nur, dass ich ihn in seinem geschwächten Zustand schützen wollte, falls wir einen Unfall hatten.

„Matt!", rief ich. „Wach auf! Mach dich bereit!"

Er regte sich. „Was …?" Er sah die Kutsche und warf die Arme um mich, zog mein Kopf unter sein Kinn.

Etliche Dinge passierten gleichzeitig. Unser Kutscher rief und wich aus, sodass wir gegen eine Seite der Kabine krachten. Meine Taschenuhr läutete immer wieder zur Warnung. Ich nahm sie aus meinem Pompadour und umschloss sie mit der Hand. Bei jedem Läuten pulsierte sie wie ein rasender Herzschlag.

Wir kamen abrupt zum Stehen, halb auf dem Bürgersteig. Matt stieß die Tür auf und wollte hinausspringen.

„Nicht!", rief ich und packte ihn am Arm. „Er hat bestimmt eine Pistole!"

„Und wie ich die habe." Payne stand auf dem Bürgersteig, seine Waffe auf Matt gerichtet, ein eisiges Lächeln auf den Lippen.

KAPITEL 13

att versteifte sich. Er warf Payne einen kalten, berechnenden, grimmigen Blick zu. Payne war zu weit weg, als dass Matt hinausspringen und ihm die Waffe aus der Hand schlagen konnte. Als Eddie auf ihn geschossen hatte, war Matt dicht genug gewesen, um zu verhindern, dass Eddie ein weiteres Mal schoss, und ich war da gewesen, um ihm die Uhr in die Hand zu drücken, als er im Sterben gelegen hatte. Aber Payne war kein Narr. Er hielt Abstand. Ich bezweifelte ohnehin, dass in Matts Uhr noch genug Magie übrig war, um ihn jetzt noch zu retten, und ich war sicher, dass Matt nicht stark genug war, um eine Schussverletzung lange genug zu überleben, damit die Magie es auch nur versuchen konnte.

„Die Hände dorthin, wo ich sie sehen kann, Glass." Payne drapierte seinen Mantel über der Schusswaffe, um sie vor Zuschauern, die womöglich aus den Fenstern sahen, zu verbergen. „Wenn Sie versuchen, den Helden zu spielen, erschieße ich Sie. Sie auch", sagte er zu unserem Kutscher. „Eigentlich sollte ich Sie sowieso erschießen, Glass. Ich brauche Sie nicht."

Er spannte den Hahn der Waffe und zielte auf Matt.

Ich schob Matt mit der Schulter aus dem Weg, setzte in dem engen Raum mein ganzes Gewicht ein, und stellte mich vor ihn.

„India", knurrte er.

„Das ist Wahnsinn!", sagte ich zu Payne. „Es ist helllichter

Tag. Es wird Zeugen geben. Sie wollen Ihr Leben aus Rache aufs Spiel setzen? Sehen Sie nicht, wie töricht das ist?"

„Nicht Rache. Einst, ja, als ich frisch nach England kam. Aber je mehr ich Sie beobachtet habe, Glass, desto klarer wurde mir, dass Sie etwas von außergewöhnlichem Wert besitzen. Etwas, das ich an den Höchstbietenden verkaufen kann. Und glauben Sie mir, man wird für Ihr Gerät außerordentlich hohe Summen bieten. Jetzt reichen Sie mir Ihre Uhr."

„Eine gewöhnliche Taschenuhr?", schnaubte ich. „Also gut."

„Halten Sie mich nicht zum Narren, Miss Steele", brummte Payne in seinem amerikanischen Akzent. „Sie wissen, welche Uhr ich meine. Ich will die magische. Diejenige, die ihn am Leben hält. Diejenige, die mir ein Vermögen bringen wird."

„Sie verstehen nicht, was Sie da sagen. Die Uhr ist nutzlos für jeden außer Matt."

Er bewegte das Kinn, und sein Blick ging zwischen uns hin und her. Also wusste er es nicht. Das war ein Punkt zu unseren Gunsten, doch ich war mir noch nicht sicher, wie wir ihn nutzen würden, um uns zu retten.

„Sie hat recht." Matts Stimme klang angespannt, seine Atemzüge kamen abgehackt. „Meine magische Uhr wirkt nur bei mir. Also sind wir wieder bei der Rache. Ich werde ohne viel Aufhebens mitkommen, wenn Sie India gehen lassen."

„Nein!", rief ich.

„Netter Versuch, Glass", sagte Payne. „Aber ich kann kein Wort glauben, das einer von Ihnen sagt. Ich werde einfach Miss Steele und Dr. Seaford ihre Magie in Ihrer Taschenuhr vereinen lassen und es mir ansehen müssen, nicht?"

„Fassen Sie sie nicht an." Matt schlang einen Arm um meine Taille, bereit, mich aus dem Weg zu schubsen.

„Ihre Uhr funktioniert nicht sonderlich gut, oder, Glass? Darum sind Sie hier. Um den magischen Arzt dazu zu bringen, seine Magie mit der von Miss Steele zu vereinen und das verdammte Ding zu reparieren. Tun Sie bloß nicht so, als hätte ich unrecht", sagte er, als ich den Mund öffnete, um zu widersprechen. „Ich weiß, dass ich recht habe. Ich habe überall dieselben Fragen gestellt wie Sie, an genau dieselben Leute, und ich habe Mr. Barratts Artikel ganz genau gelesen. Ich weiß, was Ihr Großvater vor vielen Jahren tun wollte, Miss Steele, und ich weiß, dass der Arzt, der hier wohnt, ein magischer Arzt ist."

„Dann werden Sie auch wissen, dass mein Großvater gescheitert ist", sagte ich. „Kein lebender Mensch kennt den richtigen Zauber."

Sein schmaler Mund dehnte sich zu einem grausamen Lächeln. „Sie wären nicht hier, wenn Sie das glauben würden." Er nickte in Matts Richtung. „Er stirbt, Miss Steele. So, wie er aussieht, noch vor Ende des Tages, wenn er seine Uhr nicht einsetzen kann."

„Sie unterschätzen mich, Payne", sagte Matt. „Das haben Sie schon immer getan."

Die Tür von Nummer zehn öffnete sich, und ein Mann mit schläfrigen Augen blinzelte uns an. „Was soll denn dieser ganze Lärm?" Er schob sich dunkelbraune Haare aus der Stirn unterdrückte ein Gähnen. „Meine Vermieterin bekommt schon Zustände. Sie denkt, jemand hier hätte eine Pistole."

„Kommen Sie her, Dr. Seaford", sagte Payne, ohne sich umzudrehen, „oder ich erschieße Mr. Glass."

Der Arzt wurde ganz reglos, seine Augen schärften sich. „Was zum Teufel geht hier vor?"

„Sie haben seine arme Mutter bedroht, um herauszufinden, wo er wohnt und was wir von ihm wollen, oder?", zischte ich Payne an.

„Sie wollte ihren Sohn nicht verraten, darum habe ich die Haushälterin bedroht. Sie wusste alles, was ich benötigte. Kommen Sie *langsam* her", sagte er zu Dr. Seaford hinter sich. „Und niemand wird verletzt."

Dr. Seaford machte einen Schritt nach unten, dann blieb er stehen. „Hat er eine Pistole?"

„Ja", sagte ich. „Und er wird schießen. Es tut uns so leid."

Er wirkte, als würde er fragen, weshalb es *mir* leidtat, doch ein geknurrter Befehl von Payne sorgte dafür, dass er den Mund schloss und näherkam, um sich neben die Kutsche zu stellen.

„Sie beide, aussteigen, und stellen Sie sich zu Seaford."

Matt und ich taten wie befohlen. Ich wagte es, einen Blick in Richtung unseres Kutschers zu werfen, nur um festzustellen, dass er nicht da war. Er war weggelaufen, Gott sei es gedankt, hoffentlich, um Hilfe zu holen.

„Sagt mir endlich jemand, was hier vorgeht?", fragte Dr. Seaford.

„Ich erkläre es bald", erwiderte Payne. „Doch erst reichen Sie mir Ihre Taschenuhr, Glass."

Matt hob die Hände. „Kommen Sie und holen Sie sie sich."

Payne grinste. „Seaford, nehmen Sie Mr. Glass jede Taschenuhr ab, die Sie an ihm finden. Wenn Sie das nicht tun, erschieße ich ihn."

„Aber sie nützt Ihnen nichts", jammerte ich. „Sie wirkt nur bei Matt. Lassen Sie ihn sie bitte behalten."

Payne schenkte mir nur sein rattiges Grinsen. „Sehen Sie in jeder Tasche nach, in jedem Saum, Seaford. Er hat bestimmt mehr als eine Taschenuhr."

„Das alles für einen Diebstahl?" Dr. Seaford schüttelte den Kopf.

„Machen Sie einfach!"

Dr. Seaford wandte sich Matt zu und entschuldigte sich. Er fand Matts erste Taschenuhr, die, die wir kürzlich bei den Masons gekauft hatten, und hielt sie hoch, damit Payne sie sehen konnte.

„Wo wurde sie hergestellt?", fragte Payne.

Dr. Seaford öffnete das Gehäuse und las die Inschrift. „Hier in London."

„Das ist nicht die richtige. Suchen Sie weiter."

Dr. Seaford gab Matt die Taschenuhr zurück, und Matt steckte sie ein. Dr. Seaford brauchte nicht lange, um Matts zweite Uhr in der verborgenen Tasche zu finden.

Mir drehte sich der Magen um. Das Blut in meinen Adern gefror zu Eis.

„Wo wurde die hergestellt?", fragte Payne.

Wieder öffnete Dr. Seaford das Gehäuse und las die Inschrift. „New York."

„Ich glaube, das ist die richtige. Werfen Sie sie zu mir."

„Nein!", rief ich. „Dr. Seaford, diese Uhr hält Matt am Leben. Wenn Sie sie ihm geben, wird er sie zerstören, und Matt wird langsam sterben."

„Sie hält ihn am Leben?", fragte Dr. Seaford verwundert. „Deuten Sie an, was ich glaube, dass Sie andeuten?"

„Magie", erklärte Payne. „Sie sind ein Magier, sie ist eine Magierin ... und diese Uhr gehört jetzt mir. Werfen Sie sie mir zu, oder ich erschieße Glass, und er wird sofort sterben. Sie haben die Wahl. Ein langsamer Tod oder ein schneller? Einer beherbergt noch die Hoffnung, dass Glass mich überwältigen und sich die Uhr zurückholen kann. Der andere ... nun ja." Er hob die Waffe.

„Schon gut", erklärte Matt dem Arzt. „Geben Sie ihm die Uhr. Es spielt keine Rolle."

„Natürlich spielt es eine Rolle!", rief ich.

Dr. Seaford holte Luft. „Ich verstehe nicht, worum es bei alldem geht." Er hob Matts Uhr hoch. „Aber ich weiß, dass er eine Waffe hat, die auf Mr. Glass gerichtet ist. Ich kann nicht zulassen, dass er Sie wegen einer Uhr erschießt, Sir."

„Das verstehe ich", sagte Matt.

Dr. Seaford warf die Uhr.

„Nein!"

Matt packte mich am Arm und hielt mich davon ab, nach vorne zu laufen. Doch er konnte mich nicht davon abhalten, meine eigene Uhr zu werfen. Sie flog durch die Luft, und ich wünschte mir, sie möge sich um Paynes Handgelenk wickeln und ihm einen Schock verpassen, wie sie es schon mehr als einmal getan hatte, um mich zu retten.

Doch sie traf ihn an der Schulter und fiel auf den Bürgersteig, wo sie reglos und still dalag. Sie funktionierte nur, wenn mein Leben in Gefahr war, und sie hatte nicht geläutet, seit Payne die Waffe nicht mehr auf mich gerichtet hielt.

Payne hob den Fuß, um auf sie zu treten.

„Nicht!", rief Matt. „Die hat sie von Eltern bekommen."

„Sie wissen, dass ich nicht der sentimentale Typ bin, Glass." Payne stampfte mit dem Stiefelabsatz auf und drehte ihn und drehte ihn und drehte ihn.

Das Metallgehäuse zersplitterte, dass Glas im Innern brach. Meine Uhr läutete einmal schwach, ehe sie still wurde. Payne hob den Stiefel, um einen Haufen Splitter zu enthüllen, die so zerbrochen waren, dass man sie niemals reparieren konnte.

Tränen brannten in meinen Augen. Mein Vater hatte diese Uhr gebaut, und ich hatte sie hunderte Male auseinandergenommen. Ich kannte ihr Innenleben auswendig und konnte sie mit geschlossenen Augen wieder zusammensetzen. Sie hatte mir das Leben gerettet. Jetzt war sie nicht mehr zu reparieren.

Matts Hand fand meine und drückte fest zu. Es war ein Versuch, mich zu trösten, doch das Zittern, das ihn gepackt hielt, war nicht dazu angetan, die Schmerzen in meiner Brust zu dämpfen. Ich begegnete seinem Blick und sah in seinen Augen sein Herz übergehen, und Schmerzen. So große Schmerzen.

Der Sheriff grinste. Dann steckte er Matts magische Uhr ein.

Ich schloss die Augen. Jedes Geräusch wurde in der Dunkelheit verstärkt. Das Klipp-Klapp, als eines der Pferde einen Schritt machte, Paynes tiefes Kichern, Matts gequälte Atemzüge. Ich sank an die Kutsche, während heiße Tränen meine Wangen hinabliefen.

„India, meine Liebe", knurrte Matt, seine Lippen ganz nah an meinem Ohr. Ich vermutete, dass er noch mehr sagen wollte, doch als er es nicht tat, öffnete ich die Augen.

Payne hatte die Pistole auf Matts Kopf gerichtet. „Bewegen Sie sich nicht, Glass", sagte er. „Miss Steele, Dr. Seaford, kommen Sie mit mir. Ich habe Arbeit für Sie."

„Ich?", stieß Dr. Seaford hervor. „Was wollen Sie von mir? Was für eine Arbeit?"

„Magische Arbeit."

Dr. Seaford blähte die Nasenflügel, und die Muskeln in seinem Kinn spannten sich an. „Ich weiß nicht, wovon Sie da reden."

„Natürlich wissen Sie das. Es ist jetzt keine Zeit, das zu besprechen. Kommen Sie mit. Gehen Sie mit Miss Steele vor mir. *Jetzt*, Miss Steele", drängte er. „Sie wissen, was passiert, wenn Sie es nicht tun."

Ich drückte Matts Hand, dann ließ ich los. Ich warf einen Blick auf sein Gesicht und wünschte, ich hätte es nicht getan. In seinen hohlen Wangen und Augen standen echte Angst und Hilflosigkeit, und ein Schmerz, der mir bis ins Mark ging.

Ich gesellte mich zu Dr. Seaford, und zusammen gingen wir los, Payne hinter uns, die Waffe immer noch von seinem Mantel verdeckt. Ich widerstand dem Drang, einen Blick über die Schulter auf Matt zu werfen. Ich ertrug es nicht, seine Sorgen zu sehen.

„Zum Teufel", murmelte Payne plötzlich. „Ich will *sehen*, wie er stirbt."

„Nein!", schrie ich und wirbelte herum.

Doch ich erreichte ihn nicht rechtzeitig. Er drückte ab und schoss. Matt reagierte, aber nicht schnell genug. Die Wucht der Kugel riss ihn herum, und er fiel zu Boden.

Er regte sich nicht mehr.

KAPITEL 14

Der Schuss war wohl ein Signal für Paynes Kutscher gewesen. Seine Kutsche bog um die Ecke und hielt neben uns an. Payne öffnete die Tür und drängte mich hinein. Dr. Seaford zwang er hinein, indem er ihm die Pistole an die Schläfe setzte.

In meinem Kopf brüllte Lärm. Schreie. *Ich* schrie.

Payne versetzte mir eine Ohrfeige über den Mund, und ich hörte auf, war benommen, meine Sicht verschwommen. „Noch ein Mucks von Ihnen, und ich schlage noch einmal zu", knurrte er. „Das gilt auch für Sie, Seaford."

Ich starrte aus dem Fenster auf die Häuser, die vorbeizogen, die Bäume, ein Stück grauen Himmels. Dann schloss Payne die Vorhänge, tauchte die Kabine ins Halbdunkel.

Niemand sagte etwas. Ich stellte mir vor, dass Dr. Seaford tausend Fragen hatte, doch er hatte zu viel Angst, um sie zu stellen. Ich wünschte, ich könnte ihm zumindest eine Erklärung anbieten, doch nicht einmal das schaffte ich. Es war nicht Paynes Drohung, die mich ruhig hielt, sondern das gähnende Loch in meiner Brust. Es fühlte sich an, als würde es mich verschlingen.

Ich kauerte mich in die Ecke der Kabine und hieß meine Tränen willkommen. Sie liefen mir lautlos über die Wangen, das Kinn, tropften auf meine Arme, die um mich geschlungen waren. Mir war so kalt.

Matt war tot.

Wenn der Schuss ihn nicht getötet hatte, würde er ohne seine magische Uhr trotzdem sterben. Es war hoffnungslos. Ich hatte ihn enttäuscht. Meine Magie hatte sich als völlig nutzlos erwiesen.

Ich hätte ihm sagen sollen, dass ich ihn liebte.

„Miss Steele?", fragte Dr. Seaford sanft. Als Payne seine Drohung, ihn zu schlagen, nicht wahrmachte, fügte er an: „Sind Sie verletzt?"

„Nein", sagte ich.

Er holte seufzend Luft und stieß sie langsam wieder aus. „Können Sie uns sagen, was Sie von uns wollen?", fragte er den Sheriff.

„Aber sicher", sagte Payne. „Wir haben ein wenig Zeit, ehe wir unser Ziel erreichen. Sie, Sir, sind ein Arztmagier, und Miss Steele ist eine Uhrenmagierin."

Dr. Seaford gab keinen Mucks von sich. Ich fragte mich, ob er es schon geahnt hatte. Sehr wahrscheinlich hatte er die Zeitungsartikel gelesen und daraus erfahren, dass man Magie kombinieren konnte und es einen Versuch von Chronos und einem Arzt gegeben hatte, das Leben eines Sterbenden zu verlängern. Ob ihm klar war, dass der Arztmagier sein eigener Vater gewesen war, konnte ich nicht sicher wissen, auch wenn er vermutlich erriet, dass ich mit dem Steele verwandt war, um den es in dem Artikel ging.

„Die Taschenuhr von Mr. Glass hat ihn tatsächlich am Leben erhalten", fuhr Payne fort.

„Unmöglich", sagte der Doktor.

„Nein, nicht unmöglich. Nicht wahr, Miss Steele?"

Ich sagte nichts. Ich würde ihm nicht helfen, nicht einmal auf so unbedeutende Weise.

„Ich denke, ihr Schweigen können Sie als Zustimmung werten", sagte der Sheriff. „Mr. Glass hätte vor fünf Jahren in Amerika seinen Verletzungen erliegen sollen. Ich war nicht dabei, doch ich hörte, er habe genug Blut verloren, um einen Eimer zu füllen. Zwei Männer, einer ein amerikanischer Arzt, der andere ein englischer Uhrmacher, trugen ihn in einen Saloon. Kurze Zeit später kam er quickfidel wieder heraus. Augenzeugen nannten es ein Wunder. Ich glaube nicht an Wunder, aber ich konnte es mir nicht erklären. Fünf Jahre später folgte ich ihm hierher. Ich beobachtete und stellte Fragen. Ich sah und hörte Dinge, die keinen Sinn ergaben, die mich aber an etwas glauben ließen. Keine Wunder natürlich. Etwas anderes. Dann veröffentlicht die *Weekly Gazette* einen Artikel, über den ganz London spricht. Ein paar zusätzliche Teile des Puzzles rund um Matthew Glass finden allmählich ihren Platz. Dann veröffentlichen sie einen zweiten Artikel, und da ist es." Er schnippte mit den Fingern. „Alles ergibt einen Sinn."

„Lassen Sie mich sehen, ob ich Sie richtig verstehe", sagte Dr. Seaford. „Sie glauben, die Taschenuhr in Ihrer Tasche hält Mr. Glass am Leben, weil Magie darin ist."

„Nicht einfach irgendeine Magie. Zwei Arten. Eine ist die medizinische Magie, die andere ist Zeitmagie."

Dr. Seaford stieß ein humorloses Lachen aus. „*Zeit*magie?"

„Erzählen Sie es ihm, Miss Steele", sagte Payne. „Erzählen Sie ihm, was Sie tun können."

Ich funkelte ihn einfach nur an.

„Sie ist ein wenig aufgewühlt." Payne zuckte mit den Schultern. „Dann erkläre ich es, obwohl ich glaube, dass Sie es bereits erraten, Dr. Seaford. Ich sehe doch, dass Sie ein schlauer, gebildeter Mann sind. Mr. Glass' Taschenuhr trägt nämlich nicht nur medizinische Magie in sich, sondern diese medizinische Magie wurde von einem Uhrenmagier verlängert."

„Also ist er unsterblich, solange er Zugang zu der Uhr hat?", fragte Dr. Seaford.

„Nein", sagte ich. „Eines Tages wird er an Alterserscheinungen sterben."

„Vielen Dank für Ihren Einwand, Miss Steele", sagte Sheriff Payne. „Dessen war ich mir nicht bewusst. Also ist er nicht unsterblich, aber die Magie in seiner Uhr verhindert, dass er den Schäden erliegt, die seine alte Verletzung angerichtet hat, und neuere, ja?" Er strich sich übers Kinn. „Interessant."

Dr. Seaford rieb sich mit der Hand übers Gesicht und stöhnte. Ich sah ihn mir zum ersten Mal ordentlich an. Er war auf eine raue Art recht ansehnlich. Da er gerade erst erwacht war, hatte er sich noch nicht rasiert und trug keine Weste oder Krawatte.

Seine Haare standen ab, weil er mit den Fingern durchgefahren war, und er hatte das Gesicht finster verzogen.

„Ich soll in einer Stunde im Krankenhaus sein", sagte er mit einem gewissen Unglauben. Es musste für ihn schrecklich beunruhigend sein, sich in dieser Lage wiederzufinden. Ich fand, dass er sich sehr gut hielt. Das hätte ich ihm gesagt, wenn ich willens gewesen wäre, ihm eine Stütze zu sein, aber ich stellte fest, dass ich nicht für sonderlich viel einen Willen aufbringen konnte. Ich kümmerte mich nicht einmal um einen Fluchtversuch.

O Matt.

„Sie werden später am heutigen Tag freikommen, wenn Sie und Miss Steele zusammenarbeiten", sagte Payne.

„Zusammenarbeiten?", ereiferte sich Dr. Seaford. „Ich werde mich nicht daran beteiligen, das Leben eines Menschen auf die Art zu verlängern, die Sie beschreiben."

„Nicht einmal, um reich zu werden? Ich bin kein unvernünftiger Mann. Ich werde mir die Profite mit Ihnen teilen."

„Nein!"

„Also gut. Bleibt mehr für mich."

„Sie können mich nicht dazu zwingen, gegen meinen Willen einen Zauber zu sprechen. Tatsächlich kenne ich nicht einmal welche."

Sheriff Payne grinste aalglatt.

„Es wird sowieso nicht funktionieren", fuhr Dr. Seaford fort. „In dem Zeitungsartikel stand, dass das Experiment beim letzten Mal, als man es versucht hat, scheiterte, und der Kranke starb."

„Stimmt nicht. Das letzte Mal, als das Experiment versucht wurde, war vor fünf Jahren an Mr. Glass. Es hat funktioniert, also kann es auch erneut funktionieren. Ich vermute, dass Miss Steele hier weiß, weshalb der eine Versuch scheiterte und der andere Erfolg hatte. Ich vermute auch, dass sie die erforderlichen Zauber hat."

„Habe ich nicht", schaffte ich es, zu murmeln. „Der Arzt, der die Operation an Matt vorgenommen hat, ist tot. Der Zauber, den er benutzt hat, ist mit ihm gestorben."

„Warum sollten Sie dann Dr. Seaford hier aufsuchen?"

„In der Hoffnung, dass er den richtigen Zauber weiß", log ich.

„Was ich nicht tue", sagte Dr. Seaford. „Kommen Sie schon, Mr. …"

„Sheriff Payne."

„Sheriff? Sie sind ein Gesetzeshüter?"

„Lassen Sie sich nicht täuschen", erklärte ich dem Doktor. „Er hat schon früher gemordet und versucht, sowohl Matt als auch mich zu töten."

Sheriff Payne grinste. „Und das von der Enkelin eines Mörders."

„Mein Großvater wollte das Leben dieses Mannes verlängern", schoss ich zurück.

„Dr. Seaford, wissen Sie, dass Ihr echter Vater der Arzt war, der mit Miss Steeles Großvater zusammengearbeitet hat? Damit sind Sie beide mit Mördern verwandt."

Dr. Seaford wirkte nicht überrascht.

„Lassen Sie uns gehen", versuchte ich es erneut. „Es gibt keine lebenden medizinischen Magier, die den Zauber kennen. Matt ist tot …" Ich erstickte an meinem Schluchzen. „Sie haben gewonnen. Sie haben Ihre Rache an ihm genommen. Lassen Sie uns gehen."

„Sie lügen, Miss Steele", sagte Payne, der gelangweilt klang. „Sie kennen den Zauber. Sie kennen beide Zauber. Wenn Sie freikommen möchten, werden Sie tun, was ich Ihnen sage."

Dr. Seaford saß die restliche Fahrt über schweigend neben mir. Ich drückte mich in die Ecke und starrte geradeaus, versuchte, nicht an Matt zu denken, der auf dem Bürgersteig lag und verblutete, während seine Uhr in Paynes Tasche war. Es war jedoch unmöglich, nicht an ihn zu denken. Unmöglich, mich nicht von dem dunklen Loch des Kummers überwältigen zu lassen, wo mein Herz hätte sein sollen.

Wir kamen schließlich an unserem Ziel an, einer finsteren Öffnung von einer Gasse, in der unauffällige Mietshäuser standen, die weder neu noch gut gepflegt waren. Frauen drückten sich in den Eingängen herum, ihre geschminkten Gesichter und tief ausgeschnittenen Mieder warben bei den Vorübergehenden für sie.

„Machen Sie keine Szene und bitten Sie nicht um Hilfe, oder jemand wird erschossen", sagte Payne, während er uns zwang, aus der Kutsche zu steigen. „Nicht, dass ich glaube, jemand würde Ihre Hilferufe hier beantworten. Ich war sehr großzügig, seit ich in dieser stinkenden Stadt angekommen bin." Er reichte dem Fahrer einen Beutel, in dem Münzen klimperten, und befahl uns, zur nächsten Tür zu gehen.

Das Reihenhaus fühlte sich leer an, und es roch feucht und nach Urin. Wir begaben uns auf Paynes Befehl hin nach oben in ein Wohnzimmer. Lichtspeere fielen durch Löcher in den Vorhängen, enthüllten ein mit ausgeblichenem grünen Stoff bezogenes Sofa, dessen Polstermaterial aus den aufgeplatzten Säumen quoll. Abgelöste Tapeten hingen in Streifen herab wie Hautfalten. Sie waren vermutlich einmal graugrün gewesen, doch inzwischen ausgeblichen und befleckt. Ein Haufen aus kalter Asche türmte sich im Kamin. Es gab keine Kohlekiste, keine Werkzeuge, um Feuer zu machen, nichts, das man als Waffe hätte verwenden können.

„Sollen wir hier gehalten werden wie Tiere?", fragte Dr. Seaford, während er sich umschaute.

„Vorerst."

„Wie lange?"

„Bis Sie beide Ihre Magie vereinen." Er zog Matts magische Taschenuhr aus seiner Tasche. „Da drin."

„Ich habe es Ihnen doch gesagt", erklärte ich. „Diese Uhr ist einzigartig für Matt." Meine Stimme kam ganz heiser aus meiner Kehle. Sie klang nicht, als würde sie zu mir gehören.

„Das mag schon sein, aber ich möchte trotzdem, dass Sie es beweisen."

„Und wenn es nicht funktioniert?"

„Dann werden Sie es auch an dieser Uhr versuchen." Er warf mir eine weitere zu. Sie war einfacher gestaltet als die von Matt, ohne Gravur auf dem silbernen Gehäuse. Es war am Rand verbeult, doch die Uhr ging.

„Und was, wenn das niemanden heilt?", fragte Dr. Seaford. „Was dann?"

„Dann versuchen Sie es wieder und wieder und wieder, bis etwas funktioniert. Haben Sie das verstanden?"

Dr. Seafords Gesicht verzog sich, er runzelte heftig die Stirn. „Sie meinen es ernst, oder nicht? Mein Gott, Mann, das ist unmenschlich. Sie können uns nicht hier festhalten!"

„Ich werde mich darum kümmern, dass Ihre Grundbedürfnisse gedeckt sind", sagte Payne. „Ich bin nicht völlig gefühllos. Ich mache jetzt Tee. Selbst mag ich ja lieber Bourbon, aber ihr Engländer liebt ja euren Tee. Ich bin mir sicher, dass Sie in meiner Abwesenheit versuchen werden zu fliehen, doch lassen Sie mich klarstellen, dass wir im ersten Stock sind, und an den Fenstern sind Gitter. Ich werde auch diese Tür absperren. Warum nehmen Sie sich nicht die Zeit und lernen einander besser kennen? Sie verbringen vielleicht eine Menge Zeit miteinander, und es wird leichter für Sie, wenn Sie Freunde sind."

„Sie sind ein Unmensch", fuhr Dr. Seaford ihn an.

Payne kicherte. „Unmensch? Ihr Engländer seid höflicher, als gut für euch ist." Er marschierte zu mir und schnappte sich den Pompadour aus meiner Hand, ehe mir klar wurde, was er vorhatte. „Ich kann nicht riskieren, dass Sie da drin ein kleines Messerchen versteckt halten."

Er ging rückwärts aus dem Zimmer und schloss die Tür. Das Klicken des Schlosses hallte in dem beinahe leeren Raum wieder.

Ich setzte mich auf das Sofa, beide Uhren in dem Schoß, und fühlte mich klein und verletzlich ohne meine eigene Uhr, um mich zu retten. Und nun hatte Payne auch noch meinen Pompadour. Er enthielt keine Waffen, doch darin war der medizinische Zauber, der auf ein Blatt Papier geschrieben stand. Mir nutzte der Zauber nichts mehr, doch Payne mochte erkennen, was es war, und verlangen, dass Dr. Seaford ihn sprach.

Dr. Seaford riss die Vorhänge zurück, sodass eine Staubwolke in das Zimmer wallte. Hustend zerrte er an den Stäben vor den Fenstern, doch sie gaben nicht nach. Er wollte zwischen die Stäbe greifen, um an das Glas zu klopfen, doch seine Hand passte nicht durch. Unbeeindruckt versuchte er es als nächstes mit der Tür, doch die war fest zugesperrt.

Ich beobachtete, wie er im Zimmer nach einer Waffe suchte, die man gegen Payne einsetzen konnte, doch wie vorherzusehen war, fand er nichts. Es gab keine Schürhaken, keine schweren Gegenstände, nicht einmal einen Teppich, den man unter Paynes Füßen wegziehen könnte. Unsere Lage war hoffnungslos. Das hätte ich Dr. Seaford sagen können, doch er musste selbst erkennen, dass Payne kein Narr war.

Da er keine Waffen fand, stellte er sich mitten in das Zimmer und brüllte: „Hilfe! Kann mich jemand hören? Helfen Sie uns!" Er lauschte. Dann wiederholte er seinen Ruf.

„Niemand wird kommen", sagte ich mit einem Seufzen. „Dafür hat Sheriff Payne bestimmt gesorgt."

„Kommen Sie, Miss Steele, geben Sie nicht auf, ohne es zu versuchen."

„Es ist *sinnlos*, Dr. Seaford." Ich bohrte mir die Finger in die pochende Stirn und kniff die Augen fest zusammen. Eine Träne entkam und lief zu meinem Kinn hinab.

Das Sofa neben mir sank zusammen. „Ich kann sehen, dass Sie trauern", sagte er freundlich, „und es tut mir leid, dass Sie jemanden verloren haben, doch wenn wir fliehen wollen, müssen wir zusammenarbeiten."

Ich öffnete die Augen, um zu sehen, dass er mich ernst anschaute. Er hatte warme, braune Augen wie Matt und sah wohl seinem Vater ähnlich, denn von Lady Buckland sah ich nichts in ihm.

„Sie sind ein guter Mann", sagte ich. „Es tut mir so leid, dass wir Payne an Ihre Haustür geführt haben. Das hätte ich nicht tun sollen, aber ich war verzweifelt, und diese Verzweiflung hat mich selbstsüchtig werden lassen."

„Verzweifelt, weil Sie Ihren Freund retten wollten, Mr. Glass."

Ich nickte und zog Matts Uhr fest an meine Brust. Die Magie darin pulsierte leicht. Es wirkte seltsam, dass sie sich noch lebendig anfühlen sollte, wo er doch mit Sicherheit tot war.

„Aber Sie haben selbst gesagt, dass Sie den medizinischen Zauber nicht kennen, und dass der Einzige, der das tat, tot ist." Er legte den Kopf schief. „Weshalb sollten Sie mich aufsuchen, wenn das wahr ist?"

„Ihr Vater, Dr. Millroy, hat ihn in seinem Tagebuch aufgeschrieben. Ich habe es mitgebracht, damit sie ihn ablesen und mir helfen können, Matts Uhr zu reparieren. Er ist in meinem Pompadour."

Dr. Seaford fuhr sich mit den Händen durch die Haare. „Den er nun in den Händen hält. Zum Teufel."

„Ja. Zum Teufel." Das fasste unsere Lage perfekt zusammen.

Ich vergrub das Gesicht in den Händen und weinte leise. Dr. Seafords Hand fasste mich sanft an der Schulter, aber das half nicht, meine Tränen aufzuhalten. Ich konnte sie nicht zurückhalten. Sie flossen wie ein Fluss aus mir, der über die Ufer getreten war und seinen Kurs beibehalten wollte.

„Ich würde Ihnen ein Taschentuch anbieten, doch ich habe keines", sagte er. „Ich hatte nicht einmal die Gelegenheit, mich ordentlich anzuziehen."

„Es tut mir leid", sagte ich durch meine Tränen. „Es tut mir so leid, Doktor."

„Nennen Sie mich Gabe. Wie lautet Ihr Vorname, Miss Steele?"

„India." Ich holte tief Luft und schaffte es, weitere Tränen zu unterdrücken.

„Was für ein interessanter Name."

Ich wusste, dass er versuchte, meine Laune zu verbessern, damit wir uns zusammen Gedanken machen und uns einen Ausweg einfallen lassen konnten. Entweder das, oder er wollte nicht mit einer schluchzenden Frau eingesperrt sein.

„Er wird bald zurück sein", sagte er. „Er wird vermutlich den Zauber in Ihrem Pompadour gefunden haben."

„Doch er kann Sie nicht dazu zwingen, ihn zu sprechen."

„Doch, India, genau das kann er. Wenn er so skrupellos ist, wie Sie sagen, kann er meine Eltern bedrohen."

O Gott. Er hatte recht. Das konnte Payne tun. Und um mich dazu zu zwingen, meinen Zauber zu sprechen, konnte er Willie, Miss Glass, Duke oder Cyclops bedrohen. Ich mochte ja Matt verloren haben, aber ich würde nicht noch jemanden sterben lassen, wenn ich ihn retten konnte.

„Also müssen wir tun, was er will", sagte er und deutete auf Matts Uhr. „Wir müssen die Zauber hineinsprechen."

„Das können wir, aber es wird nicht funktionieren. Laut Dr. Parsons, dem medizinischen Magier, der Matt gerettet hat, muss die Uhr demjenigen gehören, der geheilt wird. Wir können nicht einfach eine dieser Uhren benutzen, um einen anderen zu retten. Die von Payne wird ihn retten, aber niemanden sonst."

Er hielt Paynes Uhr an der Kette nach oben und musterte sie. „Wenn Sie ihm das verraten, wird er uns hier festhalten und zahlende Kunden zu uns bringen, damit wir Magie in ihre Taschenuhren wirken."

„Für immer", sagte ich bedrückt.

Er ließ die Kette hochschnellen und fing die Uhr. „Dann geben wir ihm, was er *glaubt* zu wollen. Wir tun so, als würde es bei jeder alten Uhr funktionieren, und an jedem."

„Und wenn er herausfindet, dass es das nicht tut?"

Er zuckte mit den Schultern. „Ich weiß es nicht, aber wir werden uns ein wenig Zeit erkauft haben." Er lächelte mich ausdruckslos an. „Zeit ist doch ein Freund für eine Uhrenmagierin, oder nicht?"

„Die Zeit ist niemandes Freund. Sie ist auch niemandes Feind. Sie ist einfach, und man kann sie nicht anhalten oder schneller laufen lassen. Nicht einmal ich."

Das Schloss klickte, und die Tür öffnete sich. Payne balancierte ein Tablett in einer Hand und hielt die Pistole in der anderen. Auf dem Tablett standen zwei angeschlagene Tassen, die vermutlich einst weiß gewesen waren, nun aber braun befleckt, und ein Teller mit Sandwiches. Er stellte das Tablett auf den kleinen Tisch neben dem Sofa und zog ein Blatt Papier unter dem Teller heraus. Ich erkannte meine eigene Handschrift.

Payne reichte es Gabe. „Das ist für Sie, schätze ich. Ich habe etliche Kopien angefertigt, darum machen Sie sich nicht die Mühe, es zu zerstören."

Gabe versuchte, es zu lesen, stolperte aber über ein paar Wörter. „In welcher Sprache ist das?"

„Magisch", sagte ich.

„Es ist kompliziert." Er versuchte es immer wieder, bis er den Zauber fehlerlos sprach, ohne zu stottern.

Payne nickte zufrieden. „Jetzt halten Sie beide die Uhr und sprechen Ihre Zauber hinein."

Gabe hob Paynes Uhr hoch, doch Payne schüttelte den Kopf.

„Versuchen Sie es mit der von Glass. Darin ist bereits ein wenig Magie."

Ich nahm meinen Handschuh ab und hielt eine Seite der Uhr, während Gabe die andere berührte. Er las seinen Zauber ab, und ich sprach einen, der meinem ähnelte, der aber nicht ganz richtig war. Ich vertauschte die Reihenfolge von zwei Wörtern und sprach ein weiteres falsch aus.

Als wir fertig waren, musterten beide Männer die Uhr. Ich beobachtete Payne.

Er schnalzte mit der Zunge, als würde er ein unartiges Kind tadeln. „Noch einmal. Und diesmal, Miss Steele, sagen Sie den richtigen Zauber."

„Das war der richtige Zauber."

„Es hat nicht geglüht. Glass' Uhr hat immer geglüht, wenn die Magie funktioniert hat. Das habe ich mit eigenen Augen gesehen. Versuchen Sie es noch einmal, und wenn es diesmal nicht glüht, erschieße ich nur zu gerne diese nervige kleine Cousine von Glass."

Ich wusste nicht, von welcher Cousine er sprach, doch ich wagte es nicht, zu fragen oder den Zauber noch einmal falsch zu sprechen. Ich öffnete das Gehäuse der Uhr, und wir berührten die Uhr abermals. Diesmal nutzte ich den richtigen Verlängerungszauber.

Die Uhr gab ein blassviolettes Leuchten ab, sehr viel schwächer als damals, als ich zum ersten Mal gesehen hatte, dass Matt sie benutzte.

Gabe kam am Ende seines Zaubers an und keuchte. Er starrte die Uhr an. „Sie ist warm." Sehr wahrscheinlich hatte er noch niemals irgendeine Magie gespürt außer jener, die er auf natürlichem Wege ausstrahlte. Ich brachte beinahe ein Lächeln zustande, als ich an meine Reaktion zurückdachte, als ich zum ersten Mal Magie gespürt hatte.

Payne nahm die Uhr, klappte das Gehäuse zu und erhob sich. „Danke. Ich bin in einer Stunde zurück."

Gabe schoss hoch. „Wohin gehen Sie?"

„Geht Sie nichts an."

„Sie können uns nicht hierlassen! Wir haben getan, worum Sie uns gebeten haben."

„Ich kann mir dessen nicht sicher sein, bis ich es an einem Sterbenden ausprobiert habe."

Gabe stürmte vor, doch Payne hob die Pistole und richtete sie auf seine Brust. Gabe blieb stehen und hob die Hände.

Payne ging, die Tür versperrte er hinter sich.

Ich trat ans Fenster und schaute hinaus. Ein paar Augenblicke später ging Payne die Straße entlang davon. „Er ist weg", sagte ich und lehnte die Stirn gegen die Gitter.

Gabe rief erneut um Hilfe. Er bat mich, zur Seite zu treten, und versuchte dann, die Stäbe loszureißen, während er die ganze Zeit brüllte. Ich schloss mich ihm sogar an, obwohl ich wusste, dass es hoffnungslos war. Alles war hoffnungslos. Wir würden hier festsitzen, bis Payne beschloss, uns freizulassen, und ich wusste aus Matts Geschichten, dass er uns nicht einfach gehen lassen würde. Wir waren zu wertvoll.

Gabe setzte sich oben auf die Rückseite des Sofas und stöhnte. Ich fühlte mich schrecklich seinetwegen. Ich fühlte mich schrecklich wegen meines Anteils an seiner Gefangennahme. Ich sollte ihm wirklich helfen, einen Fluchtversuch zu unternehmen, um es wiedergutzumachen.

„Hilfe!", schrie ich. „Helfen Sie uns!"

Er richtete sich ein wenig auf und schloss sich mir an. Zusammen schrien wir, bis unsere Stimmen heiser waren und unsere Kehlen trocken. Ich nippte sogar ein wenig an dem kalten Tee, um sie zu befeuchten.

Niemand kam uns zu Hilfe.

Wir setzten uns beide auf das Sofa, was eine Staubwolke aufsteigen ließ. Lange Sekunden sprach keiner von uns.

„Aber wir haben es geschafft", sagte Gabe schließlich, seine Stimme voller Erstaunen. „Wir haben unsere Zauber in dieser Taschenuhr vereint. Teufel aber auch." Er starrte auf seine Hände hinab, als hätten sie die Magie gewirkt.

„Seien Sie nicht zu fasziniert", sagte ich.

„Es wirkt nur beim Besitzer der Uhr, ich weiß."

„Und wir können nicht sicher sein, dass Ihr Zauber funktioniert hat, bis derjenige, dem die Uhr gehört, versucht, sie einzusetzen, um sich zu heilen. Und da diese Uhr Matt gehört ..." Ich erstickte ein Schluchzen.

„Aber sie hat *geglüht*. Meine Magie *hat* funktioniert."

„Meine Magie hat das Glühen verursacht. Ich habe diesen

Zauber schon mehrmals in dieser Uhr eingesetzt, und sie hat jedes Mal geglüht. Das Glühen ist in den letzten Tagen jedoch schwächer geworden. So schwach wie heute. Meine Magie hat nicht ausgereicht, um sie neu zu beleben."

„Also glauben Sie nicht, dass mein Zauber funktioniert hat?"

„Nein."

Er musterte noch einmal das Blatt Papier. „Hätte ich es anders aussprechen sollen?"

„Vermutlich, aber ich weiß nicht, wie. Sie haben es so gesagt, wie auch ich es gemacht hätte."

„Wir werden es Payne sagen müssen, wenn er zurückkehrt. Denn falls wir es nicht tun …" Er schluckte schwer.

Wir saßen schweigend da, bis ich es nicht mehr aushielt. Ich konnte nur noch an Matt denken, und das ließ mich erneut in Tränen ausbrechen.

„Er hat mich gebeten, ihn zu heiraten." Ich wusste nicht, weshalb ich das Gabe erzählte. Die Worte sprudelten aus mir hervor, ehe ich auch nur bemerkte, was ich da sagte.

„Oh?"

„Ich habe Nein gesagt."

„Oh."

Meine Lippen bebten, und ich kämpfte gegen eine neue Woge Tränen an. „Ich hätte ja sagen sollen."

„Vielleicht können Sie das noch. Vielleicht geht es ihm gut."

„Sie haben ihn gesehen, Gabe. Hatte er Ihrer professionellen Meinung nach noch lange zu leben?"

Er hob Paynes Uhr auf und öffnete das Gehäuse. Er musterte das Ziffernblatt, hielt das Gesicht abgewandt. „Dieser amerikanische Arzt, der Mr. Glass gerettet hat, war er mit … mit meinem Vater verwandt?"

Es war eine Erleichterung, über etwas anderes als Matt zu reden. Meine Gedanken waren zu schrecklich, und ich wollte nicht mehr mit ihnen allein gelassen werden. „Sie waren Cousins."

„Hatte er Kinder?"

„Nein. Sie sind wirklich der einzige Arztmagier, den wir finden konnten. Mein Großvater hat jahrelang auf der ganzen Welt gesucht. Er war ziemlich besessen davon, einen zu finden."

Er stieß ein Seufzen aus. „Es wäre schön gewesen, Cousins zu haben."

„Ich bin auch ein Einzelkind, ohne Cousins, ohne Tanten oder Onkel, jetzt habe ich nur noch meinen Großvater, und ich weiß nicht, wo er ist. Matts Freunde sind wie meine Familie." Ich kannte sie noch nicht mehr als ein paar Monate, doch so fühlten sie sich an – wie eine Familie.

„Kennen Sie die Umstände meiner Geburt, India?"

„Ja."

„Würde ... würde es Ihnen etwas ausmachen, mir davon zu erzählen?"

Ich erzählte ihm über seinen Vater, was ich wusste, darunter die Tatsache, dass er eine Geliebte gehabt hatte, obwohl er bereits verheiratet war. Ich erzählte ihm von seiner Mutter und wie ich ihr begegnet war, und sogar, wie Matt in ihr Haus eingebrochen war, und vom Konvent erfahren hatte. Seine Verbrechen spielten sowieso keine Rolle mehr.

Ich erzählte Gabe von dem Rätsel, das sein Verschwinden als Baby umgeben hatte, und wie Schwester Bernadette ihn gerettet hatte. Ich erzählte ihm nicht, dass sie unabsichtlich Mutter Alfreda getötet hatte. Ich hatte versprochen, es geheim zu halten, und dieses Versprechen würde ich halten.

„Sie sagte uns, wo wir das Paar finden, das Sie aufgenommen hat", sagte ich. „Ihre Mutter wirkte sehr nett. Mrs. Seaford, meine ich."

Er lächelte. „Das ist sie. Sie sind gute Menschen, und ich war nicht immer ein guter Sohn." Sein Lächeln wurde traurig. „Ich hätte ihnen sagen sollen, wie dankbar ich für alles bin, und dass ich sie liebe."

„Ich bin mir sicher, das brauchen Sie nicht. Eltern wissen diese Dinge. Adoptiveltern auch, da bin ich sicher."

„Es war die Magie, verstehen Sie. Ich wuchs auf und fühlte mich am falschen Ort, als würde ich nicht zu ihnen gehören, oder zu den Talentfreien. Es brachte mich dazu, Dinge zu sagen und zu tun, die ich später bedauerte."

„Ihr Adoptivvater ist auch Magier, oder nicht? Half er Ihnen nicht, es zu verstehen?"

„Er hat es versucht, aber es war nicht dasselbe. Er ist ein

Silberschmiedmagier. Er hat einen eigenen Juwelierladen, setzt aber seine Magie nie bei den Stücken ein, die er verkauft, nur in Dingen, die er mir oder Mama gibt. Er hat mir die Magie erklärt, dass sie flüchtig ist, und dass sie versteckt bleiben müsste, oder die Gilde würde eine Möglichkeit finden, ihn auszuschließen. Meine Eltern erzählten mir, dass ich die Macht habe, kleinere Verletzungen nur durch eine Berührung zu heilen, aber ohne einen Zauber kann ich nicht mehr tun." Er starrte auf seine Hände. „Mein Vater warnte mich, dass ich, wenn ich älter würde, mich gedrängt fühlen würde, die Kranken zu heilen, und sie haben mich nie davon abgehalten, Arzt zu werden. Sie haben nie erwartet, dass ich den Laden meines Vaters übernehme. Dafür bin ich ihnen ewig dankbar."

„Er hat Ihren Drang zum Heilen verstanden."

Er nickte. „Danke, dass Sie zugehört haben, India. Erzählen Sie mir von Ihrer Magie. Haben Sie schon immer gewusst, dass Sie sie besitzen?"

Wir verbrachten eine Stunde im Gespräch. Ich erzählte ihm alles, was ich über meine Magie wusste, und wie ich sie entdeckt hatte, auch, dass ich kürzlich meinen Großvater wieder hatte kennenlernen dürfen, den ich für tot gehalten hatte. Es war nötig, Matt zu erwähnen, da er eine so große Rolle in meinem magischen Bewusstsein gespielt hatte. Das führte unweigerlich zu dem Grund, aus dem Matt eine magische Taschenuhr brauchte, und wie er von seinem eigenen Großvater erschossen worden war, und das brachte weitere Tränen hervor. Ich hätte nicht geglaubt, dass ich noch welche übrig hatte, aber es schien, als hätte ich einen tiefen Quell, aus dem ich sie ziehen konnte.

Das Klirren des Schlüssels im Schloss beendete meine Tränen nicht sofort, doch mein Herz machte einen Satz. Es war doch nicht ganz gebrochen.

Während ich zusah, wie Sheriff Payne das Zimmer betrat, wurde eine Sache klar. Ich wollte nicht hier sterben. Ich wollte frei sein. Ich wollte Miss Glass, Willie, Cyclops und Duke wiedersehen. Ich wollte Catherine Mason und sogar Chronos wiedersehen. Miss Glass brauchte mich jetzt, mehr denn je, und ich wollte für sie da sein.

Ich erhob mich vom Sofa und funkelte Payne an. „Ich

schätze, es hat nicht funktioniert. Ich habe Ihnen gesagt, dass es nur bei Matt funktionieren wird."

Payne betrachtete mich mit glitzernden, harten Augen aus der Entfernung. Er hielt die Pistole, richtete sie aber nicht auf mich. „Weshalb wirkt sie nur bei ihm?", wollte er wissen.

„Ich weiß es nicht."

„Lügen Sie mich nicht an."

„Das ist keine Lüge."

Gabe stellte sich neben mich. „Sie sagte, sie weiß es nicht. Jetzt lassen Sie uns gehen. Wir können nicht tun, was Sie verlangen."

Payne blähte die Nasenflügel. „Es ist etwas in dem Zauber, das Sie nicht richtig gesagt haben. Was ist es, Miss Steele? Was haben Sie weggelassen?"

„Es war der Zauber, den mein Großvater mir beigebracht hat. Jedes Wort war genau gleich, und Sie haben gesehen, wie Gabes Zauber geschrieben aussieht. Sie haben auch gesehen, dass die Uhr glüht. Ich weiß nicht, wie man die Uhr für andere Leute funktionieren lässt. Das weiß ich wirklich nicht."

„Ihr Großvater hat es Ihnen bestimmt beigebracht, was wäre denn sonst der verdammte Sinn!" Er warf die Uhr, und Gabe fing sie auf. „Müssen Sie den Namen des Leidenden sagen?", fuhr mich Payne an.

Gabe hob die Hände, um den kochenden Sheriff zu beruhigen. „Das reicht jetzt. Wir haben unser Bestes getan ..."

„Sie sagen mir nicht, wenn es reicht! Ich sage, wenn es reicht!" Payne richtete die Pistole auf Gabe.

„Nein!", rief ich. „Halt! Sie brauchen ihn! Sie brauchen uns beide."

Payne schoss nicht, doch das hatte nichts mit meiner Bitte zu tun. Schritte erklangen auf der Treppe, und gerade als Payne klar wurde, dass er vergessen hatte, die Tür wieder abzuschließen, wurde sie aufgeworfen.

Viele Dinge passierten auf einmal.

Matt torkelte in das Zimmer, sein Gesicht blutleer, seine Augen wild und unkonzentriert.

Chronos folgte ihm. „India!", rief er.

Ich rief Matts Namen, ein Aufruhr an Gefühlen wogte durch

mich hindurch. Unfassbare Erleichterung wurde rasch von ungebremster, wilder Angst verbannt, als Payne die Waffe auf Matt richtete. Matt war nicht in einem Zustand, in dem er es mit ihm aufnehmen oder ihn erreichen konnte, ehe die Pistole losging.

Doch Gabe konnte es. Er schubste Payne. Die Pistole schoss.

Ich versuchte, nicht zu schreien, doch es brach aus mir hervor. „Matt!"

Das Knallen des Pistolenschusses hallte durch das Zimmer, machte mich kurzzeitig taub. Der Geruch nach Metall und Rauch füllte meine Nase.

Matt lag auf dem Boden, und ich stellte fest, dass ich zum zweiten Mal an diesem Tag betete, dass er noch lebte. Ich kroch an seine Seite, wusste nicht einmal, wann ich auf die Knie gefallen war. Jemand kauerte neben mir, einen Arm um meine Schultern gelegt. Als mein Gehör zurückkehre, merkte ich, dass es Chronos war, der immer wieder meinen Namen sagte.

Doch ich war zu sehr auf Matt konzentriert. Er lebte noch, aber nur ein winziges bisschen. Seine Schulter war von getrocknetem Blut durch die Schussverletzung bedeckt, die Payne ihm früher am Tag zugefügt hatte. Seine Haare klebten ihm in feuchten Klumpen an Nacken und Stirn, und sein Gesicht war so bleich und kalt wie frischer Schnee, doch er hatte keine neuen Verletzungen. Die Kugel hatte ihn verfehlt, aber er war aus reiner Erschöpfung zusammengebrochen. Er lächelte mich schwach an und wollte sich aufrichten, schaffte es jedoch nicht.

„Lieg ruhig", drängte ich.

Seine Lippen bildeten meinen Namen, aber es kam kein Geräusch heraus. Sein Atem ging in rasselnden Zügen, jedes Mal flach und angestrengt. Seine Lider schlossen sich flatternd, als ob er sie nicht länger offenhalten könne. Er lag im Sterben.

Die Taschenuhr.

„Gabe! Matts Taschenuhr!" Ich wandte mich zu ihm, die Hand ausgestreckt.

Und mein Herz stürzte ins Bodenlose. Payne richtete die Pistole auf Gabe.

Matt machte ein Geräusch, halb Keuchen, halb Gurgeln. Ich strich ihm übers Gesicht, die Kehle, die Brust, wollte, dass er weiterlebte, dass er noch etwas länger durchhielt, bis ich mir eine Möglichkeit einfallen lassen konnte, die Uhr zu bekommen – die Uhr, die nun an der Kette von Paynes Fingern hing.

„Wollen Sie das hier?" Seine Lippen verzogen sich zu einem Lächeln, seine Augen leuchteten siegesgewiss.

„Geben Sie sie mir", sagte Chronos, der sich vorwärts bewegte. „Er braucht sie."

„Ja, tut er, nicht wahr?" Payne ließ die Uhr zu Boden fallen.

„Nein!", schrie ich.

Payne zerquetschte die magische Taschenuhr unter seinem Stiefel, zermalmte das Metall mit dem Stiefelabsatz, zerstörte den Mechanismus, bis man ihn nicht einmal erkennen konnte und er gewiss nicht mehr zu reparieren war.

Und damit war auch meine letzte Hoffnung zerstört.

KAPITEL 15

*E*in weiterer Schuss ertönte, und ich schaute auf, weil ich um Chronos und Gabe fürchtete. Zu meiner völligen Überraschung stand da Willie, die eine rauchende Pistole hielt, ihr Gesicht vor Wut verzogen.

Sheriff Payne brach auf dem Boden zusammen, blutete am Bein und spie Willie Flüche entgegen. Cyclops nahm ihm die Waffe ab.

Es wurde eng im Zimmer. Sogar Kriminalinspektor Brockwell war da und stellte sich Gabe vor. Gabe jedoch entschuldigte sich und kam an meine Seite. Er legte ein Ohr an Matts Lippen und lauschte.

Willie kniete sich hin, ihr Gesicht bleich, ihre Augen aufgerissen. „India?", murmelte sie. „Ist er …?"

„Seine Uhr", sagte ich und konnte nicht verhindern, dass ich weinte. „Sie ist kaputt."

Chronos hob die Uhr auf und brachte die Einzelteile herüber. Sie war zerquetscht, die Federn verdreht und die Zahnräder verbeult. Trotzdem legten wir Matts Hand darauf. Nichts passierte. Sie glühte nicht.

Ich sprach den Verlängerungszauber, und trotzdem glühte sie nicht.

„Es wird nicht funktionieren", sagte Chronos bedrückt. „Es tut mir leid, India."

„Was, wenn Gabe seinen Zauber auch hineinspricht?", sagte ich mit leiser Stimme.

„Die Uhr ist kaputt. Es muss eine gehende Uhr sein, damit die Magie wirken kann."

Willie rollte sich zusammen und wimmerte in ihre Hände. Duke legte seine Arme um sie und zog sie an seine Brust. In seinen Augen glitzerten Tränen.

Ich sank über Matts Körper, vergoss auch meine Tränen auf seine Brust. Und so hörte und spürte ich, wie er seinen letzten Atemzug tat.

Und so fiel mir auch seine Taschenuhr auf. Nicht die magische, sondern diejenige, die er kürzlich im Geschäft der Masons gekauft hatte. Payne hatte sie ihm vor Gabes Haus zurückgegeben, als er bemerkt hatte, dass sie nicht magisch war. Doch war es trotzdem noch Matts Uhr. Sie gehörte ihm, genauso wie ihm die ursprüngliche amerikanische gehört hatte.

Wir hatten eine gehende Uhr, einen Arztmagier und zwei Uhrenmagier. Matt würde heute nicht sterben.

Ich zerrte an der Kette, zog sie aus der Tasche seiner Weste. Chronos merkte, was ich da tat, und befahl allen, still zu sein.

„Gabe!", sagte ich und klappte das Uhrgehäuse auf. „Sprechen Sie den Zauber. Wo ist er?"

Cyclops fand das Blatt Papier und reichte es Gabe. Doch Gabe schüttelte den Kopf.

„Ich kann nicht", sagte er. „Es ist nicht richtig. Er sollte tot sein."

Ich gab ihm eine heftige Ohrfeige. Aber das war es nicht, was dafür sorgte, dass er es sich anders überlegte. Es war Willies Pistole, die sich auf seine Schläfe richtete.

„Wenn Sie es nicht tun, *werde* ich jemanden umbringen, der Ihnen wichtig ist." Sie hatte noch niemals tödlicher oder sicherer geklungen.

Gabe musste nicht weiter gedrängt werden. Er nahm Cyclops das Blatt ab und hielt Matt an der Hand, wie ihn Chronos anwies.

„India, halte die Uhr", sagte Chronos, der Matts leblose Hand auf meine legte, die Uhr zwischen unseren Handflächen eingeklemmt. „Jetzt sprecht beide den Zauber."

Im Zimmer wurde es still. Sogar Payne hatte aufgehört zu stöhnen.

Gabe las seinen Zauber ab, und ich rezitierte den Verlängerungszauber.

Nichts geschah. Die Uhr glühte nicht.

„Warum funktioniert es nicht?", rief Duke.

Chronos zuckte mit den Schultern. „Ich weiß nicht, warum. Ich kann mich nicht an den Teil des Arztes erinnern, nur an meinen eigenen. Versucht es noch einmal, aber sagen Sie die Worte vielleicht anders."

„Wie anders?", rief Gabe. „So stehen sie doch da."

„Ja", sagte ich, während ich einen weiteren Blick auf den aufgeschriebenen Zauber warf. „Aber versuchen Sie etwas anderes. Irgendwas!"

„Scheitern sie nicht", drohte Willie düster.

Gabe schluckte und versuchte es noch einmal. Trotzdem leuchtete nichts. Uns lief die Zeit davon! Es war schon etliche Sekunden her, dass Matt seinen letzten Atemzug getan hatte.

„Noch einmal!", rief Willie. „Sie müssen das richtig hinkriegen, oder er stirbt!" Ihre Stimme wurde hoch, und ihr Akzent stärker.

Ihr Akzent …

„Sagen Sie es mit einem amerikanischen Akzent", erklärte ich Gabe. „Los!"

Cyclops beugte sich über Gabes Schulter und las den Zauber ab, und Gabe imitierte ihn, Wort für Wort, Betonung für Betonung, in einem amerikanischen Akzent. Ich sprach den Verlängerungszauber. Wir wurden zur gleichen Zeit mit dem Spruch fertig.

Die Uhr glühte vor Hitze, und ein blendendes Licht schmerzte in meinen Augen. Ich packte sie fester, weil ich Angst hatte, dass sie mir herunterfiel, während die Hitze aus der Uhr meinen Arm hinauflief. Ein violettes Glühen beleuchtete Matts Adern, verschwand unter seinen Kleidern, lief dann seine Kehle empor, über sein Gesicht und in seine Haare.

Seine Brust weitete sich. Er atmete!

Ich schluchzte.

Hinter mir murmelte jemand erstaunt.

Gabe legte Matt zwei Finger an die Kehle und beugte sich näher heran, um die glühenden Adern zu mustern. „Mein Gott. So etwas habe ich noch nie gesehen. Er lebt."

Ich drückte Matts Hand an die Uhr, um sie an Ort und Stelle zu halten. Je länger die Magie Zeit hatte, ihre Arbeit zu tun, desto besser. Cyclops, Duke und Willie drängten sich näher, obwohl Chronos ihnen befahl, sich zurückzuhalten.

„Matt?", flüsterte Willie, während sie sich die Tränen abwischte, die ihre Wangen befeuchteten. „Matt? Kannst du mich hören?"

Die Hand, die meine hielt, zuckte. Ich presste die Lippen aufeinander, um ein weiteres Schluchzen zu unterdrücken, doch es entwich mir trotzdem.

Matts Augen gingen auf, und das violette Leuchten zog sich langsam zurück, bis seine Adern wieder normal waren. „Weine nicht, India", sagte er leise. „Ich sterbe heute nicht."

Meine Unterlippe bebte. Er ließ meine Hand los und griff nach oben, um mein Gesicht zu umfassen. Ich lächelte. Er erwiderte es.

Dann warf ich mich auf ihn, nagelte ihn auf dem Boden fest. Er lachte leise in mein Ohr.

„Da lohnt sich das Sterben ja beinahe, wenn ich so eine Reaktion bekomme", sagte er.

„Wage es ja nicht", tadelte ihn Willie. „Jetzt runter von ihm, India. Ich bin dran."

Ich riss mich los und gestattete ihm, sich mit Cyclops' Hilfe hinzusetzen. Die Farbe war in sein Gesicht und seine Lippen zurückgekehrt, doch sein Körper bebte leicht. Ich spürte es durch unsere verbundenen Hände.

Eine Runde Umarmungen folgte. Sogar Chronos umarmte ihn. Dann umarmte ich Chronos. Seine Arme hielten mich fest, und er küsste mich auf die Wange.

„Warum bist du hier?", fragte ich.

„Das ist eine lange Geschichte. Ich erzähle sie dir später."

Payne knurrte, während Brockwell ihn auf die Füße zog. Sein rechtes Bein blutete immer noch. „Die Uhr funktioniert bei ihm, weil sie ihm *gehört*", sagte Payne, der nickte, als er verstand. „Das haben Sie mir nicht erzählt, Miss Steele." Er wies auf seine

Verletzung. „Sie haben meine Uhr. Nutzen Sie sie, um mich zu heilen."

„Nein", ließ sich ein Chor aus Stimmen vernehmen.

„Ich hoffe, Sie sterben an Ihren Verletzungen", spie Willie aus. „Und wenn nicht, dann hoffe ich, Sie werden gehängt."

„Das wird er", sagte Matt. „Für den Mord an Bryce."

„Und den Mordversuch an Ihnen und Miss Steele", fügte Brockwell an. „Sie betreten den amerikanischen Boden nicht wieder, Sheriff."

Payne verzog die Lippen zu einem Knurren. „Und was ist mit *seinen* Verbrechen? Glass hat Sie belogen. Er hat Sie und andere hereingelegt, hier und zurück in der Heimat, hat Diebstahl und zahllose weitere Verbrechen begangen. Nehmen Sie *ihn* fest."

Brockwell schob ihn zur Tür. „Es scheint, dass Mr. Glass gelogen hat, weil ich ihm nicht geglaubt hätte, hätte er mir von seiner Taschenuhr und … Magie erzählt."

„Und jetzt glauben Sie?", fragte Chronos.

„Ich glaube an das, was ich mit eigenen Augen bezeugen kann. Im Lichte dessen, was ich gerade gesehen habe … muss ich das, schätze ich. Los jetzt, Payne, bewegen Sie sich." Er schob den humpelnden Payne nach draußen, als gerade zwei Schutzmänner die Treppen heraufstürmten, beide außer Atem von der Anstrengung.

„Was geht hier vor?", fragte einer. „Wir hörten Berichte von einem Schuss."

„Sie sind ein wenig spät dran", sagte Brockwell, der jeden Konsonanten einzeln betonte. „Helfen Sie mir, diesen Mann festzunehmen. Er ist ein schlüpfriger Hundesohn."

Matt nahm meine Hand und drückte sie. „Ist alles in Ordnung, India?"

Ich nickte und blinzelte zu ihm auf, meine Augen und mein Herz übervoll. „Jetzt schon. Vorher war ich ein wenig aufgewühlt."

„Nur ein wenig?"

„Eine britische Untertreibung."

„Ah, die berühmte unerschütterliche englische Haltung." Er strich mir mit der Daumenkuppe über die Lippen. „Es ist selbstsüchtig, mir zu wünschen, dass dich mein Tod verzweifeln lässt", murmelte er. „Doch ich stelle fest, dass ich nicht anders kann."

Ich lächelte. „Ein Fehler sei dir erlaubt, Matt."

Er lachte leise und zog meine Hand an seine Lippen.

Chronos räusperte sich. „Ich erwarte nicht, dass *du* dir diese Gefühlsduselei bieten lässt, Willie", sagte er.

„Matt ist gestorben", erwiderte sie. „Er darf gefühlsduselig sein. Das dürfen wir alle." Sie warf sich auf Matt und schlang die Arme um ihn.

Er schaffte es, sie zu fangen und zu stützen, was bewies, dass er seine Kraft wiedergefunden hatte. Sie konnte ein wilder kleiner Wirbelwind sein, wenn sie von Gefühlen angetrieben wurde.

„Ich glaube, es ist an der Zeit für Antworten", sagte ich, bereit, sie jetzt zu hören, da die Magie der Uhr funktioniert zu haben schien. Matt hatte sie bereits zurück in die verborgene Tasche geschoben. Morgen würde er eine weitere Ersatzuhr bei den Masons kaufen. Ich hoffte, er würde sie niemals für etwas anderes nutzen müssen, als nach der Uhrzeit zu sehen, aber es war ein Trost zu wissen, dass es einen Ersatz gab, falls er gebraucht wurde.

„Wir wurden einander nicht ordentlich vorgestellt", sagte Matt, der Willie von sich pflückte und Gabe seine Hand hinhielt.

Sie stellten einander vor, und ich stellte Gabe die anderen vor. „Danke, dass Sie mir das Leben gerettet haben", sagte Matt. „Ich weiß, dass es Ihnen nicht geheuer war, eine Rolle dabei zu spielen, mich am Leben zu halten, aber ich will Ihnen versichern, dass ich Ihnen keinen Anlass geben werde, es zu bedauern."

Gabe nickte, wirkte aber nicht überzeugt. „Was also nun? Kehre ich nach Hause zurück, als sei nichts passiert?"

„Wenn Sie möchten", sagte ich. „Wenn Sie irgendetwas brauchen, findet man uns in der Park Street Nummer 16 in Mayfair. Sie werden immer willkommen sein."

„Immer", versicherte ihm Matt.

Gabe beäugte Willie vorsichtig.

Willie rieb mit der Stiefelspitze über den Boden und

verschränkte die Hände hinter dem Rücken. „Ich hätte nicht wirklich jemanden getötet, der Ihnen wichtig ist."

„Das höre ich gerne."

„Wir fahren Sie nach Hause", sagte Matt. „Meine Kutsche wartet."

Ich bekam schließlich meine Erklärungen, während wir Gabe nach Pimlico fuhren. Payne hatte Matt nur an der Schulter verletzt, doch wegen seines dringenden Bedarfs an der heilenden Magie war er ziemlich „schlecht beieinander" gewesen, wie Chronos sagte. Matt hatte einen Zweispänner herangewinkt und war zu Chronos' Unterkunft gefahren, und sie beide waren zu Mr. Gibbons' Haus gefahren, um mich zu suchen.

Ich verschränkte die Arme. „Und wie wusste Matt, wo er dich findet?", fragte ich Chronos.

„Ich habe ihm einem Brief dagelassen, an dem Tag, an dem ich wegging", sagte er. „Darin stand meine neue Adresse."

„Warum hast du sie *mir* nicht gegeben?"

„So war es am besten. Ich wusste, dass er nur kommen würde, wenn ein Notfall besteht."

„Am besten für wen?"

„Lass uns nicht schon wieder damit anfangen, India. Kannst du nicht einfach glücklich sein, dass du ihn zurückhast? Du willst mich doch auch gar nicht um dich haben. Ich bin alt und mürrisch. Manch einer würde mich verrückt nennen." Er warf Gabe ein Lächeln zu. „Wenn ich verrückt bin, dann liegt das daran, dass ich ein Leben lang nach Ihnen gesucht habe."

Gabe lehnte sich ein wenig zurück und blinzelte Chronos mit großen Augen an.

„Du sollst nicht wieder in seine Nähe gehen", erklärte ich Chronos. „Hast du das verstanden?"

„Wissen Sie, wo meine Eltern wohnen?", fragte Gabe Chronos.

„Nein", erwiderte Chronos.

Gabe stieß die angehaltene Luft aus. „Nun gut, ich werde Ihnen nicht helfen, jemanden ins Leben zurückzuholen."

Chronos hob einen Finger. „Man kann niemanden ins Leben zurückholen, wenn derjenige tot ist, nur das Leben verlängern, wenn er im Sterben liegt. Matt hat heute in diesem Zimmer aufgehört zu atmen, aber in ihm muss noch genug Luft gewesen sein, um ihn am Leben zu halten, bis die Magie funktionierte."

„Ein paar Sekunden länger wären zu spät gewesen", stimmte Gabe zu.

Mir drehte sich der Magen um. Es war knapp gewesen mit Matt. So unfassbar knapp.

„Es war klug von dir, an den Akzent zu denken, India", sagte Matt.

„Meine Enkelin ist klug. Ich bin stolz auf sie." Chronos' Worte ließen mir erneut Tränen in die Augen treten. Ich schaute zur Seite, weil ich noch nicht ganz bereit war, zuzugeben, dass ich mir, seit wir uns begegnet waren, gewünscht hatte, er möge diese Worte aussprechen.

„Also, erzählen Sie", sagte Gabe, „wer ist Mr. Gibbons und wie hat er Ihnen geholfen, uns zu finden? Und weshalb war es nötig, dass Sie Mr. Steele dabei hatten?"

„Gibbons ist ein Kartenzeichnermagier und Bekannter von uns", erklärte ihm Matt. „India fand heraus, dass ein Kartographenmagier eine Karte zeichnen kann, die den Standort eines magischen Gegenstandes enthüllt, wenn ein anderer Magier sich mit seiner Magie dem Vorgang anschließt. Du hattest meine magische Taschenuhr", sagte er zu mir. „Darin war nicht nur die ursprüngliche Magie von Chronos, sondern auch deine. Wir brauchten nur die richtigen Magier, um sie zu finden."

„Ich habe meinen Zauber vorgetragen, während Gibbons seinen aufsagte und zeichnete", sagte Chronos. „Er behauptet, dass *du* keinen Zauber brauchst, sondern einfach nur den Rand der Karte berührst, India."

„Bemerkenswert", murmelte Gabe.

Matt beobachtete mich unter gesenkten Lidern hervor. „Ja. Das ist sie."

„Das Problem war, sie bewegte sich immer weiter", sagte Chronos. „Die Taschenuhr, meine ich. Wir dachten, wir hätten sie an einem Standort festgemacht und wollten gerade dorthin aufbrechen, als sie sich langsam wegbewegte."

„Das war wohl, als Payne gegangen ist", sagte ich. „Er ging los, um einen Kranken zu finden und nachzusehen, ob die Uhr ihn heilen würde."

„Er wollte India nicht glauben, als sie ihm sagte, sie würde nur für Sie funktionieren, Glass", sagte Gabe.

Matt fuhr mit der Geschichte fort. „Als es aussah, als würde die Uhr auf derselben Strecke zurückkehren, beschlossen wir, zu dem ursprünglichen Standort aufzubrechen, an dem wir sie eine Stunde zuvor gefunden hatten."

Chronos deutete mit dem Kinn auf Matt. „Er wollte nicht länger warten."

„Hätte er das getan, könnte er tot sein", sagte Gabe.

„Hätte ich das getan, hätte India sterben können", fügte Matt düster hinzu.

„Und was ist mit Willie und den anderen?", fragte ich. Sie waren gerade draußen beim Kutscher und auf dem Tritt für den Diener hinten an der Kutsche, da wir nicht alle in die Kabine passten. „Woher wussten sie, wo sie uns finden sollten?"

„Sobald wir den Standort der Taschenuhr festgemacht hatten, hat Miss Gibbons, die Tochter von Mr. Gibbons, sie geholt. Sie ließ sie erst noch Brockwell bei Scotland Yard einsammeln, wie ich es angewiesen hatte."

Gabe fuhr sich mit der Hand durch die Haare und stieß ein ungläubiges Lachen aus. „Ich habe heute mehr über meine Magie gelernt als mein ganzes Leben lang."

„Sie sind ein einzigartiger Magier", erklärte ihm Chronos. „Falls es noch einen wie Sie gibt, muss ich ihn oder sie erst noch finden, und glauben Sie mir, ich habe gesucht."

Je ernster Chronos wurde, umso erschütterter und unsicherer wirkte Gabe. „Ich werde meine Magie nicht mehr mit Zeitmagie verbinden, Sir. Bitten Sie mich nicht darum."

„Das wird er nicht", versicherte ihm Matt. „Falls er Sie belästigt, kontaktieren Sie mich."

Chronos warf die Hände in die Luft. „Was für einen Sinn hätte denn die ganze Magie, wenn man sie nicht einsetzt?"

„Er kann sie einsetzen", sagte ich. „Er kann kleinere Gebrechen heilen, wie er es schon immer getan hat. Die Kombination dieser Magie mit deiner oder meiner ist das Problem."

„Das ist kein Problem, sondern ein Geschenk." Chronos sank mit trotzig geschürzten Lippen in die Ecke.

Zum Glück sagte er nichts mehr, und wir konnten die restliche Fahrt über eine angenehme Unterhaltung mit Gabe führen. Er begutachtete Matts Schulterverletzung und wies ihn an, sie einfach zu reinigen, wenn er nach Hause kam. Die Magie hatte sie beinahe vollständig geheilt. Er war ein wirklich netter Mann – seiner Arbeit im Kinderkrankenhaus treu ergeben. Er wollte dort unbedingt hin und seine Schicht abschließen, obwohl es schon ziemlich spät war.

„Ich glaube auch, dass ich lieber meine Eltern besuche." Er warf mir ein verlegenes Lächeln zu. „Ich denke, ich würde ihnen gern für ihre Liebe und Freundlichkeit die ganzen Jahre über danken. Das schulde ich ihnen."

„Ich glaube nicht, dass sie darin eine Schuld sehen", sagte ich. „Vielleicht könnten Sie auch Schwester Bernadette einen Brief schreiben, in dem Sie ihr sagen, wie es Ihnen geht. Dass sie Sie gerettet hat, hat sie gewissermaßen etwas gekostet, und sie verdient es zu wissen, dass es das wert war."

Wir erreichten sein Mietshaus und dankten ihm noch einmal. Er ging schon die Eingangsstufen hinauf, als Willie ihn rief. „Warten Sie!" Sie sprang aus der Kutsche und warf sich auf ihn. Der arme Mann wankte unter ihrem Gewicht. Sie sagte ein paar leise Worte und küsste ihn auf die Wange.

„Duke hat womöglich einen Rivalen", sagte ich lächelnd.

„Chronos, Sie könnten ein wenig Frischluft vertragen", sagte Matt. „Warum fahren Sie nicht draußen mit den anderen?"

„Nein." Chronos verschränkte die Arme vor der Brust. „Ich lasse Sie nicht hier allein, damit Sie India ausnutzen können. Nicht, bis ich es schriftlich sehe, dass Sie sich für den Rest ihres Lebens um sie kümmern. Denk an meine Worte, India, hol dir zuerst eine Vereinbarung. Du musst an deine Zukunft denken."

Matt wirkte, als würde er einen Streit vom Zaun brechen wollen, überlegte es sich aber anders. Er lächelte mich einfach nur traurig an, was mich an die Lage erinnerte, in die ihn sein Onkel mit Patience gezwungen hatte. Ich versuchte, nicht daran zu denken. Matt lebte, und das war im Augenblick alles, was eine Rolle spielte.

Bristow kam uns an der Tür mit einem strahlenden Lächeln entgegen. „Ich bin sehr froh, Sie bei so guter Gesundheit zu sehen, Sir", sagte er zu Matt. „Wirklich sehr froh. Im Namen aller Angestellten darf ich Sie zu Hause willkommen heißen."

„Vielen Dank, Bristow. Ich werde den Angestellten später persönlich danken, nachdem ich mich erfrischt habe." Matt warf einen Blick hinab auf seine blutigen Kleider. „Falls das nicht aus dem Stoff geht, retten Sie, was Sie können, und spenden Sie es. Ansonsten verbrennen Sie alles."

„Das kriegen wir schon heraus, Sir. Zusammen sind Mrs. Bristow und ich noch niemals einem Fleck begegnet, der uns überlegen war."

„Geht es meiner Tante gut?"

„Sie ist im Wohnzimmer, Sir." Bristow beugte sich vor. „Sie ist nicht mehr sie selbst, seit Miss Gibbons mit Ihrer Nachricht kam und die anderen aufbrachen. Polly hat sich zu ihr gesetzt."

Matt und ich gingen hinauf in das Wohnzimmer, Chronos, Willie, Duke und Cyclops folgten uns. Sie schienen nicht daran interessiert zu sein, einfach ihrer Wege zu gehen, vielleicht, weil keiner von ihnen Matt schon aus den Augen lassen wollte.

„Tante Letitia?", fragte Matt sanft, während er sich neben seine Tante auf das Sofa setzte.

„Danke, Polly", sagte ich zu dem Dienstmädchen. „Wir werden eine Weile bei ihr bleiben."

„Tante Letitia, hörst du mich?"

„Natürlich höre ich dich", sagte seine Tante, die ihren glasigen Blick zu Matt wandte. „Wo warst du denn, Harry? Ich habe gewartet und gewartet." Sie schnalzte mit der Zunge. „Schau dich an; du bist schmutzig. Geh und richte dich fürs Abendessen her, oder Vater wird es dir übel nehmen."

„Ich gehe jetzt."

„Ich bringe Sie in Ihr Zimmer, Miss Glass", sagte ich. „Wir machen Sie fürs Abendessen fertig. Heute Abend wird gefeiert."

„Gefeiert?", wiederholte sie und nahm Matts Hand. „Was feiern wir denn?"

„Das Leben und die Tatsache, dass wir da sind", erklärte Matt.

Sie nickte ernst. „Dann komm schon, Veronica", sagte sie und nannte mich beim Namen ihres Dienstmädchens vor vielen Jahren. „Ich will etwas Buntes tragen. Ich weiß gar nicht, weshalb ich dieses traurige Schwarz trage. Mama ist schon lange genug von uns gegangen; es ist Zeit, dass ich etwas anderes trage als Trauer."

„Und ihr alle nennt mich verrückt", murmelte Chronos.

Ich warf ihm einen finsteren Blick zu und folgte Matt und Miss Glass die Stufen hinauf. Er öffnete ihre Tür für uns und wies uns nach drinnen, hielt mich aber mit einer Hand auf meinem Arm auf. Sein Daumen strich über meinen Ellbogen. Sein Blick musterte meinen, aber ich war nicht sicher, wonach er Ausschau hielt. Er wirkte nicht so glücklich, wie es ein Mann hätte sein sollen, der gerade dem Tod von der Schippe gesprungen war.

„India", sagte er, fuhr aber nicht fort.

„Wie fühlst du dich?", fragte ich. „Brauchst du jetzt eine Rast?"

„Ich fühle mich besser als seit langer Zeit. Seit sehr langer Zeit. Keine Rast nötig."

„Also hat es funktioniert. Es hat wirklich funktioniert." Ich würde nicht wieder weinen. Ich würde *nicht* wieder weinen. Ich schaffte es, die Tränen zurückzuhalten, doch meine Augen wurden feucht.

Matt strich mir mit den Fingerknöcheln über die Wangen. „Vielen Dank reicht nicht, aber im Augenblick ist das alles, was ich dir geben kann. Vielen Dank, India. Du hast mir das Leben gerettet. Schon wieder."

„Du hast mich gerettet, und auch Gabe. Wir sind quitt."

„Wohl kaum." Sein Mundwinkel hob sich, fiel aber rasch wieder herab. „Wir müssen reden. Es wird nicht ganz die Ansprache sein, die ich im Kopf hatte – dafür hat mein Onkel gesorgt –, doch dein Großvater hat recht. Wir müssen für die Zukunft planen."

Ein Kloß bildete sich in meiner Kehle. „Morgen. Heute Abend will ich auf deine Gesundheit trinken." Ich wollte glücklich sein, und ich hatte das Gefühl, dass unser Gespräch nicht auf die Art enden würde, die wir uns beide wünschten.

„India!", rief Miss Glass aus ihrem Zimmer. „India, hilf mir, auszusuchen, was ich tragen soll."

Miss Glass brauchte meine Hilfe nicht bei der Wahl ihrer

Kleidung, und sobald sie sicher war, dass Matt gegangen war, entließ sie mich. Zum Glück tadelte sie mich nicht, weil ich eine leise Unterhaltung mit ihrem Neffen geführt hatte. Ich war nicht in der Stimmung für ihren Vortrag.

Ich begab mich zu meinen Räumlichkeiten und kam unterwegs an denen von Matt vorbei. Bristow trat gerade heraus, die blutigen Kleider in der Hand. Ich erhaschte einen Blick auf Matt, der mit bloßer Brust in seinem Zimmer stand, und er sah männlicher aus als je zuvor. Der Anblick ließ mich wohlig erschauern.

Bristow erwischte mich beim Starren, und obwohl er nicht lächelte, verriet das Leuchten in seinen Augen seine Gedanken. Er war spitzbübischer, als er zeigte.

* * *

ICH TRUG zum Abendessen eines meiner besten Kleider aus blasser, cremefarbener Seide mit gelben Frühlingsblumen, die auf das Mieder gestickt waren. Irgendwie war es der Köchin Mrs. Potter gelungen, ein richtiges Festmahl aufzutischen, wenn man bedachte, wie spät wir zurückgekehrt waren. Zu meiner Überraschung war Chronos noch nicht aufgebrochen. Er blieb wohl wegen des Essens.

Matt hatte sich dem Anlass entsprechend ebenfalls herausgeputzt, er trug eine doppelreihige Weste mit weißer Krawatte. Miss Glass trug ihr schönstes Trauerkleid, doch alle anderen hatten nur an, was sie den ganzen Tag über getragen hatten. Miss Glass tadelte Willie dafür.

„Warum sagst du den Männern nicht, dass sie sich umziehen sollen?", fragte Willie. „Warum nur mir?"

„Weil du eine Lady bist", erwiderte Miss Glass.

„Nein, bin ich nicht."

„Amen", murmelte Duke.

Anstatt mit ihm zu streiten, lächelte Willie, und er erwiderte es.

„Du bist Matthews Cousine", sagte Miss Glass. „Deshalb *bist* du eine Lady, wenn du dich mit ihm zeigst."

Willie antwortete, indem sie eine Scheibe Kaninchenpastete

nahm und sie sich in den Mund stopfte. Zum Glück sagte sie anschließend nichts. Ihre Manieren verbesserten sich.

Bristow schenkte den Wein fertig ein, und Cyclops sagte ihm, er solle sich auch selbst einschenken. Auf Matts ermutigendes Nicken hin tat er es auch, und Cyclops hob sein Glas. „Auf deine Gesundheit, Matt."

„Auf deine Gesundheit", wiederholten wir Übrigen.

Bristow nippte, ehe er sich anschickte, nach draußen zu gehen. „Öffnen Sie für sich ein paar Flaschen", erklärte ihm Matt. „Dann nehmen Sie den restlichen Abend frei. Das Aufräumen kann auf morgen warten."

„Das höre ich gerne", sagte Chronos. „Heißt das, dass Sie jetzt trinken wie ein richtiger Mann, Matt?"

„Nur ein oder zwei Gläser", sagte Matt. „Das hat sich nicht geändert."

Chronos verdrehte die Augen. „Willie wird mit mir mithalten, oder nicht, Willie?"

„Versuch doch, es mit mir aufzunehmen", sagte sie und trank den Inhalt ihres Glases aus.

Sie war betrunken, noch ehe das Abendessen zu Ende war, aber mit wahrem Wild-West-Geist weigerte sie sich, sich zurückzuziehen, und trank danach im Salon weiter. Sie ging sogar so weit, Klavier zu spielen, und zwar schlecht, bis Miss Glass sie zur Seite schob. Sie stritten, bis Duke vorschlug, sie sollten ein Duett spielen. Es funktionierte ziemlich gut, sogar als Willie beschloss, ihre Singstimme einzusetzen. Es löste sich erst in einen Streit auf, als sie den Text von *God Save the Queen* zu einer Version änderte, die ich bisher nur Betrunkene hatte grölen hören.

„He!", fügte Chronos seinen Protest dem von Miss Glass hinzu. „Das kannst du doch nicht über unsere Monarchin sagen."

„*Meine* Queen ist sie nicht", erwiderte Willie. „Und sie wird alt und hat ein Gesicht wie eine Sau. Schau." Sie fischte eine Münze aus ihrer Tasche und warf sie ihm zu.

Er fing sie nicht, und sie rollte in einen Winkel des Zimmers. „Du solltest etwas Respekt zeigen, wenn du in England wohnen willst."

Willie fuhr in Matts Richtung herum. „Wenn wir schon dabei sind." Sie verschränkte die Arme und wankte ein wenig auf ihrem Platz. „Jetzt, da es dir besser geht, wann gehen wir nach Hause?"

„Ich kann noch nicht gehen", sagte Matt.

„Warum zum Teufel nicht?"

„Ausdruck", tadelte Miss Glass. „Und er kann nicht gehen, weil er jetzt dauerhaft hier wohnt, darum. Oder nicht, Matthew?"

Matt seufzte. „Das bespreche ich nicht heute Abend."

„Ja", sagte Duke mit einem Funkeln zu Willie. „Lass den Mann doch etwas Frieden und Spaß haben."

Sie wandte sich zurück zum Klavier und murmelte: „Also gut."

„Willst du wirklich schon gehen, Willie?", fragte Cyclops. „Bist du sicher, dass du all deine persönlichen Angelegenheiten hier in London geregelt hast?"

„Persönliche Angelegenheiten, was?" Chronos grinste. „Klingt spannend."

„Musst du nicht irgendwohin?", fuhr ihn Willie an. „Und du, Cyclops, du großgewachsener einäugiger sogenannter Freund, du hast doch auch persönliche Angelegenheiten zu regeln. Catherine Mason hat es nicht verdient, dass du ihr ohne ein Wort des Abschieds davonläufst."

„Miss Mason, oho?" Chronos kicherte. „So, so, ihrem Vater steht dann ja ein Schock bevor, wenn er das herauskriegt."

„Er muss sich um nichts Sorgen machen", knurrte Cyclops. „Ich bin nicht hinter seiner Tochter her." Er schluckte den Rest in seinem Glas und stellte es schwer auf der Stuhllehne ab.

„Das reicht jetzt", erklärte ich. „Heute Abend soll doch gefeiert werden. Miss Glass, spielen Sie etwas Erhebendes."

„Etwas, zu dem wir tanzen können", fügte Matt hinzu.

Willie jubelte und sprang vom Klavierhocker. Sie half den Männern, die Möbel zur Seite zu schieben, um Platz zum Tanzen zu schaffen. Miss Glass spielte eine schnelle, fröhliche Melodie, die nicht erforderte, dass man nah zusammen tanzte. Ich vermutete, dass sie das absichtlich getan hatte, um Matt und mich voneinander fernzuhalten, doch es machte mir nichts aus. Die

Stimmung wurde fröhlicher, und es wurde nicht mehr gestritten. Wir tanzten, tranken und spielten bis in die frühen Morgenstunden Poker – ohne Geld einzusetzen.

Matt wirkte gesünder und wacher, als ich ihn je gesehen hatte. Ich hatte ihn immer für gutaussehend gehalten, doch zum ersten Mal, seit ich ihm begegnet war, sah er seinem Alter entsprechend aus wie neunundzwanzig, nicht zehn Jahre älter. Die Falten, die sonst von seinen Augen ausstrahlten und sich über seine Stirn zogen, hatten nachgelassen, seine Hautfarbe war normal, nicht grau, und auf seinen Lippen deutete sich fast immer ein Lächeln an. In seinen Augen leuchtete gute Laune, zumindest die meiste Zeit über, obwohl ich ihn hin und wieder dabei erwischte, wie er mich trübsinnig betrachtete.

In diesen Augenblicken lächelte ich zurück, entschlossen, die Frage unserer Beziehung nicht das Glück überschatten zu lassen, das ich verspürte, weil er wieder gesund war.

* * *

AM FOLGENDEN MORGEN bestand ich darauf, dass Matt sich eine Taschenuhr kaufte, ehe er sonst irgendwohin ging. Wir fuhren direkt zum Geschäft der Masons, nicht ins benachbarte Haus, doch Catherine war ohnehin da, wo sie einer Dame ihre Auswahl an femininen Uhren zeigte. Sie lächelte, als sie mich sah.

„Haben Sie in letzter Zeit mit Abercrombie gesprochen?", fragte Matt Mr. Mason am Tresen.

„Nein, doch für heute Abend wurde ein Gildentreffen einberufen." Mr. Mason legte seine Auswahl an Uhren auf den Tresen vor mich, nicht Matt. Das schien er zu machen, ohne nachzudenken, da er ja auf die Unterhaltung konzentriert war.

Ich wählte dieselbe Uhr wie letztes Mal, da es das beste Stück dort war. „Um Oscar Barratts Artikel zu besprechen?", fragte ich.

„Und alles, was daraus folgt." Er betrachtete mich gleichmütig, ohne Argwohn oder Angst. So hatte er mich noch niemals angesehen. Als mein Vater noch am Leben gewesen war, hatte er mich wie ein Kind behandelt, sogar als ich mich um das Haus gekümmert und das Geschäft geführt hatte. Nach dem Tod meines Vaters, und als die Gilde gegen mich argwöhnisch wurde, hatte er mich wie ein Wesen behandelt, das ihn jeden Augenblick angreifen könnte. Es fühlte sich gut an, jetzt wie eine Erwachsene betrachtet zu werden, und zwar eine Gleichgestellte. Sehr gut sogar. „Hat dein Großvater wirklich vor all den Jahren versucht, das Leben von Eddie Hardacres Vater zu verlängern?", fragte er.

„Da müssten Sie ihn fragen."

Er beugte sich über den Tresen und senkte die Stimme. „Und kannst *du* die Magie eines anderen Magiers verlängern?"

Ganz gleich, wie sehr ich es wünschte, ich stellte fest, dass ich ihn nicht komplett anlügen konnte. „Es ist eine Theorie, die nur die Zeit beweisen oder für hinfällig erklären kann."

„India, Matt", sagte Catherine, die sich zu uns gesellte, als ihre Kundin hinausging. „Ihr seht gut aus. Besonders du, Matt."

Er lächelte. „Ich habe letzte Nacht gut geschlafen."

„Und wie geht es deiner Familie?", fragte ich, ehe sie oder ihr Vater uns noch weiter ausfragen konnten.

„Gut", sagte Catherine. „Und euren Freunden?"

„Sie langweilen sich etwas", sagte Matt. „Du solltest zu Besuch kommen. Insbesondere einer würde dich gern sehen."

Catherine wurde rot, aber zum Glück schien es ihrem Vater nicht aufzufallen, während er unsere neuen Einkäufe einpackte.

Ich hielt es für einen guten Zeitpunkt, Matt aus dem Geschäft zu lotsen, ehe er noch Unheil stiftete. Er schien so eine Laune zu haben. Ich plapperte über die Masons und andere sichere Themen, bis wir am Konvent ankamen. Matt machte mit und versuchte nicht, die Unterhaltung auf etwas Persönlicheres zu lenken, worum ich dankbar war. Vielleicht war auch er noch nicht bereit.

Wir sahen Gabriel Seaford, als die Kutsche langsamer wurde, grüßten ihn aber nicht. Er verließ den Konvent, den Kopf gesenkt, seine Schritte langsam.

„Ich bin froh, dass er hergekommen ist", sagte ich. „Schwester Bernadette musste ihn treffen. Es ist nur gerecht, dass sie weiß, dass ihre Taten zu einem guten Ende geführt haben."

„Er wirkt nachdenklich", sagte Matt.

„In den letzten vierundzwanzig Stunden ist viel passiert. Es wird dauern, bis sich das setzt, insbesondere, wie wichtig seine Magie ist."

„Und was er für mich getan hat", sagte er leise. „Ich hoffe, er arrangiert sich in den nächsten fünf Jahren damit."

„Weshalb?", wich ich aus.

„Vielleicht brauche ich wieder seine Magie, falls meine Uhr langsamer wird, so wie beim letzten Mal. Hoffentlich hält diese länger, da deine Magie stärker ist als die deines Großvaters."

Fünf Jahre wirkten plötzlich viel zu schnell. Ich hatte mir noch nie gewünscht, dass meine Magie stark sein möge, bis jetzt.

Schwester Clare begrüßte uns ein paar Minuten später mit einem unsicheren Lächeln und einem Blick über ihre Schulter im Wartezimmer. „Ich habe mit Schwester Bernadette gesprochen, nachdem Sie gestern von hier aufgebrochen sind", flüsterte sie. „Sie hat mir erzählt, was mit den kleinen Jungen passiert ist, und wie Mutter Alfreda ..." Sie berührte das Kreuz, das ihr um den Hals hing. „Sie hat Gott ihre Sünden gestanden. Das ist alles, was man nun über sie sagen kann."

Ich fragte sie nicht, ob sie an Magie glaubte, und sie gab keine Meinung zum Besten.

„Sie sehen gut aus, Mr. Glass", fügte sie an.

„Ich fühle mich gut", erwiderte er. „Besser als seit langer Zeit. Würden Sie diesen Brief bitte Ihrer Mutter Oberin übergeben? Sie dürfen ihn lesen. Es ist die Zusage für eine Spende. Mein Anwalt wird sich mit den Einzelheiten an Sie wenden."

Sie las den Brief und keuchte. „Vielen Dank. Das wird enorm helfen."

„Ich werde meine Freunde vorbeischicken, um Schwester Bernadette bei jeglichen Reparaturarbeiten beizustehen, die sie nicht allein erledigen kann. Ihnen ist zu Hause langweilig, und sie kommen mir ins Gehege, darum wäre ich dankbar, wenn sie es annimmt."

Sie strahlte. „Vielen Dank. Sie wird sich freuen, das zu hören. Sie arbeitet zu schwer, und ihr Rücken tut ihr dieser Tage weh. Weshalb sagen Sie es ihr nicht selbst? Sie ist im Schulsaal."

Wir wussten, wo der Schulsaal sich befand. Es war der Raum, in dem das Kreuz von der Wand gefallen war und mich beinahe erwischt hätte. Wir fanden Schwester Bernadette, wie sie vor dem Kreuz stand, das wieder an der Wand angebracht worden war. Sie war tief in Gedanken und hörte nicht, wie wir eintraten. Wir warteten, bis sie sich bekreuzigt hatte und sich dann abwandte.

„Es uns leid, dass wir stören", sagte Matt. „Wir wollten sehen, wie es Ihnen geht."

Sie lächelte und streckte die Hände zum Gruß aus. „Mir geht es gut, und wie ich sehe, auch Ihnen, Mr. Glass. Sie sehen sehr viel besser aus."

„Ich war gestern bei einem exzellenten Arzt."

„Das hat er mir erzählt. Er war gerade da. Was für ein bemerkenswerter junger Mann er doch geworden ist. Mr. und Mrs. Seaford sind bestimmt stolz."

„So, wie Sie es auch sein sollten", sagte ich und nahm sie bei der Hand.

Sie nickte und blinzelte Tränen weg.

„Ich sehe, das Kreuz ist wieder zurück an seinem Platz", sagte Matt, der zu dem Kreuz hin nickte. „Ich hoffe, diesmal bleibt es dort."

„Genau wie ich", sagte sie. „Ich habe zusätzliche Stützen angedacht. Gabe – Dr. Seaford – hat mir geholfen."

Ich war mir nicht sicher, ob die zusätzlichen Stützen verhindern würden, dass es wieder herabfiel, falls sie ihre Magie nutzte, um es zu bewegen. Es bestand jedoch kein Anlass, ihr das zu sagen. Sie kannte nun die Macht ihrer Magie und würde besser aufpassen.

„Sie stammen aus einer langen Reihe von Schreinern, oder nicht?", fragte ich.

„Auf beiden Seiten meiner Familie." Sie nahm ihre Werkzeugkiste und ging mit uns zurück zu unserer Kutsche.

Matt erzählte ihr, dass er Duke und Cyclops schicken würde, um ihr zu helfen, und vielleicht auch Willie. „Sie brauchen etwas zu tun", sagte er.

„Und was werden Sie nun tun, Mr. Glass?", fragte sie.

„Ich muss mich um eine wichtige Angelegenheit kümmern."

„Ah, ja, ihr Geschäftsleute habt ja immer gut zu tun."

„Es ist keine geschäftliche Angelegenheit, sie ist persönlich. Sehr persönlich."

Nachdem diese Ankündigung zwischen uns in der Luft hing, erwartete ich, dass Matt das Thema ansprechen würde, während wir unterwegs nach Hause waren, doch das tat er nicht. Stattdessen ließ er sich vom Kutscher am Beginn der Oxford Street hinauslassen und mich allein zur Park Street zurückfahren.

Kriminalinspektor Brockwell hatte es sich im Salon gemütlich eingerichtet, unter dem wachsamen Blick von Miss Glass. Er betrachtete eine Tasse Tee in einer Hand und einen Teller mit Kuchen in der anderen, als könne er sich nicht ganz entscheiden, was er zuerst verzehren sollte. Er erhob sich, als er mich sah, und begrüßte mich mit einem leichten Stottern. War er nervös? Meinetwegen? Vielleicht glaubte er, ich würde mit meiner Magie eine Uhr auf ihn werfen.

„Der Inspektor hat mir gerade erzählt, dass der gemeine Kerl, der sich Sheriff nannte, bald vor den Richter kommt", sagte Miss Glass.

„Es wird nicht lange dauern", ergänzte Brockwell, der abermals seine präzise, abgehackte Sprechweise einsetzte. Nun, da ich wusste, dass er stotterte, fragte ich mich, ob er so kontrolliert sprach, um das Stammeln zu unterdrücken. „Bei so vielen Zeugen mit makellosem Ruf", fuhr er fort, „hat die Verteidigung nicht viel zu sagen."

„Das höre ich gerne", sagte ich. „Gibt es eine Möglichkeit, das Element der, äh, Fantasie aus den Vorgängen herauszuhalten?"

„Ich bin mir nicht sicher, ob das klug ist. Hören Sie mich erst an, Miss Steele", sagte er, als ich zum Widerspruch ansetzen wollte. „Da ich vermute, dass Payne Magie als seine Motivation für die Entführung erwähnen wird, einfach nur, um Ihnen Schwierigkeiten zu bereiten, warum machen Sie nicht einfach mit? Dann kann man es als Fakt präsentieren, dass die Magie nicht funktioniert hat."

„Aber das hat sie doch. Matt ist der lebende Beweis."

„Diesen Teil wird man leugnen. Wir können sagen, dass er gar nicht erst krank war, oder einfach nur Fieber hatte, das er mit etwas Bettruhe überstanden hat. Ich bin mir sicher, Dr. Seaford wird einer solchen Diagnose zustimmen. Was wir präsentieren *können*, ist die Tatsache, dass Payne versucht hat, die magische Uhr auf einen Kranken wirken zu lassen, und damit gescheitert ist. Ich lasse gerade einige Männer nach dem armen Kerl suchen, oder nach Zeugen, die vielleicht gesehen haben, wie Payne versucht, ihn mit der Taschenuhr zu heilen. Beweise für das Scheitern des Experiments werden Gerüchten und Spekulationen über medizinische Magie ein für alle Mal ein Ende bereiten.“

„Ich schätze, das ist der einzige Weg, der uns offensteht“, sagte ich. „Wie Sie sagen, Payne wird es erwähnen. Es wird ihm nicht die Freiheit bringen, doch er wird es als letzte mögliche Anstrengung nutzen, um Matt Probleme zu bereiten.“

„Ich freue mich, wenn er gehängt wird“, sagte Miss Glass, die unschuldig über ihre Teetasse hinweg zu mir spähte.

„Das wird natürlich eine Sensation auslösen“, sagte Brockwell. „Doch wenn man medizinische Magie bestätigt, dann jedoch ihre Macht widerlegt, wird das den Enthusiasmus dämpfen, den die *Weekly Gazette* geschürt hat. Ich glaube fest, dass man den Enthusiasmus der Öffentlichkeit dämpfen *muss*, Ihretwegen – und um Dr. Seafords wegen.“

„Ich stimme zu“, sagte ich. „Sie werden vor Gericht unsere Unterstützung haben.“

Er stellte die Teetasse ab und betrachtete den Kuchen von allen Seiten, ehe er eine Ecke abbiss. Er hatte Freude daran, ihn zu essen, und sagte erst wieder etwas, als er fertig war.

„Ich vergaß es beinahe, zu erwähnen, bei all der Aufregung“, sagte er und klang dabei nicht im Mindesten aufgeregt. „Eddie Hardacre, auch bekannt als Jack Sweet, plädiert nun doch auf schuldig, darum wird es nicht nötig sein, dass Sie in diesem Fall vor Gericht erscheinen.“

Ich atmete hörbar aus. „Das ist eine Erleichterung.“

„Exzellent“, sagte Miss Glass. „Vielleicht fällt es dir nun leichter, dein Geschäft zurückzubekommen, India.“

„Das Geschäft meines Großvaters. Aber ja, das hoffe ich.“

„Ich muss gehen“, sagte Brockwell, der sich erhob. „Sagen Sie Mr. Glass, dass es mir leidtut, ihn verpasst zu haben.“

Ich begleitete ihn zur Eingangstür, wo Bristow ihm seinen

Regenschirm reichte.

„Ich weiß, dass Sie und ich nicht immer unbedingt gut miteinander ausgekommen sind", sagte ich zum Inspektor, „doch ich möchte, dass Sie wissen, dass ich Ihre Ehrlichkeit und Entschlossenheit, die Wahrheit zu finden, zu schätzen weiß."

Ihm entglitten die Gesichtszüge. „Ich kann Ihnen versichern, Miss Steele, ich war immer der Meinung, dass man mit Ihnen gut auskommt. Nur weil wir nicht in jeder Angelegenheit einer Meinung sind, macht uns das nicht zu Feinden. Tatsächlich fand ich unsere Unterhaltungen anregend."

Dann war er ein besserer Mensch als ich.

„Es ist für Sie nicht leicht gewesen, die Last Ihres Geheimnisses zu tragen, und sich Sorgen um die Gesundheit von Mr. Glass zu machen", fuhr er fort. „Er ist Ihr Arbeitgeber, oder nicht?"

„Das ist er."

„Gut. Gut." Er setzte sich seinen Hut auf und verbeugte sich knapp vor mir. „Ich freue mich auf unser nächstes Treffen, Miss Steele."

Erst, als er weg war, fragte ich mich, ob sein merkwürdiges kleines Lächeln etwas anderes als nur reine Höflichkeit zu bedeuten hatte. „Weshalb glauben Sie, dass er sich darüber gefreut hat, dass Mr. Glass mein Arbeitgeber ist, Bristow?"

„Darüber möchte ich nicht spekulieren, Miss. Aber ich werde auf jeden Fall Mr. Glass berichten, dass der Inspektor sich insbesondere danach erkundigt hat."

* * *

MATT KEHRTE ein wenig später in düsterer Stimmung und mit Geschenken zurück. Er reichte jedem von uns nacheinander die Geschenke, dann verschwand er, um den Angestellten einige zu bringen, ehe wir ihm danken konnten.

„Matthew, mein lieber Junge, komm her", sagte seine Tante, als er zurückkehrte. „Vielen Dank für die Karten und die Halskette. Ich liebe die Oper, und jetzt habe ich etwas Neues, das ich zu meinem liebsten Abendkleid tragen kann. Du gehst mit mir hin, oder?"

„Natürlich", sagte er. „Deswegen gibt es ja drei Karten. India und ich werden dich beide begleiten. Ich bezweifle, dass die anderen mitkommen wollen."

„Du kennst mich gut", sagte Willie, die ihr Geschenk hochhielt, ein neues Lederfutteral für ihre Pistole. Ich hielt es nicht für klug, sie zu ermutigen, ihre Waffe zu tragen, sagte es aber nicht.

Er hatte Cyclops einen neuen Hut und einen *Baedeker*-Reiseführer für Nordfrankreich gekauft, da es „von London nur ein Katzensprung" war.

„Du willst mich loswerden?", fragte Cyclops.

„Nein, aber ich dachte, du möchtest vielleicht reisen, während du in diesem Teil der Welt bist. Wenn ich dich loswerden wollen würde, hätte ich zwei einfache Fahrkarten für das Schiff gekauft."

Cyclops schaute Matt mit seinem zusammengekniffenen heilen Auge an. „Zwei?"

Matt lächelte einfach nur.

Er hatte Duke auch eine Garnitur Bleistifte und einen Skizzenblock gekauft, da er daheim in Amerika gerne gezeichnet hatte. Sogar Chronos hatte Matt ein Geschenk gekauft, doch der war nirgendwo zu sehen. Laut Bristow war er gegangen, während wir unterwegs gewesen waren, nachdem er im Gästezimmer übernachtet hatte.

Mein Geschenk war eine goldene Taschenuhr mit einem Mond-Ziffernblatt und einem Chronometer. Sie hatte wohl eine ganze Menge gekostet. „Ich bin zu den Masons zurückgekehrt, nachdem ich dich verlassen hatte", erzählte mir Matt. „Laut ihm ist es das beste Stück, das er je hergestellt hat." Er hob die Augenbrauen. „Stimmt das?"

„Sie ist wunderschön", sagte ich und inspizierte die Rückseite. „Und ich bin sicher, sie läuft ganz genau und enthält nur Bauteile von höchster Qualität. Mr. Mason ist ein exzellenter Handwerker."

„Gut, denn ich wollte keine Geschäfte mit Abercrombie machen, aber wenn du mir sagst, dass seine Uhren besser sind …"

„Das sind sie gewiss nicht. Er hat nur seinen Ruf, weil Fürsten dort einkauften, noch damals in den Tagen seines

Vaters. Wären diese Fürsten jemals bei Mr. Mason gewesen, hätten sie stattdessen *seine* Uhren gekauft." Ich rieb mit dem Daumen über das glatte Gold. „Sie ist viel zu gut für den täglichen Gebrauch."

„Ich will, dass du sie jeden Tag gebrauchst", sagte er leise. „Ich will, dass du jedes Mal an mich denkst, wenn du sie ansiehst. Ich weiß, dass sie niemals diejenige ersetzen wird, die deine Eltern dir geschenkt haben, aber ich hoffe, sie wird etwas Besonderes."

„Danke dir, Matt. Ich werde sie in Ehren halten."

Er beobachtete mich mit diesem intensiven Starren, als wollte er von mir etwas erfahren, ohne mir eine direkte Frage zu stellen. Es war beunruhigend, und doch ließ es mich erbeben.

„Was ist los?", fragte ich vorsichtig, nicht sicher, ob ich die Antwort hören wollte.

„Etwas hat sich verändert", sagte er leise. „Ich sehe es in deinen Augen, an der Art, wie du mich jetzt anschaust. Habe ich Grund zur Hoffnung?"

Ich nahm die Uhr fest in meine Faust. „Falls du fragst … werde ich nicht Nein sagen."

Sein Lächeln begann als ein kleines Zucken seiner Lippen, dann wurde es breiter, aber nur kurz, ehe es verschwand. Er seufzte schwer. „Ich befinde mich gerade nicht in einer Lage, in der ich fragen kann. Noch nicht."

„Weil du Patience heiraten sollst?"

Er rieb sich mit der Hand übers Kinn und konnte mich nicht mehr anschauen. „Ich werde einen Ausweg finden. Einen Weg, der Patience nicht schadet. Ich brauche nur Zeit."

„Worüber flüstert ihr beiden denn?", wollte Miss Glass wissen. „Ich muss es erfahren."

„Das Wetter, Tante", sagte Matt mit einer versuchten Fröhlichkeit, die nicht ganz echt klang. „Nur das Wetter."

Sie kniff die Lippen zusammen. Sie glaubte ihm nicht, doch sie würde ihn nicht zur Rede stellen.

„Ihr Engländer nennt das Frühling?", sagte Duke am Fenster mit einem Nicken. „Es regnet schon wieder."

Bristow trat ein, er hatte die Post dabei. Darunter war eine weitere Einladung an mich, um mit Lord Coyle zu dinieren.

„Diesmal hat er dich mit eingeladen, Matt", sagte ich und zeigte es ihm.

Er legte seine eigene Post ab, um es zu lesen. „Vielleicht dachte er, deine vorherige Ablehnung lag daran, dass du nicht allein teilnehmen wolltest."

„Wirst du annehmen?", fragte Cyclops.

Matt reichte die Einladung an mich zurück, ohne das eine oder das andere nahezulegen. Er gestattete mir, ohne seinen Einfluss eine Wahl zu treffen. Ich wusste es zwar zu schätzen, doch ich hätte gerne seine Meinung gehört. Ich war hin- und hergerissen zwischen meinem Verlangen, die Magie einfach Magie sein zu lassen und stolz auf mein Talent mit Uhren zu sein.

„Er will vermutlich einfach nur, dass ich seiner Sammlung eine Uhr spende", sagte ich. „Und wird vielleicht Fragen über meine Magie stellen. Die ich natürlich nicht alle beantworten werde", fügte ich hinzu, um Matt zu beruhigen, der mit meiner Antwort nicht völlig zufrieden schien.

„Dann werden wir sehen, was er will", sagte er.

Willie zerknüllte plötzlich den Brief, den sie bekommen hatte, und rannte aus dem Zimmer. Duke stand auf, um ihr nachzugehen, überlegte es sich aber anders.

„Gehst du, India?", fragte er. „Mit mir redet sie nicht, aber vielleicht mit dir."

Ich eilte Willie hinterher und fand sie mit dem Gesicht nach unten auf ihrem Bett liegend, wo sie in ein Kissen weinte. Sie wurde etwas stiller, als ich mich neben sie setzte, nahm mich aber einige Minuten lang nicht zur Kenntnis. Ich sagte auch nichts, ließ sie einfach nur ordentlich weinen.

Schließlich murmelte sie „Was willst du?" in das Kissen.

„Ich will nachsehen, ob es dir gut geht."

„Nein, das tut es nicht. Mir geht es verdammt miserabel. Jetzt geh."

„War das ein Brief von deiner Krankenschwester-Freundin?"

Sie schniefte. „Ich habe gesagt, geh weg."

„Ich gehe nicht weg, darum kannst du mir auch gleich antworten. Geteilte Sorgen sind halbe Sorgen, so sagt man doch."

„Ihr Engländer habt doch eine dumme Redensart für alles."

„Ach wirklich? Noch dümmer als ‚jeder muss seinem eigenen Stinktier das Fell abziehen'? Ich habe gehört, wie Cyclops das zu Matt sagt, und ich weiß immer noch nicht, was es heißen soll. Ich weiß, was ‚heiß wie im Hurenhaus am Zahltag' bedeutet, aber dazu braucht man ja wohl kaum eine große Vorstellungskraft. "

Sie rollte sich herum und wischte sich mit dem Ärmel über ihre rote, angeschwollene Nase. „Ich habe ihr einen letzten Brief geschickt, in dem ich schrieb, dass ich sie nie wieder belästigen würde, wenn es das ist, was sie will." Sie öffnete die Hand und zeigte mir den Ball aus Papier. „Sie hat geschrieben, das ist es, was sie will."

„Oh, Willie. Das tut mir so leid."

Ihre Unterlippe zitterte, und ich zog sie in eine Umarmung. Sie weinte an meiner Schulter.

* * *

Ich verließ Willie, als ihre Tränen getrocknet waren, und machte mich auf die Suche nach Matt. Wir hatten vorhin, als die anderen da gewesen waren, nicht viel zueinander sagen können, und ich wollte klarmachen, was ich empfand. Ich wollte auch einfach bei ihm sein, allein.

Ich hörte seine Stimme aus dem Salon und ging, um zu sehen, mit wem er da eine leise Unterhaltung führte. Ich blieb draußen vor der Tür stehen, als ich Patience sprechen hörte.

„Versuch nicht, es zu leugnen", sagte sie mit größerer Heftigkeit, als sie jemals zuvor in Unterhaltungen mit uns an den Tag gelegt hatte. „Ich weiß, dass mein Vater dir diese Ehe aufzwingt."

Ich hätte gehen sollen, konnte es aber nicht. Ich wollte ihre Unterhaltung unbedingt hören. Mit meinen Schuldgefühlen, weil ich gelauscht hatte, würde ich mich später beschäftigen. Vorerst trat ich näher.

„Ich weiß, dass du India liebst", fügte Patience hinzu.

„Tue ich."

Mein Herz schlug mir bis zum Hals.

„Und dass sie dich liebt."

Matt brauchte einen langen Augenblick, ehe er antwortete. „Willst du frei sein?“

„Ich … ich will verheiratet sein.“

Meinte sie damit, dass es ihr egal war, wen sie heiratete? Dass jeder Mann in Ordnung wäre, und da Matt zu haben war, würde sie ihn nehmen? Ich fühlte mich plötzlich aus dem Gleichgewicht und lehnte mich zur Stütze an die Wand neben der Tür.

„Ich kann dich nicht ablehnen, Matt, obwohl ich weiß, dass du mich nicht liebst“, sagte Patience. „Das haben meine Eltern so eingerichtet. Meine Schwestern werden leiden, wenn ich dieser Vereinigung nicht zustimme.“

„Dann solltest du zustimmen. Gib ihnen keinen Anlass, auf dich wütend zu sein.“

Sie seufzte schwer. Ganz eindeutig fand sie diese Unterhaltung verwirrend. Ich wünschte, Matt würde ihr erzählen, was er mir erzählt hatte – dass er einen Ausweg finden würde, irgendwie.

Vielleicht sagte er es ihr nicht, weil er wusste, dass es einen solchen Weg nicht gab. Bei diesem Gedanken drehte sich mir der Magen um.

„Es wird Folgen haben, das weiß ich, wenn du diese Hochzeit abbläst“, sagte Patience. „Obwohl ich mir nicht ganz sicher bin, welche Folgen das sind.“

Es gab eine lange Pause, und ich wünschte, ich hätte Matts Gesicht sehen können, um zu versuchen, seine Gedanken und Gefühle zu ergründen.

„Bitte sag doch was“, fügte sie hinzu. Sie klang weinerlich. „Ich fühle mich schrecklich damit. Es ist nicht das, was ich wollte, aber … aber aus meinen eigenen selbstsüchtigen Gründen werde ich es machen. Ich will nämlich frei sein, ich will weg von meinen Eltern und meinen Schwestern. Ich bin es so leid, verhöhnt zu werden und gesagt zu bekommen, wie hässlich ich bin, wie elend und langweilig. Und … und ich weiß, dass du freundlich zu mir sein wirst, Matt, und ich habe beschlossen, dass es besser ist, einen freundlichen Mann zu heiraten, der mich nicht liebt, als den Rest meines Lebens als alte Jungfer unter dem Einfluss meiner Eltern zu verbringen.“

Wieder sagte er nicht, dass er einen Ausweg finden würde. Er spürte wohl Mitgefühl mit ihrer Not. Mir ging es auf jeden Fall so. Sie konnte nirgendwohin, hatte keine Mittel, um sich zu unterstützen. Die Ehe war ihr einziges Mittel zur Flucht. Ich hatte zumindest das Häuschen und das Einkommen, das mir seine Miete verschaffte, und ich würde wohl bald das Geschäft meines Großvaters in Besitz haben. Ich war nicht mittellos. Patience musste sich trotz des ganzen Reichtums und der Privilegien ihrer Familie auf andere verlassen.

Ich sollte mich von Matt abwenden. Ich sollte das Richtige tun und zur Seite treten, damit sie heiraten konnten.

Aber das konnte ich nicht.

„Nun", sagte sie und nahm sich zusammen, „bei der Hochzeit zwischen Menschen wie uns geht es nicht um Liebe, oder? Vielleicht können du und India irgendeine Art Arrangement treffen. Mir wird es nichts ausmachen. Das tun Leute doch ständig."

Mein Mund klappte auf. Es würde ihr nichts *ausmachen*? Das machten Leute *ständig*? Vielleicht taten das Leute in ihren Kreisen, aber nicht in meinen. Manchmal fragte ich mich, ob wir in derselben Welt mit denselben Regeln lebten.

Männliche Schritte dröhnten auf dem Teppich, dann blieben sie plötzlich stehen. „Patience, lass mich dir zwei Dinge erklären." Ich musste mich anstrengen, um Matt zu verstehen, seine Stimme war so leise. „Erstens glaube ich an die Heiligkeit der Ehe. Wenn ich heirate, werde ich mir keine Geliebte nehmen. Zweitens wird India die Geliebte keines Mannes. Nicht einmal meine."

Mein Herz zog sich zusammen, und Tränen brannten in meinen Augen.

„Du würdest sie lieber überhaupt nicht haben?", fragte Patience ungläubig. „Hast du sie gefragt, was *sie* will?"

Ich glaubte erst, er würde nicht antworten. „Ihre Reaktionen sind bislang interpretationsfähig. Ich lebe für die Hoffnung, mehr als alles andere, und versuche, ihre Gefühle zu erraten." Er brummte. „Wie jedermann belegen kann, ist es nicht leicht, zu erraten, was im Herzen einer Frau vorgeht."

Aber ich hatte ihm doch gesagt, dass ich nicht Nein sagen würde, wenn er mich fragte, ob ich ihn heiratete.

Oh. Ich sah allmählich, worauf er hinauswollte. Ich hatte klargemacht, dass ich ihn heiraten würde, aber nicht, dass ich ihn liebte. Für ihn war das eine nicht gleichbedeutend mit dem anderen.

„Du hast das nicht verdient, Patience", sagte er, „genauso wenig wie India oder ich."

„Und doch muss es sein", erwiderte sie schwermütig. „Ich werde versuchen, eine gute Frau zu sein. Vielleicht kannst du mich mit der Zeit als angemessenen Ersatz akzeptieren."

„Gottverdammt", hörte ich ihn murmeln und sich dann für seine Ausdrucksweise entschuldigen.

Stoff raschelte, als Patience sich bewegte. „Danke, dass du dich mit mir getroffen hast, Matt. Vielleicht findet unser nächstes Treffen vor dem Altar statt."

Ich bewegte mich in die Schatten hinter einer hohen Urne. Matt und Patience traten heraus, aber anstatt zur Eingangstür zu gehen, gingen sie nach oben. Ich nutzte die Möglichkeit, durch die verborgene Tür zu schleichen, über die die Diener von einem Stock in den nächsten gelangten. Ich blieb jedoch dort, unsicher, was ich als nächstes tun sollte.

Einen Augenblick später hörte ich sowohl Lady Rycroft als auch Miss Glass, zusammen mit Matt und Patience. Die älteren Schwägerinnen wussten von diesem Treffen. Tatsächlich hießen sie es sogar gut. Ich fühlte mich völlig außen vor und gewisser-maßen von Miss Glass verraten. Obwohl ich ihre Gefühle in dieser Sache kannte, tat es trotzdem weh, dass sie Patience mir vorzog.

Die Vordertür öffnete und schloss sich, und ich hörte Miss Glass zu Matt sagen, dass es zu seinem eigenen Besten war.

„Nein, ist es nicht", knurrte er zurück. Ich hatte noch nie zuvor gehört, dass er vor ihr die Stimme erhob. „Bring das nicht mehr bei mir zur Sprache, Tante. Ich will nicht mit dir streiten."

Seine Schritte stürmten nach oben. Ich stieg die schmale Personaltreppe zu dem Stockwerk empor, in dem sich Matts Bureau befand. Ich klopfte leicht an die Tür, nur um ein ruppiges „Herein" zu hören.

„Störe ich dich?", fragte ich.

Er sank in seinen Stuhl und lächelte. „Ich dachte, es wäre meine Tante. Geht es Willie gut?"

Ich nickte und schloss die Tür. „Ich muss etwas beichten."

Er zog eine Augenbraue hoch. „Und ich soll dir die Beichte abnehmen?"

Ich ging um den Schreibtisch herum und stellte mich neben seinen Sessel. Er schaute durch seine langen, dunklen Wimpern zu mir auf, ein unsicheres Lächeln trat auf seine Lippen.

„Ich habe bei deiner Unterhaltung mit Patience gelauscht."

Das Lächeln verschwand. „India …", knurrte er tief unten in der Brust. „Es tut mir leid, dass du das hören musstest."

„Warum? Weil ich jetzt sicher weiß, dass dein Onkel dich gezwungen hat? Weil ich auch weiß, dass Patience dich nehmen wird? Oder weil ich weiß, dass du mich liebst?"

Er hob eine Hand und strich mir übers Kinn. „Das wusstest du nicht? Ich bin sicher, ich habe es dir gesagt."

„Es ist nicht so einfach, nur zu sagen, dass du mich liebst oder mir Geschenke zu kaufen. Du hast Patience erzählt, du würdest mich niemals zu deiner Geliebten machen. Das mag für die meisten Leute seltsam klingen, doch es zeigt mir, dass du mich liebst und mich verstehst."

„Ich verstehe", sagte er mit belegter Stimme. „Was passiert also jetzt?"

Ich fühlte mich mutig und setzte mich auf seinen Schoß, um sein Gesicht in die Hände zu nehmen. „Jetzt zeige ich dir, dass ich dich auch liebe."

„Das tust du? Mich lieben, meine ich?"

„Ja. Sehr sogar."

Seine Augen wurden trüb. „Und wie willst du mir das zeigen?"

Ich küsste ihn, tief und selbstvergessen, und er erwiderte es, indem er die Finger in meine Haare schob und meine Haarnadeln löste. Mein Herz schien zu fliegen. Ich fühlte mich, als würde ich durch meine Haut brechen, weil sie so eng und heiß war. Wir hatten uns schon einmal geküsst, aber diesmal gab es kein Zurückhalten, kein Erproben und Necken, nur reines Verlangen. Ich hatte mich niemals lebendiger gefühlt. So sollte sich Magie anfühlen, als würden meine Adern glühen und ich würde von innen leuchten.

Wir lösten uns erst, als wir beide Luft holen mussten.

„Ich gehöre dir, India", murmelte an meinen Lippen, „und ich *werde* dich heiraten."

Ich zog mich zurück, um ihn richtig anzusehen. Sein Gesicht war gerötet und zerwühlt und, ach, so schön. Doch in seinen Augen stand eine gewisse Traurigkeit, während er mich mit einer Intensität betrachtete, die mir bis auf die Knochen ging. „Du wirst Lord Rycroft sagen, dass du ablehnst?", fragte ich.

„Das kann ich nicht."

„Weil dein Onkel Patience und ihre Schwestern auf dem Anwesen einsperrt? Machst du dir Sorgen, dass sie niemals eine Gelegenheit bekommt, einen Mann zu finden?"

Er schaute zur Seite. „Sie muss weg von ihrer Familie." Es war nicht der ganze Grund, weshalb er der Vereinigung zustimmte. Das *konnte* nicht alles sein.

„Sie tut mir schon leid", sagte ich. „Aber es gibt noch etwas, oder nicht? Etwas, das dein Onkel gedroht hat zu tun, das dir mehr Sorgen macht als die Zukunft von Patience?"

Noch immer wollte er mir nicht in die Augen schauen. „Ich kann dir das nicht sagen. Noch nicht. Aber ich kann dir sagen, dass ich sie nicht heiraten werde. Ich *werde* aus dieser Vereinbarung herauskommen."

Ich seufzte. „Also was passiert jetzt?"

„Ich weiß es noch nicht." Er schaute mich schließlich an, lächelte. „Vielleicht hilft mir ein weiterer Kuss, mir etwas einfallen zu lassen."

Natürlich konnte ich ihm den nicht verweigern.

ENDE

Um Matts und Indias Geschichte weiterzulesen, suchen Sie nach:
Das Schweigen des Tintenmeisters
Buch 6 der Reihe Glass & Steele von C.J. Archer

Abonnieren Sie den Newsletter von C.J., um über neue ins Deutsche übersetzte Bücher informiert zu werden.

EINE NACHRICHT DER AUTORIN

Ich hoffe, Ihnen hat **Das Geheimnis der Ordensschwestern** genauso viel Spaß gemacht wie mir beim Schreiben. Als Indie-Autorin ist es für den Erfolg des Buches entscheidend, es bekannt zu machen. Wenn Ihnen dieses Buch gefallen hat, sagen Sie es doch bitte weiter und schreiben Sie eine Rezension in dem Shop, in dem Sie es gekauft haben.

AUSSERDEM VON C. J. ARCHER

REIHEN MIT 2 ODER MEHR BÄNDEN

Cleopatra Fox Mysteries

After The Rift

Glass and Steele

The Ministry of Curiosities Series

The Emily Chambers Spirit Medium Trilogy

The 1st Freak House Trilogy

The 2nd Freak House Trilogy

The 3rd Freak House Trilogy

The Assassins Guild Series

Lord Hawkesbury's Players Series

Witch Born

EINZELTITEL

Courting His Countess

Surrender

Redemption

The Mercenary's Price

ÜBER DIE AUTORIN

C.J. Archer begeistert sich für Geschichte und Bücher, seit sie denken kann, und wähnt sich glücklich, dass sie beides vereinen konnte. Sie verbrachte ihre frühe Kindheit in der dramatischen Schönheit des Outbacks von Queensland, Australien, lebt inzwischen aber mit ihrem Mann, zwei Kindern und einer frechen schwarzweißen Katze namens Coco in Melbourne.

Abonnieren Sie C.J.s Newsletter auf ihrer Webseite, um informiert zu werden, wenn sie ein neues Buch herausbringt: http://cjarcher.com/deutsch/

facebook.com/CJArcherAuthorPage
twitter.com/cj_archer
instagram.com/authorcjarcher

www.ingramcontent.com/pod-product-compliance
Lightning Source LLC
Chambersburg PA
CBHW060808190726
48285CB00002B/582